재일조선인문학과일본어

언어의 굴레

재 일 조 선 인 문 학 과 일 본 어

언어의 굴레

김석범 지음 ◉ 오은영 옮김

ことばのじゅばく

呪縛

보고사
BOGOSA

저자의 말

『언어의 굴레』(『ことばの呪縛』, 1972)를 몇십 년 만에, 그것도 한글로 번역된 책을 읽어서 정말 감개무량하다.

당시는 7년만에 다시 일본어로 소설 쓰기를 시작한 무렵이고, 소설 집필 용어인 일본어와 재일조선인 작가와의 갈등, 일본어와의 투쟁에 첫발을 들여놓을 때였다. 일본어와 재일조선인 작가와의 관계에서 작가로서의 주체성, 자유의 앞길이 훤히 보이지 않았었다. 이 장벽을 넘어서지 못하면 재일조선인 작가로서의 자유를 자기의 것으로 못한다는 위기적인 상황이었다. 일본어와의 관계에서 사상적, 이론적인 무장이 필요했다.

일본문학이 아닌 일본어 문학으로서의 재일조선인 문학의 독자성, 주체성의 확립.

나는 「언어와 자유 — 일본어로 쓴다라는 것(言語と自由—日本語で書くということ)」(『人間として』 제3호, 1970년 9월)을 발표한 계기로 스스로 자신의 일본어 작품을 포함한 재일조선인 작가의 작품을 일본 문학이 아닌 일본어 문학이라고 주장했는데 이에 대해 일본 문단 등의 반론은 없었고 그저 외면당하기만 했다.

당초에 나는 이론, 사상적으로 확고한 자신이 없었고, 이에 대해 논쟁이 일어나면 상대방과 토론을 하며 나의 일본어 문학론이 그릇되었다면 시정할 생각이었다.

「언어와 자유」, 소설 「만덕유령기담(萬德幽靈奇譚)」(『人間として』 제4호, 1970년 12월) 집필부터 나는 본격적으로 일본 문학이 아닌 일본어 문학, 재일조선인 문학으로서의 작품 활동을 시작하여 70여 년 동안 『화산도』를 비롯해 많은 작품을 쓰며 오늘날에 이르렀다. 이제 『언어의 굴레』를 우리말로 읽을 수 있는 행복을 맛보고 있다.

수고가 이만저만이 아니었을 오은영 씨 감사합니다. 역자가 후기에 언급했듯이 『언어의 굴레』의 일본말이 난해하고 번역하기가 까다로워서 오은영 씨의 번역이 아니면 나의 생전에 읽을 기회가 없을 뻔 했다. 매끄럽지 않은 일본어 문체를 아주 훌륭한 한글로 옮겨서 우선 책을 지은 저자를 감탄시키고 만족시키고 있으니 고맙기 짝이 없고 감사할 따름이다. 보고사 여러분 고맙습니다.

2022년 5월
김석범

목차

일러두기

- 작가가 사용한 문체와 단어조합을 존중하고 한국어로 읽는 독자가 최대한 일본어 원문을 짐작할 수 있게 하기 위해 원문을 충실하게 번역하려 했다. 일본어와 한국어의 구조적, 표현 방식의 차이로 인하여 의미 전달이 어렵다고 판단되는 부분은 문맥에 맞추어 자연스런 한국말로 연결하였다.
- 시대배경을 이해하기 쉽게 하기 위해 원문에 날짜 또는 연도가 표기되어 있지 않은 부분은 해당 단어 옆에 괄호에 넣어 표기했다. 연도는 글이 발표된 초출과 사실을 기반으로 연도를 표기했다.
- 외래어 표기는 가능한 한국말로 표기하고 문맥상 필요한 부분은 그대로 외래어로 표기했다.
- 문장 중에 단행본에 해당하는 것은 『 』로, 그 외 잡지 등에 발표된 작품 등은 「 」로 통일하여 표기했다.
- 인용문인지 파악하기 어려운 부분은 큰따옴표(" ")로 표기했다.
- 역자의 각주는 하단에 표기했다.
- 본문에 나오는 용어 및 인물 등은 デジタル大辞泉, 위키백과 등을 참고하였다.

언어의 굴레
ことばの呪縛

한 재일조선인의 독백

[1969]

Y병원에서

도쿄(東京) 센다가야(千馱ヶ谷)에 있는 Y병원에서 위 수술을 받은 나는 재작년(1967) 10월부터 12월 말까지 석 달 가까이를 이 병원에서 보냈다. 작년 섣달그믐을 하루 앞둔 날 일주일에 한 번 통원하는 날이기도 했지만 퇴원하고 딱 일 년, 잘 버텨냈다는 감개에 젖어 병원 옥상에 무작정 올라가 보았다.

국철 센다가야역 플랫폼에서 손을 내밀면 곧바로 닿을 만한 거리에 있는 6층 건물 병원 옥상에서는, 지금은 잎이 완전히 떨어져 수많은 칼끝 같은 나뭇가지를 겨울 하늘에 꽂고 있는 은행나무 가로수 너머로, 역 승강장 전체를 내려다볼 수가 있다. 입원 당시는 가을이 한창이어서 내려다보면, 도로를 메운 황금빛으로 빛나는 은행나무들은 이미 어딘가 모르게 기품 있는 낙엽이 되기 시작했고, 거기에 전차 소리가 울려오면 묘하게 사람 마음을 후벼 판다. 그리고 역 건너편의 광대한 공원, 신주쿠교엔(新宿御苑) 숲과 플랫폼 승강객의 움직임을 바라보고 있는 내 마음은 언제나 전혀 다른 풍경이 겹쳐 침울해졌던 기억이 있다.

나는 지금까지 두 번 입원했었는데, 두 번 다 아슬아슬한 지점에서 생명의 초침이 날아가지 않고 고비를 넘긴 병이었다. 한 번은 1945년 5월 일본이 패전한 해인데, 조선의 경성(서울)에 순화(감염)병원에서 발진티푸스 환자로 약 한 달 동안 지냈다.

걸을 수 있게 되고 나서는 4층 옥상에 올라가 우리 조선의 하늘 아래 펼쳐진 서울 시내를 내려다보고, 그렇게 오랫동안 동쪽을 바라보며 매일을 보냈다. 근처에는, 의식적으로 그 앞을 걸어 다녔는데, 철문 양쪽으로 총검을 찬 일본병이 서 있는 조선 침략 현지 사령부인 조선총독부 석조 건물이 옛 왕궁인 경복궁 앞을 가리고 서 있었다. 그 뒤편, 즉 북쪽으로는 삼각으로 우뚝 솟은 북악산 기슭에 이르는 숲 사이로 봄날에 기왓장을 쳐든 경복궁의 크고 작은 누각, 멀리는 도시 속에 떠오른 녹색 섬을 연상시키는 숲이 보이고, 그 안에 창덕궁의 고전적인 건물들이 5월 아지랑이에 흔들리며 서 있었다. 이러한 원근의 중간지대, 민가가 많은 안국동(당시는 정(町))에 내가 머문 선사(禪寺)의 선학원(禪學院)이 있었는데, 그곳은 병원에서 보이지 않았다. 그저 눈앞의 효자마을 종점인 병원 앞까지 오는 노면전차를 타고 내리는 사람들을 내려다보며, 이것이 나 자신과 내가 의지할 경성의 선학원을 잇는 유일한 끈처럼 느껴졌다.

당시 일본제국주의는 붕괴 직전이었고 거기서 오는 흉포성은, 식민지 조선의 독립을 두려워하는 조선 땅에서, 극도에 달했다. 일본에서 건너간 나는 의지할 곳 없는 몸이었지만, 조선의 '수도' 경성 안에 있다는 존재감각 같은 것만으로도 고독을 떨쳐낼 수가 있었던 것 같다.

일주일에 한 번 Y병원에 통원을 했던 일 년 남짓 동안 때때로 옥상에 올라가 숲과 역을 보노라면, 입원 당시가 떠올라 그렇게 또 먼 옛날 열아홉 살의 자신을, 일제강점기 서울에 있는 병원 옥상에 다시 서게 한다. 그러면 목에 뭔가 뜨거운 것이 차오르는데, 그것은 슬프다면 슬픈 감정이다. 그로부터 이십여 년이 지난 지금(1968년 무렵)까지도 조국을 떠나 일본을 배회하는 것처럼 보이는, 그것이 슬픈 것이다. 그것은 뭔가 더 이상 돌이킬 수 없을 만큼 너무 멀리 와 버린 듯한 느낌이다. 게다가 여기 일본에서 한 발짝도 밖으로 나갈 수가 없다.[1]

*

내가 입원한 동안(1967) 10월 20일 154차 귀국선 출항을 마지막으로, 니가타(新潟)에서 출발하는 귀국 길이 막히는 정치적 사건이 있었고, 또 미노베(美濃部) 도쿄(東京) 지사의 조선대학에 대한 학교 인가를 저지하기 위해 일본 정부가 앞장서서 캠페인을 시작했다. 병실 사람들과 이러한 것에 대해 이야기하기도 했었는데, 역시 조선에 대한 것은, 그것이 무엇을 의미하는지 대부분 알려져 있지 않은 것이 현실이었다.

우리 외과 병동은 준공한 지 얼마 안 된 본관 남쪽 신관 6층에 있었다. 내가 사용한 병실은 창문이 남쪽으로 나 있어 전망이 좋은데다가 겨울에도 해가 따뜻하게 들어온다. 병실에는 병상 침대가 여덟 개 놓여 있는데 그 중 하나를 사용하고 있었다.

어느 날 밤 어른들이 같은 병실을 쓰게 된 장난꾸러기 소년들을 놀라게 할 생각도 있어서 괴담을 나누기 시작했다. 그러나 이미 TV와 만화로 익숙해진 괴소년들은 꿈쩍도 하지 않는다.

T라는 센베이 가게를 하는, 사람 좋은 꽤 고루한 할아버지가 있었다. 국화 가꾸기를 좋아하는 72세의 그는, 병실에 옮겨 놓은 흐드러지게

---

1 1970년대까지만 해도 재일조선인은 방한을 자유롭게 할 수가 없었고 더욱이 '조선'적을 가지고 있는 김석범에게는 조국 왕래의 길은 '차단'되었다고 할 수가 있다. 실제 1988년 6월에 『화산도』와 『까마귀의 죽음』이 한국어로 번역되어 출판기념회로 방한을 하려 했지만 비자가 나오지 않아 출석하지 못했다. 하지만 동년 11월에는 비자가 발행되어 42년만에 서울과 제주도에서 22일간 머무른다. 1991년 10월에도 연재 중인 『화산도』(제2부)를 위해 취재 목적으로 방한하려 했지만 비자 신청이 거부된 바가 있다.

핀 대륜국을 보며 가만히 웃으며 듣고 있었는데, 괴담이 오가자 창가 쪽에 있는 침대에서 내려와 일부러 의자를 방 한가운데까지 가져와서 그럼 이번에는 내가, 하는 것이다. 그렇게 시작한 이야기가 젊은 시절의 경험담이다. 하지만 그것은 장난꾸러기들이 곧 자리를 뜰 법한 아이들 이야기가 아닌 어른들 세계의 이야기가 되어 버렸다.

  T 소년은 동경하는 철도 기관사 견습생으로 고용되어, 당시 군대식 홋카이도 철도 기관구에서 선배에게 들볶이면서 일했다. 기관차 청소는 항상 밤에 하는 것으로 정해져 있었는데 어느 날 밤 그는 사람을 치어 죽인 기관차를 청소하게 되었다. 석유램프를 가지고 혼자 기관차 아래로 기어 들어가 푸르스름한 불빛을 길게 비춘 순간, 브레이크 빔에 걸린 사람의 한줌 정도의 모발이 바람에 흔들려 얼굴을 쓰다듬는다. 두려움에 떨면서 기관차 바퀴 뒤쪽으로 여기저기 찢겨 달라붙어 있는 살점을 떼어내고 대기소로 돌아갔더니 감독이 램프를 들고 검사하러 나간다. 그는 짓궂게 T 소년이 떼어내지 못한 살점을 들고 와 난로 위에 굽더니, "야 너, 이거 먹어!"라고 한다. 먹지 않으면 담력이 안 생긴다며 김이 나는 손가락 마디 정도의 둥근 살덩어리를, "자 삼켜!"라며 입에 밀어 넣는다 ─ 같은 이야기이다.

  스물한 살에 도쿄로 나온 그는 스물여덟의 나이, 때는 1923년, 관동 대지진을 맞게 된다. 그 무렵 센다가야에 집이 있고 개인 하이어[2]를 경영하고 있었던 그는, 성실하고 일 잘하는 조선 소년을 조수로 집에 두고 있었다. T 씨가 있었던 센다가야에서 가까운 진구가이엔(神宮外苑) 근처에도 검문소가 있어 매일 밤 "조선인이 나왔다! 저기!" 하고 벨과 경종을 울리며 무기를 든 자경단이 쫓아다녔다고 노인은 말한다.

---

2 영업소 등에 대기해서 고객의 요구에 따라 파견하는 전세 승용차.

조선 소년이 사람을 만나지 못하게 집에 가둔 T 청년은 불타는 마을로 하이어를 타고 달려갔다.

요쓰야(四谷)에서 한조몬(半藏門)을 향해 고지마치(麴町)를 달리고 있었을 때이다. 불타고 있는 도로는 어디나 사람으로 가득 차 있었고 그것을 가르듯이 차는 서행하고 있었다. 문득 창밖으로 한 무리의 군중이 검은 연기를 힘차게 내뿜으면서 타오르는 불 앞에서 뭔가를 둘러싸고 큰 소동이 일어나고 있는 것이 보였다. 한 젊은 남자가 바닥에 질질 끌려다니고 있었고, 그의 손발을 잡아당기는 사람들이 소리치며 기세를 올리고 있었다. 짐짝을 집어던지듯 그 남자를 대여섯 명이 들어올려 큰 반동을 이용해 타오르는 불 속으로 "영차!" 선창을 하며 살아 있는 사람을 던진 것이다. 그렇게 전 군중이 와아 하고 환호성을 질렀다.

T 청년은 직관적으로 생각했다. 저것은 조선인이다, 조선인소동(물론 '조선인 폭동'은 그 시기 정부에 의해 만들어진 유언비어였지만)이 최고조였기 때문에 저런 식으로 살해되는 것은 분명히 조선인이라고 그때 느꼈다는 것이다.

그럴 것이다. 하나의 장작만도 못 한, 불쌍하게 불에 지펴지는 것은 조선인밖에 없었을 것이다. 단지 망국의 백성이라는 이유에서이다. 불 속에 던져진 그 젊은이는 단지 조선인이라는 것 외에는 어디의 누구인지, 집에서 처자가 기다리고 있을지 아무도 모르지만, 육천여 명의 피학살 조선인 중의 한 사람이라는 것은 확실하다. 그것이 조선인으로 오인된 일본인이라든가 '중국' 사람이었다 해도(실제로 그렇게 해서 많은 사람이 희생되었을 뿐만 아니라 조선인에게 동정적인 많은 일본인 역시 살상의 대상이었다.) 다를 바가 없는 것이다.

"이봐 김 씨 나는 말야"

하며 노인은 작은 목소리로 말했다.

"**끔찍한** 짓을 했다고 생각해요."

그것을 목격했을 때 당신은 어떤 기분이었습니까 하고 나는 마음속으로 묻고 있었지만 입 밖에 내지는 않았다. 만일 그가 그 살인에 저항을 느끼지 않았다 해도 문제될 것은 없다. 대체로 문제는, 그 저항을 느끼지 않고 사는 마음이 지금도 계속되고 있는지 아닌지인 것이다. 우리의 복수 심리는, 이쯤에서 그 뿌리를 내리기 쉬운 것일지도 모른다. 그리고 여전히 조선이 일본의 식민지라면 그 불감증에 가까운 마음은 아직도 살아 있었을 것이다.

나는 얼마 전에 외국인등록증을 갱신 신청하려고 구청(區役所)에 가서 사진 석 장과 서류를 내고 잠시 기다리고 있었는데 접수처 너머로 응대하던 직원이 허리를 낮추며, 미안하지만 지문을 찍을 테니 안으로 들어오라고 했다. 지문을 찍으면 새 등록증이 교부된다.

지문은 나 자신도 이미 잊은, 등록증이 생긴 뒤 변경할 때마다 다른 옛날 사진이 여러 장 붙어 있는 대장에 찍어야 한다. 옆에 지문을 찍는 방법을 정중하게 감독해 주는 직원이 있고, 나는 손가락 끝마디에 잉크가 잘 묻도록 잉크를 문질러 서류의 지문 난에 왼손 집게손가락을 손톱 끝이 닿을 때까지 옆으로 천천히 지문이 닿도록 누른다. 그러자 순식간에 검은 지문이 퍼져 마침내 엄지발가락만 한 크기가 새겨진다. 직원은 거즈에 벤젠을 적셔 건네주며 수고했다고 지나치게 정중히 말한다. 불쾌하지만 어쩔 수가 없다.

손끝을 닦으면서 창구 건너편에 서 있는 중년 신사의 시선이 신경 쓰였다. 아까 그는 외국인등록 담당 옆의 호적 담당자에게 물어봤던 것이다.

"저기에서 지금 지문 같은 거 찍은 사람, 저건 뭐하는 겁니까?"

"외국인등록입니다."

"외국인등록? 아아, 외국인등록이요……."

지금까지 탐구자처럼 빛났던 호기심 어린 그의 눈은 갑자기 극히 평범한 것을 보는 듯한 눈빛으로 바뀌었다. 재일조선인을 주요 대상으로 하는 외국인등록 지문날인은 범죄를 예견한 지문 등록이라고도 할 수가 있는데, 이것을 처음 본 듯한 그 눈, 지속해도 된다고 생각하는 의심의 눈빛은, 직원에게 외국인등록이라고 들은 순간 모든 것을 알았다는 듯이 사라져 버렸다. '저렇게 살해되는 것은 조선인이다'라고 생각했다는 조금 전 T 씨의 이야기처럼 이 의심을 한순간에 부정하고, 당연시해 버리는 개념 조작이 가능한 곳에 범주화, 일반화된 조선인에 대한 사고의 기준이 있는 것은 아닐까 하고 나는 생각한다.

*

병원에 있으면서, 그 냄새와 함께 자주 느꼈는데, 인간 생명의 강인한 끈기와 함께 그 나약함을 실감하며 죽음에 대한 동물적인 공포에 시달릴 때가 있다. 그것은 퇴원 후가 더 심하다고도 할 수가 있는데, 철학적 또는 인생적인 그런 찌푸린 얼굴을 한 죽음이 아니라 휙 하고 증발해 사라져 버릴 듯한 생명을 움찔하며 감각적으로 느끼는 것이다. 이런 음울한 것과 '조선'을 반복해서 생각하는 것은, 뭔가 관계가 있는 것일까.

나는 슬리퍼 차림으로 병원 옥상에 섰을 때나 아홉 시 소등 후 잠 못 드는 어두운 시간에 조국 상실이라는 그 원망의 시대, 서울 선학원에서 처음 만나 함께 맹세를 한 북쪽 출신 친구에 대해 생각했다. 나는 곧 일본으로 되돌아왔고, 그는 해방 후 남조선의 투쟁 속에, 그 짧은 이십여 년의 생애 중 말년 몇 년간의 생을 불태우고 사라졌지만, 그 장용석에 대한 것을 잊을 수가 없다.

분단된 조국의 현실에 통곡한 스무 살의 영혼은 혁명을 위해 싸우고 상처를 받고 굶주리고 쫓기고 고민하고 마침내 처음으로 일본에 도항을 계획하고 준비도 했지만, 동지를 남기고 혼자 조국을 떠날 수 없다며 조국에서 투쟁을 계속할 결심을, 1949년 어느 날 마지막 편지에 고하고 난 뒤 실종되었다.

　그에 대해서 나는 자주 생각했다. 그리고 계속 살아 있는, 조금이라도 오래 살려고 생각한 자신을, 비웃지도 못하는 마음으로 생각한다. 그 녀석은 결국 오지 않았지만, 그때 일본에 왔더라면 그는 나와 함께 나이 들며 살고 있을 텐데…….

　그는 오지 않았다. 오지 않은 장용석은—장용석 또한 '조선'인데—나에게 구심적인 힘이 되지만 갈수록 나에게 '재일'조선인을 의식하게 한다. 아무튼 조선이, 고향이 공연스레 그립다. 감상은 아니지만, 그것이 감상이라 해도 또한 어쩔 수가 없다.

오사카·이카이노·조선시장

　지난 해(1968) 12월에 오사카(大阪)에 가 있는 동안 젊은 친구 D와 만나 하룻밤 이야기할 수 있었는데, 그때 그는 나도 안면이 있는 자신의 아버지에 대해 이야기했다. 젊은이라 해도 삼십대 중반의 건실한 나이인데, 그는 수십 년 전에 오사카에서 돌아가신 아버지의 마지막 순간을, 술이 조금 들어간 탓도 있었는지 열정적으로 되풀이하며 이야기했다.

　그의 아버지는 사업가로 크게 성공해서 재산을 남긴 사람이지만 젊은 나이에 일본에 온 그해에 도쿄에서 소위 관동대지진을 만난 것이다. 앞에서 불 속에 던져진 조선인에 대해 언급했듯이 그는 지진 당시 인간이 발휘할 수 있는 극한의 잔학성을 배경으로 조선인을 살해하기 위한 조선인 사냥을 간신히 피해 나고야로 갔다.

친구 D는 그 후에 태어났는데, 만약 그때 그의 아버지가 학살된 육천여 명의 시체 중 하나였다면, 고뇌로 가득찬 기억에서 벗어난 것처럼 지금 열정적으로 자신의 아버지에 대해 이야기하는 D는 내 앞에, 당연한 일이지만, 있지 못했을 것이다. 나고야에 정착하고 나서 D 아버지의 처세관은 근본부터, 즉 관동대지진의 충격을 계기로 변한다.

그 후 '일본인보다 유창한 일본어를 사용한다'는 철칙이 그의 아버지의 삶을 지배하게 되어 철저하게 일본인처럼 행동하려 했다.

당시 조선인이다 싶은 사람을 잡아서 '십 엔 오십 센(주엔고줏센[3])'을 발음하게 했다는 것은, 나도 소년 시절 어머니에게 자주 들었을 정도라서, 그것은 원한이 담긴 '금액'으로 그 '십 엔 오십 센' 발음을 제대로 못 했다는 것만으로, 즉 조선인이라는 이유로 그 자리에서 살해당한 것도, 이를 테면 서툰 일본어 때문이라는 것이다. 조선인이면서, 조선인으로 보여지는 것에, 조선인이기 때문에 닥쳐오는 박해와 불행에 맞서는 것이 아닌, 피하려고 하는 이 심정, 내 마음 속에도 흔적을 남겼다. 그것은 역사적 시각에서 보면, 어느 시기 하나의 산물이라고도 할 수가 있지만 동시에 그 특정 시기에는, 식민지 인간의 삶의 한 단면을 보여주는 전형적인 산물이기도 하다. D는 아버지를 통해서 그것을 파헤치려 한다. 거기에서 우리 내부에도 뿌리를 내리고 있을, 그 속으로 들어가려 한다.

어쨌든 D의 아버지는 두 아들을 훌륭하게 키워 낸 D의 어머니를 두고 일본 여성과 생활을 시작해 가족을 돌보지 않게 된다. D가 성장했을

---

3 '주엔고줏센(10円 50錢)'은 조선인이 발음하기 어렵고 틀리기 쉬운 단어로 당시 조선인을 구별하기 위해 사용했던 말이다.

때에는 일본화되어 가는 아버지에 대한 불신과 거리감으로, 어쩔 수 없는 부자의 단절감으로서 멀어지게 되었다.

그 아버지가 병상에 누워 임종이 다가와, 사십 년 가까운 일본 생활이 완전히 끝나려고 할 때, 한마디 마지막으로 남긴 말이 조선에 돌아가고 싶다, 고향의 맑은 하늘 아래서 죽고 싶다고, 그 이야기를 두 번이나 거듭 말했다며 D는 몇 번이나 반복해서 말했다. D는 아버지가 사후에 남긴 다른 일과도 관련시켜 생각해 보니 아버지의 마음을, 말년이 되어 몰래 자기의 과거에 채찍질을 하고 있었던 아버지 마음을—그런 아버지였기를, 아버지가 그랬었음을 이해하고 싶다고 D는 스스로 강조한다— 지금은 알 것 같다고.

아버지의 과거를 냉엄하게 대하고, 그 내부를 폭로하는 것은 자신을 폭로하는 작업이기도 한데, D는 그렇게 함으로써 아버지를 구원하고 아버지를 용서할 수 있을지도 모르겠다. 그것은 또한 그러한 아버지를 극복하고 영락없는, 그리고 어엿한 조선인으로 성장한 아들의 아버지에 대한 동정이며, 애정이 되살아남을 의미하는 것일지도 모른다.

*

나는 오사카에 열흘 가까이 있었는데 때마침 기록적이라고 할 정도로 이상기온이었고, 자주 내리는 빗속에 요통으로 고생하면서 어수선한 마음으로 한 여행이었다. 여행지를 조선에서는 '객지(客地)' 등으로 표현하는데, 그것은 주인에 대한 객이라는 말이다. 지금 내가 여행이라고 말한 것처럼, 확실히 지금은 오사카 쪽이 '여행지(旅先)'가 되어 버렸지만, 그래도 나에게 오사카는 '객'지라는 생각이 들지 않는다. 원래 나는 오사카에 있었고 오사카에서 태어난 나는 오사카 이쿠노(生野) 이카이노(猪飼野)에서 자랐다. 그래서 사람들이 나에게 이카이노가 제2의 고향이냐고 물으면, 그것을 나는 부인할 수가 없다. 물으면이라는 한정적인 표현을 하는 것은 이 나이가 되어도 혼돈되는 나의 일본에 대한 심정과 관련이 있기 때문이다.

고향이란 도대체 무엇일까 하고 어릴 때 심각하게 생각해 본 적이 있다. 나는 고향이라는 말이 갖는 의미의 무게와 그 실태감을 어릴 때에는 도저히 이해할 수가 없었다. 태어난 땅이 고향이라고 학교 선생님은 말하는데 어린 마음에도 오사카가 고향이라고는 도저히 느껴지지 않았다. 그렇다고 고향의 다른 표상이 머릿속에 있는 것도 아니고, 그저 푸른 바다와 하늘이 있고 개울이 흐르고 있는 그런 곳에 자신의 고향이 흰 구름처럼 자리잡고 있는 것이 아닌가 하는 막연한 희구만이 있으며, 따라서 실체가 있는 고향의 이미지를 가질 수가 없는 나의 어린 시절이 오사카에서 이어진다.

Y병원에 입원 중에 자주 고향 제주도의 꿈을 꾸었다. 미군 점령하의 남조선에서 전쟁 중에 죽어간 친구와 십수 년 전에 일본 오사카에서 돌아가신, 평생을 비단을 만드는 누에처럼 자신을 꽃피우지 못한 불행한 어머니를 생각하면서 자주 고향 꿈을 꾸었다. 그 꿈에서 나는 바다가 아니라 반드시 산 쪽을 향해 서 있었고, 거기에는 눈 덮인 한라산이 약속한 것처럼 나왔다.

초급학교(小學校, 초등학교)에 다니고 있는 나의 두 딸은 사진으로밖에 보지 못한 제주도를 자신의 고향이라고 부르며 의심하지 않지만, 그 "아이들에게 내가 일본에서 태어났다고는 말하지 않는다. 아이의 마음을, 그 창을 항상 일본 이외의 곳을 향해 열어 놓아야 하기 때문이다. 그것은 슬픈 일이지만, 아이는 고향이 왜 있는지 모를 것이다. 이론이 아닌 감성적으로 손에 잡힐 듯 느껴지는 것이 없기 때문이다. 우리 학교에서 배우는 평양이 고향이라고 생각하고 있을지도 모른다. 그것 또한 그 나름으로 좋은 것이고, 아이들이 지금 살고 있는 도쿄와 또 태어나고 자란 오사카가 고향이며 일본만이 자신의 세계라고 생각한다면, 부모로서 나는 곤란하다. 그렇기 때문에 '동화'라든지 '귀화' 정책은 곤란한 것이다."

위의 문장은 이삼년 전에 내가 다른 곳에 쓴 문장을 인용한 것인데, 말하자면 나는 아직도 아이들에게 거짓말을 하고 있다는 것이다. 그것은 또한 내가 너무 오래 일본에서 생활한 것과 관련되어 있는데, 이런 거짓말이 언젠가 들통 날 날을 나는 미소 지으며 기다리고 싶다.

'첫 번째'가 아닌 '두 번째'라도 일본 땅을 '고향'으로 한다는 것에 대한 내재적 반발이 지금도 내 안에 살아 있지만, 그것은 또한 지금까지의 생활 대부분을 일본 이외의 곳에서 영위하지 못했다는 것을 축으로 하고 있다. 즉 발은 일본을 딛고 있지만 마음은 항상 비약하려고 하는, 이 두 가지가 서로 싸우는 혼돈과 비슷한 심정으로밖에, 여전히 일본을 대할 수밖에 없다는 심정과 얽혀 있다. 그것은 또 태어나고 자랐다는 물리적인 이유만으로 '마음의 고향'이 된다고는 할 수 없는 것과 마찬가지이다. 어쨌든 나 자신에게 제 2의 고향이 있다면 그것은 오사카라고, 즉 그것은 일본이라고 너글너글하게 마음에서 여겨질 때가 언젠가는 올 것이라고 믿고 있다.

*

지금은 널리 알려져 있지만, 재일조선인의 약 4분의 1을 차지하는 13만 명이 오사카에 살고 있고 그 대부분이 히가시오사카(東大阪) 방면, 주로 이쿠노구(生野區)를 중심으로 삶의 터전을 쌓고 있다. 그 이쿠노구 이카이노(猪飼野) 마을을 걷다 보면 반드시 어딘가에서 조선인을 만난다. 젊은 사람들은, 저고리를 입은 여자는 차치하고, 바로 알아차리기는 어렵지만 다리를 약간 벌리고 걷는 걸음걸이를 멀리서 보는 것만으로도 우리는, 아아, 저기 우리 동포가 있구나 하고 직감으로 알 수가 있다.

나는 간혹 오사카에 가서, 특히 이카이노의 옛날부터 조선시장이라고 불리던 지금은 훌륭한 상점가가 된 미유키도리(御幸通り, 코리아타운) 일대에 들어서면 이유도 없이 편안해져 긴장이 풀리는 것을 느낀다. 그곳은 먼 바다의 해변이다. 나는 맨발을 담가 걸으며 밀물 소리와 함께 다가오는 원초(原初)의 냄새를 맡고 내 체취가 그것에 지워지는 것을 곧 느낀다. 거기는 조선인 생활의 원형이 조금도 손상되지 않아, 이상하리만치 강력한 생활력으로 영위되면서 수십 년 동안 존속해 온 곳이다.

조국은 망하고, 지배국 일본에서 '황민화' 정책이라는 망을 푹 뒤집어쓴 채, 조선시장 거리의 점포 앞에 앉아 있던 행상 할머니처럼 묵묵히 견디며 이국에서 조선사람 생활의 기본은 엄연히 지켜져 왔다. '언어'와 '성(姓)'을 빼앗긴 그녀들은 고향의 토착어로 이야기하고, 그 피에 대해서 이야기했다. 습관, 풍속, 그에 얽힌 생활필수품 중에는 전시대적인, 예를 들어 일본의 호지(法事)에 해당하는 제사용 제기(祭器)에 이르기까지 봉건적인 것도 포함되어 있다. 하지만 그 자체는 민족적인 전통을 주장하는 것으로서, 결정적으로 '동화'에 불융합 요소가 되었다. 전쟁 중 일본 관헌이 조선시장의 강제폐지를 생각해 본 적이 있었는지 모르겠지만 민족적 생활양식의 고집이 결과적으로는 정치적인 의의를 가진 것임은 부정할 수가 없다.

미유키도리 양쪽 부근에는 일본 상점과 함께 수십 개의 조선과 관련된 가게가 있는데, 거기에는 조선 옷감이나 조선 이불감 등을 비롯해 조선 숟가락과 젓가락(그것은 이전에는 놋쇠 제품이었지만, 지금은 흰색 스텐 제품으로 바뀌었다.), 조선 인형에 이르기까지 의식주에 필요한 것이, 요컨대 조선인의 일상생활에 꼭 필요한 것이 그대로 갖추어져 있고 식료품점에는 일본인 손님이 항상 뒤섞여 있다. 그리고 그들은 수급관계의 균형을 맞추고 있다고 봐야 한다. 물론 이것은 어디까지나 상행위의 표현이므로 이것을 보는 조선인은 민족적 감성주의에 빠져서는 안 될 것이다. 그러면서 그 상행위를 성립시키고 있는 근원을 보면, 역시 우리는 거기에서 민족이라는 것을, 그것도 직접적으로 느끼게 된다.

지금은 이카이노의 그곳에 비해 규모는 작지만, 오사카에는 쓰루하시(鶴橋) 등, 도쿄에는 우에노(上野)나 닛포리(日暮里) 등에도 조선 상점가가 있으며 이들은 현재는 낯익은 것이 되어 특별한 감동을 일으키지 않지만, 오랜 타향 생활에서 조선시장의 존재는 나에게 중요한 의의를 가진다. 이것이 없어질 때는 재일조선인이 사라질 때, 또는 일본 정부가 스스로 '백년대계(百年大計)'라고 칭하는 재일조선인에 대한 '귀화', '동화' 정책이 성공할 때일 것이다. 그렇기 때문에 우리 민족학교가 그렇듯이, 민족의 핵(核) 같은 것이 없어진다면 이 상행위를 지탱하기는 어려울 것이다.

*

이 핵(核) 같은 것, 혹은 더 깊게 원초적^{primitive}이라고도 할 만한 것이 파괴되지 않는 한, 거기에 소위 민족적 콤플렉스는 발생하지 않는다. 대체로 식민지에서도 재일조선인으로 말하자면, 예를 들어 어머니 세대의 여자들만큼 콤플렉스와 인연이 없는 존재는 없었을 것이다. 민족 차별에 의한 박해 속에서 상처를 받고 홀대를 당해도, 우둔하다고 할 정도로 원초적인 것을 내포하고 있는 그녀들의 육체에는 전혀 영향을 주지 않는 것 같았고, 따라서 열등감이 들어갈 곳이 없었던 것이다.

조선시장 점포 앞에 가만히 앉아 있던 행상 할머니에게 만일 열등감에 대해 설명하고 그 반응을 기다려도 헛일이다. 마이동풍이라고 생각하고 재삼 물어보면, 강경한 그 노파는 크게 호통 칠 것이다. 그리고 일본어로 표현하고 싶지 않은 심한 욕설을 퍼부을 것이다. '쪽발이'(나막신을 신는다는 의미에서 일본인을 가리켜 말하는데, 태평양전쟁 중에도 조

선에서는 앞이 갈라진 일본의 지카타비(地下タビ)를 기피하고 싫어해서 지하족(地下足), 노동화(勞動靴)라고 불린 조선인용의 끝이 둥근 것이 사용되었다.)라든지, '왜놈'이라는 말이 지금도 살아 있는 것처럼, 소박한 그녀들 사이에는 청나라(淸朝)에 대한 한인(漢人)의 경우와 비슷한 감정이 그대로 남아 있다. 무지라고 하면 무지일 것이다. 그러나 여기에는 이것을 무지라고 해서 웃어 넘겨서는 안 되는 지맥(地脈) 같은 대담한 힘이 내포되어 있다는 것을, 우리는 좀 더 모색해 나가야 한다고 생각한다.

식민지시대 일본의 정치적 강권은 민족적 사회적 제압을 통해서 조선인 내면에 무력감을 조성하려고 했다. 그리고 초등학교부터 일본적 교육체계의 틀 속에 끼워 넣는, 즉 '핵'을 부수어 동화(同化)교육의 성과를 올리고 원초적인 것을 파괴해 '일본인화'의 길을 여는 것이 일본 위정자가 취해 온 방법이다. 이렇게 특히 2세들은 그 어머니와 아버지에게서 당연히 물려받아야 하는 것을 잃게 되었다. 고마쓰카와(小松川) 사건의 이진우(李珍宇) 소년의 경우나 라이플총 사건 김희로의 표현을 빌리자면, 자신 안에서 민족적 열등감과 싸운 결과 패배는, 결국 그 원초적인 것이 일본의 정치적 사회적 환경의 힘에 의해 거의 파괴되어 가고 있을 때, 이미 그 발단이 있었던 것이다.

재일조선인의 젊은 세대는 지금 '부모' 생전에 그 삶 속을 철저히 돌고 있는 그 원초적인 것을 찾아, 그것을 다시 자신의 체내에 옮겨 점화해야 할 때가 오고 있다. 그렇지 않으면, 그 피는 다른 피의 힘에 의하지 않더라도 일본 공기에 의한 끊임없는 풍화 작용만으로 희석되어 갈 것이다.

기묘한 자영업자·기묘한 노동자

나는 조선시장 근처로 나오면 순식간에 긴장된 세계 속으로 들어가는 느낌을 경험하는데, 나에게 그것은 공기층의 색이 바뀐 것처럼 보인다.

조선시장 근처의 어느 한 골목으로 들어가면 곧 양쪽으로 줄지어 있는 집들 사이로 대체적으로 가볍고 단조로운 기계소리가 들린다. 또한 그 소리를 따라가면, 최근 이카이노 근처만이 아니라 히가시오사카 방면에서 케미컬슈즈 대신 활발해진 플라스틱 공장에 다다르는데 그 경영자는 조선인이다. 그러나 이 경영자는 나중에 설명하겠지만, 부연설명이 필요하다고 나는 생각한다. 플라스틱 공장은 특별히 조선적이라고는 할 수가 없지만, 그 생산과정—인간 측면에서 보면 노동과정이지만, 그 가혹함에 주목할 필요가 있다.

이쿠노구에서 조선인의 직업을 보면 대부분 자영 생산업이며, 업종은 앞의 두 가지에 이어 경금속 관계로는 녹로(轆轤)[4]로 깎아서 만든 기구 등이 주된 것이고, 그 외 고무 공장이나 비닐 공장 등이 있다.

나는 작은 플라스틱 공장(공원 수가 수십 명인 곳은 드물고, 대부분이 가족을 동원하고 있다.)에서 겉보기와 달리 그 작업의 가혹함에 놀랐다. 그 놀라움 속에는 동포의 생활 실태를 몰랐던 자신의 무지에 대한 수치가 움츠리고 있었다.

플라스틱 제품은 약간 큰 것으로, 예를 들어 양동이, 쓰레기통 등이 있는데 대부분 컵, 보온병 중간 뚜껑, 화장품 병뚜껑, 장난감 등이다. 이러한 것을 만드는 기계에는 주입식 '인젝션'과 튜브 모양의 접착제 통 등에 사용하는 흡입성형식 '블로몰딩' 두 종류가 있다. 그것을 사용하는 조선 주부까지 귀에 익숙하지 않은 영어 명칭 그대로를 사용해야

---

4 둥근 모양의 물건을 만들기 위해 사용되는 기계.

한다고 생각하니 조금 화가 나지만, 이 혀를 굴려 발음하는 이름이 긴 자동기계에 의해 미립상 재료가 녹아 일정한 물건 모양으로 나오는 것이다.

'하하, 하는구나'라는 기쁨이라 해야 할지 선망이라 해야 할지 알 수 없는 마음으로, 나는 뜨거운 플라스틱 냄새가 가득 찬 공장 안에 섰지만, 실제로 훌륭해 보이는 기계는 역시 가격도 수백만 엔으로 그것을 두세 대 설비해 놓고 밤낮 스물네 시간 내내 가동하면 상당히 벌 수 있지 않을까라는 것이 나의 생각이었다.

그러나 그 기대는 쉽게 무너졌을 뿐만 아니라 고배를 마신 듯한 실망이 바로 왔다. 3온스 '인젝션'은 한 대 240만 엔(10만 엔의 어음을 24장, 기계를 구입할 때에 지불한다. 만약 24개월 사이에 부도라도 내면 기계 설비 일체를 인수하는 것이 계약 조건). 이것을, 24시간 3교대로 사용해야 할 것을, 인건비 등의 관계로 12시간 2교대로 해서, 하루의 공임이 만 엔 정도로, 대부분의 인원은 제품 마무리작업 등에 시간이 걸리기 때문에 한 대에 약 세 명 분이 된다.

오이케(大池) 다리 부근에 '주입식' 세 대의 설비공장 주인 E 씨(59)의 경우는 인원 여덟 명(가족 여섯 명, 그 외 두 명)이지만, 한 대 월 사십만 엔을 벌지 않으면 안 된다고 한다. 그 내역은 기계 대금(3온스 240만 엔으로) 어음 10만 엔, 기계의 감가상각[5](수명 5~6년), 인건비, 전기 수도료, 영업비, 세금 등이 있는데, 이것으로는 이익이 생길 여유가 없다. "겉으로는 버는 것처럼 보이지만, 실제로는 모두 빚을 지고 있지요"라고 E 씨는 말한다. "게다가 부피가 있는 물건이기 때문에 운반에는

---

5 장기간 사용하여 소모되는 기계의 가치를 각 결산기마다 계산하여 기계의 가격을 줄여 가는 절차를 말한다.

차가 필요하죠. 물품 견적 등이 있어서 회사에 방문할 때 자전거를 타거나 걸어서 가면, 자가용 한 대도 없냐며 상대도 해 주지 않으니까요."

수요자로부터 가공업자에게 일이 돌아오는 동안에는 반드시 두세 단계의 하청이 끼여 있어 중간착취가 이루어지고 있다. 상사, 브로커가 끼어들어 각 20%를 떼면, 생산의 실제 담당자인 가공업자에게는 64%가 돌아온다. 한편 공임 결제어음은 관례가 넉 달, 이것을 비싼 이자로 나누어 내는 셈이다.

흡입성형식은 싼 편이지만(기계 75만 엔, 계약금 25만 엔, 잔금은 5만 엔 어음 10장 총 50만 엔을 지불한다.) 제품 종류를 주입식같이 다양하게 만들 수 없다는 수주상의 제약으로, 당연히 주문업체의 구속이 강해지는 것이다.

내가 찾아간 어느 작은 공장 앞에서, 그날은 밤이었는데, 문득 들어본 적이 있는 멜로디를 노래하는 여자 목소리가 가벼운 기계 소리에 섞여 밖으로 새어 나오는 것을 듣고 그대로 멈춰 섰다.

그 2층 건물 작은 공장은 흡입성형식 한 대를 두고, 열두 시간 철야교대로 가족 네 명이 일을 하고 있다. 그때는 안쪽 부엌에서 부인이 설거지를 하고 있었고 기계 앞에는 주인 F 씨가 서 있었으며, 노래를 하던 딸은 담녹색 풀 통 속에 파묻히다시피 해서 그 마무리를 하고 있는 중이었다. 문을 열어 들어간 순간 나를 본 그녀는 수줍은 듯이 노래를 멈췄는데, 그 노래는 지금 히트하고 있는 더 포 슈리크(The Four Shriek)가 부르는 '임진강(臨津江)'인데 조선어 가사로 노래하고 있었다.

이 작은 마을 공장에서 가족들이 일을 하고 있는 모습은, 틀림없이 혹독한 노동으로 생명이 단축되고 있다고 할 수 있는 어두운 느낌을 나에게 주었다. 하지만 그 안이야말로, 시간이 허락되는 한은 조청(조선청년동맹) 활동에도 참여하고 있다는 그 딸이 조국 분단의 슬픔과 분노를 부른 결코 밝은 노래가 아니라 해도, 노래를 잊지 않고 명랑하게 일하는 아름다운 모습은 내 가슴을 파고들었다.

*

'다른 곳에 일하러 가는 것보다 힘든 일이지만 우리 집에서 할 수 있다'—이것은 왜 이런 일을 하는가라는 질문에 대한 정신적(精神的)인 대답이지만, 그보다 더 현실적인 이유가 있다. 하나는 기계가 월부로 들어온다는 것(할부가 끝날 무렵은 이미 기계 수명이 다가오고 있어 악순환이 계속된다). 두 번째는 자본금이 적게 든다는 것. 이층 건물 집에 살고 있는 경우, 아래층을 없애고 기계 한 대를 넣으면 쉽게 작업을 시작할 수 있다. 세 번째는 경험이 없어도 기계가 성형해서 물건을 만들어 주기 때문에 숙련공이 아니어도 괜찮다—등인데, 이렇게 유리해 보이는 조건의 대가가 심신을 소모시키는 과도한 노동인 것이다.

분명히 이들은 자영업자이다. 하지만 허울 좋은 표면상의 자영업이다. 나는 이 주변에 뭔가 묘한 계략 같은 것이 감도는 것을 느낀다. 그리고 복잡한 감정이 든다. 도대체 자신과 그 가족의 노동이 그 한계를 향해 내몰리는데 거기에 무슨 '자영'이 있을까.

자본금으로 경영하는 큰 공장에서는 착취 논리가 눈에 보이지만 분산된 '자영'업자 집에서 이루어지는 노동에는 그것이 보이지 않을 뿐이다. 기묘한 '자영'업자는 실은 기묘한 노동자이며, 그들은 자본 메커니즘 속에서 긍지와 자주성을 가지고 살아남으려 하고 자본 쪽은 아이러니하게도 그들의 그 정신성을 이용하고 있다. 자본 측은 땅도 건물도 설비도 필요로 하지 않고, 공임만을—이것은 모양만 바뀐 임금이 아닌가— 지불해서 원격 조정만 하면, 허울 좋은 '자영'적 노동자, 모두 자기부담으로 해 주는 노동자를 만들 수 있다는 것이 경제를 모르는 나의 소박한 느낌이다.

기계 제조업체의 착취와 열악한 조건을, 가족의 과도한 노동으로 보충하는 플라스틱 공업의 현상에 대해, 예를 들어 사무실을 하나로 합쳐서 기계를 몇 대 설비한다든지, 이른바 생산협동조합 같은 경영이 필요하다는 것이 E 씨의 의견이었다. 이대로는 동포끼리의 경쟁으로 자멸할 것이라는 그 얼굴은 비통하기조차 했다. 5엔의 공임을 이쪽은 3엔으로 하자고 해서 점점 자본 측에 흡수되는 층이 넓어져 간다. 납세의무는 다하면서 융자 등에도 제약을 받는 조선인 영세기업의 경우, 협동할수 있다면 자금과 수주 면에서도 타개책이 있지 않을까 한다.

그 말에는 수긍이 간다. 그러나 실제로 어떻게 되는 건지 나로서는 알 수가 없다. 모르긴 하지만 이 상태가 좋다고는 결코 생각하지 않는다. 나는 단지 괴어(怪魚)에게 잡아먹히는 작은 물고기 떼처럼 흔들리는 존재 어딘가에 손을 댄 듯한 느낌이 들었고, 사태는 이 같은 의견이 나올 수밖에 없을 정도로 심각하다는 것이다.

이쿠노에서만 이러한 수백 채 공장 대부분이 조선인에 의해 운영되고 있다. 사이타마현(埼玉縣)을 제치고 전국 제일의 생산액을 올리고 있는 오사카의 플라스틱 공업을 그 저변에서 지탱하고 있는 것이 이러한 조선인 공장이다. 그것은 케미컬슈즈의 경우도 대동소이하다.

히가시오사카 일대로 말하자면, 옛날부터 고무공업이나 경금속업, 비닐 재생업 등의 발달은 조선인의 이러한 노력이 바탕이 된 것인데 지금도 그들을 둘러싼 가혹한 노동조건은 별로 바뀐 것이 없다고 할 수가 있다. 아무튼 지금은 생명을 갉아먹는 노동이 당연하다고 생각되어서는 안 되는 시대이다.

그러나 E 씨는(그는 1924년 도일해서 오사카 인쇄공장에서 일급 65센(錢)의 직공으로 일했는데) 옛날을 생각하면 지금은 무엇보다 훌륭한 조국이 있고 목적이 있는 생활을 할 수 있는 것만으로도 천지 차이가 있다며 이번에는 아주 쾌활하게 웃어 보였다. "정말 그 시대 우리 생활은……" 탄식 섞인 그 말을 반복하는 E 씨의 미소는 감개무량을 감출 수가 없는 것이다. "우리는 인간이 아니었지. 소, 말이었습니다."

요컨대 과거의 고통스러움을 생각하면 보수적으로 된다. 옛날에 비하면 재일조선인의 삶과 지위는 향상하고 있지만 그것은 현재 사회 속에서 상대적으로 봐야 하며, 그 경우 역시 심각함은 숨길 수가 없는 것이다. 그래도 그것을 지탱하고 있는 것은 피식민지인으로 긴 고난의 역사를 짊어지고 왔기 때문에 애국적인 심정인 것이다. E 씨는 그러한 것을 반복하며 말했다.

*

내가 이번에 오사카에 간 것은 E 씨와 많은 조선인이 정착하고 내가 자란 곳이기도 한 이카이노는 도대체 어떤 곳일까, 그것을 직접 느끼고 다시 생각해 보려는 마음이 있었기 때문이다.

물론 재판조선인[6]이 일본에 건너온 것도 일본의 다른 지역과 마찬가지로 일본제국주의 정책의 결과로 나타난 것이다. 1910년 구 조선은 멸망했다. 일본의 완전한 식민지가 되고 나서 조선에 대한 제국주의적 수탈, 예를 들어 '토지조사사업'이나 '임야조사사업' 등의 결과, 망국에 땅까지 빼앗긴 농민들은 도시로 흘러가거나 또는 실업자가 되어 국외로 유랑길에 내몰리게 되지만 식민지 수탈정책의 강화와 함께 그 수는 증가한다. 이주자의 대부분은 일본 노동시장으로 유입되는 산업예비군으로서 오는 것이다.

잘 알려진 바와 같이 이것에 대해 내가 여기에서 자세히 말할 것까지는 없다. 이러한 전제에서 오사카 특히 히가시오사카 방면으로 조선인

---

6 在阪朝鮮人: 오사카에 거주하는 조선인.

이주자가 1920년대 들어서 갑자기 많아진 원인을 간단하게 설명하려 한다[히가시나리군(東成郡) 쓰루하시초(鶴橋町) 오아자이카이노(大字猪飼野) —이곳은 1925년 시정시행으로 히가시나리구(區)가 되기 전에 지금의 이카이노초(猪飼野町)의 호칭이며, 현재 약 4만 명의 조선인이 살고 있는 이쿠노구(生野區)는 1942년 히가시나리구에서 나누어졌다. 1928년 히가시나리구의 조선인 수는 약 1만 명으로 오사카부(府) 4만 5천 명 중에 제일 많다].

첫째 주거의 문제가 있다. 당시 도시 외곽부를 차지하는 조손(町村) —도쿄에서는 세타가야(世田谷), 시나가와(品川), 스가모(巢鴨), 센주(千住), 미와(三輪) 등, 오사카에서는 도요사키(豊崎), 이마미야(今宮), 쓰루하시(鶴橋) 등이 시내에 집을 빌릴 수 없는 조선인이 간신히 거처를 정할 수 있는 지역이었다. 당시 한편으로는 몇 십만의 일본인이 조선에 들어가 (1918년 34만 명) 서울 등에서도 주요 지역을 점거하고 저택을 마련한 것에 대비하여 상상하니 그것이 오버랩되어 비쳐졌다. 그 배경은 망국인 것이다.

다음으로 직업의 문제가 있다. 그것은 '노다한신(野田阪神)의 철공소, 난바(難波)의 유리, 잡화, 덴로쿠시모산반(天六下三番)의 메리야스공업, 쓰루하시 방면의 고무업 조선인 노동자'라고 불린 것처럼 고무 공장이 많았던 것과도 관련이 있다. 고무 접착제를 다루는 내내 강한 벤졸 냄새로 괴로워지는데 이것이 심해지면 중독을 일으킨다. 그래서 일본인 노동자는 그 일을 피했다. 1930년 무렵 이쿠노에서 고무 공장과 관련된 조선인 조합원 수는 오백 명을 넘고 있었다.

그리고 이것은 히가시오사카만 관련되는 것은 아니지만, 1923년에 제주도—오사카 간의 직통항로가 개통된 것이, 제주도 출신자가 일본 오사카로 이주하고 산업 예비군으로 편입을 촉진시키는 원인이 되기도 한다. 그리고 히가시오사카 방면에 거주자가 많은 것은 필연적으로 연고를 찾아 증가하게 된다.

그리고 또 이카이노초를 남북으로 관통하는 히라노(平野) 운하 굴착 공사를 조선인이 이쿠노구에 정착하게 된 한 요인으로 간주해야 할 것이다[히라노 강 굴착은 다이쇼(大正)[7] 말년, 조선인 노동자에 의해 만들어진 것임은 증언 등으로 확인할 수가 있지만 그 공사 내용의 기록과 자료가 없어 구체적인 숫자 등은 파악할 수가 없다. 이카이노에 오십 년 가까이 사는 고봉옥 노인(72)은 다이쇼 12년 당시 오이케(大池) 다리에서 이마자토켄(今里劍) 다리 근처까지의 공사, 그것은 곡괭이와 삽만을 사용한 가혹한 노동이었는데, 하루 평균 백 명 정도 일했을 것이라고 하지만 그것도 추산적인 것이다].

민족 교육을 가까이 하는 마음

반세기 동안 오로지 염색공으로 노동의 길을 걸어온 한 조선 노인이 이쿠노구의 데라다(寺田)역 근처에서 살고 있다. 이른바 고희에 이른 그는 지난해 말 노동과 결별하게 되어 여생에 대해 생각하고 있었다. 스물한 살에 오사카에 와서 오십 년 가까이 하루 40센을 받는 염색공장에서 시작해 그 외의 일은 몰랐다. 그 노동의 결실이 비로소 다른 사람에게 집을 빌려 주는 형편이 되어 매달 얼마간의 수입으로 노부부는 여생을 보낼 수 있게 되었다. 그리고 노인은 지병인 천식을 앓고 있었다.

그런데 이 노인은, 성만을 빌려 오 노인이라고 부르기로 하는데, 스스로 계획을 백지화하고 온 길을 다시 되돌아갔다. 그는 살고 있는 지역의 민족학교 건설기금에 은행에서 빌린 백만 엔을 기부하고 기부한 만큼 앞으로 3년간 노동을 계속한다는 것이다. 즉 백만 엔에 상당하는

---

7 일본 연호의 하나로 1912년 7월 30일부터 1926년 12월 25일까지를 말한다.

30개월, 매달 상환하기 위해 약 3년간 근로기간을 연장한다는 것이다. 계산은 그렇다 치더라도 그것은 보통일이 아니라고 나는 지금도 생각하며 데라다역에서 국철 조토선(城東線)을 타고 덴마(天満)역에서 내려 도보로 30분 거리에 있는 나가라(長柄)다리 부근의 염색공장으로 오늘도 도시락을 들고 다니는 노인의 모습을 상상한다.

하지만 본인은 조금 득의양양하다. "친구나 지인이 이번 일을 칭찬해 줄지언정, 나쁘게 말하는 사람은 없다"고, 이 당연한 평가가 노인의 마음을 어린 아이처럼 기쁘게 한다. 즉 오 노인은 자신의 행동을 스스로 선행이라 인정하고 그것에서 노후 삶의 보람을 느끼는 것을 감추지 않는 소박한 사람이다. 더듬거리며 자신의 심중을 충분히 표현하지 못하는 말투가 나에게는 선함 그 자체로 느껴졌다.

노인은 말한다. 나에게는 아들이 없다. 그러나 외손자와 동생의 손자들이 있으며, 그들은 모두 우리 민족학교에서 공부하고 있다. 조선학교 아이들은 모두가 내 손자이다. 다시 조선의 말과 문자를 빼앗기는 일이 있어서는 안 되며 그러한 것을 우리 학교는 차세대 주인공들에게 신중히 가르쳐 주어야 한다 —고. 그리고 "아프지 않는 한 일하는 것을 제일 좋아한다"는 노인은 실제로 집에서 쉬고 있을 때보다는 염색공장에서 일하고 있는 편이 오히려 활발하고 젊어 보인다. 노인은 조선 아이들을 위해 일을 하는 데 앞으로도 또 여유가 있다면 돈을 내놓겠다고한다. 노인은 저녁 식사 후 담배를 피우며 천천히 일어나 총련의 기층(基層) 조직인 분회(分會) 일로 돌아다닌다.

*

'조선인은 얼마 없는 돈까지 전부 털어내는 것을 왜 이렇게 좋아하는 걸까'. 기묘한 표현이지만 이것은 나의 입에서 가끔 새어나오는 감탄의 말이다. 바느질을 하고 군고구마를 팔면서 또 넝마장수를 하면서 몇 년이나 걸려 모았을 동전이 10만, 20만이라는 금액이 되어 나타나고, 다시 그것은 억대에 달하는 거액으로 불어나 곧 눈에 보이는 학교가 된다. 나는 오늘날 재일조선인의 강인한 삶의 뜨거운 숨결을 그들이 민족학교 건설사업에 참여하는 모습에서 느낀다.

이카이노 조선시장 바로 옆에 히가시오사카조선제4초급학교가 있다. 철근으로 지어진 4층으로 된 새 교사인데, 이것은 작년(1968) 9월 조국 조선민주주의인민공화국 창건 20주년을 기념해서 이 지역 주민들의 손으로 지은 것이다. 비슷한 시기 히가시나리구 이마자토에서는 나카오사카(中大阪)조선초중급학교가 약 1억 2천만 엔으로, 이쿠노구 다쓰미(巽)에 있는 히가시오사카조선중급학교에는 약 1억 7천만 엔의 예산으로 모두 철근 콘크리트 5층의 훌륭한 새 교사가 준공되었다. 이외에 작년 한 해 동안 니시나리(西成)초중급학교, 기타오사카(北大阪)초중급학교 등이 조선인들의 기부금으로 새롭게 설립되었다.

실제로 재일조선인의 민족교육은 그들의 땀의 결실인 기부 행위와 결코 넉넉하지 않은 1957년이라는 시점에서 김일성 수상이 앞장서서 조국에서 보내 온 누계 약 76억 엔에 이르는 교육지원비에 의해 조달되었다. 그러므로 그 학교의 초석은 재일조선인의 피가 가득한 심장 속에 흐르고 있는 것이다.

그렇다 해도 이 수억이라는 거액의 돈이 어떻게 그 가난한 주머니에서 나오는 것일까. 부모들의 축적된 이러한 행위의 구조를 젊은 세대가 이해하기는 어려울지도 모른다. 하지만 학교건설에 보태는 기금과 노력은 사실 어려운 생활을 비추는 양면 거울의 단면이다. 있어서 내는 것이 아니다. 물론 있는 사람은 있는 대로 거액의 돈을 내고 있지만 어쨌든 그것은 마음에 담긴 원한의 계보가 내뱉게 한 돈이다. 재일조선인의 학교 교육사업은 과거 비참한 생활 역사의 실천적인 지양이며 다시 그것을 반복하지 않으려는 강렬한 미래에 대한 의지의 표현이다. 그리고 조선 인민이 지배하는 조국이라는 존재가 그 에너지의 끊임없는 원천인 것이다. 내가 알고 있는 한에서도 오 노인 같은 사람은 많고 그 범위도 넓다. 이쿠노의 플라스틱과 그 외 공장의 힘든 노동 속에서 수많은 교실과 책상과 피아노 등이 생기는 것이다.

재일조선인은 그 생활체험으로부터 자신들의 자녀교육이 파괴되는 것은 결국 조선인으로서의 존재를 부정당한다는 것을, 본능적으로 맡는 후각을 가지고 있다.

재일조선인 60만 명의 약 4분의 1인 14만여 명이 학생인데 그 중 10만 명이 일본의 초·중·고등학교에 재학하고 있으며, 그것은 조선인의 6분의 1을 차지한다. 나는 앞에서 민족의 핵이라고도 할 만한 원초적인 primitive 것을 '부모'에게서 이어받으라고 했는데 이 숫자만으로 본다면 오히려 그 반대의 과정이 열려 있는 셈이며, 가정에서 요새를 견고히 하는 것이 중요한 과제가 되고 있다. 문제는 심각하다.

재일조선인이라고 해도 그것은 추상적인 존재가 아니라 크게 총련에 속하는 사람, 민단에 속하는 사람, 그 밖의 사람이 있는데 일본과 한국 정부는 그들을 '한일조약' 이후 이미 정해진 정치 코스에 무리하게 밀어 넣고 있다. 교육만 해도 일본 정부와 동조한 박정희 정권은 재일조선인 자제가 일본학교에 입학하는 것과 조선인학교 폐지를 위해 적극적으로 움직이고 있다. 하지만 이에 반발하는 재일조선인의 심정(민족학교를 생활의 원초적 존재로서 생각하는)은 강압적인 권력으로 무너뜨릴 수 있는 것이 아니다.

*

실제로 학교 건물을 멀리서 바라보거나 옛날 생각을 하면서 동포들의 많은 눈물과 땀을 빨아들였을 이카이노를 걷다 보면, 재일조선인은 모든 차별과 사회적 불평등 속에서 자력으로 여기까지 잘 왔다는 감회가 솟는다.

나는 해질녘 길을 걷고 있었는데 어느새 이카이노니시(猪飼野四) 일번가의, 원래 네코마(猫間)강의 에노키(榎木)다리 근처에 서서 눈앞의 한 소년을 주시하고 있는 자신을 깨달았다. 그것은 어린 시절의 나였다. 나는 조금 전 내가 다녔던 소학교(초등학교) 옆을 막 지나왔고 내가 어린 시절을 보냈던 집도 여기에서 이삼분, 학교에서도 사오분 밖에 걸리지 않는다. 요컨대 옛날 이 근처는 어린 내가 잘 알고 있는 곳인데 지금은 강을 매립한 다리 옆의 에노키바시(榎木橋)파출소가 없어진 후에는 작은 과자가게로 바뀌었다. 과자가게를 들여다보았는데, 불이 켜져 있지만 사람은 보이지 않는다.

지금은 없어진 에노키바시파출소는 특히, 나의 돌아가신 어머니가 형사와 경찰에게 몇 번이나 발길질을 당하고 머리채를 잡힌 채 땅에 질질 끌려 다녀 중상을 입었던 곳이라 좀처럼 잊히지 않는다.

내가 대여섯 살 무렵인 것 같다. 지금 도쿄에 있는 큰형은 당시 일일 노동자였는데 이쿠노에 많았던 고무 공장에 근무하면서 전협(일본 전국 노동조합 협의회)에 소속되어, 노동운동에 매달리고 있었기 때문에 집에 들른 형을 쫓아 일고여덟 명의 사복 경찰들이 새벽에 신발을 신은 채 잠자고 있는 형을 덮친 것을 목격한 적도 있다. 당시 노동운동이 고조되어 일본 노동자와 연대가 강해지고 있었을 때였고, 1929년에는 이쿠노 고무 공장 관련의 조선인 노동자 수백 명이 노조탄압에 항의하여 쓰루하시 경찰에 몰려들어 시위를 하고 있었다. 도쿄에서도 몇 번인가 체포된 형은 오사카에 돌아와서도 자주 나카모토(中本) 경찰과 쓰루하시 경찰에게 잡혀 어머니를 한탄하게 해서 형사라고 하면 그에 대한 증오로 어머니를 부들부들 떨게 했다.

아들의 석방을 위해 돈을 마련하여 잘 모르는 도쿄까지 가기도 한 어머니는 당시 하숙집을 하고 있었는데, 빈번하게 출입하는 조선인과 일본인 노동운동가들에게 부유하지 않았지만 가능한 한 물심양면의 지원을 했던 것 같다. 주요 멤버는 대부분 우리 집에 머무르고 있었는데, 어머니 별명을 '와타마사(渡政) 어머니'라 부르며 우러르고 있었다. '와타마사 어머니'란 조선의 '와타나베 어머니'라는 뜻이며, 그것은 대만에서 일본 관헌에게 사살된 일본공산당 지도자 와타나베 마사노스케(渡辺政之輔)[8] 씨의 모친이 그 아들이나 동지를 위해 헌신적으로 봉사했던 것과 연관해서, 아마 애경하는 마음도 있어서 그런 별명을 붙인 것으로 보인다.

어느 날 아침 어머니가 파출소에서 소동을 일으키고 있다는 소식에 어린 나는 달려갔다. 이미 구경하는 사람들로 둘러싸인 파출소 안에서 어머니의 울부짖는 소리와 순경의 욕설이 들리고 있었다. 간신히 사람들 앞으로 머리를 들이밀 수가 있었다. 어머니는 산발이 되어 바닥에 주저 앉아 있었다. 어머니가 걷어 차는 순사의 다리를 붙잡고, 조선어로 이 개자식아! 이 왜놈들! 하고 외치는 반광란의 끔찍한 모습이 나의 눈에 들어왔다. 어머니는 **무스코 가에세**(아들 돌려줘)를 일본어로 외치고 나서 비슷한 말을 조선어로 반복하며 외쳤는데 그 뒤로는 모두 경찰들이 모르는 조선어였다.

어머니는 살인자도 도둑도 아닌 아들에게 무슨 죄가 있느냐, '주의자(主義者)'(사상운동 하는 사람을 '사상가'라 불렀는데, 거기에는 존경의 마음이 담겨 있었다.)에게 무슨 죄가 있느냐며 조선 여자가 자주 하는, 두 주먹

8 와타나베 마사노스케(渡辺政之輔, 1899~1928): 일본의 노동운동가, 정치활동가, 비합법 정당시대 일본공산당(제2차공산당)의 서기장.

으로 땅을 치고 몸부림쳐서 가슴과 얼굴에 발길질을 당했다. 아들은 이미 본서로 연행된 뒤였는데. 경관 네댓 명이 우뚝 서 있는 사이로 둥글게 웅크리고 앉은 어머니의 모습이 있었다. 나는 왜 그러는지 몰랐다. 그때 어머니가 죽었다고 생각했을지도 모르겠다. 기억이 없다.

아직 돌아가시지 않았지만 문득 옛날의 어머니를 생각한다. 어머니가 홀몸으로 오사카에 연고를 의지해서 찾아온 것은 1925년 봄 무렵이었고 나는 바로 그 가을에 태어났다. 어머니는 조선옷 바느질과 조선떡 등을 만들어 생계를 꾸리면서 나중에 집을 한 채 빌려 하숙을 시작하지만, 내가 초등학교 3학년 때 큰 형의 결혼과 체포 등으로 지출이 계속 이어져 집의 권리를 다른 사람에게 넘기고 가족은 흩어져 버린다.

나는 소학교를 나오자마자 들어간 일급 50센인 칫솔공장을 시작으로 간판가게 견습, 철공소, 가장 길게 한 신문배달 등을 했는데, 그 사이 열네 살[9] 여름에 처음 제주도에 갔다(유아시절에 간 적이 있다고 하는데 그것은 나의 기억에는 없다).

이때 처음으로 내 마음에 베일을 벗은 고향이 실체로서 나타났다. 그 웅대한 자연은 나라는 소년의 영혼을 압도했다. 한라산이, 타향에서 어머니와 고향사람들이 신처럼 이야기한 한라산이, 나를 송두리째 흔들어 움직인 것이다. 고향의 색은 바다도, 산도, 숲도 물감처럼 선명했다. 고향의 과묵하고 씩씩한 인간을 품은 이 자연은 그 후 내 인생에 결정적인 영향을 줄 정도로 강렬했다. 이렇게 나는 고향을 되찾고 조국을 되찾으려고 이윽고 작은 민족주의자가 되고 있었다. 만주를 침략한

9　『김석범 작품집(金石範作品集)』(平凡社, 2005)에 의하면 김석범은 1925년 10월 2일 생으로 이 때 만으로 하면 열세 살 무렵이다. 본서에 수록된 「제주도에 대해서」에는 열세 살로 표기되어 있다.

일본제국주의는 야욕을 채우기 위해, 중일전쟁을 일으키고, 그것을 확대하고 있었을 때였다. 이미 1939년부터 조선인 노동자를 강제연행하기 시작했다. 조선 국내에서 사람 사냥으로 인해 일본에 끌려간 70만 명의 조선인은 일본의 탄광이나 광산, 군사시설 건설 등에 혹사되고, 반항하면 학살을 가하는 노예적인 강제노동이 주어졌다.

1938년에는 각 부현(府縣)에 '협화회(協和會)'가 설립되었다. 재일조선인을 이용하여 재일조선인의 '황민화'를 위해 광분하고 이듬해에는 '창씨개명', 그리고 조선인 육군 특별지원병령, 해군 특별지원병령, 마침내 44년에, 그것은 일 년 후 나와도 관련되는데, 조선인에 대한 징병령이 '일시동인(一視同仁)', '내선일체(內鮮一體)' 등의 미명 아래 일본 천황의 뜻으로 시행된다. 그 악마처럼 뻗어가는 일본제국주의의 묵직한 가장 밑바닥을 지탱하며 우리를 걷게 했던 것이다.

나는 그때 몇 번인가 조선에 갔고 인간의 근원적인 것을 빼앗긴 자에게는 그것을 되찾는 싸움이, 그 자체로 자유라는 생각을 나는 자연스럽게 배우게 되었다. '자유'라는 것은 어려운 주제이지만 빼앗긴 자에게는 자유는 없다는 것이 나의 첫 인식이었다.

나의 표상(表象) 세계에서 고향의 이미지가 만약 기억 상실 등의 사고로 갑자기 떨어져 나간다면 나는 미칠지도 모른다. 지금도 과거 속 강렬한 고향의 이미지를 축으로 해서 그것을 계속 반추하며 살고 있다.

편견

오사카에서 돌아오는 길에 교토(京都)에 들른 나는 피곤해져서 열차 안에서 조금 자려고 했지만 좀처럼 잠들지 못한 채 그냥 차 진동에 몸을 맡겨 어두운 창밖을 바라보고 있었다.

나는 고류지(広隆寺)에서, 이것 때문에 교토에 들렀는데, 미륵보살에 절하고 온 지 얼마 안 되었다. 단지 들르고 싶어서 들른 것뿐이었다. 그렇지만 나는 천4백 년 전 옛날 조선의 공방에서, 이 불상이 그 민족의 태내에 있는 원초적인 것을, 영원한 형태로 체현되기까지 조각해 온 사람들의 팔과 손가락을 생각하며 탄광 속이나 토목공사 등으로 삽과 곡괭이를 들어 올릴 수밖에 없었던 재일조선인도 생각하고 있었다.

옛날에는 조선인이 여명기의 일본 문화 담당자로서 일본에 왔다. 그런 의미에서 천 수백 년 동안 관계가 깊은 땅에, 20세기에 들어서면서 조선인은 피식민지의 인간으로서, 예를 들어 "침목 하나에 조선인 노동자 한 사람"이라는 희생과 노동력의 공급자로서, 부득이하게 일본에 왔다. 나는 그러한 과거의 재일조선인을 생각하고 있었다. 그리고 나라가 망한다는 것이 그토록 무자비하게 인간 존재의 근본부터 부정하지 않으면 안 되는 것인지 다시 한번 생각한다. 그러나 나는 지금 조국을 가지고 있기 때문에 말할 수가 있다. 만약 그렇지 않으면 이것은 푸념에 지나지 않게 된다.

밀폐된 차내의 광경이 불안하게 정지된 채 달리는 열차 창문에 비치고 있다. 내 얼굴이 그 속에 있다. 어두운 시대였던 것 같다. 격앙을 겉으로 드러낼 수 없고 침묵과 속삭임 속에서만 자기를 관철할 수밖에 없었던 시대였다. 그리고 나는 한편으로는 염세적이었다. 나는 다른 사람과는 반대로 열다섯 살을 넘기고 한글(조선 문자)과, 옛 조선에서는 데라코야(寺子屋)식 서당이라는 곳에서 어릴 때부터 배운 『천자문』, 『동몽선습(童蒙先習)』 같은 한문, 즉 한문을 통해 조선어 공부를 고향에서 시작했다. 그리고 조선의 역사를 더듬으며 그 속에서 과거의 영광을 찾고, 또한 자신의 가계를 더듬으면서 과거의 피 속으로 회귀해 가는 흥분에 사로잡힌다.

1944년 조선인에게 징병령이 내려져, 나는 다음 해 45년에 기류지(奇留地)인 오사카에서 검사를 받게 된다. 지금 생각하면 그것은 아이의 꿈같다는 생각도 들지만, 당시 일본을 탈출해 중국에 가려는 생각을 갖고 있던 나는, 도항 제한이 심한 상황에서 그 기회는, 징병검사를 어떻게든 본적지에서 해야 한다고 판단했다(1945). 그리고 전년(1944) 여름 일 년 만에 고향에서 돌아왔는데, 나는 이번이야말로 일본을 떠나겠다는 결심을 하고 다시 조선으로 향했다. 쉽지 않았지만 드디어 그 허가를 경찰에서 받았다. 이른바 창씨개명을 하는 시기여서 아마 조선에 있었다면 불가능했겠지만, 신고를 하지 않았기 때문에 본명 그대로 제주도에서 검사를 받게 되어 조선으로 건너가는 데 성공했다.

검사장에서는 일본 군인에게 구타를 많이 당하며 제2을종(乙種)으로 바로 합격인 조제남조(粗製濫造)반으로 들어가게 된 나는, 먼저 일본에서 거처를 정해 놓은 서울 선학원으로 돌아갔는데, 이러한 방랑 속에서 나는 처음으로 장용석이라는 친구와 마주쳤다.

언제나 일본을 벗어나려고 발버둥을 치면서도, 나는 또 일본으로 돌아와 1945년 8월 15일을 도쿄에서 맞이하게 된다.[10] 이렇게 결국은 일본에 남아 재일조선인의 한 사람이 되고, 그렇지만 마음은 항상 비상하려고 한다. —각자의 사람들이 걸어온 길은 다르다 해도, 이것은 대부분의 재일조선인이 가지고 있는 심정이 아닐까 하고 나는 생각한다.

*

'외국인분은 사절'—이것은 오사카 이쿠노구의 어느 문화주택의 입주조건을 명시한 벽보의 글이다. 부대조건에는 조선인에게는 교부하지 않는 주민등록 제출이 있다. 조선인이 입주했다는 것을 알면 다음

---

10 김석범은 1943년부터 1946년 사이에 조선과 일본을 몇 차례 도항한 바가 있다.

세입자가 나타나지 않는다는 집주인의 말은 변명으로밖에 들리지 않을 것이다. 조선인은 외국인이니까, 논리적으로 대수로운 일은 아니지만, 거기에 어떤 은밀한 심정이 들여다보이는 것은 왜일까. 조선인 사절, 옛날이라면 선인무용(鮮人無用) 따위로 썼겠지만, 무심코 읽는 사람의 웃음을 자아내는 표현으로 바뀌었을 뿐이다.

깊이 생각하지 않아도 그것은 조선인 이외의 어느 '외국인'도 가리키지 않음은 명백하다. 명백하지 않다면 벽지를 붙인 쪽도 곤란할 만하다. 역시 그것은 그 나름의 고심이 있었을 것이다. 외국인분이라고 하면 무엇보다 무난하고, 조선인으로는, 조선인분이라 해도, 직접적인 표현은 문제가 생긴다고 본 것이라 해야 할지.

실제로 '선인불요(鮮人不要)'나 '내지인(內地人)에 한함' 등의 구인 벽보는 이미 다이쇼(大正) 말년부터 쇼와(昭和)[11] 초년에 걸쳐 횡행하고 있었으며, 그러한 상황 속에서 조선인은 필연적으로 가혹한 노동조건과 저임금에 개의치 않고 일했다. 그리고 지금은 시대가 변했다. 하지만 나도 도쿄에서 경험한 적이 있는데, 조선인이라고 말하면 빌릴 수 있는 집이나 아파트도 빌릴 수 없게 되는 등 지금도 그다지 변함이 없다.

이야기가 옆길로 새는데, 일본인은 일반적으로 조선인을 대할 때 '조선인(조센진)'이라고 말하기를 꺼려하는 것 같다. 그것은 일본인 자신이 그 말에서 모멸적인 어조를 느끼는 탓이리라 생각한다. 지구에 빛과 어둠이 동시에 있는 것처럼 '조선인'이라는 말에는, 조국의 역사적 전통 위에 서서 저항하고 투쟁한 빛나는 불굴의 모습과, 일본 측에서 심어 온 피지배자의 대명사라는 굴욕적인 이미지라는 두 가지 면이 있다. 많은 일본인은 그 한쪽만을 의식해 온 것이다. 그래서 일본인의 모멸적

---

11 일본 연호의 하나로 1926년 12월 25일부터 1989년 1월 7일까지를 말한다.

인 어조를 넘어서기 위해서라도 더욱 조선인이라고 불러야 하는 노력이 필요하지 않을까 하고 나는 생각한다.

이런 일이 있었다. 오사카에서 어느 날 나는 지인(일본인) A씨와 함께 보호사[12]를 하고 있는 노인을 처음 찾아간 적이 있었다. 수염을 약간 기르고 풍채가 좋은 의외로 낙천적인 노인이었는데 화제가 조선인과 관련된 것만으로 대화 중에 조선인을 반드시 '조선분' 또는 '조선의 사람'이라고 말한다. 하지만 A씨는, 당연하지만, '조선인'밖에 사용하지 않는다. 안경 넘어 상대를 바라보며 조선인, 조선인이라고 한다.

노인의 얼굴에는 당황한 기색이 스치다 사라진다. A씨에게 "조선인 앞에서 조선인이라는 것은……"(편견에 물들지 않은 아이에게는 이 표현은 수수께끼보다 어려운 일일 것이다.)이라고, 처음에는 그렇게 생각한 것 같은 그는 여전히 '조선분', '조선 사람'을 번갈아 사용하다 결국 일고여덟 번째에 '조선인'이라고 말하고 말았다. 그런데 그 말은 조선인인 내 앞에서 사용하기에는 상당히 부담스러웠는지 노인은 다시 '조선분', '조선 사람'을 사용했다. 그리고 노인은 우리가 돌아갈 때까지 한두 번 더 '조선인'이라고 했는데 더 이상은 사용하기 힘들었나 보다.

일본적인 발상의 그림자를 볼 수 있는 조금 전의 벽보에서도 지금의 '조선인' 어감에 대한 것이나 조선인에 대한 정형화된 견해 등은 일본인의 조선인에 대한 편견의 표현 중 하나라고 할 수가 있을 것이다.

*

물론 편견이나 멸시는, 한편으로는 위정자가 옛날부터 그것을 없애기 위해 노력하는 것이 아니라, 오히려 권력을 이용하여 계속해서 그 토양을 조성하여 국민 속으로 침투시키는 것인데, 현실에서 일본인의 조선

---

12 보호사(保護司)법에 의거하여 지역의 범죄나 비행 예방을 도모하는 사람.

인에 대한 멸시감이 어디에 그 근거를 두고 있는 것인지, 그리고 일본인은 그것을 어디까지 의식하고 있는 것인지 나는 늘 생각하고 있다.

지금은 조선인이 일본의 지배에서 벗어나 독립국가의 공민으로서 생활하고 있는 현실이기에 식민지시대처럼 무제한으로 멸시할 수 없게 된 지금, 오래된 일본인의 조선관을 자극하고 옛날과는 다른 형태의 굴곡진 편견이 생기는 면도 있을 것이라고 생각한다. 지금까지의 조선인관으로 다룰 수가 없는, 즉 기성복으로는 맞지 않게 되어 새로운 조선관이 요구되는 안타까움이 한편에 있고, 또 한편으로는, 우리 조선인의, 이러한 경우는 자칫 도가 지나치기 쉬운 주관적 경향에 의해 상충할 가능성이 생긴다.

이러한 편견은 복잡하게 얽혀 있지만 그 본질적인 것이 과거에 조선을 정치 군사적으로 지배한 '지배자' 의식에 그 주된 근거를 두고 있다면 그것도 나름대로의 논의가 진행되어야 한다. 편견의 실체는 일본인의 의식 속에 있기 때문에 그것을 밖으로 끄집어 내보여 나의 조선인에 대한 '편견'의 근거는 이것이라고 누구나 보이는 위치에 그것을 놓고 볼 필요가 있다. 거기에는 조선인에 대한 정당한 비판도 있을 것이고, 또한 근거가 없는 편견 자체도 있을 것이다. 그렇게 서로 소통의 장에 나오지 않으면 합치하는 것을 찾아낼 수가 없다.

그리고 그 방법은 어디까지나 현실을 어떻게 하는가 하는, 현실에 대한 적극적인 자세와 결합해야 할 것이다. 그러기 위해서라도 우리들에게는 과거를 명확하게 하는 것이 전제가 된다. 그것은 감정적으로 그렇게 된다는 의미가 아니다. 과거의 논리가 하나의 현실 구속의 힘을 가지기 위해서는 과거의 공백이 인정되어서는 안 되는, 요컨대 과거는 충실하고 연속적일 필요가 있다. 하지만 우리가 현 상황 인식에서 독단적으로 되어, 현실에 실천적으로 접근할 수 없는 경우를 대체할 우려가 있는 관념적인 방법은 피해야 하고, 현실에 대한 실천적 자세와 결합하여 과거에 대한 규명이 동시에 이루어져야 함은 말할 필요도 없다. 과거에 대한 규명이, 현실에 대한 문제의식의 결여에서 오는 교조적인 외침이 되어서는 안 된다. 경직된 현실 인식은 나태이고 오만이다.

현재 재일조선인이 가지고 있는 온갖 부당한 현실에 대처하기 위해서는 문제의 본질적인 규명이, 즉 그 역사가 필요하며 이를 위해서는 과거가 문제가 될 것이다. 과거를 분명히 하는 것은 부당한 현실을 따지는 것이 된다.

재작년(1967) 시월에 중단된 귀국 문제, 두 번이나 패소된 일본 정부가 대법원에 가져온 조국왕래 문제, 새로 제정하려고 하는 '출입국 관리법' 문제, 민족교육에 대한 탄압 등 일본 정부의 방식이 부당함은 과거를 비춘다면 좀 더 명백해진다. 그리고 그 과거는 이 부당한 현실에 어떻게 대할 것인가 하는 일본인의 자세에, 그것이 어느 쪽에 관여하든, 어떤 시사를 줄 것이다. 과거는 현실을 구속하는데, 이 부자유는 그것을 인식하고 미래로 도약하는 행위를 통해 자유롭게 전환하는 것이고, 거기에 조선인과 일본인의 입장은 다르지만, 서로의 노력에 의해 현실에 임하는 공통의 방법을 찾아야 한다.

홋타 요시에(堀田善衛)[13] 씨는 한때 재일조선인 자제의 교육문제에 대해 언급했는데 홋타 요시에에 의하면 일본인 자신이 조금이라도 자유로워지기 위해서는 조선인의 협력이 필요하며, 또한 일본인 자신이 조선인에게 협력해야 하는 것은, 어느 쪽에게도 자유는 일방적일 수가 없기 때문이라고 한다.

생각하건대 이러한 문제는 결국 조선인과 일본인의 관계에서 생기는

---

13 홋타 요시에(堀田善衛, 1918~1998): 일본 소설가, 평론가.

것이며, 역사적인 과정은 피해자와 가해자라는 반대의 입장에 쌍방이 놓여 있지만, 그래도 합치하는 것을 찾지 않는 한 서로 자유로울 수가 없다.

*

재일조선인의 미래는 항상 조국과 함께 있다. 왜냐하면 재일조선인은 일본에서 소수민족이 아닌, 조선 민족의 일부분이기 때문이다. 그러므로 우리는 조국의 자주적 통일을 민족 지상의 과제로 간주하고 누구나 그것을 위해 싸우고 있다. 조선의 통일은 지금 진통기에 있다. 그것은 오래 지속될지도 모른다. 그러나 격통에 견디며, 한 걸음 한 걸음 나아가고 있다. 그리고 통일 조선은 재일조선인의 삶에 결정적인 영향을 미칠 것이다.

지난(1969) 1월 25일 박정희 정권은 서른 명의 남조선 통일혁명당 멤버, 서울시 책임자 김종태를 포함한 사형 다섯 명, 그 외에 무기형 등을 선고했다. 최근만 해도 작년(1968) 11월 이후, 연속적인 암흑재판을 통해 조국 통일을 주장하는 애국자들에게 사형 등을 선고하고, 남조선 인민의 투쟁에 겁먹은 박 정권의 파쇼적인 살인재판이 절정에 달했다. 1월 25일에는 작년 12월 27일에 사형 선고를 받은 통일혁명당 전라남도위원회 최영도 위원장이 옥중에서 학살되었다. 남조선에서 미군을 철수시키고 사회의 민주화와 조국 통일을 위해 싸우는 애국자에 대해, 즉 인간에 대해 비인간이 사형을 선고하고 학살하는 사태가 지금 일어나고 있다.

세상에는 잔인과 슬픔이 너무 많아, 이것도 그 중 하나라고 한다면, 그것은 나이 든 신(神)의 군소리와도 흡사할 것이다. 그것은 인간 스스로 이성의 패배를 선고하는 것과 같다. 20세기 후반의 전세계에서 이루어지고 있는 중세적 암흑재판에 의한 살인 행위는 인간의 이성에 대한 도전이다. 조국에서는 물론 재일조선인도 연일 이것에 반대하는 투쟁에 나서고 있다. 일본을 비롯해 지금 국제적으로 항의규탄의 목소리가 높아지고 있는 가운데, 그 재판을 중단시킴으로써 우리는 인간의 분노와 이성의 힘을 나타내야 할 것이다. 그리고 또한 내가 옥중에 있는 그들과 피를 같이하고 있는 조선인의 한 사람으로서 일본인들의 강력한 협력을 바라마지 않는다.

민족의 자립과 인간의 자립

지금 나는 무엇인가

[1971]

1

'지금, 나란 무엇인가'라고 스스로에게 물을 때, '지금, 재일조선인
이란 무엇인가'라는 식으로 대체한다 해도, 나의 경우 그것은 결코 주
제를 벗어나지 않는다. 미리 말해 두지만, 그렇다고 해서 재일조선인
의 경우, 그것은 '나'를 아무렇게나 어떤 일정한 사회적 집단으로 대체
할 수 있다는 것은 아니다.

이 경우의 '나'라는 자아를 의미하는 존재적인 보편개념이 아닌, '재
일조선인' 중의, 그것과 관계하는 '나'이다. 그 중에는 다양한 직업이나
개개의 입장인 '나'가 있을 것이다. 그럼에도 불구하고 그 '나'는, 그
자체가 복합적인, 요컨대 여러 작은 상황을 그 안에 포함하고, 그 자신
이 또한 겹겹이 큰 상황에 포함되어 있는 상황인 '재일조선인'에 수렴
된다. 거기에서 벗어나서 '나'의 주체적인 자유는 쟁취할 수가 없다.

이렇게 말하면 재일조선인 사회라는 이 계약 사회에는 요즘 드문 공
동사회라고 생각하는 사람이 있을지도 모르겠다. 그렇지는 않다. 일본
사회에서 각각 생활의 정치적, 경제적 기반의 차이에서도 그렇지 않다.

그런데 재일조선인의 의식에는 '재일'이라는 상황 인식에서 오는 공동체적인 관계에 대한 지향이 상당히 있다. 물론 거기에는 과거 조선의 부락공동체적 생활의식의 잔상은 있을 것이다. 그리고 그것보다(2세들 중에는 해체되고 있는데) 식민지시대에 일본 사회구조의 피라미드적인 저변에서, 민족적으로도 계급적으로도 이중으로 억압되어 온 공통의 피억압자로서 오는 인식이기도 하다.

나는 조금 전 '재일조선인'이라는 상황에서 벗어나면 '나'의 자유는 없다고 했는데, 그것은 재일조선인이 일본 사회 안에서 불우한 입장에 있다는 것에서 오는 스스로에 대한 윤리적인 바람에서이다. 과거에 피지배자이며 지금도 피억압적인 것은 변함이 없고, '피(被)'가 앞에 붙어 떨어지지 않는 수동적인 존재이기 때문이다. 현재 재일조선인은 '재일'의 이유나 시비는 차치하고 일본에 오랫동안 살아온 역사적 사실을 짊어지고 있다. 그것은 풍화조건을 어느새 스스로의 내재적인 것으로 만들어가는 과정을 의미하기도 한다. 요컨대 조선인으로서 본성이 희미해져 체내에 동화적인 요소가 다분히 정착하게 된다는 것인데, 그러나 그렇다면 일본인이 되자고 해서 또 그렇게 간단하게 될 수 있는 것이 아니다. 그 사이의 벽 두께는 그렇다 하더라도 대체로 평등의 지평에 서 있지 않는, '피'를 제거하는 작업 대신에, '귀화'에 따르는 그 의식의 죄책감은 가릴 수도 없는 것이다.

즉 그것은 일본이 과거에 지배자였고, 지금도 여전히 억압 속에서 피지배자 측면에 서는 인간으로서의 주체 문제로서 생각해야 할 것이다. 주지하는 바와 같이 과거 일본은 지배하고 빼앗은 자로서 스스로 도덕성의 퇴화를 국가의 지배이데올로기와 유착시킴으로써 점점 가속화하여 깊어진 것이었다. 그 일본이 다시 지금, 과거 제국주의시대와 같은 방향으로 향하면서 퇴보 의식이 전혀 없는 것처럼 보이는데, 그것은 위정자들이 선동하는 '대국의식'이 그대로 이웃나라에 똑바로 향하고 있는 것에서도 엿볼 수가 있다. 예를 들면 미일공동성명에서 일본 측이 말하는 '한국의 안전은 일본 자신의 안전에 있어서 긴요(緊要)' 운운하는, 참으로 새로운 '종주국'의 주인 같은 표현이라고도 할 수 있을 것이다. 개헌을 지렛대로 해외파병의 정당성을 꾀할 뿐만 아니라, 현행 헌법에서도 '일본의 생명선인 한국'에 '자위권'의 행사를 강조하고 자위대 병력의 파견을 계획한다. 공공연하게 '군사대국'의 재건을 목표로 하는 일본 지배층의 과거에 대한 반성이 없는 모습과, 새로운 침략적인 자세를 갖추려는 몰(沒)모럴리티 감각은, 이웃 국민에게 놀람의 한계를 훨씬 넘어선 것이다. 게다가 안에서는 '출입국 관리령' 치안입법 기획이 집요하게 이어진다. 일본의 부활한 침략성을 지지하는 정신적 요소 중 하나는, '대국의식'과 평행으로 형성되는 아시아의 타민족에 대한 여전한 멸시감에 있을 것이다. 이 태연하게 과거를 잊을 수 있는 대국주의적 발상의 몰모럴리티 감각이야말로 퇴화라고 해야 하는데, 그 퇴화라는 의식이 없다. 깨닫기는커녕 오히려 그 의식이 없기 때문에 점점 억압적이다. 그리고 퇴화는 두렵게도 오히려 차별과 편견에 내몰리는 수세에 선 재일조선인 속에서나 일어날 수 있는 것이다.

식민지시대에 인격이 파괴되고 인간 회복 작업이 '재일'이라는 상황 속에서 지지부진하고 있는 사실이 한편에 있다. 재일조선인에게 현실이란, 분명히 일본 사회 속에서 지금도 여전히 부정적 입장들이 있다는 인식과 관련이 있다. 그 현실과의 관계 속에서 더욱 자기를 잃어버리는 것이 퇴화로 이어진다. 그것은 과거에 파괴된 결과로서 자기상실자가 걷는 퇴화의 길이다. 극단적으로 말하자면 '귀화', 그것이 일본으로 기울어 가는 종착역일 것이다. 감상은 금물이다. 모럴리티 퇴화는 지배자의, 파괴하고 빼앗은 자의 정신 내부만을 좀먹는 것은 아니다. 슬픈 일이지만 파괴되고 빼앗긴 무고한 자도 자기 회복을 이룰 수가 없는 경우, 그 중심축이 없는 정신 주변에 퇴화가 생겨난다.

그래서 재일조선인이 자기 존재를 의식할 경우에 느끼는 모순덩어리는 항상 어떤 민족적인 양상을 띠게 된다. 어디까지나 재일조선인으로 살아가려고 하는 주체의식을 가지고 있으면서도 그 뜻에 부응하지 못한 내실의 공허―예를 들면 자신의 말인 조선어를 자신의 내부에 갖지 않는 것 등―에 의해 밀려오는 자기 자신을 느끼게 된다. 그리고 그 내실의 공허함을 극복하기 위한 끊임없는 싸움만이 새로운 자기 파괴로부터 자신을 방어하는 것이다. 일본제국주의 때문에 인간이 파괴되고 말을 빼앗긴 것은 사실이지만, 지금 그것은 재일조선인 내부의 자기 상실적인 자의 면죄부여서는 안 된다. 이제 자기 회복의 책임은 궁극적으로는 자신이 질 수밖에 없다.

재일조선인이 공화국에 집단적으로 귀국한 것은 지난(1971) 5월, 비로소 3년 반 만에 재개되었는데, 자본주의 사회에서 사회주의 사회를 향한 세기의 민족 이동이다. 십만에 가까운 대부분 남조선 출신자들이 북조선으로 귀국한 것은 조선 통일까지의 시기에서 재일조선인이 하나가 된 모습, 변혁의 모습을 보여주는 것이라고 할 수가 있겠다.

분명히 여기에는 '통일 조선'에 대한 강렬한 수렴작용을 개개의 내부에 일으키면서 남조선으로 귀국하는 것을 포함하여 자신의 모국에 귀국한다는 것은 재일조선인의 변혁을 향한 하나의 전환점임에 틀림없다. 그러나 여전히 많은 재일조선인이 있다. 남북 조선의 통일이라는 민족 지상의 아찔한 정도로 큰 사업이 실현된 경우에 극히 충격적인 영향이야말로 바로 재일조선인 변혁의 일대 전환점이 될 수 있는데, 그때까지 재일조선인의 존재는 1세들의 정치적 의도와 능력을 넘어선 지점에 있을 것이다. 그리고 조국의 통일이 늦을수록 재일조선인의 새로운 계보가 형성되어 이른바 '소수민족'적인 범주 속으로 밀어 넣게 된다.

도대체 누가 재일조선인 1세대에 속하는 자신들을 일본에서의 소수민족으로 생각할까. 소수민족이라고 할 바에는 일본 사회에서뿐만 아니라 적어도 정치적으로도 사상으로도 문화적으로도 한반도에 사는 조선인과는 확실히 관계가 끊긴 의미여야 한다. 그런데 재일조선인은 스스로를 조선 반도에 사는 자들과 하나이자 그 구성의 일부분으로 생각하고 있고, '외국인'으로서 일본에 있다고 생각한다. 그것은 타당한 이치이며, 무엇보다도 모럴리티 상에서 소수민족적인 개념의 틀에 스스로에게 끼워 넣는 것은 그 심정이 허락하지 않는다. 그러나 재일조선인 인구 구성의 거의 80%를 차지하는 2세들의 감각은, 그들이 1세들의 강한 영향하에 있다 해도 거기에서 벗어날 것이며, 일본 속의 기묘한 존재로서 그것은 '소수민족' 개념의 틀 속에 어울릴 수 있는 요소가 되어 간다.

나는 동화에 대한 막연한 불안을 가진다. 때로는 일종의 위기감 같은 것에 휩싸일 때도 있다. 일본에서의 오랜 생활과 그리고 일본어로 글을 쓰고 있는 입장에서, 이러한 문제가 때로는 감각적으로 물밀듯이 밀려들어와 마치 자신의 일처럼 느끼는지도 모른다. 실제로 '소수민족'이라면, 재일조선인은 조선 본토의 민족과 분리된 존재가 되어 이윽고 일본 사회라는 거대한 위장에 삼켜질 것이다. 그 위장 속에서 어떻게 소화될지는 백 년, 이백 년 후를 기다린다고 해도, 적어도 현 단계에서 나는 그것을 용납할 수가 없다. '소수민족'으로 규정하는 것은 동화하는 것을 전제로 한다는 의미이다. 확실히 소수민족이라고 할 만한 외적 조건의 내재화마저 진행되고 있지만, 그 내재적 조건도 근본부터 흔들어 뒤집어야 한다. 그것은 해방 후 4분의 1세기에 서 보면, 어쨌든 시간은 분단된 조국을 등한시하여 너무 지난 것 같은 느낌도 없지 않다. 그러나 '소수민족'적으로 쇠퇴해 갈지도 모르는 일본의 조건 속에서 얼마나 풍화에 견디고 그것을 버텨낼 수 있을지, 이것도 또한 앞으로 끊임없는 시간과의 싸움이다. 그리고 그 싸움의 축이란 조선인으로서의 주체인 것이다.

2

재일조선인을 포함하여 조선인은 민족이나 조국이라는 말을 자주 사용한다. 시대에 뒤떨어질지도 모르는 말을 좋아해서가 아니다. 일제강점기에 국가뿐만이 아닌 민족 자체가 부정된 식민지였으며 현재에도 국토와 민족 통일을 이루지 못한 것이니 당연히 이 말 뒤에 현실적인, 또는 역사적인 정당성의 요구가 있는 것이다.

원래 일본인의 말에 대한 감각은 조선인의 그것과는 상당한 차이가 있다. 그뿐만이 아니다. 독선적이라는 비방을 받을지도 모르겠지만 나는 일본인이 민족 운운하는 것을 듣거나, 활자로 대할 때 그 내용의 시비를 묻기 전 단계에서 오싹함을 먼저 느낄 때가 있다. 일종의 거부반응인데, 그것은 이성적인 판단보다 먼저 일어나 버린다. 그것이 옳다는 것은 아니다. 그렇지만 아주 짧은 순간이라 해도 '일본' 플러스 '민족' 글자만으로 환기되는 이미지가 내 머리를 스치는 것은 사실이다.

그 이미지는 악마적인 양상을 띠는 일본제국주의와 맞물려 1945년 이전의 동양 지도를 검게 덮는다. 그것은 매우 이성적인 국수주의이고, 초국가주의적 침략 사상의 화신이며, 평화로운 타민족을 잡아먹는 '민족'의 이미지였다. 그리고 전후 사반세기 어느 날, 갑자기 일어난 미시마 유키오(三島由紀夫) 씨의 극채색 죽음과 그것을 따르는 찬양은, 죽어 있었던 이미지에 새로운 숨결을 불어넣는다.

군국주의의 부활과 결합하는 침략적 민족주의의 담당자가 되려는 자신의 지배층에 반대하는 많은 일본인도, 자신이 일본인임은 의심하지 않는다. 이 당연한 것을 굳이 말하는 것은, 재일조선인으로서 자신이 정말 조선인인지 아닌지, 항상 소위 신원 확인(identification)을 해야 하는 존재가 일본 안에 있기 때문이다. 적어도 모국에서 사는 조선인들은 그럴 필요가 없다. 재일조선인의 경우에 특히 '민족'이나 '조국'이 강조되는 이유는 그 자체의 결정적인 결락에서 오는 사정이 있다. 재일조선인의 경우, 선천적으로 주어진 것으로서 그 민족이나 조국이 있는 것은 아니었다. 그것은 같은 식민지를 겪은 사람으로서 무거운 역사를 빠져 나왔다 해도, 조선 본토에 사는 사람들보다도 자기 회복이 어려운 상황에 있다는 것을 의미한다. 그리고 '나'라는 꼬리표와 '조선'이라는 꼬리표를 딱 맞추는 꼬리표 맞추기처럼 자기합일(自己合一)을 확인하는 작업이 필요하다. 이것은 불우한 입장에 내몰린 재일조선인의, 자신의 불우한 역사적 측면의 인식에서 오는 것이다.

재일조선인이 가지는 불우한 역사적 측면, 그것은 본국의 조선인과도 다른 내부의 특이성이기도 한데, 거기에 일본인이 '소수민족'적으로 보는 한 가지 근거가 있다. 그리고 일본인 측에서 '재일조선인'에게 접근하는 동기와 방법론도 입장에 따라 매우 다양한데, 적어도 그 근저에는 소수민족으로 생각하는 사고방식, 또는 심상이 잠재하고 있다는 점은 비슷할 것이다. 그러나 그렇기는 하지만, 배외주의를 배제하면서 국제화를 지향하는 접근은, 재일조선인 측에서 하는 조선인으로서의 자기 해방 문제와 겹치는 요소가 많아, 함께 현상을 부정하고 어떤 변혁의 이미지를 가지려는 점에서 공통점이 있다.

나는 본국으로의 '귀국'과 조국 통일이, 변혁의 전환점이 되는 것이라 했는데, 그것은 어디까지나 계기를 의미한다. 또는 변혁 조건이라고 해도 좋다. '귀국'과 '통일'이 단순한 외적 요인만이 아니라 어디까지나 내재화한 것으로서 변혁 조건이 된다는 것이다. 그런 의미에서 변혁은 주체적으로 '재일'이라는 상황 속에서도 해낼 수가 있을 것이다.

나는 여기에서 한 논문에 대해 언급하면서 나의 생각을 말하려 한다. 그것은 자신의 내부에 있는 부정적 측면의 인식에서부터 이루어져야 하는 재일조선인의 자기 변혁, 조선인으로서 주체 확립을 생각하는 데 필요한 작업처럼 생각되기 때문이다. "일본인과 조선인의 관계에 새로운 구상(構想)을 가져"와서, 서로가 만들어내는 국제적인 인간 회복을 지향하여, 재일조선인과 일본인의 변혁 이미지를 좇으려고 하는 나카조노 에이스케(中薗英助)[1] 씨의 「조선인의 허상과 실상」(『新日本文學』, 1970년 9월 호)이 그것이다.

나카조노 씨는 그 글의 첫 부분에서 조선인 문제를 토론할 경우 자신이 도달한 위치에 너무 익숙해진 것은 아닌지 염려하는 성실함으로써 문제에 맞선다. 게다가 스스로를 '유죄^{guilty}'라고 고발하려 하고, 그러한 위치가 의외로 아늑함에 안주했을지도 모르는 자신을 바라보며 자의식을 점검하는 것에서 재일조선인에 대한 접근을 시작한다.

그리고 그것의 반대편에서 나카조노 씨는 조선 고교생에 대한 집단폭행 사건 등에 표현되는 그 "'조선인상(朝鮮人像)'이, 해방 전 그대로의 허상을 계승하"고 있는 '순전후파(純戰後派)'의 일부 청소년들이 "무죄^{innocent} 입장의 정치적 '허상'을 매개체로 첨병이 되어, 사실상 유죄^{guilty}로 선고되어 손을 더럽히고 있는" 것을 본다. "나 또는 우리가 해야 할 일은 다름

---

1   나카조노 에이스케(中薗英助, 1920~2002): 일본의 소설가, 추리소설 작가. 그는 일본의 식민지 지배에 자신도 가담했다고 생각하고 속죄하는 마음으로 조선과 조선인에 지속적으로 관심을 가지고 있었다. 상기에 인용된 「조선인의 허상과 실상」은 같은 해 발행된 『재일조선인』(1970)의 집필 동기와 이것을 해석하는 의미로 쓴 글이다.

아닌 그 허상을 분쇄하는 것이었다. 그러나 그것은 반드시 항상 성공하지는 않았다. 유죄라고 스스로에게 선고를 내리는 것으로, 기껏 무언가의 성명서에 서명을 하는 일만 많았기 때문이다"라며 괴로운 심정을 토로한다.

그리고 이 복잡 기묘한 재일조선인에 대한 새로운 '허상', 즉 "일본인과 조선인 관계에 보다 새로운 구상을 부여하"는 "사상에서의 허상"을 재일조선인이 변혁하는 이미지로 내세우려 한다. 새로운 허상이란 무엇인가? 그때 나카조노 씨는 자신의 이념적 요청으로서의 허상, 변혁 이미지의 근거를 도이처(Isaac Deutscher)[2]가 말하는 "비(非)유대인적인 유대인"을 따라 "비조선적인 조선인"이라는 개념을 설정하는 것이다.

나카조노 씨는 그 문제 핵심의 첫 단계에서 먼저, 스피노자, 하이네, 마르크스, 로자 룩셈부르크, 트로츠키, 프로이트 등 유대인 사회의 한계를 넘어 그들이 속한 사회와 국가, 시대를 초월한 위대한 사상가를 규정한 도이처의 문장을 인용하고 있다.

> 그들은 모두 결정론자이다. 즉 많은 사회를 고찰하고, 가까이서 다양한 "삶의 방식"을 배운 그들은 인생의 기본적인 법칙을 파악하고 있었다. 그들의 사고양식은 변증법적이다. 왜냐하면 여러 국가, 여러 종교의 한계선상에 살았던 그들은 사회를 유동적으로 이해하기 때문이다. 그들은 현실을 정적으로가 아닌 동적으로 이해하고 있다. 특정한 사회, 한 국가, 한 종교 속에 갇힌 사람들은, 자신들의 생활양식이 절대적이고 변함이 없는 타당성을 갖는다고 생각하기 쉽고, 자신들의 기준에 비추어 모순되는 것은 모두 "부자연스러운 수준이 낮은 것, 내지 악"이라고 보는 경향이 있다.

---

2 아이작 도이처(Isaac Deutscher, 1907~1967, 폴란드계 유대인): 영국의 마르크스주의 역사학자, 저널리스트, 정치운동가.

이에 반해 다른 문명의 경계선에 사는 사람은 보다 명확하게 자연과 사회의 큰 흐름과 모순을 이해하는 것이다.

스즈키 이치로(鈴木一郎) 역, 『비유대인적 유대인』

도이처는 "현대사회에서 민족 중심의 국가 등을 생각하는 것 자체가 시대착오이고 구시대적 역행을 의미한다"고 하는 사람이고, 스스로를 "부끄러움 없는 마르크스주의자이자 무신론자이며 국제주의자이다"라고 규정하는 사람이기도 하다. 그리고 이스라엘을 포함하여 민족국가를 부정하고, 국제사회 현실화의 어려움을 인정하면서도 이를 위한 싸움을 계속할 것을 호소했다. 하지만 그렇다고 해서 도이처가 내셔널리즘의 전부를 부정한 것은 아님을 덧붙일 필요가 있을 것이다. 그는 타국의 지배하에 있는 민족에게 독립된 국가체제를 갖는 것은 절대적 필요조건이고 하나의 진보를 의미하며 억압받는 민족의 내셔널리즘은 그 나름의 정당성을 가진다고 했다. 그리고 "혁명적 단계에서조차 내셔널리즘은 모두 비논리적인 성격을 갖고, 배타주의나 국가적 에고이즘, 민족적 우월감을 과시하는 경향을" 갖는다고 비판하면서도 "독립을 위해 싸우고 있는 반식민지나 식민지제국 사람들의 민족주의^{nationalism}를 정복자나 박해자의 국가중심주의^{nationalism}와 같은 도의적 정치적 수준에 두는 것은 용납하지 않는다."[3] 전자는 그 역사적 정당성과 진보적인 측면을 지닌 데 반하여 후자에게는 그러한 것이 없다고 부정하고 있다.

나는 '민족적^{national}'인 것을 자주 주장하지만, 그것은 해방 전의 일본이나 독일 같은 극단적 민족주의가 아니다. 과거에 식민지 민족이었던, 특히 '재일'이라는 상황 속에서 인간 회복을 조건으로 한 그것이다. 사

---

3 도이처가 1967년 6월에 일어난 제3차중동전쟁(이스라엘과 아랍 제국 사이에 발생한 전쟁)에 대해 언급한 부분이다.

회주의 조국이 있고 그것을 지향하는 한 사람으로서 나도 국제적인 길을 찾으려고 노력하는 자이며, 내 안의 배외주의적인 가능성을 경계하면서도 결코 편협한 민족주의자라고는 생각하지 않는다. 그럼에도 불구하고 이제 되돌릴 수 없는 이 우주시대에, 도처에 국경이라는 이름의 높은 벽에 가로막힌 '시대착오'의 '민족국가'가 북적이는 가운데 인터내셔널이 발하는 이념으로서의 눈부심 때문에, 그 빛의 그늘에서 무슨 일이 있어도 사라져서는 안 되는 것까지 사라져 버릴지 모르는 것을 나는 우려하는 것이다.

아무튼 나카조노 씨는 유대인 천재들을 규정한 부분의 인용문에 있는 도이처의 생각을, 일본인과 조선인 관계에 적용한다. 요컨대 "특정한 사회, 한 국가에 갇혀 자신들의 생활양식, 사고형식을 절대화하고, 기준에 맞지 않는 것을 악으로 하는 유대사회는 그대로 일본 사회가 아닌가"라고 한다. 그리고 그 사회 주변과 구석에서 사는, 그 사회 안에 있는 동시에 외지인이라는 이유로 "그곳(일본 사회)에서 뛰쳐나온 것은 아니지만, 그곳에 들어가기를 강요됨으로써" 다른 문명의 경계선에서 살아온 자야말로 재일조선인이 아닐까 한다.

나카조노 씨는 도이처의 "삶의 기본적인 법칙을 파악"한 자라는 관점에서 재일조선인에 대해 다시 생각하고 싶다고 한다. 그리고 "반일본인이라는 모멸적인 용어와는 아무 상관 없이, 재일조선인을 사상적 차원과 가능성에 놓고 봤을 때, 어느 한 무리의 사람들을 '비일본적인 일본인'으로 볼 수는 없을까. 아니! 좀 더 정확하게, '비조선적인 조선인'이라 해야 할 것이다"라며 이것이 단순한 허상이 아니라 사상에 있어서의 허상이 되기 위해서는, 동시에 일본인 자신의 내부에서 강인한 질적 이단 또는 전환으로서 생겨나야 할 '비일본적인 일본인'의 요구가 전제된다. 이러한 '비일본적인 일본인'과 '비조선적인 조선인'이 만들어내는

"국제적인 인간 회복 운동의 질적인 도약과 전환"이야말로 일본인과 조선인이 관계를 맺게 되는 새로운 구상이며 변혁의 이미지이다.

　나카조노 씨가 "내가 몽상하고 있는 것은……"이라고 스스로 한계를 규정하면서 한 말은, 우리의 무의식 내부에 침입할 우려가 있는 편협한 내셔널리즘을 넘어, 넓은 보편의 국제적인 것을 향한 전망의 사상적 조건을 조선인과 일본인의 관계에서 나타내려고 하는 것처럼 느껴졌다.

　그러나 나는 나카조노 씨의 논문을 감명 깊게 읽었음에도 불구하고, 결코 논리적으로 모순이 있는 것은 아니지만, 왠지 중요한 부분이 제대로 맞물리지 않다는 느낌을 받았다.

3

　그것은 도대체 왜일까. 그것을 위화감이라 하면 우선 그것은 '민족' 혹은 민족적인 것에 대한 감각의 차이에서 오는 것이 아닐까라고도 생각한다. 나는 일본인과 조선인의 내부로 던지는 '민족'이라는 말의 심상(心象)에는 상당한 차이가 있을 것이라고 했는데, 구체적으로 말하자면 조선인에게 '민족'이란 항상 독립이나 저항의 주체, 핵(중심)을 의미하는 것으로 표상되기 때문이다. 침략적 초국가적 민족주의에 저항하는 민족해방을 위한 내셔널리즘을 의미하고, 그것은 조선인의 경우 자유와 독립의 빛나는 빛줄기를 발하는 것이기도 하다.

　나는 나의 어린 시절에 대해 작은 민족주의자로서 자각 운운하며 쓰기도 하는데, 나에게 인간 회복은 자기주체의 확립이며, 주체라는 것은 철학사전 등에서 볼 수 있는 사변적인 개념이 아니라 우선 조선인으로서의 자각, 요컨대 민족적 자각에서 시작되는 것이었다. 그것을 바탕으로 해야만 더 넓은 세계로 자신을 던질 수가 있다. 재일조선인의 대부분은 이를테면 일본인에게는 '일본인'이 당연히 처음부터 주어진 것처럼, '조선인'이 주어지지 않았다. 재일조선인에게 '조선인'이란 스스로 쟁취해야만 하는 것이었다.

일본 지식인 중에는 자국인 일본이 싫다든가, 마음에 안 든다든가 하는 식의 세계주의자적인 발언을 한 뒤 바로 외국으로 나가 버리는 사람도 있다. 확실히 '국제적'이라고 할 수가 있는데 그런 자유롭고 느긋한 기분이 나로서는 부럽게 느껴질 때가 있다. 그런 말을 거리낌 없이 마음껏 해 보고 싶다. 요컨대 일본인의 경우에는, 그런 말을 할 수 있다는 전제가 있을 것이다. 그러나 우리는 현실에 주어진 것을 모두 받아들여야 한다. 그것은 보기에 따라서는 오히려 낙관적으로 살고 있다고 할 수가 있겠지만, 현실에 절망하지 않는다고 해서 낙관적인 것은 아니다. 피할 수 없는 현실의 행위를 초월하여 미래에 부딪히고자 하는 것으로서, 절망할 수 없다는 인식에서 그 현실에 매달리고 조선에 매달리는 것이다.

이 민족적인 것의 중심으로서 거기에 언어가 재일조선인의 경우 항상 의식 전면에 밀려나오는 것은 당연할 것이다. 적어도 재일조선인 작가가 일본어와 관계되는 경우 그것이 일본인 작가처럼 즉자적(即自的)이어서는 안 되는 이유는 거기에 있다고 할 수가 있다. 그것은 언어학적인 논리적 요청이라기보다도 윤리적인 의미에서 그렇다는 것이다. 나는, 예를 들어 재일조선인이 일본어로써 대화가 성립되는 일본인과, 한 사람의 인간으로서 '대등'한 의식을 가지는 경우, 거기에는 전제조건으로서 자신 안에 모국어인 조선어가 있어야 한다는 것이다. 조선어를 모른다는 것은 일본어로써 성립한 상호 커뮤니케이션을 방해하는 그 무엇도 아니지만, 스스로의 주체의식 속에 결락 부분이 있다는 점에서 '대등'을 의식화하기가 논리적으로도 어려워진다(「'왜 일본어로 쓰는가'에 대해서」에서 언급한 것으로 여기서는 생략한다).

그것은 이천 년간 이어져 온 "유대인의 전통에서 볼 수 있는 세계주의와 국제주의 전통"이 없는 재일조선인의 경우와, "전 세계에 흩어져 있으면서, 유대교와 관계가 없는 전통이 있는 것은, 타국 언어 속에서 그 표현을 찾아내고 있는" 유대인과는 다른 것이다. 도이처는 말한다.

> 옛날부터 오늘에 이르기까지 유대인 작가들은 다음 문제를 논해 왔다. 즉 하이네(Heinrich Heine)는 유대인 작가인가. 뵈르네(Ludwig Börne)는 어떤가. 그들은 유대인으로 간주되어야 하는가, 아니면 단순한 독일인이었는가? 이에 대한 명확한 해답도 없거니와 답할 수도 없을 것이다.
>
> 아이작 도이처, 『비유대적 유대인』

만약 이것을 재일조선인 작가의 경우로 비유해 본다면, 그 '명확한 해답은 할 수 없을 것이다'는 적어도 현 단계에서는 적합하지 않다고 나는 믿고 있다. 거기에는 '재일조선인 작가는 조선인이다'라는 명확한 답변이 있어야 한다. 그리고 그것을 위한 내실 획득을 목표로 하여 투쟁해야 한다.

나카조노 씨는 그 '비조선적인 조선인'이라는 변혁의 이미지를 내세움에도 현실의 흐름에 결코 눈을 감고 있는 것은 아니다. 나카조노 씨는 자신이 그런 논의를 한다고 해서 오해가 없기를 바라며 다음과 같이 이어가고 있다.

> 재일조선인의 민족교육을 부정하거나 경시하는 생각은 조금도 없을 뿐만 아니라, 현재 단계에서 가장 필요한 것으로서 그것을 방해하려는 권력과 문부성을 강하게 비판하는 입장에는 변함이 없다. 오히려 민족교육을 강화함으로써 재일조선인이 다른 문명의 경계에서 계속 살아가는 것이야말로 일본 사회에서도 바람직하다.
>
> 나카조노 에이스케, 「조선인의 허상과 실상」

이러한 전제가 있음에도 불구하고 나는 일종의 감각적인 위화감을 억제할 수가 없다. '비조선적인 조선인' 개념의 설정 과정에 논리적 비약이 있다고는 생각하지 않는다. 그러나 나는 거기에 감각적인 차이와 어떤 비약을 느낀다.

조선인으로서 현실적인 입장에서 말하자면, 그것은 그것이 설령 '사상에서의 허상'이며 이념적 성격을 가진 것이라고 해도 '조선인'에 한해서는 '비조선적인 조선인'의 개념 설정을 너무 서두른 듯한 어긋난 감각이다. 그것은 '재일조선인'이 놓여져 있는 상황의 한 측면이 일본 지식인의 의식에 반영된 다소 기계적이라고까지 생각되는 '이념'이 아닐까.

비조선적인 조선인은 사실은 허상이 아니다. 가장 구체적이고 현실에 무수히 존재하고 있는 실상이다. 물론 나카조노 씨가 말하는 도이처식의 '비조선적인 조선인'과 내가 말하는 실상의 그것과는 이미 그 이념적 성격의 유무에서 질적으로 다른 것이지만, 그러나 그 현실의, 실상의 관념적인 반영임에는 틀림이 없다. 그리고 이러한 발상이 생기는 현실적인 조건 자체가 현실의 비조선적인 조선인인 것이다. 대부분의 재일조선인은 그 주체가 형성되지 않은 상태에서, 혹은 풍화작용에 의해 무너지고 있는 실질적인 의미에서 비조선적인 조선인이 되고 있다.

아마 대부분이 일본인화되어 버린 조선인이, 비조선적인 조선인이 있을 것이다. 조선어를 모르는 조선인이 무서울 정도로 많이 있다. 그러나 조선어를 몰라도 우선 조선인으로서의 민족적 주체의식을 가지려고 노력하는 조선인도 많이 있다. 그러나 또 일본 사회 바닥에까지 가라앉아, 민족적인 자각마저 뿌리째 흔들려 회복할 수 없는 상태에 있는 자가 얼마나 있을지.

이 비조선적인 조선인에 대한 현실적인 충격을 주는 안티테제(Antithese)는 무엇일까? 가령 '비조선적인 조선인'을 진테제(Synthese)로서의 수준으로 올리려면, 현실의 비조선적인 조선인에게 근원적으로 흔드는 대항 안티테제를 내세워야 한다. 재일조선인 안에 있는 부정(否定, 옮긴이―비조선적)을 거두어 내는 것이 선결이며, 그 변혁의 이미지란 이념적 요청으로서의 '조선인'이다. 비조선적인 조선인은 현실에는 있지만 조선인은 없다(조선인은 없다는 것은 어디까지나 비유이기 때문에, 이것을 읽는 우리 동포 여러분들은 오해하지 않기를 바란다). 비조선적인 조선인은 어떻게 '조선인'이 되는가. 이것은 현실적으로는 매우 많은 어려움을 수반한다. '재일'이라는 상황 속에서 '조선인'은 '사상적인 허상'도 있기 때문이다. 비조선적인 조선인의 저변이 확대되어 조금씩 조선인이 용해되어 가는 가운데 '조선인'인 것이야말로 인간 회복과 자기 변혁의 사상적 조건이어야 한다.

나는 '비조선적인 조선인'과 '비일본적인 일본인'의 개념 설정의 논리적 전제로서, 그것은 '재일'조선인이 아니라 오히려 조선 본토에 사는 조선인과 일본에 사는 일본인과의 관계를 구상해야 한다고 생각한다. 이 경우에서도 논리적 설정의 출발점이 되는 현실적 조건에는 여전히 큰 차이가 있을 것이다. 예를 들어 '분열국가'가 그렇고, 당연히 민족적인 것에 대한 감각적 기준도 다를 수가 있다. 그러나 최소한 양측은 각각의 민족국가에 속하는 '조선인'과 '일본인'인 것은 틀림없다. 단지 여기에서 의문이 남는 것은 '비조선적인 조선인'은 '다른 문명의 경계선에 살아 있는 사람'이라 그렇다 하지만, 과연 그렇다면 '비일본적인 일본인'이라는 질적 전환이 일본인의 내부에서 일어날 수가 있다고 상정하는 조건을 어디에서 찾아야 하는가. 그것은 정말 주체적인 변혁의 의지에 의해 초래되어야만 하는 것인가. 어쨌든 일본에서 '비일본적인 일본인'이 가능하다면 조선인에게도 '비조선적인 조선인'은 가능하다고 해야 할 것이다.

그러나 일본 속에서의 '비조선적인 조선인'과 '비일본적인 일본인' 개념의 동시적 설정은 현실적으로는 전자가 '소수민족'적인 조건하에 있고 후자는 일본이라는 민족국가에 속하며, 더구나 재일조선인은 그 민족국가 사회에 둘러싸여 있기 때문에 그 속으로 점점 빨리 용해되어 가는 논리구조가 될 것이다. 해방 후 수만 명에 이르는, 일본으로 구체적으로 기울어진다고 해야 할 귀화 과정이 그것이며, '사상에서의 허상'임에도 불구하고, '비조선적인 조선인'은 현실적으로는 실제 그것과 겹쳐져, 나카조노 씨의 의도와는 반대로 재일조선인의 주체의식의 확립 방향에, '마이너스' 작용을 할지도 모른다고 생각되는 것이다.

   나는 오로지 주체적 존재로서 재일조선인을 주장한다. 그것은 통일 조선의 총체를 현실적인 정치적 이념에 그치지 않고 철저하게 실현하는 과정에서 스스로를 변혁해 가는 조선인상(像)으로 흡수되어야 할 재일조선인이다. 그것은 바로 잃어버린 자기실현으로 가는 길이다. 그리고 그 민족적인 것은 자기 주체 확립의 과정이며 조건이다. 그것은 모든 것에 우선되어야 한다. 현실의 비조선적인 조선인에서 새로운 주체적 존재로 "질적인 도약과 전환"을 이루기 위한 사상적 조건으로서 '조선인'이 필요하며, 그 여정에서 나카조노 씨가 적용하는 도이처의 '다른 경계선에 사는 사람'으로서의 일정한 성격이 또한 발견될지도 모르겠다. 그리고 그 과정 자체가, 즉 조선인으로서의 주체 확립으로 추구하는 과정 그 자체가 또한 국제적인 것을 향한 실현과 병행해 가야 한다. 그 모든 과정을 거쳐 비로소, '비조선적인 조선인'은 이념적 요청으로서 재일조선인뿐만 아니라 조선에 사는 조선인을 포함하여 성립하고, 그 전제조건으로서 '비일본적인 일본인'과의 관계가 변증법적 성격으로 완성되는 것이라고 생각한다. 그렇다 하더라도 이런 일에는 '어울리지 않다'라는 느낌이 나의 마음속에서 맴도는 것은 어쩔 수가 없다.

인터내셔널은 보편적인 인류 해방으로서의 평등을 지향하는 것이며, 그것은 또한 개개의 평등한 지평선에서 출발하지 않으면 안 된다. 지금 무엇보다 강조되어야 하는 것은 이미 관념적인 성격을 띠고 있는 '조선인'의 주체적 실현이다.

나는 다시 '지금, 나란 무엇인가'의 질문으로 되돌아간다. 나는 그것을 '지금, 재일조선인이란 무엇인가'라는 질문에 오버랩해서 우리 내부의 부정적(옮긴이―비조선적)인 측면에서 문제를 설정해 보았다. 그런 식으로 문제를 봐야 하는 것은, 60만 재일조선인이 '이해를 잘하는' 1세들로만 구성되어 있는 것이 아니라는 현실에 기인하고 있다. 하지만 그렇다고 그 측면이 재일조선인의 전체상이거나, 그 존재 모든 것을 결정하는 것이 아니라는 것을 마지막으로 전하고 싶다.

조국 통일은 아직 실현되지 않았다 해도 남북 조선 인민들의 통일에 대한 확고한 염원은 식지 않고 계속 끓고 있으며, 그 염원은 재일조선인 2세들도 포함하여 그 거대한 소용돌이 밖에서 수수방관하지 않는 객관적 정세의 기운을 밀고 나아간다. 그리고 또한 민족의 일원으로서 그에 대한 책임을 함께하려는 주체적 의식이 재일조선인 속에 강하게 형성되고 있다. 그러한 주체의식은 자신들이 결코 과거 식민지시대의 피지배자 민족과 같지 않다는 것을 분명히 인식한 역사적인 관점에 있는 것이며, 그것은 곧 독립된 조국이 있다는 인식으로 강하게 버틸 수가 있는 것이다. 이 민족적인 것을 향한 자각이 현시점에서는 침략적 민족주의에 대한 저항과 제동의 사상적 근거일 수가 있는 것이며, 그것을 바탕으로 하는 것만이 인터내셔널로의 현실적인 길을 개척할 수가 있을 것이다.

* 본문에 인용한 도이처의 말은 모두 『비유대적인 유대인』(스즈키 이치로 역·이와나미신쇼)이라는 책에 들어 있는 여러 논문 중에서 인용한 것이다.

언어와 자유

일본어로 쓴다는 것

[1970]

1. 기묘한 존재

인간의 존재가 말과 분리되지 않으며, 또 말이 의식주에 못지않게 그 민족의 존재 양식을 규정하는 것이라면, 언어 문제는 항상 민족적인 문제의 핵심적인 위치에 있다고 할 수가 있다. 대부분 재일조선인의 언어구조라는 의식은 거의 일본어에 의한다고 해도 좋지만, 그것은 그대로 존재의식과 크게 관련되어 있다. 실제로 재일조선인의 언어생활은 조선 본국에 사는 사람과는 다른 복잡한 면모를 나타내고 있다고 할 수가 있다. 물론 언어생활이 모국어인 조선어와 그리고 또 하나 일본어에 의하고 있는 것은 사실이다. 그러나 조선어만 봐도 그것은 단적으로 말해 조선어라고 할 수가 없는 형태의 것이 우리 안에 많이 있다. 그 조선어 속의 미숙함, 부정확함 등은 그대로 일본어적 요소와 서로 겹쳐 있어, 이른바 일본어적인 조선어라고 할 수가 있는 형태가 재일조선인의 언어생활 대부분을 지배하고 있다고 할 수가 있다. 결국 이러한 것은 그 많은 재일조선인의 의식구조에도 항상 영향을 미치게 된다.

그런데 조선어가 모국어라면 일본어는 당연히 외국어이다. 그러나 우리에게는 일본어가 분명히 외국어이기는 하나 그 언어감각 때문에 꼭 그렇지만도 않다는 모순이 생겨난다. 적어도 외국어인 이상 자신 속에 모국어의 존재감각, 주체감각을 가지고 그 외국어를 외국어로서 객관시하는 장(場)을 가져야 한다. 그런데 모국어인 조선어는 분명히 전체 조선 민족의 기억 속에 저장되어 있지만, 그 민족 구성원인 재일조선인 대부분에게는 일본어가 가득 차 있어 그럴 만한 장이 없는 것이다. 그리하여 이래서는 감각적으로 일본어가 '외국어'일 수가 없다는 정말로 기묘한, 심정적으로 말하자면 안타까운 사실에 직면한다는 것이다.

이 사실은 복잡하게 얽혀 있다. 그리고 그것은 그대로 뒤틀린 역사의 틀에서 방출된 일그러진 산물이다. 즉 그 살아 있는 존재가 우리라는 사실이다. 우리는 확실히 기묘한 존재이다. 그렇다 해도 뒤틀린 형태에서 일그러진 산물로 나온 자신을, 어떻게든 스스로의 힘으로 자신의 형태로 만들고자 한다. 우리는 기묘한 존재로서의 자신을 바탕으로 하고 있지만, 결코 그것을 긍정하지 않는다.

만약 일본인이, 일본어로밖에 글을 쓸 수 없다는 이 기묘한 외국인의 존재, 개인이 아니라 하나의 사회적 집단으로서의 존재와 그 증식작용을 비로소 깨닫고, 그것을 달리하는 마음을 가진다면, 그는 거기에서 틀림없이 조선과 일본의 관계에서 역사적 인식에 대한 하나의 지향을 가지게 될 것이다. 왜냐하면 개개인의 생각을 넘어 역사의 인과관계에 의해 성립된 말을 빼앗긴 쪽과 빼앗은 쪽의 상관관계가 지향하는 의식의 전면에 비춰지는 것을 의미하기 때문이다. 요컨대 지금까지 명확하게 보이지 않았던 일그러진 형태가 그의 눈에도 보이게 되는 것이다.

일본에서 재일조선인 문제의 기본적인 지향은 인간으로서의 평등, 민족 간의 평등이라는 것밖에 없다. 그러나 현실은 그렇지 않다. 그것은 거부되고 해결해야 할 많은 문제를 안고 있다. 그리고 이러한 문제를 조금이라도 잘 드러나게 하기 위해서는, 우리가 이따금 지나치기 쉬운 문제인데, 말과의 관계에서 그것을 파악하는 관점을 가질 필요가 있다고 생각한다. 그렇지 않으면, 그것은 구조적으로 확실히 보이지 않게 된다. 민족 간의 진정한 평등이라는 것은 자신 안에 민족어가 없는 경우에는 원리적으로 성립하지 않으므로, 재일조선인에게 말의 문제가 그 존재에 깊이 관련되는 것은 이 때문이다.

재일조선인 일본어 작가는 이러한 사정을 배경으로 해서 일본어로 글을 쓰고 있다. 그리고 그 일본어가 자신에게 어떤 의미를 가지고 있는 것인지를, 의식적이든 무의식적이든, 재일조선인 작가는 이러한 상황에서 자유롭지 않다. 만일 무의식적이라면 그 의식되지 않았던 모순은, 결국 스스로 의식화의 방향을 열어 갈 것이다.

우리가 일본어로 '창작'을 한다는 것은 일본 작가의 경우와 어떤 의미에서는 다르다고 생각한다. 그 차이는 같은 말이 가지는 약속하에 작업을 하는 경우, 개성의 차이라든지 방법이나 수법의 차이 등의, 작가 개별성의 범주를 넘은 무언가의 차이라는 의미이다. 한마디로 말해 재일조선인 작가의 특수성이라고 할 만한 것의 차이라고 해도 좋다. 또한 일본어로 쓴 이상 그 말이 가지는 메커니즘의 지배하에, 조선인으로서의 존재를 도외시하는 것이 아니라, 바로 조선인이라는 자기 확인에 의한 것만이 그 작품이 성립하는 근거가 아닌가라는 것이기도 하다. 만약 그러한 차이, 근거가 있고 그것이 재일조선인 작가들의 작품에 특수성을 보증하는 것이라면, 그것을 찾아내야 한다.(극단적으로 말하면 재일조선인 작가들의 특수성이라는 것은, 그 역사적 조건 때문에, 우리 재일조선인이 갖고 있는 특수성으로 환원된다.) 그리고 이 전체로서의 일본(어) 문학에 관련되어 있는 그 무언가의 차이의 근거를 확인하고, 그것을 보다 잘 발전시켜 가야 하는 것은, 우리에게도 일본(어) 문학에도 필요한 것이라고 생각된다.

오늘날 일본에는 조선인을 포함한 많은 외국인이 살고 있고, 일본에서 생활하는 외국인이, 자신의 모국어에만 의하지 않고 일본어로도 글을 쓰는 것은 이상한 일이 아닐 뿐더러 그것은 아주 필요하기까지 하다. 그리고 그것은 세계가 보다 국제적인 것으로, 보다 좁고 보다 개방적일수록 앞으로도 뚜렷해져 가는 성질이라고 생각된다. 그러나 그것이 문학이라는 작업 속으로 들어갈 때, 말이 문학에서 불가결한 메커니즘이라고 한다면, 필연적으로 거기에서 하나의 **벽**에 부딪친다. 그 **벽**이라고 하는 것은 우리의 경우, 일본어를 습득하는 데 불리하다는 문제가 아니라 오히려 조선 국적을 가진 우리가 모국어인 조선어를 내 안에 가지고 있지 않다는 의식구조 속에서 일본어에만 의지해서 그 작업이 이루어지고 있다는 사실에 있다. 그것은 바꿔 말하면 조선인과 일본어라는 관계 속에서―그것은 일본 식민지였다는 역사적 구조를 가지는 것인데― 얽힘 같은 것과 관련되는 것이다.

물론 일본어로 쓰인 작품을 객관적 대상물로서만 결과물을 수용하는 독자 입장에서는, 그 얽힘이라든지 모순이라든지 하는 활자가 되기 이전의 것은 상관없다. 또한 그것은 일본어 작품 자체로서도 아무런 본질적인 의미를 갖지 못한다. 그러나 생산물을 만들어 내는 모든 생산적인 작업 과정과 마찬가지로 만드는 사람의, 요컨대 쓰는 사람의 경우에는 그렇지 않은 것이 있다. 재일조선인이 일본어 작가인 경우, 작가 자신의 자기 확인 문제로서의 작업이 창작 과정에 담겨 그 결과물로서 나타나는 작품에 일정한 작용을 미치는 한에서는 당연히 그 작업은 문제가 된다. 그리고 동시에 '일본어로 쓰는 것' 속에서 모순을 밝혀 가는 것은, 또한 조선인 작가의 자기 확인, 또는 자신을 발견하는 작업과 무관하지 않다.

더구나 재일조선인 2, 3세와 일본어로밖에 쓸 수 없는 사람들이 쓴다는 것에서 자신의 존재적 모순의 돌파구를 찾아 나올 가능성이 앞으로 점점 늘어날 것으로 예상된다. 물론 조선인이 일본어로 문학을 한다는 것은, 여기가 일본이며 그것이 식민지 지배의 하나의 결과라 해도, 일반적인 현상이라고는 할 수가 없다. 자국어가 아닌 일본어로밖에 쓸 수 없는 점에 문제가 있는 것이고 그것은 역시 비정상적인 것이다. 자국어가 자신의 것으로 자신 안에 자리잡혀 있다는 전제하에서 우리가 일본 사회 속에서 일본어로 쓴다는 것은 매우 필요한 것이라고 나는 생각한다. 모국어를 상실시킨 과거에 있어서 일본이 조선을 지배했다라는 역사적 조건은, 현재 조선어를 모른다는 것의 결정적 조건이 되지 않는다. 극단적으로 말하면, 배우려는 의지가 있으면 외국어도 배울 수가 있기 때문이다. 그러나 그렇다고 해서, 생활언어라고 할 수 없는 그 어설픈 조선어로 문학을 한다는 것 역시 간단한 일이 아니다. 아마 인간은 처음에 강렬한 자기표출을 하고 싶은 충동, 희망이 있어서 쓸 것이다. 쓰지 않고는 견딜 수가 없는 무엇인가의 힘이 '말'을 찾아 그 파이프 입구에서 번민한다. 그것은 현실적인 세계가 아니라 언어적인 세계 속에서 기호화(언어화) 과정을 재촉할 것이다. 그때 이미 '언어화' 과정은 그 자신 속에 진행하고 있다고 해도 좋고, 그것은 다른 말, 예를 들어 새로운 조선어를 익힐 때까지 기다릴 수가 없다는 사정, 말을 선택할 여지를 주지 않는 경우가 있다. 문제는 지금 일어나고 있는 존재의 본능에 따라 쓸 것인지, 아니면 쓰는 것을 포기할지라는 자명한 원리로 돌아갈 수밖에 없다. (물론 이 경우, 말을 선택할 여지가 없다는 것이 절대적인 것은 아니다. 그 여지를 주는 것은 어디까지나 자기 자신이니까.) 현실에 일본어로 쓰는 조선인 작가들이 있다는 근거 중 하나는 여기에 있다. 그리고 이 비정상이라고 생각되는 사태는 점점 증식할지언정 결코 없어지지는 않을 것이다.

이미 사회적 사실로서 나타나고 있는 일본어로 쓴다는 것은, 또 언제나 모순을 품고 있다. 일본어로 쓰는 조선인 작가의 경우 이 모순을 자기 안에 갖고 있지 않는 사람은 없을 것이다. 그리고 이 모순 속에 있다는 것은, 이러한 것들이 우연한 요소로 이루어진 폐쇄적인 현상이 아니라는 것을 의미한다. 그것은 개개인의 우연성을 넘어 하나의 사회적 현상이라고 할 수 있을 정도의 필연성과 확장으로써 나타나고 있으며 우리 앞에 하나의 문제를 제기하고 있다.(일본 문학 단체와 동아리 서클잡지 등에 참여하는 정확한 숫자는 모르지만, 그 잠재적인 층은 꽤 두터운 것으로 추측되고, 그 중에는 일본 이름으로 참여하는 사람들도 있다.) 일본어 틀 속에서 조선인 작가가 정말 자유로울 수가 있는 근거가 있는지 없는지의 문제도, 작가의 주체적 자유 문제와 함께 따져 봐야 할 것이다. 결국 말과 민족이 대응하고 있고, 말이 그 민족의 속성(屬性)이라 한다면 재일조선인 작가도 일본어와의 관계에서 자신을 단순히 '말'로 한정하는 문제와 별도로 확인하며 나가야 할 것이다. 그것은 자신과 일본, 더구나 재일조선인과 일본, 조선과 일본의 문제로도 확대되어 간다. 그리고 그것은 한 사람의 재일조선인으로서의 상황 속에서 작가 주체의 개별성을 지닌 실천과 관계가 있다. 그것에는 '조선'이 전제되어야 한다. 아니, 그것은 전제이며, 동시에 이념이어야 한다. 즉 일본어로 쓰더라도 조선인으로서의 작가 주체를 따져 봐야 한다. 거기에서, 예를 들어 조선어와의 상관관계나 자국의 문학과의 상관관계 문제 등도 제기된다. 그리고 그러한 것을 생각하며 일본어로 써 나갈 때 같은 말이 가지는 약속＝메커니즘 하에 특수성을 추구하는 의식적인 작업이 일어난다. 그리고 그것은 조선인 작가로서의 주체적인 자세에 의해서만 획득할 수가 있는 자유 문제와 표리관계에 있다고 생각한다.

2. '일본어로 쓰는 것'의 역사

1920년대부터 나타나기 시작한 재일조선인에 의한 일본어 창작활동은 이미 반세기에 걸쳐 오늘에 이르고 있다. 그것은 일본의 식민지에 대한 정치적 결과로서 나타난 문화현상이라고 할 수가 있는데, 1945년 8·15 해방이라는 결정적인 시기를 사이에 두고 있는 현재까지도 진행되고 있는 점에서도 그 뿌리는 깊다. 지금 조선인에 의해 일본어 작품이 쓰이게 된 역사적 배경을—조선어가 걸어온 그 불운한 여정과, 조선의 작가가 사용한 일본어 역할에 대해— 극히 간단하게 살펴보려 한다.

> 조선 민족만큼 비참한 민족은 세계에서 적을 것이다. 나는 이 실상을 어떻게든 세계에 호소하고 싶다. 그러기에는 조선어로는 범위가 협소하다. 그 점, 외국어로 번역될 기회가 많기 때문에, 무슨 일이 있어도 일본 문단에 나가야 한다고 생각했습니다.
>
> 임전혜, 「장혁주론」, 『文學』, 1965년 11월 호

이것은 1932년(쇼와 7) 처녀작 「아귀도」로 일본 문단에 등장한 장혁주[1]의 말이다. 이 주장은 식민지 당시로서는 나름의 설득력을 가진다[장혁주 이전에도 일본 프롤레타리아문학 운동에 참여해서 기관지에 작품을 발표한 김희명(金熙明)과 한식(韓植) 등의 이름도 볼 수가 있다. 장혁주는 전쟁 중에 노구치 미노루(野口稔)로 개명, 그리고 해방 후에는 노구치 가쿠추(野口赫宙)가 되어 1952년에 일본으로 귀화]. 그는 곧 권력의 진전과 당시 일본 문단의 풍화작용에 의해, 일본어로 쓰는 것의 민족적 주체성을 상실한 경우의, 구체적인 예를 스스로 나타내면서 전락의 길을 갈 수밖에 없었는데,

---

1 장혁주(張赫宙, 1905~1997): 김사량과 함께 자주 거론되는 작가. 「아귀도(餓鬼道)」는 종합잡지 『改造』 1932년 4월 호에 발표된 현상소설 입선작.

초기의 자세는, 그때까지만 해도 조선의 현상을 직시했었다. 피지배민족의 한 사람인 그가 지배하는 민족의 '말'로써 세계에 조선을 호소한 심정은 이해가 간다.

그리고 초기 장혁주에게 보이는 긍정적 자세는, 그 후의 전락한 모습과는 대조적으로, 1939년에 「빛 속으로(光の中に)」[2]로 일본 문단에 등단한 김사량[3]에 의해 독자적으로 추진되었다. 김사량은 중일전쟁이 한창이던 당시 상황에서 작가로서의 자유를 민족적 양심과 행위적 표현인 민족적 저항 속에 놓고 굴절되면서도 자신의 길을 걸어갔지만 그것은 선배 장혁주처럼은 아니었다. 그는 태평양전쟁 발발과 동시에 일본 특고경찰에 의해 가마쿠라(鎌倉) 경찰에 검거되고, 석방 후에는 조선으로 돌아가 곧 중국 연안지역으로 탈출한다. 그 무렵부터 일본어로 했던 창작활동은 전부 조선어로 바뀐다. 그리고 8·15 조선 해방 후에는 다시 귀국해서 북조선에서 문학 활동, 즉 본래의 조선 문학에 자리 잡고 활동을 시작했다(1952년 조선전쟁에 종군해서 전사. 향년 36세).

여기에 장혁주, 김사량 이 대조적인 삶을 산 두 사람의 재일조선인 작가 이름을 열거했는데 그밖에도 많은 조선인 작가가, 재일본(在日本), 재조선(在朝鮮)을 막론하고—그것은 식민지 통치하에 있는 당시의 정치 정세와 관련되어 있는데— 일본어로 쓰고 있었다. 1931년 일본제국주의의 '만주사변'으로 시작하는 중국 대륙의 침략과 동시에 강화된 조선 프롤레타리아에 대한 탄압에 이어, 당시 조선에서 가장 큰 문학적·정치적 사건은 전년의 이기영 등을 포함한 카프(조선프롤레타리아예술가동맹) 맹원 2백여 명에 대한 제2차 검거에 이어, 1935년 탄압에

---

2 제10회 아쿠타가와상 후보작.
3 김사량(金史良, 1914~1950): 조선의 소설가. 재일조선인 문학의 선구적인 작가로 불린다.

의한 카프의 해산이었다. 그 후 39년에 조선문인협회가 만들어져, 어용국민(조선 국민이 아닌) 문학운동이 강요되기에 이른다. 43년에는 이광수 등이 중심이 되어 조직된 조선문인보고회가 적극적으로 일본어 창작활동을 추진했다. 조선어가 금지되고 조선의 성이 강탈되어 일본식 성을 사용하는 '창씨개명'(39년)이 실행되는 등 '내선일체(內鮮一體)', '선만일여(鮮滿一如)'의 '황민화' 정책이 강행되는 상황 속에서 일본어로 문학 활동을 하는 것이 '애국적'인 것으로 장려, 또는 강제되기도 해서 많은 조선인 작가들이(조선에 거주하는 자도 포함하여) 일본어로 쓴 것이 자연스런 추세라고 할 수가 있을 것이다. 이리하여 그들은 조선어 말살, '국어(일본어) 상용'의 정책수행의 일익을 담당하게 되고, 일본어로 조선어가 모국어인 곳의 침략자를 위해 복음을 외친 것이었다. 그러나 그러한 가운데 한편으로는 또 조선어를 위한 투쟁이 계속되고 있었던 것을 잊어서는 안 된다. 예를 들어 30년대에 일어난 '한글(조선어)운동'의 중심적인 추진체였던 이극로(李克魯)와 이윤재(李允宰)를 중심으로 한 조선어학회는 42년 조선어학회 총검거 사건에 의해 조직이 파괴되어, 이미 1929년에 착수된 『조선어사전』 편찬사업이 관헌의 탄압에 의해 금지되었다. 그리고 옥사한 이윤재의 유작 『표준조선어사전』과 어학회 편찬 『조선어사전』은 여섯 권으로 되어 8·15 해방 후에 겨우 간행되기에 이른다.

조선어는 말살되어(민중의 말은 빼앗을 수가 없었지만), 조선어 신문이나 잡지가, 예를 들어 조선의 신문 『조선일보』와 『동아일보』가 정간된다(40년). 그리고 41년에는 『국민문학』이라는 일본어 잡지가 조선에서 유일한 문학잡지로 괴성을 지르며 태어난다. 이미 38년에는 조선방공협회, 국민정신총동원연맹이 조직되어 있었고, 녹기연맹(綠旗連盟) 등의 어용문화 단체가 창궐하던 시대이다. 조선 근대소설문학의 창시자인 이광수도 가야마 미쓰로(香山光郞)라는 이름으로 대동아문학자회의와 조선청년 학도병 지원 출병과 조선인의 '황민화' 정책의 일익을 담당하여 스스로 민족을 배신하는 길로 나아가며 일본어로 썼다.

그러한 상황 속에서 적어도, 예를 들어 김사량 등의 일본어 역할은 긍정적이며, 일본어 작품 속에 자신의 조선을 아로새겨 넣었다고 할 수가 있다. 그리고 뜻이 있는 작가는 김사량처럼 해외로 탈출하거나 스스로 붓을 꺾기도 하고 또는 투옥되어 옥사하기도 했다. 이기영은 강원도 산촌에서 농민들과 함께 백성으로 지내면서 일본이 패전하는 날을 맞이한다.

조선 문학은 조선의 정치문화사 가운데 가장 어두운 위기에 있었고 1945년 8월 15일에 민족과 함께 황폐한 모습으로 해방을 맞이한다. 그러나 그럼에도 불구하고 말살되어 사멸한 것으로 일본제국주의자가 생각했던 조선어는 8월 15일이라는 단 하루를 계기로 불사조처럼 되살아나서 그 날개를 펼치기 시작했다. 그것은 구지배자들에게는 '그럴 리가 없어. 그것은 분명히 죽은 거야, 죽었다고'라고, 기적처럼 비쳤음에 틀림없다. 정말로 그것은 기적적인, 오랫동안 축적된 우리 민족 에너지의 분출이었다.

문학 없이 언어는 존재하지만, 언어 없이는 문학은 존재하지 않는다. 조선 문학 없이 조선어는 존재할 수가 있지만, 조선어 없이는 조선 문학은 존재할 수가 없다. 그러므로 일본제국은 조선의 문화면에서 소극적이지만 가장 조선적인 성격을 유지하는 문화행동이었던 조선 문학을 금하기 전에, 먼저 조선어를 금한 것이며 일석이조의 정책으로서 조선 작가가 일본어로 쓰도록 유도한 것이다. 이 음모를 의식하든 하지 않든 관계없이 작가들이 하나 둘 고독해져 가는 조선어를 버리고 일본어로 붓끝을 집중한 경향은, 우리 조선 작가의 모국어에 대한 잔인성과 예술적 자존심의 결핍을 폭로한 것이었다. 8·15 이전의 일본과 조선의 입장에서 조선 작가가 조선어를 버리는 것은 조선 문학을 버리는 것이었으며, 조선 작가가 조선문학을 버리는 것은, 붓을 꺾고 침묵하는 것이 아닌 일본어로 전향한 다는 것은, 조선 문화를 부정하고 조선 민족을 부정하는 것이었다.

관공청에서 조선어가 금지되고 학교에서 교회에서 길거리에서 조선어는 도처에서 쫓겨났다. 민족과 운명을 같이하기에 어울리는, 우리 민족의 처음이자 마지막의 문화인 조선어의 명맥을 사수하기에 가장 적합한 사람은, 많든 적든 민중의 지지를 받고 있으며, 기록을 남기는 문학가였다. 이러한 중대한 의무의 자각 없이, 비록 모국어의 역경을 이겨낼 수가 없다 해도 일제 권력에 아첨하는 조선어 말살을 위해 박차를 가한 문학가가 우리들 가운데에 있었다면, 우리는 오늘날 조선어와 조선어의 제작자인 우리 민족 앞에 삼가 참회를 하고 꾸짖은 다음에 또 다시 조선어로 붓을 잡아야 할 것이다. (원문은 조선어)[4]

이것은 8·15 해방 이듬해 1946년 2월 서울에서 열린 제1회 조선문학자대회에서 「국어재건과 문학가의 사명」이라는 제목으로 이태준이 보고 연설한 일부분이다. 이 보고에는 봇물 터지듯 솟구치는 민족 독립의 아찔한 태양 같은 흥분 속에서, 마침내 반년 전까지는 모든 것을 빼앗겼던 나라의, 앞으로의 문학과 언어에 대해 소박한 형태 그리고 아픔을 담아 이야기하며 제기하고 있다.

이것은 일본어로 쓴다는 것과 직접 관계가 없는 인용문처럼 생각될지도 모르지만 재일조선인 작가의 일본어에 의한 작업의 발생과 진전은 당시 조국의 문학과 언어가 처했던 현실과 분리해서 생각할 수가 없다. 그것은 어느 날 갑자기가 아니라 하나의 역사적인 배경 속에서 나타나고, 그것이 해방 후 지금까지 오늘날과 같은 형태가 되기에 이른

---

4 인용문은 이태준의 원문이 아닌 옮긴이가 한국어로 번역한 것임.

것이다.

해방 후 조국에서는 조선 문학 재건사업이 힘차게 추진되어 가는 상황 속에서 일본에서도 조선어 부활, 건설과 함께 그에 따른 문학 활동도 이루어졌다. 그것은 재일조선인 스스로 자주 학교를 세우고 아이들에게 조선어로 교육을 시작한 것 등을 포함한 전반적인 재일조선인운동의 진전과 무관하지 않다. 그런 큰 흐름 속에서 함께 나아가면서 일본이라는 지리적 조건과 환경 속에서 일본어에 의한 창작활동이 다시 이루어진 것이며, 대표적으로 김달수 등이 중심이 되어 활동을 했다.

3. 왜 일본어로 쓰는가

왜 일본어로 쓰는가. 이것은 항상 자신을 향해 계속 되풀이되는 질문이다. 그러나 우리가 기본적으로 조선 문학에 참여하고, 그리고 일본에서 일본어로라도 쓴다는 입장을 갖지 못한다면 질문에 대한 완전한답은 없다. 아이러니하게도 계속 쓰는 것 자체가 대답일지도 모른다. 그리고 원래 이 물음은 예전에도 있었고, 사실 이 질문 이전에 이미일본어로 작업이 이루어졌었다. 그리고 이 물음은 식민지시대에 잃어버린 민족성 회복과 민족적 주체의 확립을 향해 그 민족의 생활 모든영역에서 필수불가결한 요소인 민족어—빼앗긴 조선어를 되찾아서 발전시키는 가운데 적어도 말에 관한 한 조선인으로서 그 핵심에 설 수가없었던 현실과 결코 무관하지 않다. 일반적인 통념에서도 그렇지만, 특히 말을 빼앗긴 조선인은(그것이 일본어에 의한 창작이 존재하는 원인의하나이지만) 조선어를 되찾아서 그에 따른 문학을 회복 발전시키고 조선 문학 속에 자신을 두어야 한다. 그것은 문학이 각각의 민족어에 의해 성립한다는 사정이 있기 때문이다. 먼 미래 세계에 상정되는 민족의 평등, 즉 융합에 의한 그 격차의 소멸과 세계 공통어로 전환하기 이전에는, 말은 민족어로서 그 민족에 대응하고, 말을 수단으로 하는 문학은 당연히 이를 통해 하나의 민족적인 형식을 가질 것이다. 요컨대 사람은 원리적으로는 자신이 속한 민족의 말로 문학을 하게 되어 있다. 그럼에도 불구하고 재일조선인들 중에 조선어 작가가 아닌 사람은 일본어로 쓰고 있다. 모국어인 조선어에 남모르는 열등감을 가지고 쓰고 있다. 역사의 장난이 우리에게 이런 고뇌를 남기고 있는데 그 역사는 뒤처리를 우리 자신에게 맡기고 시치미를 뗀 채 지나가 버린다.

다시 왜 일본어로 쓰는가 —를 묻자. 불완전한 대답이라 해도 그것의 동기 부여는 할 수가 있는 것이다. 그러나 이 경우 하나의 전제가 불가결하다. 그것은 왜 쓰는가라는 그야말로 근원적인 것과 서로 겹치기 때문이다. 왜 쓰는가라는 것은 인간의 삶에 관한 문제이며, 그 관계 속에서 각인각양의 기본적인 태도는 이미 어떠한 형태로든 있는 것이다. 조선인이 일본어로 쓰는 경우도 왜 쓰는가 하는 문제의식과 분리할 수가 없다. 다만 '일본어로 쓰는 재일조선인'이라는 한정어를 붙인 경우, 거기에서 공통점을 끌어낸다면 그것은 대체적으로 다음과 같이 정리할 수가 있을 것이다.

일본어를 통해 그것을 매개로(즉 일본어는 조선과 일본이 소통하는 하나의 수단으로서) 재일조선인의 생활과 의식, 그리고 조선과 관련된 것, 조선과 일본의 관계 등을, 즉 조선인으로서 말하고 싶은 것을 일본인에게 호소 또는 전달하기에 더할 나위가 없는 것이다. 그리고 이것은 특히 식민지시대에 청소년기를 일본에서 보낸 세대, 그것을 '원망의 세대'라고 해도 좋은데, 그 세대에 성향이 짙다. 그러나 그것만으로는 대답의 전부를 지배하지 않는다. 일본어로 쓰는 한이라는 그 전제로는, 그것으로 답의 전부도 되겠지만 그 전에 일본어로 쓰는 또 다른 이유는, 그것은 슬픈 일이지만, 근본적인 의미가 있는 조선어로는 소설을 쓸 수가 없다는 데 있다.

원래 문학이 자기 표출, 실제적인 세계에 대한 기호적 세계에서의 자기체험인 이상, 더구나 '말' 그 자체의 속성이 이미 매개성인 이상, 새삼 교류의 수단이라든지 또는 조선과 일본의 말, 즉 일본어에 의한 매개라는 것은 이미 말의 기능 자체에 내재되어 있는 전제이며 문제의 전면에 드러나지 않는다. 이것은 우리의 경우 조선어로 쓴 것을 번역하지 않는 한 제일의적(第一義的)이 되지 않는다. 그것은 제이의적(第二義的) 의미에서 중요한 것이다. 그리고 재일조선인인 일본어 작가는 문학에 의한 '커뮤니케이션'이라는 이 제이의적인 것에 자신을 맡기고 거기에 제일의적인 것, 즉 문학의 본질적인 문제를 안고(거기서 이미 조선인 작가로서 모순을 내포한다.) 그 작업을 하고 있는 것이다.

이렇게 일본어를 쓰는 것은 나도 예외라 할 수가 없다. 단지 나의 경우에는 조선어로도 쓸 수가 있다는 것이다. 하지만 그래도 내 안의 모국어가 내 안의 모국어가 아닌 것을 넘어설 수는 없다. 옛 식민지시대에도 그러한 것은 결코 자랑스러운 것이 아니었다. 그렇기는 하지만, 나는 자신 안에 있는 일본어 저장주머니 입구를 봉해 버리려는 생각은 지금으로서는 하지 않는다. 나는 일본어가 모국어보다 구사하기 쉬울 뿐만 아니라 주머니에 봉인해 버릴 만큼 충분히 사용하지 않았다. 동시에 자칫하면 구석 쪽으로 밀리기 쉬운 조선어로 나는 나의 내부에서 빛을 비춰야 한다. 그리고 그 내부에서 조선어가 나 자신을 비추고 있는 듯한 긴장을 지속하지 않으면 안 된다. 나는 일본인이 일본어로 쓰는 것처럼 즉자적으로는 일본어로 쓸 수 없으며, 그래서 내가 일본어로 쓰고 있는 상태는 타인 집의 거울 속에 있는 자신을 보고 있는 의식 상태와 비슷하다고 해도 좋다.

4. 일본어의 굴레[5]

허구는 그것이 바탕이 되고 있는 말을 초월한 것이라고 할 수가 있겠다. 그래도 말이 일종의 물체가 되어 쓰는 사람 속에 사라지기 어려운 각인을 남긴다는 점에서 그것은 일상에서 사용하는 말의 기능과는 다르다고 생각한다. 일상에서 사용하는 말은 전달의 임무를 다하면 대부분 잊히는 것이 보통이다. 예를 들어 우리 조선인끼리 일상 대화에서 조선어와 일본어를 섞어 쓸 때가 있다. 그 경우 나중에 지나간 대화 장면을 상기한다고 하자. 그것은 '煙草'에 대해 이야기한 것이었다. 그러나 그때 '煙草'를 일본어로 タバコ(다바코)라고 했는지 혹은 조선어로 담배(タムベー)라 했는지 이미 사용했던 말은 기억에 남아 있지 않는다. 그러나 '煙草'에 대해 이야기한 것은 확실히 기억하고 있으며 그것은 표상으로서 머리에 떠오르는 것이다. 이 경우 그것은 펜을 사용해서 종이 위에 문자로 정착시키는 작업과는 다르다는 것은 자명하다. 그럼에도 불구하고 나는 허구라는 언어적 세계(일본어)의 질서 속에서, 지극히 인간적인 체험, 실천적인 경험을 한다. 한 번만으로 사라져 가는 일상에서 사용하는 말이 아니라 여러 번 스스로 새겨 넣지 않으면 안 되는 상상적인 언어의 세계에 산다. 그리고 거기에 사는 한 세계가 나를 휘감을 때 이 '일본어'로서 말의 기능이 다른 것을 한정하는 동시에 (그것은 제한이 없는 행위이겠지만) 자신을, 조선인인 나를, 나의 조선인을 어떻게 한정하는 것인가를 생각한다.

'일본어'는 '일본어' 이외의 아무것도 될 수 없다는 의미에서 그것을

5 　원서에는 '日本語の呪縛(일본어의 주박)'으로 쓰여 있다. 주박(呪縛)은 주술을 걸어 꼼짝 못 하게 한다는 의미로 일본에서 사용되고 있지만 한국에서는 거의 사용하지 않는다. 본서에서는 저자 등이 '주박'을 직접적으로 언급하지 않는 부분에서는 '굴레'로 바꿔 사용한다.

또 '일본적'이라고 해도 좋을 것이다. 그 말 속에는 수천 년, 수백 년 사이에 길러져 온 일본 민족의 감정과 감각이 담겨 있으며 사고 양식이 있다. 지금 내 안의, 즉 내 안에 저장된 '일본어'는 적어도 그 '일본적'인 요소를 다분히 가지고 있을 것이다. 무수한 일본어 어군(語群)의 총합은 변화하여 '일본적'인 감정과 감각을 형성해서, 나는 일본어 기능을 통해, 그들에게 지배되는 것일까. 만일 그렇다면 그것은 밀려오는 파도를 천천히 쓸어 가는 썰물처럼 주체의 의지와는 상관없이 나는 서서히 자신의 육지에서—조선적인 것에서 멀어져 버리게 된다. (무엇이 조선적이고 무엇이 일본적인 것인가라는 것만으로 다른 테마가 되는 문제인데 여기에서는 일반적인 의미에서, 예를 들어 민족적이라는 말과 동의어라고 해도 좋다.) 만약 자신의 육지에 매달리고 싶다는 것이 나의 의지였다면 육지에서 멀리 바다에 떠도는 것은 두려운 일이다. 자신이 아무리 무의식으로라도 '일본적'인 것이 되어 '일본화'되어 가기 위해 일본어로 쓰고 있는 것이 아님에도 불구하고 그것을 사용하는 사람을 동질화해서 삼켜 버리는 주술이 그 나라의 말에 있다고 한다면 어떻게든 그 굴레를 벗어나야 한다. 그 주술적인 굴레를 벗어나지 않으면, 그것이 굴레임을 안 이상 거기에는 자유가 없을 것이다. 나는 막연한 일종의 불안과 함께 그 주술적인 굴레의 위험을 느낀다.

조선 사회와 환경에서 동기나 열정이 고양되어, 그러한 것들에 의해 알게 된 내용을 형상화하는 경우, 그것을 조선어가 아닌 내지어(일본어—인용자)로 쓰려고 할 때에는 작품은 아무래도 일본적 감정이나 감각에 억압받게 된다. 감각이나 감정, 내용은 말과 결합해서 비로소 가슴 속에 떠오른다. 극단적으로 말하자면 우리는 조선인의 감각이나 감정으로 기쁨을 알고 슬픔을 느낄 뿐만 아니라 표현 그 자체와 불가분리적(不可分離的)으로 결합된 조선의 말에 의하지 않으면 가슴에 와 닿지 않는다. 예를 들면 슬픔이라 해도 욕이라 해도, 그것을 내지어(일본어)로 옮기려 한다면 직관적인 느낌이나 감정을 상당히 돌려서 장황하게 번역하지 않으면 안 된다. 그것을 못하면 단순한 일본적인 감각으로 바꿔서 문장을 짓게 된다. 그래서 장혁주 씨나 나 같은, 그 외 내지어(일본어)로 쓰려고 하는 많은 사람들은 작가가 의식하고 있든 그렇지 않든 관계없이 일본적인 감각이나 감정으로 변함에 짓눌리는 듯한 위험을 느낀다. 나아가서는 자신의 것이면서도 이국적인 것으로 눈이 멀어지기 쉽다. 이러한 것을 나는 실제로 조선어 창작과 내지어(일본어) 창작을 조합하고 시도하면서 통감하는 한 사람이다.

아무튼 내지어(일본어)로 쓰든 쓰지 않든 작가의 한 개인에 관한 것이며 조선문학을 조선어로 써야 한다는 것은 엄연한 진리일 것이다. 조선이라는 현실 사회 속에 살며, 거기에서 열정이나 동기를 느껴서 붓을 잡는 경우 자신의 알기 쉬운 말로, 그리고 자신의 말밖에 모르는 다수의 독자를 위해 쓴다는 것에 대해서 무엇을 이상하게 여기는 것인가.

김사량, 「조선문화 통신」, 1940.

이것은 당시 조선에서 조선어로 쓰는 것은 '비애국적'이며 조선 작가도 일본어로 써야 한다는 논의에 대한 김사량의 견해 중 일부분이다. 이 정도의 인용문에서도 당시 김사량의 자세를 엿볼 수가 있는데 지금 여기에서 관심사는 그가 일본어로 쓰는 경우의 불안감에 대해 언급한 부분이다. 물론 이 경우는 조선에 거주하는 일본어에 익숙하지 않은 작가들이나 독자를 전제로 하고 있으며, 그것은 현재 조선어에 익숙하지 않은 재일조선인 작가와는 사정이 반대라, 그대로 기계적으로 비교할 수 없는 점이 있지만, 조선 작가라는 주체적인 입장에 있는 한 음미해야 할 말이라고 생각한다. 특히 자신의 것이면서도 이국적인 것으로 눈이 멀어지기 쉽다는 말은 그가 항상 조선적인 감각이나 감정을 바탕으로 작품을 썼기 때문에, 그것이 일본어라는 형식을 띠면 자신에게 무언가 위화감 비슷한 것을 준다는 의미일 것이며, 그것은 또한 그가 자기 안에 조선어의 버팀대를 가지고 있기 때문에 일본어 작품을 객관적으로 볼 수가 있다는 증거이다. 그런 의미에서도 김사량은 틀림없이 조선적인 작가라고 할 수가 있다.

일본어로 쓴 글에 일본적인 것, 그 감정이나 감각으로 기우는 작용, 조선어를 잘한 김사량조차 위험을 느꼈다는, 즉 말에 그 같은 주술적인 굴레의 힘이 있다면 어떻게든 거기에서 벗어날 방법은 없을까. 그렇다고 해서 나에게 일본적인 감정이나 감각이 있음을 전적으로 부정하는 것은 아니다. 우리는 모든 감각의 상호작용을 통해 자신을 다듬을 필요가 있다. 그러나 자기 안에 밑바탕 없이 아무것도 없는 채로 단지 거기에 그것을 수평 이동시키는 것은 위험할 것이다. 실제로 나는 생각한다. ―조선에 '불가사리'라는, 쇠를 녹여 마셔 버린다는 기괴한 모습을 한 상상 속의 동물이 있다고 하는데, '일본어'는 머지않아 나를 녹여 '일본적'이라는 위장(胃)으로 정말 삼켜 버릴까 하고―. 설마 하고 나는 생각한다. 아니 그렇지 않고, 만일 내가 '일본어'에 먹혀도, 그 쇠로 된 위장을 '불가사리'가 그런 것처럼 물어뜯고 빠져나올 방법은 정말 없는 것인가, 어떻게든. 그것은 도대체 어떤 것일까.

그런데 다음과 같은 문장을 읽으면 그 굴레는 좀처럼 벗어나기 어려운 것일지도 모른다고 생각된다.

모리사키 가즈에(森崎和江)[6] 씨는 「두 개의 말 두 개의 마음(二つのことば 二つのこころ)」이라는 '방한(訪韓) 스케치'를 썼다(『辺境』 제1호, 1970년 6월). 그것은 조선에서 청소년기까지 자라 '기본적인 감각'이 조선의

---

6 모리사키 가즈에(森崎和江, 1927~): 대구에서 태어남. 일본 시인, 논픽션 작가, 전 방송 작가.

풍토와 조선인들 사이에서 형성된 모리사키 씨가, 어린 시절 함께했던 조선의 지인들과의 만남에 대해 기록한 감동 깊은 문장이었다.

> "(전략) 이번에 여기를 방문하기 위해 한글 공부를 조금 했습니다. 하지만 못 합니다. 그런데도 패전 후 일본에서 말에 대해 고민했습니다. 일본어가 둘로 갈라지는 거예요. 두 개의 마음으로 갈라집니다. 여러분이 화내실지도 모르겠지만 굳이 말하자면 민족의 마음이 둘로 갈라져. 나는 내 영혼이 여러분 삶의 호흡에 상당히 깊게 영향을 받고 있었다는 것을 알게 되었습니다. (후략)"

> "나는 (중략) 국어라는 말을 사용할 수 없어요. (중략) 나는 국어를 사용하지 않아. 그것은 여러분의 말을 조선어라고 불러야 할지 한국어라고 해야 할지라는 차원으로 이어지는 의미에서 한 가지. 또 하나는 일본 토민(土民)의 언어감각과도 끊어져 있다는 의미에서 (후략)"
>
> 모리사키 가즈에, 「두 개의 말 두 개의 마음」

이것은 모리사키 씨가 처음에 서울에서 만난 김영수(가명)라는 사람과 대화한 일부분인데, 이전에 김영수가 인간은 "일생에 두 개의 국어를 익히는 것이 가능"한지를 그녀에게 묻고 나서 "해방 후 20년 이상이 지나도 아직 자신의 감각은 일본어를 이야기하고" 있다. "가치관 형성기에 사용했던 말에서 인간은 완전히 빠져 나올 수가 있"는 것인지, "일생에 두 개의 말을 국어로 할 수가 있는 것"인지 ─라는 식의 질문을 한 것이다.

모리사키 씨와 김영수의 경우는 서로 연관되어 있어서 각자가 서로를 비추고 있는데, 이 두 가지가 얽힌 것, 혹은 모리사키 씨 자신의 경우는, 반대로 생각하면 우리 재일조선인의 그것과 비슷할 것이다. (처음 모리사키 씨의 문장을 접했을 때에 한하여.) 단지 여기에서 말할 수 있는 것은 모리사키 씨도 지적했듯이 이러한 것이 일본이 침략한 결과이기는 하지만, 재일조선인의 경우는 '결과'이면서 결과로서의 고리는 아직 끝나지 않았고 현재형이며 진행 중이다. 따라서 당연한 것이지만 그 결과에 대한 우리의 입장은 현실적으로 다르다. 과거의 조선에 거주했던 대부분의 일본인은 조선인이 되지 않았으며 그 위험도 또한 없었다. 하지만 재일조선인 중에는 귀화하는 자가 있었고(일본의 위정자는 그것을 환영했다.) 항상 위험에 노출되어 있었다. 이것은 과거의 지배와 피지배라는 관계에서 오는 개인의 생각을 넘어선 인과적인 것이다. 조선에서 살았을 것 같은 김영수도 해방 후 20년 이상이 지난 오늘날에도 조선어로 이야기하면서 그 감각은 일본어를 이야기하고 있다는 것은 내 등골을 오싹하게 하는데(단지 이러한 것은 과거에 일본 치하에서 교육을 받은 소위 지식층에 있는 것이며, 일반 민중은 그 범위 밖에 있었다고 할 수가 있다.), 여하튼, 아니 그렇다면 재일조선인은 조선적인 감각을 자신 속에 옮겨 넣기 위해 작은 수단으로도 자신의 민족어를 가져야 한다.

이렇게 생각하자 일본의 생활환경과 풍토 속에서 일본어로 쓰는 경우에 말의 무서움에 움찔한다. 당황한다. 그리고 어차피 나도 일본어의 영향에서 평생 벗어나지 못할 것이라고 생각하지만, 그러하기에 더욱 자기 자세의 중요성에 대한 이유를 통감한다. 참고로 나에게 조선어로 쓴 것이 몇 개 있는데 그것에는 일본어적인 또는 일본어를 조선어로 번역한 듯한 그림자가 짙게 있다. 그러나 이것은 내가 어느 쪽도 철저하게 못 해서인데, 그래도 일본어로 쓰려고 할 때는 오히려 조선적인 감각이 강하게 지배하려고 몸의 깊은 곳에서 꿈틀거리는 것은 신기하다.

내가 조선을 무대로 해서 작품을 쓸 때, 예를 들어 지문은 차치하고 대화하는 장면 등에서 고민하는 경우가 많다. 제주도 주민은 조선에서도 독특한 방언을 가지고 있는데 거기에 대응하는 일본어를 어떻게 하

는가 하는 것이다. (단지 번역상에서라면 당연한 절차가 있지만 번역이 아닌 것이다.) 실제로 그들은 제주도 방언으로 이야기하고 생각하고 느끼고 있는데 극히 일반적인 경우를, 예를 들어, 만일 내가 「おれが行くだ (내가 간다)」라든지, 「あたしがするだよ(내가 한다)」라든지 시골말로 쓰는 것은 내 머리 속에서 제주도 방언이 적당하게 일본의 어느 지방의 말로 번안되어 있는 것이다. 더구나 나는 그것을 그대로 일본어로 먼저 조선어 파이프를 반드시 통과시키는 것이 아니라 때로는 거의 스트레이트로 '일본어' 파이프를 통해 제주도 농민들이 그 땅에서 일본 지방어딘가의 말을 하는 것처럼 써 버린다. 게다가 써 버린 후에도 그 농민들이 말하는 일본어 방언의 배후에는 반드시 조선어인 제주도 방언이 아지랑이처럼 피어오르고 있어 그것이 나에게는 한들한들 잘 보인다.

그리하여 나는 지금 나의 머리에서 나온 것은 제주도 방언이 아니라 스트레이트로 일본어라는 것을 깨닫자 뭔가 **엉터리**로 하고 있는 것 같은 자기혐오에 **빠진다**. 제주도 방언을 알고 있는 나는 현실에는 그런 일은 있을 수가 없다는 위화감에 사로잡혀 허구 세계에서 현실의 일상에서 사용하는 말 속으로 돌아온다. 그리고 나는 현실에 문장어로서의 일본어에 의존하고 있는데 도대체 나에게 진정한 의미에서 생활 언어는 무언가 하는, 공허한 기분이 가슴 속에 퍼져 간다. 실제로 제주도에서 농민들이 일본의 시골말로 이야기하는 정경은 상상할 수가 없는 일이다. 그것을 허구라는 이름 아래에 허용된 것으로서 하고 있는 것이다. 그렇지만 그것을 직접적으로가 아닌 완전히 조선어, 제주도 방언에서 번역이라는 길을 거쳐 더구나 자신이 납득하는 일본어로 써 가는 듯한 공정을 찾는다. 그러면 이러한 간접적인, 즉 먼저 조선어에서 일본어로 두 단계의 공정 절차를 밟으면 신기하게 마음이 가라앉고 만족하게 된다.

그것이, 예를 들어 일본을 무대로 한 경우는 어떻게 되는가. 거기에서는 일본인이 이야기하고, 또 조선인이 이야기해도 현실에는 그들 자신이 일본어로 이야기하는 경우가 많아서, 이 경우의 현실과 허구의 위화감은 나에게 그 정도는 아니다. 제주도 도민이 일본 동북지방이나 또는 규슈 어딘가의 말을 제주도의 삶 속에서 말하며 살고 있는 것 같은, 번역이 아닌 이상 아무리 허구라 해도 그것은 사람을 이상한 기분이 들게 한다. 동일인이 만약에 유사한 작품을 조선어와 일본어로 쓴다 하더라도 번역과는 다른 문제이니까. 그리고 그것은 또 만약에 제주도 방언을 잘 알고 있는 일본 작가가 있다 해서 이러한 사정에서 일본어로 쓰는 경우와는 다른 점이 있다고 생각한다. 그것은 단적으로 말해 주체적인 입장의 차이가 거기에 있고, 그저 일본어 작품의 소재만으로서 다룰 수 있을지 없을지와도 관련될 것이다.

그러나 독자에게는 이런 것은 직접적으로 관계는 없다. 하나의 더 좋은 일본어 작품으로서 수용할 수가 있다면 충분하며 또 그것이 전부이다. 단지 내측에서 보면 우리의 경우, 번역된 것과 스트레이트로 써진 것 사이에 구체적으로 명확하게 눈에 띄지 않아도 무엇인가 차이가 있다.

지금 본 것처럼 나는 일본어로 쓰는 것을 기본으로 내 안의 조선어가 매개를 필요로 하지 않아 그대로 직접 쓸 수가 있다. 머릿속에서 조선어가 선행해서 생각하고 그 뒤에서 금붕어 똥처럼 붙어서 일본어로 번역되는 것이 아니다. 조금 전의 예처럼 무대가 조선이 되기도 하고 인물들이 정말로 전혀 일본어를 알 리가 없는 또 이야기도 하지 않는 조선의 농민이기도 한 경우는 거기서 내 안에 있는 조선어와의 만남, 충돌, 긴장, 매개, 번역적 작용도 분명히 자주 일어나지만 그 전체로서의 허구는 번역이 아니라 그대로 일본어로 구성되어 거기에서 일본어로써 조선어로 말하고 있는 것에 대치하게 된다.

지금 문제 제기를 더욱 명백하게 하기 위해 내가 일본어로밖에 쓸 수 없다고 가정하자. 조선어를 저장하는 기능이 내 안에 없다고 해서, 즉 조선인인 나의 내부에 일본어밖에 없는 경우, 그것은 오직 일본어로만 쓰는 것에서 발생하는 기울어짐을 제동하는 것—일본어 이외의 다른 언어 기능—이 내 안에 없는 것을 의미한다. 내 안에 일본어가 상대적이 아닌 절대적인 작용을 하는 자리가 있다는 것은 일본어가 가지는 기능, 그 소리와 모양, 그리고 의미에서도 일본어 특유의 뉘앙스에 의한 나의 사고나 감정에 미치는 영향을 의미하고, 반대로 조선적인 것의 소멸을 더 촉진하는 것은 아닐까.

그리하여 조선적인 것이 소멸되고 일본적인 것으로 기울어져 가는 데 제동이 되는 것(그것은 물론 상대적인 위치에 조선어가 있다는 것이 중요하지만 그것이 없다는 것으로서), 어디까지나 특수성을, 이질성을 보장하는 것은 무엇인가 하는 과제가 제기된다. 이것을 반대로 말하자면 나는 '일본어'로 어디까지나 조선인으로서 관련된 것에서 시작한다. 일본어 작품을 만들어 내는 단순히 조선인이라는 이름의 기계가 아니라 주체적으로(만약에 조선인으로서 주체의식과 그 감각 사이에 차이가 있다 해도) 조선인으로서 일본어로 쓰려고 한다. 조선인으로서라는 것은 '일본어' 이전에 나는 '조선'에 관련되어(일본인이 일본과 관련되는 것처럼이라는 의미인데 이 경우 재일조선인으로서 일본에 관련되는 것도 포함해서) 있다는 것을 의미한다. 그리고 거기에서 나는 될 수 있다면 나를 먹어 버리는 일본어의 '일본화'라는 위장을 물어뜯는 '불가사리'가 되고 싶다.

5. 굴레에서 벗어날 수 있을까

모국어를 상실한 자가 과거 지배자의 말로 쓸 수밖에 없음에는 역시 하나의 원통함을 피하기 어려운 점이 있다. 자신이 일본어로 쓰면서 새삼 주제넘은 말을 늘어놓게 되는데, 말을 빼앗긴 자는 그 원통함을 실감한다. 도데(Alphonse Daudet)[7]의 「마지막 수업」(1873)에 반영된 상황은 백 년 전 프랑스의 한 지방 알자스에서 일어났던 일이지만 우리에게 일어났던 일은 민족 전체의 것이었고, 더구나 그 사건은 아직 말할 수 없는 새로운 상흔에 속한다. 그 결과로 일본에는 아직도 조선어를 모르는 조선인이 많이 있는 것도 그 심각한 상처의 한 예이다.

기본적인 것, 또는 다른 사람들에게는 공기처럼 의심의 여지없이 향유되고 있는 것(일본인의 일본어 등)이, 결여되어 있는 나는 빼앗긴 자에게는 자유가 없다는 참으로 상식적인 생각을 하고 있는데, 그것은 빼앗긴 것을 탈환하기 위한 투쟁이 자유를 목적으로 하면서도 자유 그 자체라고 생각한다. 그리고 그것은 이제는 크게 자신 속에 투쟁의 표적으로 삼아야 한다고 생각한다. 예를 들어 민족적인 것, 계급적인 것을 다루는 것은 이미 구식이라 하지만 우리가 만약 민족적인 것을 피한다면 '보편적'인 것에 단호하고 솔직하게 나아갈 수가 없다. 물론 문학은 어떤 언어로 쓰더라도 그것이 좋는 것은 궁극적으로는 인간의 존재이며, 그 나라의 역사나 풍속이 아니다. 그러나 이 보편적 문제에, 우리는 한편으로는 구체적인 풍토 속에서 살아가는 구체적인 인간을 통해 들어갈 수가 있다. 구체적인 것을 통해, 우리의 경우, 조국의 통일이라는 바로 민족 속의 인간 드라마가 있을 수 있는데, 문학에 민족으로의 지향을 아로새기며 보편을 향해 나아간다. 이 구체적인 것을 피해서는 그것들을 넘어설 수가 없다. 민족을 옹호하는 것은 민족을 억압하는 것과의 투쟁이고, 권력에 반대하는 것은 권력을 옹호하는 것과의 투쟁이다.

---

7 알퐁스 도데(Alphonse Daudet, 1840~1897): 프랑스 소설가.

민족이나 계급을 관통해서 숲 저편에 열린 평원처럼 펼쳐진 보편적인 지평에 선다. 아니 그것은 하나의 도형 같은 것이 아니라 관통하는 그 구체적인 행위 자체로서 이미 보편과 접촉한다고 할 수가 있을 것이다.

일본어로 쓸 때 일본어 틀 속에서 재일조선인 작가의 자유는 있을 수 없는 것인가, 또 일본어의 틀 안에서 그 가능성에서 어떻게 '조선'을 표현하는가를 생각하는 것은 이 때문이며, 또한 우리가 가지고 있는 모순의 반영이기도 하다. 그것은 또한 일본어를 통해서 '빼앗긴 것'을 탈환하기 위한 투쟁이 되기도 한다.(언어 문제를 전제로 한다면 조선어를 빼앗긴 결과로서의 일본어 창작이며 조선어를 탈환하기 위해 투쟁한다는 것은 자가당착이며 무의한 것이다. 이 경우는 말—조선어 회복을 의미하지 않는다. 어디까지나 일본어로 쓰는 것을 전제로 하고 있다.)

나는 앞에서 말했다시피 '일본어'는 그 이외 어떤 언어도 될 수 없다는 의미에서 '일본적'이며, 그 무수한 어군의 연속적인 구성으로 생기는 기계의 움직임 같은 말의 기능이 결국에는 자신을 '일본적'인 것으로 만들어 가는 것이 아닐까 하는 위구(危懼)를 가져왔다.

확실히 그것은 나를 불안하게 하는데 여기서 그 '일본어'를 토대로 한 현대 일본 문학의 성격을 살펴볼 필요가 있는 것 같다. 물론 내가 충분히 할 수 있는 것은 아니지만, 그리고 일본어 자체에 대해서도 엄밀한 의미를 나는 잘 모르므로 여기에서는 일반적으로 말하는 상식적인 견해에 따른다. 단적으로 말해 근대 일본 문학은 근대 서구 문학을 수입해 그것을 근거로 발달한 것이고 문학적 발상의 뿌리를 관철하는 것도(자연주의가 사소설이라는 방법으로 변형했다 해도) 역시 서구적인 방법 의식을 전제로 한다고 할 수가 있다. 그것은 서구 문학의 경우와 달리 일본의 그 이전 문학 전통과 일단 단절된 데에서 현대문학이 일어났다고 할 수가 있다. 이것은 일본만이 아니라 조선에도 해당된다고 해도 과언이 아니다. 조선 문학에서 1900년 전후에 개화사상의 일부분으로 나타나는 신소설, 창가 등, 그리고 신문학, 근대문학으로 이행하는 것도 주로(『泰西文藝新報』에 의해 직접 번역되어 들어온 것도 있었지만) 일본을 경유해서 역으로 들어온 서구 문학의 영향이 크다.

이렇게 발달한 일본 문학은 그것에 의해 세계 현대문학에 참가하는 길을 스스로 열어 그 발상법이나, 반대로 그 말에 영향을 미친다. 근대 일본어의 급격한 변모나 발전은 어휘의 개념 자체에 보편성과 국제성을 가져오고(문학만이 아니라 모든 서구 문명의 이입에 의해) 일본적인 형식이라고 할 수가 있는 소리와 모양을 만약에 제거할 수가 있다면 말의 의미 내용은 '언어 일반'으로서의 공통성 속에서 성립되었다고 할 수가 있다. 일본어 자체의 문법 형식에 반영된 기본적 구조는, 그것은 일본 민족의 존재 양식에도 관련된 것이기 때문에 쉽게 움직일 수는 없지만, 예를 들어 에도시대와 현대 일본어의 기능의 차이가 굉장히 크다는 것은 짐작하기 어렵지 않다. 그리고 그 말을 사용하는 인간의 의식도 크게 변해 왔다.

각국어는 그 긴 역사적 과정을 거쳐 발달해 온 민족어로서 감각이나 감정을 포함하면서도 동시에 국경을 넘어 통하는 공통개념을 가지고 있을 것이다. 그것은 과거보다 현대, 현대보다 미래에 걸쳐 민족어로서 개별성을 가지고 있으면서도 그 어휘가 의미하는 내용은 보다 국제성을 가지는 것이라고 생각한다. 지금도 과학 용어나 기술 용어는 일정한 사회적 범위에서 합의 체계로서 말의 기본적인 틀을 넘어 다른 사회 사이에서도 성립하는 합의 체계로서 기호화되어 있으며 그것은 국경을 넘어 보편적인 내용을 갖기에 이른다. [기호 표시의 모든 형식 속에서 언어는 가장 고도로 발달하고 가장 정교하고 가장 복잡하다. (중략) 인간은 동의(同意)에 의해 무엇인가를 무엇인가로 대신할 수가 있다. 인간이 수 세기에 걸쳐

는 상호의존 과정을 거쳐 동의에 도달한 것은 그들의 폐, 목, 혀, 이, 입술로 만들어지는 다양한 소리로 그들의 신경계 중 특정 사건을 체계적으로 대표화한다는 것이었다. 그 동의 체계를 우리는 언어라고 부른다.(S·I 하야카와[8], 『사고와 행동의 언어(思考と行動における言語)』, 오쿠보 다다도시(大久保忠利) 역)] 그러나 동시에 민족어로서 소리, 모양, 의미(그 민족 특유의) 등으로 스스로 다른 언어와 차이를 보이고 있는 것 자체를 성립 근거로 하고 있는 개별성 또한 각각의 민족 존재 양식을 규정하기도 할 것이다.

'현실적 의식'(마르크스)이라는 말은 사회적인 것이며 동시에 역사적인 것이다. 그것은 사회적 존재로서 인간 사유(思惟)의 역사적인 발전에 따른 감각적인 소재에서 추상화(抽象化)에 의한 개념의 발전에 연관되어 있으며―그리고 저차원에서 고차원으로의 추상화 자체가 외계의 반영, 인식과정이라고 한다면 개념은 그 일정한 정착을 의미할 것이다. 그리고 이들은 '말'이 되어, 요컨대 그 소리와 모양이라는 의상을 입혀서 각 민족의 기억 속에 각 국어로써 저장되지만, 실재 반영으로서의 개념은 공통적인 것이어야 한다. 말은 일정의 한정된 사회에서의 '동의(同意) 체계'이다. 그렇다고 실천을 매개로 한 대상의 인식과 함께 발달해 온 말이 가지는 개념적인 공통성은, 대상의 실재성을 부정하는 것이 아닌 한 부정되지는 않을 것이다.

문학에서 말의 기능·작용은 과학 등에서 사실의 의미 전달과는 다를 것이다. 나는 문학에서 말의 의의나 그 관계에 대해 지금 여기에서 논할 만큼의 여유와 능력을 가지고 있지 않지만 여기에서는 말이 가지는 현실과 관계하는 원리적인 의미를 다룰 수가 있다면 충분하다고 생각한다. 문학에서 말이 지니는 하나의 물체로 성격을 규명하는 것은

---

8 S·I 하야카와(Samuel Ichiye Hayakawa, 1906~1992): 미국의 언어학자, 정치가.

다른 차원이다. 여기에서는 단지 일반적인 의미에서 말은 그것을 대표하는 물체가 아니라는 것을 말하고 싶다. 이것은 문학에서 말이 물체적인 작용을 하는 것을 부정하는 것은 아니다. 하지만 물체 그 자체는 아니다. 말과, 말이 대표하는 것은 각각의 것이며 한쪽이 어느 쪽인가에 환원할 수가 있는 것이 아니다. 소쉬르[9]는 말을 '언어'를 개념과 청각 영상의 결합으로 본다. [그는 '언어활동'[10](le langage)을 규정하여 '언어'(langue)는 그 사회적 측면이고 '어'(parole)는 개인적 측면이며, '언어'는 '어'를 실현하기 위한 도구이며, 또 동시에 소산이라 한다.(『언어학 언론(言語学言論)』, 고바야시 히데오(小林英雄) 역)]. 그리고 그는 그 결합된 '언어'를 기호라 부르며 언어 기호의 '자의성'에 대해서 말하고 있다. 물론 이 자의성은 무원칙의 것이 아니다. 일정의 언어 상태는 역사적인 요인의 소산이며 그것이 언어 기호의 불역성을 규정하고 모든 자의적 치환에 저항하는 것을 그 가역성과 함께 설명하고 있다. 그 자의성의 측면은 무엇인가 하면, 예를 들어 '妹(イモウト, 여동생)'라는 관념(개념)은 그 청각 영상 역할을 하는 일련의 소리 イ(이), モ(모), ト(토)와는 어떤 내적 관계를 가지지 않는다. 다른 임의의 것에 의해 결과가 표출될 수가 있다고 한다. "언어 사이에 차이가 있는 것이, 아니, 여러 언어의 존재 자체가 그 증거이다." 그리고 개념 '牛'를 예로 들며 "국경 이쪽에서는 능기(能記, 청각 영상) b-ö-f(boeuf)를 가지고, 저쪽에서는 o-k-s(Ochs)를 가진다"고 한다. 요컨대 '牛'라는 개념과 어느 청각 영상이 결합하는 경우 일본에서는 그것이 うし(우시, 소)가 되고 조선에서는 그것이 소가 된다는 것이다.

---

9 페르디낭 드 소쉬르(Ferdinand de Saussure, 1857~1913): 스위스의 언어학자.

10 le langage(프랑스어): 언어학자·언어철학자인 소쉬르가 제창한 구조언어학 개념의 하나. 일본에서는 '언어'로 표기되는 경우가 많은데 여기에서는 학술적 개념으로서 '언어활동'으로 번역하여 표기한다.

'石'을 일본어로 이시, 조선에서는 돌, 영어로는 stone이라고 할 때 '石'의 개념은 상처가 나는 것이 아니라 그 자체로 있다. 말은 물질처럼 불투명하고 단단하게 서로 침투할 수가 없는 것
같지만 개념의 배후에 있는 물질 그 자체가 아니다. 그것은 물질적 힘과 실효성은 가지고 있지만 물질 그 자체가 결코 아닌 것이다.

말은 그것이 대표하는 것에서 독립되어 있다. 일본어의 '이시'는 그것을 대표하는 것(石)에서, 조선어 '돌'은 그것이 대표하는 것(石)에서 각각 독립되어 있다. 그리고 내 안에는 '이시'와 '돌'이 충돌을 일으키지 않고 '石'을 대표할 수가 있다. 그 독립성이 서로 교차하여 각각 대표했던 하나의 사물을 자국의 말로 파악해서 대표할 수가 있고 번역할 수가 있다. 이것은 별로 좋은 예는 아닐 수도 있지만 요즘 유행하는 텔레비전 영화의 더빙을 보거나 듣고 있으면 부자연스러움은 차치하더라도 이러한 사정을 이해할 수가 있을 것이다.

나는 앞에서 제주도 방언을 일본 어딘가의 방언으로 대치할 때의 위화감에 대해 언급했다. 그것은 확실히 그 과정에서 위화감은 있지만 일본어에 의한 '언어적 세계' 속에서 실현된 이상 위화감은 사라지는 것이며, 일본어 세계 속에서 쓰려고 하는 것의 본질이 어떻게 구현되는가가 문제이다. 즉 말로 서로 번역할 수 있는 요소라는 것은, 일본어 형식(소리, 모양)을 갖더라도 조선어의 형식—소리, 모양으로 형성되는 것 속에 있는 의미, 본질을 완벽하지 않다 해도 쓸 수 있는 요소와 동일하다는 것이다. (번역에서도 문체에 의해 포장된 문학 작품의 번역은 창작이라고 불릴 만큼 기계적인 의미에서의 완벽함과 거리가 멀다고 해야 한다).

나는 여기에 이른바 '나'를 '일본적'인 것으로 만들어 갈지도 모르는 '일본어'의 틀 또는 굴레에서 벗어날 수 있는 재일조선인 작가가 조선인으로서 자유를 스스로에게 보장할 수가 있는 현실적인 조건이 있다

고 생각한다. 그리고 조선어와 일본어는, 그 소리, 모양 등에서 상이하지만, 같은 어계(語系)라 할 정도로 말의 구성상에서 어(語)의 위치 등이 거의 동일하다고 해도 좋을 만큼 유사한 점에서, 그 요소는 한층 더 강하다고 생각한다. 동시에 이 유사성은 한편으로는 일본어로 쉽게 기울어지게 하는 작용도 한다는 것을 잊어서는 안 될 것이다.

다만 문학 작품의 경우 말이 단어 하나 하나 그 개념적인 의미 내용을 전하는 것이 아닌 이상 그것을 기계적으로 끼워 맞추는 것은 어렵다. 예를 들어 내 안에서는 조선어로 돌(石)이라고 한 경우와, 일본어로 이시(石)라고 할 때 그 감각적인 것으로부터 표상의 차이가 생기는 일이 종종 있다. 나는 돌이라고 하면 용암이나 바위나 돌이 튀어 나온 길, 돌담이나 '석다(石多)'라고 불리는 제주도의 풍경을 많이 떠올린다. 그러나 이시라 하면 주변에 굴러다니는 평범한 돌멩이로, 이상하게 제주도 풍경의 돌과는 가깝지 않은 것이다. 이미 내 안에는 '이시'와 '돌'이라는 말에 의해 환기되는 형상적인 측면, 이미지가 다르다. 이 감각적인 것이 발하는 분위기를 일본어로 어떻게 표현할 수 있는가 하는 것이다. 그것은 그것이 일본어로 이행하는 사이에 갑자기 변질되어 옆으로 새는 것을 막고, 그것을 단단히 지탱하고 버티는 강한 의지와 지향이 있으면 일본어라도 표현할 수 있지 않을까 하는 것이 나의 생각이다.

나는 이상으로 말이 가지는 물체와 달리 서로 치환이 되는 요소를 전제로 하여 일본어로 조선적인 것을 쓸 수가 있다는 조건을 제시했다. 이 조건은 물론 충분하지 않다. 이것은 조선적인 '감각'이 있는 것을 기정의 사실로서 하는 이야기이다. 그러나 일본 풍토와 생활 속에서의 풍화작용 때문에 그런 것이 극히 희박해진 우리에게는 어려울지도 모른다. 여기서 조선적인 것을 자신의 것으로 만드는 노력이 또 다시 요구된다. 그리고 더 중요한 것은, 이 같은 조건에서의 작업을 앞에 둔 작가 주체의 실천적 행위이다.

　이상과 같은 나의 생각, '조선인이 일본어로 써서 조선이라는 피안에 도달한다(동시에 거기에 보편성을 출현시켜서)'라는 것은 염치없는 생각인 것인가. 물론 그 조선이라는 것은 단순히 현해탄을 건너면 거기에 있다는—그 길조차 현실에서는 차단되어 있지만— 지리적 공간이 아니라 자신 속에 있는 하나의 관념적인 존재이다.

　문학의 국적을 그 말에 의해 결정한다면 일본어로 쓰인 이상 그것은 일본 문학의 국적을 가진다. 그것은 또한 일본 문학에 참여한다는 의미일 것이다. 일본어로 쓰는 이상 조선인이라도 그것은 문제가 되지 않으며 조선인이라는 것을 잊어야 한다고도 한다. 문학의 본질적인 개(個)와 전체의 관계된 문제로 접한다 해도 조선인임을 조금도 고집할 필요가 없다는 의미도 될 것이다. 그건 그렇고 세계문학의 과제, 또는 그 확산으로 볼 때 당연히 조선이나 조선인을 넘어선 것에 그러한 문제가 제기되어야 한다. 그렇지만 나는 동시에 어떤 말로 썼다고 해도 작가가 조선인으로서의 개별성을 통해 자신이 처한 상황을 넘어 보편을 향해야 한다고 생각한다. 그것은 염치없는 생각이 아니다. 식민지의 인간이었던 과거의 무게와 상처를 짊어지고 여전히 이루지 못한 통일 조국의 실현을 향하여 나아가고 있는 우리에게는 이치를 넘어 집념 같은 것도 있다. 극단적으로 말하자면 재일조선인의 일본어 작품이 어떻게 평가되는지는 하나의 사회적 작업으로서 적어도 나에게는 관여할 필요가 없는 일이다. 현실에서 현실적인 문제에 맞서는, 그리고 쓰는 작가 주체의 자세는 조선인으로서 실천을 수반하는 끊임없는 자기 확인 없이는 진취적으로 나아갈 수가 없다고 생각한다.

　미국의 흑인 작가는 영어로 쓰며 소위 아이덴티티를 발견하려고 한다. 자주 비교되는 부분인데 그것은 재일조선인 작가의 경우와 언뜻 비슷한 것 같지만 역시 다를 것이다. 물론 한쪽은 미국 문학에 포함되고 또 한쪽은 일본 문학에 포함된다는 문학의 국적이나 억압된 문제의식 등에 공통점이 있다 해도. 그 근본적인 차이는 미국의 흑인과 재일조선인, 미국 사회와 일본 사회에서 적어도 그 현재적 위치에 의한 것이다. 재일조선인은 일본에서 소수민족으로서 일본의 시민권을 가지고 있지 않다. [일본의 위정자는 일정한 정치적 의도에서 소수민족으로 규정하고 있으며 동화정책을 '국가 백년의 대계(國家百年大計)'로 추진한다. —「재일조선인에 관한 여러 문제」, 『內閣調查月報』, 1965년 7월 호]. 즉 그것은, 예를 들어 복잡 미묘한 요소를 안고 있다 해도 일본 국적이 아닌 조선 국적을 가진 외국인으로서이다. 그러나 미국의 흑인은 그 미국 속의 어두운 면만을 자신들에게 짊어지게 한 미국에서 탈출하려 해도 결국은 아프리카 대륙에도 돌아갈 수가 없는, 미국에서 미국인 이외의 무엇도 아니다라는 것이다. 그리고 그들은 수많은 혼성 민족으로 구성된 영어 국민 중 흑인이지만, 재일조선인은 일본 민족이라는 단일민족 속에서 재일외국인의 대부분(약 90%)을 차지하는 단일민족으로서(조선 민족의 한 구성 부분으로서) 존재한다. 실제로 조국이 있고 문학으로 말하자면 조선 문학은 근원을 천 수백 년의 옛날로 거슬러 올라갈 수가 있다. 그리고 일본에서 우리는 아이들에게 조선어로 민족교육을 하고 있으며 이를테면 이중 언어생활을 하고 있는 셈이다. 재일조선인 작가들은 이러한 사정 속에 둘러싸여 있다. 미국의 흑인이 영어로 쓰는 것을 만약에 숙명적이라고 한다면, 비교적인 의미에서 재일조선인 작가는 숙명적이라고 말할 수 없는 것이 있다.

나는 빼앗긴 자에게는 자유가 없다고 했는데 우리는 미국 흑인의 경우와는 다른 의미로 빼앗긴 것이 많다. 실제로 그것은 후유증이기도 하고 상처가 아물지 않은 상태이기도 하다. 빼앗긴 것(빼앗긴 결과의 영향도 포함해서)을 받아들이지 않았다면 그는 단순한 현상으로 되찾기 위한 행동을 했음에 틀림없다. 즉 내가 말한 조선인의 끊임없는 자기 확인이라는 것은 우리 안에 빼앗긴 부분이 아직도 많이 살아 있다는 것이고(내가 '일본어로 쓴다는 것'이라는 기묘한 테마로 어중간한 소론을 쓰는 것도 그것이다.), 따라서 우리는 결코 자유롭지 않다는 인식에서 비롯된다. 즉 자기 확인을 거듭한다는 것은 자신을 둘러싼 상황을 극복해서, 자신을 극복한다는 실천을 멀리하지 않지만, 그대로 자유의 문제와 관련되어지기 때문이다. 이것은 결코 편협한 내셔널리즘을 의미하는 것이 아니다.

자유는 추상적인 개념이 아니라, 어디까지나 처한 상황 속에서 구체적으로 행동하는 개별성을 통한 보편과의 접점에서의 끊임없는 작업이라고 생각한다. 물론 상황이 상이함에 따라 주체와 상황의 관계 차이에 따라 자유행동의 차원은 다를 것이다. 어쨌든 자유 개념은 처음부터 고차원도 아니고 '고상'한 사변적인 것도 아니다. 그것은 철저하게 역사적 사회에 규제되어 실현되어 가는 것이며 때로는 피투성이가 되는 것이기도 하다. 단적으로 말해서 민족해방 투쟁은 자유를 위한, 자유의 행동, 투쟁이다. "인간 존재는 결여이다"(사르트르[11])라고 하는데 이 명제는 인간의 행동 형식을 규정하는 것이라고 할 수가 있다. 인간이 결여된 존재로 있는 이상, 즉 그것은 자신이 결여되어 있는 전체를 향한 끊임없는 자기 초월인데 그 전체와의 상관관계에서 초월의 표현 방법―인간의 행동은 천차만별이며 더구나 그 행동 사이를 관철하는 본질적이고 기본적인 형식은 다르지 않다고 생각하기 때문이다. 우리는 역사적 사회적인 일정한 상황 속에서 구체적으로 행동하고 실천할 수

---

11 장 폴 사르트르(Jean-Paul Sartre, 1905~1980): 프랑스의 철학가, 소설가, 극작가.

밖에 없을 것이다. 재일조선인은 그 상황을 거쳐야 하며 재일조선인 작가는 재일조선인 사회에서 완전히 벗어날 수가 없다.

인간 행동의 기본적 형식인 자기 초월의 근원에는 상상력 기능이 작용한다고 한다. 노마 히로시(野間宏)[12]는 『사르트르론』(河出書房, 1968)에서 예술작품 성립의 근거를 상상력과 지각과의 싸움과 통일이라는 형태로 파악하고 있는데, 한층 더 나아가 상상력을 전체라는 현실과의 상관관계로 파악하고 그 기능을 현실 초월의 도약판으로도 이해하고 있다.

> 상상력은 항상 전체를 지향하고, 현재 결코 볼 수 없는 전체를, 그 반대편에서 그 쪽을 향해서 날아가는 것이기에, 상상력은 결여로서의 인간 존재 그 자체에서 벗어나 멀리 떨어진 비존재 속으로 날아올라가는 힘을 가진 것이며, 따라서 그것은 실제로 존재하는 것으로서 볼 수 없는 전체를 파악하는 능력을 갖추고 있다고 인정해야 한다는 뜻인데, 전체라는 것은 그것을 상상력 자체가 전체로서 파악한 순간, 이미 거기에서 벗어나 버리는 것을 그 속에 담고 있는 장엄한 것이라 해도 좋을 것이다.[13]

상상력은 인간의 무의식에서 발생하는, 그 자신의 자발성(自發性)인 동시에 초월적인 욕망에 놓여 있다고 한다. 그렇다면 경험세계 이전의 욕망에 그 원천을 바탕으로 하는 상상력에, 예를 들어 말이 소설에서처

---

12 노마 히로시(野間宏, 1915~1991): 일본의 소설가, 평론가, 시인.
  노마 히로시는 사르트르의 소설 방법론(인간을 둘러싸는 현실과 함께 종합적·전체적으로 표현한다)을 발전시켜 인간의 생리적, 심리적, 사회적인 모든 면을 파악하는 '전체소설'을 지향했으며 실제로 이 방법론을 바탕으로 장편소설 『青年の環』(1947년에 발표해서 두 번의 중단과 개작을 거쳐 1971년에 완성)을 발표했다.
13 인간은 '현재'라는 시간에서 생기는 모든 일을 바라볼 수 없는, 처음부터 결여된 존재이다. 현재 보이는 것의 반대편(비존재)을 상상함으로써 전체를 볼 수가 있다. 실제 '전체'는 인간이 인식했다고 생각하는 상상력으로 파악한 전체보다도 큰 것이다. (옮긴이)

럼 하나의 역할을 했을 때 상상력은 그 말을 넘어서는 것일까. 인간이 인간으로서 항상 자신을 초월하도록, 의식 속 상상력은 그것이 욕망의 세계에서 의식의 세계로 떠오른 순간부터, 말이 그것에 의한 경우 상상력은 그 말(일본어)을 말(일본어)로써만 넘을 수가 있을 것이다. 그러나 말이 고립된 단어로서만은 성립하지 않고 그 말이 가지고 있는 약속하에 현실과의 상관관계에서 테마를 선택하고(그것은 이미 그 작가의 현실에 대한 자세를 나타낼 것이다.), 그것과 상관관계 속에서 일정한 문맥에 따라 결합하고 구성되는 문체에 의해 허구가 성립한다면, 거기에는 말에 의하면서 개개의 말 그 자체에서 멀어지고, 게다가 그러한 상호연관 속에서 형상적인 실질이(정감적이기도 한 것의) 형성될 것이다. 그것은 회화(繪畵)에서처럼 대상물을 가진 형상이 아니라 해도 그것은 말을 매개로 하지만 역시 말 자체는 아니다.

"상상적 지(知)는 상당히 강력하게 스스로를 채워 주는 직관적 존재로 향하려는 경향이 있기 때문에 적어도 가끔은 기호가 대상물을 대표하는 것처럼 역할을 하도록 시험하지 않을 수가 없다. 그 경우 지(知)는 기호를 도면의 일종으로 사용한다. 말의 양상은 대상물의 양상을 표시하게 된다. 현실적 감염 작용이 생기는 것이다. 내가 "이 아름다운 사람"이라는 문자를 읽을 때 아마도, 그리고 무엇보다도 먼저 이러한 말은 소설의 여주인공인 어느 한 젊은 부인을 의미한다. 그러나 그러한 말은 어느 정도 젊은 부인의 아름다움 그 자체를 표상하고 있다. 그러한 말은 아름답고 젊은 부인이라는 그 무언가의 역할을 다하고 있다. (중략) 말은 종종 기호로서의 역할을 그만두지 않은 상태에서 표상하는 것으로서의 역할을 할 것이다." 이렇게 때로는 "소설을 읽을 때 말은 유동대리물(類同代理物)의 핵심까지도 대표하게 될 것이다."

사르트르, 히라이 히로유키(平井啓之) 역. 『상상력의 문제』

말에 의해 성립한 세계, 인물이나 사건이나 장면 등의 구성에 따라 일련의 분위기라고 하는 깊이를 가진 상황으로서 하나의 비현실적인 세계 또한 표상적인 세계이다. (이것은 완전하지 않지만 번역으로 근사적(近似的)으로 독자의 머릿속에 재현할 수가 있는 것이다.) 요컨대 상상력에 의해 말이 말(일본어)로서 그 말(일본어)을 넘는다는 것은 이러한 것이다. 나는 일본어에 의해, 예를 들면 조선적인 것을—그 조선적인 감성을 토대로— 쓸 수가 있다고 말하고 싶은 것이다. 다른 말로 번역할 수가 있는 요소를 가진 것에서 독립된 말로, 그것을 상상력에 의해(물론 현실의 법칙을 관철하면서) 하나의 상황으로서 어느 일정의 연상적, 시간적인 세계를 형성해 나갈 경우, 어떤 말이 다른 말로 변환될 때 그것은 원래의 말이 나타내는 틀에 머물러 있지 않을 것이다.

> 시인은 (독자가—옮긴이) 이해해 주기만을 신경 쓰는 것이 아니다. 그의 묘사는 단순히 명확해지는 것만으로는 안 된다. —시인은 그가 우리 마음에 불러일으키는 사상(idea)을, 마치 우리가 그려진 대상의 진정한 감각적 표상을 몸소 경험하고 있는 것처럼 상상하고, 그리고 그동안 이것을 위해 사용된 수단(언어) 같은 것을 완전히 잊어 버릴 정도로 활력을 불어넣고 싶은 것이다. (레싱[14])
>
> 티모페예프(Timofeev, Leonid Ivanovich), 『文學理論』, 도고 마사노부(東鄕正廷) 역에 의거

그래서 번역이 창작이라고 하는 것처럼 축어역(逐語譯, 직역)에서는 (단어 하나 하나에 충실하려고) 문체로서 단어 하나 하나가 아닌 서로 관련되어 침투한 상태로 연상되는 그 상상적 세계—허구 세계의 연상적

---

14 고트홀트 에프라임 레싱(Gotthold Ephraim Lessing, 1729~1781): 독일의 시인, 극작가, 사상가, 비평가. 독일 계몽사상의 대표적인 인물.

인 형상을 전달하지 못한다. 그리고 그 단어 하나 하나를 무시한 것 같다 해도 번역자의 상상력도 더해져 거기에 새로운 이차적인 문체의 상상이 이루어져 그 작품 세계는 재현될 것이다.

일본어 안에서 조선인 작가의 자유는 조선인으로서의 주체성을 관철하여, 또 관철하기 위해 일본어 안에 하나의 가능성을 만들어 발견해 나아가야 할 것이다. 일본어이지만 그것은 일본인의 민족적 체질의 다양한 반영 또는 구현이기도 한 일본적인 것과는 달리, 예를 들어 중국의 번역 문학에서 볼 수 있는 것처럼 중국적 체질, 체취 등이 그 일본어를 통해서도 수용될 수 있도록, 그것은 조선 문학 번역의 경우도 마찬가지라고 할 수가 있다. 우리는 조선어가 아닌 일본어로 직접 쓰지만 그렇다고 해서 일본어로 조선적인 체질, 체취를 그대로 반영하는 방법을, 곤란을 수반하겠지만, 막지는 않는다. 번역은 아니지만 조선 문학 번역이 가진 것과는 다른 의미에서 거기에는 무엇인가의 조선 체질이 반영되어야 마땅하다고 나는 생각한다. 아무것이나 무대를 조선으로 설정하거나 인물을 반드시 조선인으로 한다든가 하는 소재적인 것을 의미하지 않는다. 그것만으로는 풍속적인 로컬리즘에 빠져 버린다. 로컬리즘은 보편적인 것과 거리가 아주 멀다. 소재를 무엇에서 찾든 그것은 작가 주체의 테마 선택에 관련되어 있으며 그 자세와 관련되어 있다. 따라서 체질이라든가 체취라는 것은(소위 감각적인 것을 토대로 하는) 생떼를 쓰는 식의 천성적, 경험적인 것을 의미하지 않는다. 그것이 있다면 더할 나위가 없겠지만 어디까지나 작가의 행동에 의해(조선인으로서) 계속 확인되어지는 자기 발견 과정에서도 어느 정도 만들 수가 있으며 그 작가 주체의 사상을 전제로 하고 있다. 그리고 재일조선인이란 하나의 상황, 여러 작은 상황을 그 안에 포함하고 그 자신 또한 겹겹으로 포함되어 있는 상황이다. 그 상황에 조선인으로서 실천적으로 관련된 것에서 시작하는 사상이다.

노마 씨는 『사르트르론』의 마지막 「전체 소설」에서 작가의 실천에 대해 논하고 있다. 또한 대상의 본질을 밝히고, 인간의 실천을 통해 파악한 세계와 구상의 세계가 어떻게 서로 관련되고 제약하면서(또는 서로 자극하면서) 마지막에 작품 세계가 만들어짐과 동시에 작가의 자유가 위험과 곤란에 가득 찬 길을 걸어가면서도 어떻게 보장되는 것인지에 대해 말하고 있다.

> 이 (구상)세계의 탄생지는 작가가 실천을 통해 파악한 세계, 결여되어 있는 전체를 상상력으로 얻으려고 하는 데에 있다고 해도 좋을 것이다. 이 결여되어 있는 전체를 상상력에 의해 얻음으로써, 작가가 실천을 통해 파악한 세계가 비로소 그 모습을 전체 속에 두는 것이 가능하게 되는 것이며, 그것은 그 모습을 지금까지와는 다른 선명한 선을 가지고 전체 속에 떠올라 그 자신을 명확하게 한다고 할 수가 있는 것입니다.
>
> 노마 히로시, 『사르트르론』

> 그러나 이 구상 세계는 현실 세계와는 별개의 것이라고 해도, 거대한 현실의 전체를 그 위에 둘 수 있을 것 같은 현실 세계와 마주하고, 현실 세계와 대치되는 것으로서 나아가 현실 세계와 등가의 것으로서 생성되어지기 위해서는 실천에 의한 현실 세계의 파악이 쌓여, 작가가 자신과 자신이 처한 상황 자체인 현실을 넘어서는 것에서 얻을 수 있는 자유에 의해 그 구상 세계가 뒷받침되어야 합니다. (중략) 요컨대 작가가 자신과 자신이 처해져 있는 상황 자체인 현실을 넘어서는 것에서 얻을 수 있는 자유의 깊은 곳에서 그 구상 세계가 만들어지는 것이어야 한다고.
>
> 『사르트르론』

위의 글은 단편적인 인용문이지만 창작에서 실천의 의의, 그리고 현실에 대한 작가의 실천의 의의에 대해서 시사하는 바가 크다.

나는 내가 '일본어'에 먹혀도, 그 쇠로 된 위장을 '불가사리'가 하는 것처럼 물어뜯고 빠져나올 수 없는 것인가라고 했다. 나는 그것을 지향하고 있다. 말은 사회적 합의 체계이지만 그것은 동시에 개인 자신을 실현해 나가는 하나의 수단이다. 조선인이 일본어로 써도 그것은 일본어를 통해 조선인으로서 자신을 실현하는 것이어야 한다. 예를 들어 내가 제주도를 주로 쓰는 것은 거기에 로컬리즘을 바라는 것이 아니다. 그것은(일본인이 왕래하고 일부 재일조선인이 왕래할 수 있음에도 불구하고 나는 갈 수 없는) 관념으로서의 고향(비존재)에 대한 나의 자기 초월이기도 하다. 그것은 또한 자신을 실현하기 위한, 말하자면 빼앗긴 것에 대한 상상력에 의한 '탈환'의 하나라고 해도 좋을 것이다. 나의 자기 확인은, 현실에서 자신이 잃어버린 것으로서의 제주도를 주축으로 해서(물론 그것만은 아니지만) 구심적으로 나아갈 수밖에 없다. 거기에는 다소 향수라는 감상이 있을지도 모른다. 만약 그렇다면 그에 따른 불투명함은 걷어 내야 할 것이다. 그리하여 나는 잃어버린 고향이라는 전체를 향해, 그것은 아직 통일되지 않은 조국 조선이지만, 그것을 향해 가야 한다고 생각한다.

'왜 일본어로 쓰는가'에 대해서

[1971]

1

'왜 일본어로 쓰는가'와 같이 일본어를 객관적인 하나의 수단으로 보는 것은 정작 일본어로서 어색한 표현이 아닐 수가 없다. 실제로 그런 표현은 아마도 일본인 작가의 경우는 하지 않을 것이기 때문이다. 즉 그것이 대체로 재일조선인 작가에 의해 말해지는 것 자체가 이미 나름의 이유를 나타내고 있는 것인데, 그것은 적어도 일본어를 객관화하려고 하는 조선인의 자세가 반영된 것이라고도 할 수 있겠다. 여기에서 객관화한다는 것은 일본어에 대한 외국어로서 언어감각이 그 작가 안에 별로 없음에도 불구하고 그것을 외국어로서 인식하려고 하는 자세이다. 최근 신문이나 잡지 등에서 자주 볼 수 있는 '왜 일본어로 쓰는가'와 비슷한 발언에는 대체로 이러한 주체적인 의식을 엿볼 수가 있다. 그리고 이 '왜 일본어로 쓰는가'는 해방 전 식민지시대의 문제이기도 하고, 지금 시작된 것이 아니기 때문에 그런 의미에서 '재일'조선인 작가가 있는 한은 이러한 종류의 질문은 계속될지도 모른다.

그런데 나는 현재에도 그런 표현이, 아무런 주석을 붙이는 작업도 수반하지 않은 채 무반성 속에서 이루어지고 있는 것에는 찬성할 수가 없다. 물론 나도 그 중 한 사람인 재일조선인 작가 자신의 입장에서 자문자답하기 쉬운(그것은 일본어로 쓰고 있다는 점에서 윤리적인 반성을 스스로에게 강요하는 것이지만), 이런 종류의 물음이 조선인 작가로서 주체적 지향의 적극성을 나는 평가하면서도 다시 한번 '왜 일본어로 쓰는가'에 대해서 생각해 볼 필요가 있다고 생각한다. 그리고 내가 찬성할 수 없는 것은 우선 첫 번째로 그런 표현이 대부분의 경우 정확하지 않기 때문이다.

지금 만약에 일본인 입장에서, 그것은 편집자도 좋지만, 한 재일조선인 작가에게 '왜 (당신은) 일본어로 쓰는가'라고 질문했다고 가정해 보자. 이때 물어보는 사람의 발상은 말의 문제를 중심으로 이루어질 것이다. 그 경우 일본어를 사용하는 일본인은 뜻밖에도 그 조선어를 가지고 있을 작가인 조선인을 향해 대등한 관계로 서는 것이다. 즉 그 일본인은 상대의 민족적 주체성을 그가 일본인이 아닌 데서 인정하고 있기 때문이다.

당신은 조선인이니까, 사실 당연히 조선어로 써야 하지만, 일본에서 산다든지, 또 다른 이유로 일본어로 쓸 것이다—그 질문에는 이러한 것이 전제가 되어 해석될 여지가 충분히 있다. 그리고 그때 작가의 내부에는 이미 물어보는 쪽이 전제로 한 것이 있기 때문에(있는 것으로 되어 있어서), 거기서 당연하게도 대등한 긴장관계가 성립하며 동시에 그 조선인 작가는, 왜라고 하면 나는 여차여차한 이유로 일본어로 쓴다고, 전과는 달리 일본어에 조금 서먹할 정도의 말투로 자타의 물음에 주체적으로 대하게 될 것이다.

물론 인간관계에서 대등이라든지 평등은 모든 인격적인 것을 전제로 하는 경우에서 일어나는 관계이며 말의 문제만을 들어 단정할 수는 없다. 단지 여기에서 말의 문제라고 하면서 단편적인 용법상의 기술적

처리 등으로 정리하는 것은 아니다. 그것은 그 개인이 속하는 민족의 말, 또는 국어를 그가 자신 안에 가지고 있는지 아닌지라는, 말하자면 그 모든 인격을 좌우하기에 충분한 그 존재에 관련된 의미에서의 말의 문제이며, 역시 가볍게 지나쳐 버려서는 안 되는 것이다.

예를 들면 재일조선인이 일본인과 대화할 때 대화 수단으로 일본어를 사용하는데, 그런 그가 정작 조선어는 할 수 없는 경우가 무수히 많다. 이것은 물론 과거 일본제국에 지배되어 빼앗긴 역사적 관계에서 오는 결과인 것이며 그 개인의 책임만으로 돌릴 수는 없다. 그럼에도 불구하고 그는 자기 안에 국어를 빼앗긴 파괴의 흔적만을 가지고 있는 것뿐만 아니라, 일본어를 매개로서 성립되어야 할 일본인과의 관계에서까지, 정신적 세계에서 결코 대등하지 않게 된다. 사실 민족 또는 국적을 달리한 인간 사이의 대등감을 자기 내부에서 의식화하는 것은 상대의 말뿐만 아니라 자신의 민족어를 가지고 있어야 하며 적어도 그 것에 강한 지향이 필요하게 된다.

이러한 각도에서 보면 '왜 (당신은) 일본어로 쓰는가'라는 그 일본인의 물음에 재일조선인 작가가 자신의 내부에서 얼마나 '대등'을 의식화할 수 있는가라는 것은 실제로는 어려운 문제이다. 왜냐하면 그 조선인 작가의 내부에 조선어가 없는 경우에는 '왜 일본어로 쓰는가'라는 자타의 물음 자체가 현실적으로도 성립의 근거가 없어져 버리기 때문이다.

나는 재일조선인 일본어 작가의 경우 대부분 모국어를 못 하는 것을 그대로 인정할 마음은 없지만 그것을 일률적으로 비난하려고도 생각하지 않는다. 그것은 그만한 이유가 있을 것이고, 특히 젊은 세대 사람들에게는 그것은 상당히 어려운 일이다. (이러한 나 자신도 지금 일본어로 쓰는 일이 많아져 조선어와 거리가 생기고 내 안의 조선어는 점점 내 안의 일본어를 넘을 수가 없게 된다.) 다만 작가는 그때 자신 안에 모국어가 없다는 결락의식을 나름대로 냉정하게 바라볼 필요는 있다고 생각한다. 그렇지 않으면 '왜 (나는) 일본어로 쓰는가'라는 질문의 문맥이 그 작가 자신의 내부에서 깊이 연결되지 않는다는 것을 어쩌면 주시할 수 없게 될 것이다. 그리고 '왜 일본어로 쓰는가'라는 표현은 일본어가 수단이라는 견해를 전제로 한 것이고, 현실에서 조선어로냐 일본어로냐 하는 여러 수단 중에서 선택의 여지가 없는 경우에는 논리적으로 성립할 수가 없는 자기모순에 빠지는 것이다.

2

> 조선 민족만큼 비참한 민족은 세계에서 적을 것이다. 나는 이 실상을 어떻게든 세계에 호소하고 싶다. 그러기에는 조선어로는 범위가 협소하다. 그 점, 외국어로 번역될 기회가 많기 때문에, 무슨 일이 있어도 일본 문단에 나가야 한다고 생각했습니다.
>
> 임전혜, 「장혁주론」, 『文學』, 1965년 11월 호

자주 인용되는 1932년(쇼와 7)에 일본 문단에 나온 장혁주의 말에는 일본어를 일제 치하에 있는 조선의 민족적인 문제를 호소하기 위한 수단으로 하는 견해가 이미 있다. "조선어로는 범위가 협소"하니 일본어로 작품을 쓰려고 하는 것이다. 동시에 이 짧은 인용문은 '왜 일본어로 쓰는가'라는 물음 자체에 나름의 분명한 대답이 된다고도 할 수 있을 것이다.

그는 후에 노구치 가쿠추(野口赫宙)로 이름을 바꾸어 그 자신의 초심을 배반하는 전락의 길을 걸었지만 그와 많이 대비되는 김사량이 일본어로 쓴 목적도 같다고 해석된다. 요컨대 식민지 민족 작가인 그들에게 왜 일본어로 쓰는가라는 것은 일본어라기보다 광역성(廣域性)이 있는

말을 수단으로 하여 (그것은 영어라도 상관이 없다.) 조선에 대해 세계에 호소한다는 지극히 민족적 바람으로 자신이 가지고 있는 조선어를 차치하더라도 일본어를 선택한다는 것이었다. 그것은 문학에서 말의 자기 목적적인 기능을 바탕으로 한, '조선'을 호소하기 위해 일본어를 하나의 수단으로서 간주하고 있었던 것이다.

이처럼 적어도 김사량과 초기의 장혁주라 해도 그 일본어의 길은 상당히 굴절되어 있었다. 그들은 그것을 논리적으로 밝혀서 그 내부구조를 열어 보여 주고 있는 것은 아니지만 결코 정면으로 일본어 세계에 들어선 것은 아니다. 그들은 자기와 조선이 처해 있던 당시의 현실적 요구에서 수단으로서 일본어를 선택한 것이다. 조선어를 자신 안에 가지고 있었던 그들에게 왜 일본어로 쓰는가라는 자문자답이 성립한 이유는 거기에 있다.

그러나 해방 후의 재일조선인 작가의 경우는 어떠할까. 식민지 지배에서 해방되었으면서도 게다가 자신의 모국어를 상실한 상태에서 일본어로 쓰는 것을 정착시킨 것은 해방 전의 그들과는 전혀 다른 것이다. 그것에는 먼저 대부분이 일본어 이외로는 쓸 수 없다는 사정이 있었다. 그럼에도 불구하고 '왜 일본어로 쓰는가'라는 자타의 물음이 아직도 있고 그것에 대한 대답은 반드시 조선과 재일조선인, 그리고 조선과 일본의 관계 등에 대해 일본인 독자에게 호소하기 위해서라는 식민지시대의 작가들과 유사한 지향성이 뒷받침되는 것이다.

그 대답의 내용 자체는 틀리지 않다. 그것은 나름대로의 내적 요구에 따른 것이며 옳다. 그러나 문제는 그 대답이 이미 봐 왔듯이 '왜 일본어로 쓰는가'의 경우는 논리적으로 성립될 수 없는 물음을 전제로 하고 있는 데에 있다. 그리고 그러한 종류의 물음이 성립하지 않는다면 그에 대한 대답 자체가 물음과 함께 무의미하게 될 수밖에 없을 것이다.

나는 그래서 그런 경우는 '왜 쓰는가'라는 식의 원점으로 되돌아간 말로 해야 하지 않을까 한다. 그것이 보다 정확하다. '왜 쓰는가'라는 것은 그것이 인간의 존재에 관계하며, 즉 그 삶에 관한 문제이기 때문에 획일적으로 이렇다 하고 말할 수 있는 것이 아니다. 그러니까 조선인으로서 일본어를 조선어와 함께 상대적인 것, 선택의 여지가 있는 것으로서가 아니라 절대적인 것으로서 가지고 있는 한 더욱 '왜 일본어로 쓰는가'라고 해서는 안 된다고 생각한다. 그것은 부주의하고 안이하기까지 하다.

　일반적으로 일본인을 향해, 요컨대 일본어를 그 존재와 관련된 가장 묵직한 말로 여기는 인간을 향해 '왜 (당신은) 일본어로 쓰는가'라는 물음이 일반적인 의미에서 성립할 수가 있을까. 일본인이 그들에 의해 향유되고 있다고 믿고 있는 일본어로 쓰는 것은 적어도 말에 관한 한 즉자적(即自的)이다. 그리고 더구나 그 말에 한해서 말하자면 재일조선인 작가의 경우도 그 사정은 비슷하다. 대체로 '왜 쓰는가'라는 식으로 문제를 설정해야 하는 이유도 거기에 있다. 거기에서 일본어는 수단으로서라기보다도 이미 자기 목적화[1]하고 있는 것이다. 단적으로 말하자면 자신 안에 일본어밖에 없는 작가에게 그 말로 쓰는 것은 당연한 것이며, 일부러 '왜 (나는) 일본어로 쓰는가'라는 물음은 필요하지 않다는 것은 자명하게 된다.

1　자기 목적화(activity trap)란 어떤 목적을 위해 세운 '목표(치), 달성을 위한 수단이나 구체적인 행동 등'이 어느새 '목적'으로 바뀌거나(그리고 대체로 본래의 목적은 잊고) 역효과로 목적에 반하는 사태가 되는 것을 말한다.

3

그러나 이렇게 쓰는 것의 원칙으로 일단 되돌아가서 다시 한번 원래의 자리를 바라보면 '왜 (나는) 일본어로 쓰는가'가 새로운 의미를 띠기 시작함을 깨닫는다. 서두에서도 잠깐 언급했듯이 이런 종류의 자타의 물음은 '재일'조선인 작가가 있는 한은 계속 이어질 것이다. 그리고 자신 안에 비록 모국어로서 조선어의 존재감각이 없다 해도 조선인으로서 존재의식, 즉 주체적인 자각이 '왜 나는 일본어로 쓰고 있는 것인가'라고 자신에게 물어볼 수가 있기 때문이다. 그때 일본어로 쓰는 조선인 작가는 도대체 어떤 사람인가라는 소위 아이덴티티의 문제가 일본어를 통해 동시에 제기되고 있다고 봐야 한다. 그것을 반대로 말하면 '왜 일본어로 쓰는가'라는 물음을 자기 안에 갖지 않은 작가는 조선인으로서의 존재의식을 반문하지 않는다는 것이기도 하다. 더구나 그것은 왜 일본어로 써야 하는가라는 자신에 대한 의심을 둘러싼 문제를 갖고 있지 않는 그 작가의 내적 열정으로는 재일조선인으로서 자신과 관련되는 여러 가지 문제에 맞설 큰 기폭제는 될 수가 없다는 것이다.

'왜 일본어로 쓰는가'라는 말은 하면 안 되지만 일단 '왜 쓰는가'라는 원점으로 되돌아가서 재일조선인에게 나타나는 자기모순이 반영된 성질 같은 스스로의 물음에는 역시 진정한 목소리의 무게가 있을 수가 있다. 그것은 재일조선인 작가로 하여금 일본어를 객관시할 수 있는 내적 조건을(비록 일본어를 객관시하는 주체의 자리로서 조선어가 없어도) 자기 안에 만들게 할 것이다. 그때 즉자적(即自的)이었던 일본어 작업은 스스로 조선인의 체질을 빠져나가는 것에서 대자적(對自的)으로 되어 가는 것이라고 생각된다.

그리고 '왜 일본어로 쓰는가'(써야 하는가. 쓰지 않으면 안 되었는가)는 조선인이 일본어로 쓰는 이상은 일본어 메커니즘 속에서 무엇을 어떻게 써 가는가. 즉 원칙적 표현으로 하자면 '왜 쓰는가'에서 무엇을 어떻게 쓰는가—그러한 것은 각자 삶의 문제나 입장 같은 방법론에서 그것의 실현이 시도되는 것도 있겠지만, 이 내적 요구를 재일조선인 작가는 일본어라는 말의 틀 안에서 실현해 가면서 어떠한 조작이 필요한 것인지 등의 문제가 제기된다. 일본어라는 언어가 가지는 메커니즘과의 상관관계에서 조선인 작가의 주체성은 도대체 어떤 것인가. 단적으로 말해서 재일조선인 일본어 작가로서 자유는 어떤 것이며, 그것은 어떻게 해서 실현될 수 있는 것인가라는 문제가 더 깊어질 필요가 있을 것이다. (이러한 문제에 대해서 나 나름의 생각은 「언어와 자유—일본어로 쓴다는 것」에서 다루었다.)

재일조선인 작가는 일본어로 쓰는 것에 소아병적일 필요는 없지만, 조선인 작가의 주체 속에서 일본어와 맞물리는 것에 의해 일어나는 연소과정이 일정한 결과를 작품 전체에 미친다고 하면, 역시 작가의 일본어 문제는 작가 개인만의 것이 아니다. 물론 작품은 작가가 마지막 펜을 놓는 순간부터 그것이 머지않아 객관적인 대상물이 되어 독자의 눈앞에 나타나 비로소 작품으로서 실체를 여는 것이라 그때까지의 과정은 독자가 관여할 필요가 없다고 하면, 그렇다고 말할 수 없는 것도 아니다. 독자에게는 일본어로 쓴 결과로서의 작품만이 문제인 것이며 저자가 일본인 작가이든 조선인 작가이든 그것은 상관없다. 그래서 그 작품이 작품으로서 출현하기 전의 과정은 전혀 알 필요가 없게 된다. 재일조선인 작가가 일본어 문제로 괴로워하는 것도(그것은 언어상 핸디캡이 아니다. 그런 것이라면 원래 문제의 대상이 되지 않는다.), 그리고 그것에 관해서, 예를 들어 나처럼 장황하게 마구 써 대는 것도 무의미하지 않다고 하는 사람이 지인 중에도 있다. 확실히 그러한 일면도 있으며 그런 의미에서 모든 일본어 작가의 창작과정 범주 안에 재일조선인 작가의 경우도 당연히 포함시킬 수가 있는 것이다.

　확실히 그렇지만 일본어 기구(機構) 속에서 조선인 작가가 접하는 방법은 자연히 다른 점이 있을 수 있고 그것 자체가 조선인의 주체적인 문제나 자기 확인의 문제와 겹쳐지는 것이며, 그 상황에서 날아오르는 상상력은 일본어를 바탕으로 하면서도 다른 세계를 개척하려고 하는 것이기 때문에, 그러한 것은 그 작가의 제작과정에 작용해서 그 결과로서 결정적인 영향을 그 작품 전체에 주게 된다. 일본어로 쓰는 것에 민감할 필요까지는 없지만, 일본인 작가처럼 논리적 윤리적으로 나열해서 위화감이 생기지 않는 것으로서 소유하고 있는 모국어로서의 일본어 체질감과 다른 것이 조선인 작가에게는 있을 수가 있다. 물론 일본어가 가지는 메커니즘은 조선인 작가의 의식구조에 그리고 체질에 끊임없는 작용을, 영향을 계속 주고 있을 것이다. 동시에 그 일본어는 반드시 그 작가가 가지는 체질에 의해 반대로 만들어지고 있는 것도 사실이다. 말은 확실히 숙명으로서 객관적으로 실재하고 있지만 작가에게 말이란 작품을 매개로 한 말인 것이며 그와 떨어진 곳에는 결코 존재하지 않는다.

　재일조선인 작가가 일본어를 자신 안에 가진다는 것은, 일본어가 원래 그 속성으로서 다분히 갖추고 있는 일본적 감성을 그대로 몸에 익히는 것을 의미하지 않는다. 그것은 또 각각 다른 문제이기도 하다. 일본어 자체가 일본이라는 지역성을 넘어 질적으로 변화하고 있는 것이며, 재일조선인 작가는 더구나 그 일본어와의 관계를 냉정하게 응시하면서 그 작업을 진행해야 한다. '왜 쓰는가'라는 것은 말의 국적과 상관없이 인간의 존재와 관련되는 원리적인 문제이고, '왜 일본어로 쓰는가'라는 것은 그것을 바탕으로 하는 과제적인 문제이다. 이 과제적인 것을 원리적인 위치에 놓으려고 착각하는 데에 개념상 혼란을 불러일으키는 원인이 있으며, 또 그것이 재일조선인 작가의 고충과 모순의 반영이라고도 할 수가 있다. 그리고 어디까지나 '왜 일본어로 쓰는가'의 과제적인 성격을 명확하게 밝혀야만 그것과 조선인 작가가 일본어로 무엇을 어떻게 쓸 것인가 하는 방법 의식의 문제를 오버랩할 수가 있을 것이다.

재일조선인 작가가 '일본어로 쓰는 것'에 대해 집착하는 것은 그것이 결코 결실이 없는 감성적인 공론으로 끝나는 것이 아니라 분명히 실천적인 의의를 충분히 가지고 있기 때문이다. 그는 '왜 일본어로 쓰는가'라는 식의 말을 가볍게 이야기해서는 안 되지만 동시에 '일본어로 쓰는 것'에 대한 원리적인 생각을 좀 더 깊게 할 필요가 있으며, 그것이 진정한 의미에서 '왜 일본어로 쓰는가'의 과제적인 대답을 이끌어내게 될 것이다. '왜 일본어로 쓰는가'라는 스스로 물음의 성립 근거를 내부에 갖지 않은 상태로, 게다가 굳이 그 질문을 해야 하는 주체적 자세는 단순히 조선인 작가로서의 겉모습을 꾸미기 위한 것이 아니다. 그것은 말의 문제를 비롯한 큰 모순을 내포하고 항상 그것을 멀리 뛰어넘으려는 재일조선인 작가의 상상력의 결과인 것이다.

이미 언급했듯이 결국 재일조선인 작가는 그 말에 한하여 조선 '국적'을 벗어나 있는 것은 분명하다. 그리고 그 말을 바탕으로 하는 문학 또한 거기에서 자유롭지 않음은 논할 필요도 없을 것이다. 재일조선인 작가가 그 주체의식의 확인이나 스스로 조선인 작가로서의 자유를 추구하여 마지않는 것은 그가 처해진 '재일조선인'이라는 기묘하고 모순에 찬 상황에서 오고 있다. 그리고 그는 항상 그 상황과 스스로 맞물리면서 그것을 넘어서려 하지만 거기에서 도망치려고는 하지 않을 것이다. 재일조선인 작가는 그러한 존재이며, 그가 재일조선인인 이상 항상 그런 존재이고 또 그런 존재 이외의 것이 되어서는 안 된다.

〈좌담회〉
일본어로 쓰는 것에 대해서
[1971]

김석범·이회성[1]·오에 겐자부로[2]

일본어로 쓰는 것에 대한 과제

김석범 차차 이야기하는 과정에서, 여러 가지가 머릿속에 떠오를 것
같은데, 이회성 씨도 저도 조선인이지만 일본어로 쓰고 있습니다.
일본어라는 것은 조선인에게 외국어인데 말이에요. 외국어로 소설
을 쓰는, 일반적인 문장이 아닌 거죠. 특히 창작을 한다, 당연히 일
반적인 표현으로 하자면 일본이라면 일본에서, 외국인이 일본어로
소설을 쓴다는 것은, 예를 들어 언어의 핸디캡 문제라든지 그런 일
로 여러 가지 모순이 있지 않을까 하고, 이런 식으로 생각하기 쉬운
거죠. 그런데 실상은 그 반대이고, 외국어지만 이것이 과연 ― 조선
인이라면 조선인 안에 있는 일본어라는 것이 ― 외국어로서의 언어
감각이라고나 할까요, 그러한 것이, 특히 조선인 작가로 불리는 사

---

1 이회성(李恢成, 1935~): 사할린 출신. 1947년 사할린에서 조선으로 귀환하지 못하고 삿포
로에 정착. 일본 문단에서 외국인으로서 처음 아쿠타가와(芥川)상을 수상.

2 오에 겐자부로(大江健三郎, 1935~): 일본의 소설가. 1958년 단편 「사육(飼育)」으로 당시
최연소 아쿠타가와(芥川)상을 수상. 1994년 노벨문학상 수상.

람들 중에 있을지 없을지는 상당히 의심스러워요. 오히려 조선어, 자신의 모국어가 외국어인 것 같은, 이것은 역사적인 그러한 구조가 있어서인데, 일그러진 관계가 되어 있는 거죠. 재일조선인 작가인데 조선어로 쓰는 사람도 있습니다. 그렇지만 여기에서는 일본어로 쓰는 사람이라는 제한을 붙여서, 재일조선인 작가가 일본어로 소설을 쓴다는 것, 이것은 당연히 모순이 있다고 생각합니다. 그것은 단순히 조선어와 일본어라는 언어 사이의 모순뿐만 아니라, 그러한 논리적인 것에 앞서 역시 윤리적인 면이 있는 거죠. 심정적인 면. 말하자면 이것은 진부할지도 모르겠지만 소위 과거 지배자의 말이 되거든요.

해방된 지 25년이 지난 지금 시점에서 재일조선인 작가가 조국의 말에 의하지 않고, 모국어에 의하지 않고 일본어로, 더구나 과거에 우리는 조선어가 말살된 적이 있는 역사가 있는데요. 이것은 또 김사량처럼 일제강점기라 하면 이야기가 조금 다릅니다만, 조금 뉘앙스가 달라요. 일본어로 쓰지 않을 수 없어요. 그러니 상당히 심적으로 견딜 수 없는, 여전히 원통함이 있어요. 그렇다 해도 일본어로 써서 나쁜 건 아니거든요. 일본어로 쓰는 많은 사람은 일본이라는 조건 속에서 일본어로 쓰고, 그리고 조선인 문제라든지 여러 가지 문제를 일본인이나 일본에 침투시키는 거지. 이것은 하나의 과제적 문제입니다만. 그런 일도 있기 때문에 일본어로 쓴다고 해도 조금도 나쁘지 않고 많이 써야 한다고 생각합니다만, 그것이 단순히 그것만으로 이 문제가 해결될지는 의문이 남는 거죠.

그래서 첫 번째는 조국어를 통하지 않고, 조선어로도 작품을 쓰고 일본어로도 쓴다면 이야기는 간단하지만, 조선어로는 작품을 쓰지 않고 일본어로 쓰고 있어요. 일본인 입장에서 보면, 그다지 모순으로 느끼지 않겠지만, 이것은 골똘히 생각하면 상당히 자신의 문제로 되돌아오는 거죠. 그러한 하나의 심정적인 문제가 있고, 그것을 전제로 해서, 아무튼 일본어로 쓴다. 그러면 일본어로 쓰는 경우에 재일조선인 작가는 어떤 식으로 하는가라는, 이번에는 과제적인 문제가 제기되는 겁니다. 내 생각으로는 재일조선인이 일본어로 쓸 때 일본어 틀 속에서 조선인으로서 자유로울 수 있는가라는 의문이 드는 겁니다, 나로서는.

예를 들어 이전에 이회성 씨가 『미타(三田)문학』[3]에서 좌담회[4]에 참가하셔서 일본어로 쓴다는 문제를 조금 언급하셨는데요. 거기서 고토 메이세이(後藤明生) 씨가 픽션 문제를 꺼내 소위 픽션의 메커니즘이랄까 기구(機構) 속에 들어가면, 나도 모든 창작이란 건 그런 거라고 생각하지만, 일본어에 의한 픽션인 이상 쓰는 사람의 국적이라든지 조선인이라든지는 문제가 되지 않는다. 그러니까 조선인을 잊어도 좋다는, 그런 발언을 하신 적이 있어요. 나는 그것이 마음에 좀 걸렸어요.

그리고 이회성 씨가 쓴 마이니치(每日)신문의 에세이, 이회성 씨의 진심은 그렇지 않겠지만, 조선인의 입장에서 보면 오해하기 쉬운 점이 있어요. 그런 의미에서 이런 형태로 일본어로 쓰는 것이, 일본인 독자 속으로 들어간다는 것은, 이것은 재미없다는 생각이 들어서 전부터 일본어로 쓰는 문제에 대해 글을 쓰고 싶은 마음은 있었는데요, 직접적인 도화선은 『미타문학』 좌담회와 이회성 씨의

---

3 1910년(메이지 43)에 창간된 문학잡지.
4 이 좌담회는 가라타니 고진(柄谷行人), 고토 메이세이(後藤明生), 이회성(李恢成), 우나미 아키라(宇波彰)가 「새로운 문학의 방향을 찾다(3) ―허구와 현실에 대해서(新しい文学の方向を探る(その Ⅲ)虚構と現実について)」(『미타문학』, 1970년 3월)라는 주제로 토론한 것.

에세이에 있어요.

  그것과 재일조선인이 일본어로 쓰는 경우에 어떻게 하면 좋은가. 아까 말씀드린 일본어 **틀** 속에서 과연 조선인 작가의 자유가 있을까. 조선인이라는 것을 도외시하는 것이 아니라, 어디까지나 마지막까지 일본어로 쓴다고 해도 일본어라는 메커니즘 속에서 일본인도 조선인도 같이 환원되어 버리는 게 아니라, 일본어로 쓰는 것이야말로 마지막까지 조선인으로서 주체를 관철하고, 그럼에도 일본어 **틀** 속에서 자유라는 것을 획득할 방법이 있는지 없는지. 그러한 마음이 나에게 있는 거예요. 그렇다면, 일본어라면 일본어 **틀** 속에서 자유를 추구한다는 것은 어떤 것인가. 그것은 결국 재일조선인 작가로서 주체적인 자유의 문제와 관련되지 않을까. 나 자신도 이것은 해결할 수 없지만, 이러한 문제를 제기하는 정도로 조금 생각해 보고, 그것이, 약간 평론처럼 써 보려고 했던 겁니다.

이회성 이야기하기 좀 어렵지만 전에 제가 마이니치신문에 「국적과 문학 사이(国籍と文学の谷間)」라는 에세이를 썼는데, 그것에 대해 지금 김석범 씨가 잠깐 언급하신 건데요, 김석범 씨가 문제 삼고 있는 것은 이 부분이 아닐까 합니다. 에세이 중에서, "정말 뛰어난 문학은 세계문학이 될 수 있지만 거기에는 어떤 언어로 쓰였는가 하는 것은 조금도 문제가 되지 않고, 끊임없이 무엇을 만들어냈는지가 문제가 될 것이다"라는 대목이 있는데, 이것은 사실 나 자신이 쓰면서 상당히 망설이다가 쓴 대목이에요. 그것을 김석범 씨가 나중에 읽으시고 날카롭게 지적하신 건데, 이 표현에는 나 자신의 주관적 의도와 별개로 오해를 초래한 불충분한 점이 있다고 생각합니다.

  첫 번째로는, 나 자신의 표현 자체가 매우 애매하다는 점인데, 이 표현 자체는 일반적으로는 나는 그대로라고 생각해요. 다만 어디가 모호하고 어디가 문제가 되는가 하면, 그럼 정말 뛰어난 문학이라면 어떤 언어로 써도 상관없다라는 식으로 반론 같은 것이 나올 가능성이 있는 거죠. 이것을 재일조선인에 맞춰 생각하면, 지금 재일조선인이라는 것은 일본이라는 이국 안에서, 해방 후만 해도 25년간 살고 있으니까, 그러한 가운데 풍화되기 쉬운 민족성이나, 민족 문화를 지키고 키워 가려는, 이를테면 큰 운동을 하면서 살고 있는 거죠. 그런 가운데, 예를 들어 나라는 한 사람의 재일조선인이 문학에 관련된 것만 봐도 언어 문제를 이런 형태로 거론하면, 김석범 씨가 아니라도 모두가 과민해질 수밖에 없는 측면이 있다고 생각해요.

이것은 일반론으로서라면 상관이 없을지도 몰라. 사실, 예를 들어 세계적인 문학가로 불리는 사람들이 모국어와 관계없이 타국어에 의해 세계문학으로 불릴 만한 뛰어난 걸작을 내놓는 예도 있으니까요. 그러한 의미에서는 나는 일반론으로는 성립될 수 있다고 생각하는 거죠. 단지 민족적 주체라는 것을 문제 삼고 재일조선인이 처한 상황과 문제를 같이 생각해 볼 때, 이러한 일반적인 표현으로는 공식화할 수 없을 것이라는, 나 자신도 그러한 인식을 현재 가지고 있는 겁니다.

그래서 사실 이 에세이에서도 나는 그러한 주관적 의도는 어디까지나 포함하고 있고, 바로 그 다음 대목에서 나는 소설을 쓰려고 할 때에는 끊임없이, 무엇을, 어떤 입장에서 쓸 것인가라는 문제에 부딪히고 있고, 그것은 재일조선인으로서의 주체에 뿌리박으려고 하는 것이다, 라는 자기 자신에게 자기 확인은 하고 있거든요. 하지만 말하자면, 그러한 주체에 정착하려고 하면서 세계문학이라 불리는 것이라면 어떤 언어로 써도 좋다라는 사실은 있구나 하는 식의 애매함을 동시에 자기 체내에 나는 가지고 있다고 생각하는 거죠, 이것을 쓴 차원에서.

그러니까 이 문제는 자신에게 무엇인가 하는 것은, 앞으로의 과제로서 나 자신이 깊이 생각해야 하는 것이지만, 나는 일본어로 쓴다고 하는 경우 민족어를 없애려는 의도는 물론 가지고 있지 않으며, 민족어의 중요성을 한편으로는 아주 통감하고 있거든요. 그렇게 통감하고 있는 상황에서 일본어라는 외국어를 우리가 일본에 있을 때 어떻게 사용하는가라는 문제의식도 동시에 가지고 있는거죠. 모순되는 것 같지만, 말하자면 그러한 상황에 처해 살고 있기 때문에, 첫 번째로는 민족 문화로 이어지는 모국어를 키워 나가는 동시에 일본어를 일본 속에서 어떤 식으로 문학과 관련되는지를 생각하며, 쓰고 있다는 것은 자기 자신이 해결해야 할 절실한 문제가 되는 겁니다.

김석범 이회성 씨가 지금 말씀하신 것, 그 부분의 전문을 읽으면 어디까지나 재일조선인으로서의 주체라는 생각이 강하게 압출되어 있습니다. 이전의 『미타문학』도 그래요. 다만 지금 본인이 읽으신 부분이지요, 본인이 쓴 주관적인 의도와는 조금 다르고 오해를 초래할 것 같은 그런 요소가 다분히 있었다는 그런 것이지, 전체를 흐르고 있는 사고라고 할까, 그러한 것에 대해서는 나는 조금도 불평은 없으니까, 그러한 부분은 이해해 주세요.

이회성 좀 당황해서요, 김석범 씨뿐만 아니라 동포사회에서도 호의적인 의미에서 지적하는 것도 있었기 때문에. 나 자신의 에세이가, 이래서는, 혹시, 의도하지 않은 곳에서 나쁜 영향을 주어서는 안 된다고 생각해서, 마침 요미우리(読売)신문에서 인터뷰가 있어서 거기서 어떤 언어로 쓰인다 해도 문제가 되지 않는다는 식의 일반론으로 절대 정리할 수 없다는 것을 강조한 겁니다. 일본 안에서, 재일조선인이라는 것은, 가만히 있어도 풍화되어 버리는 거예요. 그러니까 거기에 입김을 불면 점점 풍화되어 가는 거고, 일본어를 사용하여 문학 작품을 쓸 때 우리는 그런 것에 세심한 주의를 하며 문학 활동을 해야 한다는 것을 스스로 확인한 겁니다. 조금도 민족적인 것이 풍화되는 것에 가담하고 싶지는 않아. 그럼에도 일본어로 쓰지 않으면 안 된다는 문제의식을 가지고 있습니다. 이것은 나는 모순되는 것 같고, 모순되면 안 된다고 생각하는 겁니다. 이것은 논리적으로 맞추어 말할 수는 없습니다만, 민족문화라고 합니까, 또는 언어의 문제는 그 자체로서 재일조선인 권리의 하나로서 자신들도 지켜야 하고, 또 보호를 받아야 합니다. 그렇지만 일본에 살고 있다는 상황 그 속에서 여러 가지 파생되는 인간적인, 일본인과 조선인의 다양한 교류가 있는 거고, 그러한 교류 속에서 인간적인 문제도 다양하게 발생하는 겁니다. 그럴 때에 공통 언어라고 하나요, 이것은 조금 이상하지만, 무엇으로 서로 이야기할 수 있는가를 생각하는 거지요. 나의 경우는 가능하면 조선어로 쓰고, 그리고 사실 그것을 일본어로 번역해서 읽게 하고 싶었던 겁니다.

그래서 사실 이야기를 털어놓게 되는데, 조선어 단편 소설을 두세 편 썼습니다. 그것도 작문 정도인 거고, 전부 미완성의, 도저히 조선어로 쓸 수 없다는 의미로 내던진 두세 작품이지만, 그 무렵부터 도저히 조선어로 쓸 수 없다는, 명확하게 말하면 절망 같은 것을 느꼈고, 차선책이라고 말하면 이상합니다만, 일본어로라도 하지 않으면 안 된다는 기분이죠. 그런 적이 있었던 것은 확실합니다.

오에 겐자부로 지금 이회성 씨와 김석범 씨의 이야기를 듣고 나는 이회성 씨가 꺼낸 문제도 매우 복잡해서 앞으로 그 문제를 되짚으면서 이야기하면 좋을 것 같습니다만, 특히 김석범 씨의 이야기를 듣고 일본인 작가가 일본어로 쓴 재일조선인의 작품에 대해, 호의적으로 가지고 있는, 또는 매우 무책임하게 비판적으로 가지고 있는 통설 같은 것이 금방 날아간 것 같아요. 그리고 자신이 일본어로 쓴다는 것의 의미를 지금부터 이야기하면서 다져 나가기로, 일종의 좋은 예감이라고 할까요, 그러한 것을 지금 느끼고 있습니다.

마침 조금 전에 김석범 씨가 말씀하신, 외국어로 소설을 쓴다는 의식은 있어도 외국어로 외국인이 자국어가 아닌 말로 소설을 쓴다는 핸디캡 감각은 없다는 것에 대해서는, 나는 그건 그럴 거라 생각했습니다. 그것은 이회성 씨의 번역이라는 것과도 관계가 있는데요, 김석범 씨의 소설을 읽고, 또 이회성 씨의 소설을 읽고 내가 순수문학적으로 말하는 것은 불가능합니다만, 그런 식으로 표현하는 것을 이해해 주시길 바랍니다. 그때 매우 충격을 받은 것은 우리 일본 작가가 일본어 세계에서 이루지 못한 신선한 발견이라는 것이 있는데, 그것에 대해 재일조선인 작가에게 호의적인 일본 작가들이 어떻게 이런 재미있는 말, 재미있는 표현을 발견하는가라는 놀라움을 담아 높이 평가하고 있습니다.

또한 이즈미 세이이치(泉靖一)[5] 선생님 같은 분도, 특히 이런 표현이 어떻게 재일조선인의 내부와 외부라는 것을 잘 나타내고 있는가를, 상당히 문학적으로 확실하게 파악해서 말씀하셨습니다. 그렇게 이즈미 선생님 같은 의식적인 평가 방법, 또 한편으로는 무의식적인 칭찬 방법을 담아 생각해 보고, 그것은 어디에서 오는 것일까 하

---

5 이즈미 세이이치(泉靖一, 1915~1970): 일본의 문화인류학자. 1970년에 잡지 『世界(세계)』를 통해 김석범과 「고향·제주도」라는 주제로 대담을 하는 등 제주도와 김석범에 대해 깊은 관심을 가지고 있었다.

고 생각하면, 지금 저는 역시 그것이 외국어로 쓰고 있다는 것에서 오는 것이 아닐까, 번역해서 나타난다는 것이 아닌, 그것은 재일조선인으로서 조선어와 일본어라는 것을, 두 개를 자신의 내부에 가지고 있으면서 그 두 언어가 내부에서 서로 싸우고 있는, 또는 대화의 관계를, 또는 변증법적 관계를 유지하고 있는, 그때 나타나는 언어의 발견일 것이라고 생각합니다.

따라서 조선어로 쓴 것을 일본어로 번역한다는 것을 넘어 재일조선인으로서 일본어로 쓴 적극적인 취지라는 것이 거기에 확실히 있다는 것을 생각하고 싶어요.

일본인 작가와 일본어

오에 겐자부로 그리고 하나 더, 이번에는 조금 전에 일본 신진작가가 말한 것, 이것은 이 작가의 명예를 위해서도 좋지 않다고 생각하는데, 이런 무책임한 말이 왜 일본인 작가에게서 나오는가를 생각해 봤으면 합니다만, 내가 상당히 흥미롭다고 생각하는 것은 재일조선인의 일본어 문학이라는 것이 특수적이라고 비판을 하는 사람들이 모두 일본인이라는 겁니다. 예를 들어 미국인도 유럽인도 아니야. 일본인 작가가 재일조선인의 문학에 대해 토론하면서 자신의 일본어 문학이라는 것이 특수적이지 않은가에 대한 반성이라는 것은 없지 않나라는 겁니다. 일본인 작가라는 사람은 일본어로 쓰는 것에 상당히 안심하고, 일본어로 쓰는 것은 세계문학이라는 식의 전혀 현실과는 다른 감각을 가지고 있는 게 아닌가.

실제로 일본인이 일본어로 쓰는 문학이라는 것이, 예를 들어 조선에 그것을 가지고 가서 어떤 존재인가 하면, 그것은 결코 세계적인 것도 아니고 중심적인 것도 아니다. 그런 여러 왜곡이라든지, 특수성, 삐딱함이라는 것을 가지고 있는 일본 문학에 대한 감각이, 일본 작가에게 없다는 신기함이 나타나고 있는 것 같아요. 그건 저 같은 사람들이 근본적으로 반성해야 할 부분이라고 생각해요. 그 증거로 지금 김석범 씨가 일본어는 지배자의 말인 이상, 지배자의 말인 일본어로 쓴다는 자신의 고민, 딜레마가 있다고 하셨는데, 그것은 우리 입장에서 말하자면, 내 생각을 말하자면, 자신이 쓰는 일본어라는 것이 아시아에서 상당히 침략적인 지배자의 말이었던, 그것은 정치적 이유뿐만 아니라, 모럴리티(morality) 상에서 말해도 조선과 중국을 짓밟고, 오키나와(沖繩)를 유린한다고 하는 그런 인간의 말이었어. 실제로 그 말이란 것에 대한 반성이라는 것이 우리에게, 나에게 없다는 거예요. 나 자신이 왜 일본어로 쓰는가라는 것에 대한 근본적인 반성을 해야 한다는 마음을 지금 확실히 느낀 것 같습니다. 그것을 생각해 보면, 역시 앞으로, 김석범 씨가 말씀하신 재일조선인으로서의 주체 확립이라는 것을 생각하며, 일본인이 정말로 일본어로 쓰고 있는 작가로서 주체성이라는 것을, 아시아 규모라도 좋으니, 확립해 나가는 것은 어떤가라는, 그것을 생각해 봐야 한다는 걸 지금 요구하고 있다고 생각해요.

지금 일본의 젊은 언어 전문가가 자주 언어론에 대해 말하고 있는데, 그것은 모든 또는 프랑스의 언어론에 대비되고, 혹은 미국의 언어론에 대치되고 있어. 그래서 그런 학자의 마음속에서 일본어라는 것이 프랑스인의 프랑스어와 동일시되고 있다는 우스꽝스러운 모양새인데, 또 한 가지 일본어라는 것이 정말 어떤 언어인가, 어떤 인간이 사용했던 언어인가. 조선어와의 사이에 어떤 긴장관계가 생기는 언어인가를 생각하는 것으로, 일본인의 언어론이라는 것도, 새삼 구체적인 의미를 가질 것이라고 생각합니다.

나는 아까 이회성 씨의 의견, 언어 또는 문학을 일반적인 것, 일반화할 수 있는 것을 우선 염두에 두고 생각하시는 태도는 이면에서 보자면, 이회성 씨의 재일조선인으로서 자신의 입장이라는 것을, 먼저 기본적으로 깊게 파고든 점에서 출발하시려고 한다는 것을 의미한다는 식으로 나는 받아들였습니다.

거기서 일본어로 쓰는 것이, 외국어로 쓰면 핸디캡이 되는 등의 문제가 아닌 다른 사정이 있다. 마음속에서, 또는 김석범 씨의 정신 속에서, 일본어와 조선어가 어떤 식으로 서로 싸우는지, 또는 서로 돕는지, 서로 충돌하는지를 들었으면 합니다. 그것은, 나는 이회성 씨와 나와 비슷한 연배라고 생각하고 싶은데요, 그 또래의 사람이 「까마귀의 죽음」[6]을 쓰신 김석범 씨를 보고 있으면, 일본에서의 전후(戰後) 문학가와 우리의 관계가 김석범 씨와 이회성 씨 사이에도 생기지 않을까. 그런 점에서는 두 사람의 언어 감각도 상당히 다를 거라고 생각합니다만, 조금 전에 외국인이 소설을 외국어로 쓰는 것이 아니라고 말씀하신 거라고 생각하는데, 좀 더 부연 설명해 주셨으면 합니다. 김석범 씨는 지금 조선어로 장편소설[7]을 쓰고 계신다는데…….

김석범 아니, 지금 그렇지 않아요, 중단된 상태입니다만.

오에 겐자부로 그렇습니까. 그 점, 이회성 씨와 김석범 씨 사이에 차이

---

6 「까마귀의 죽음」은 1957년에 『文藝首都(문예수도)』 12월 호에 처음 발표되었다. 1967년에는 「까마귀의 죽음(鴉の死)」을 비롯해 「간수박서방(看守朴書房)」, 「똥과 자유와(糞と自由と)」, 「관덕정(観德亭)」을 수록한 작품집 『까마귀의 죽음』이 신코쇼보(新興書房)에서 단행본으로 간행되었고 1971년 10월에는 「허몽담(虛夢譚)」을 수록한 신장판 『까마귀의 죽음』이 고단샤(講談社)에서 간행되었다. 이후로도 문고판, 신장판이 간행되었다.
7 여기서 말하는 장편소설은 조선어로 쓴 「화산도」를 말한다. 「화산도」는 1965년부터 재일조선문학예술가동맹 기관지 『문학예술』(격월간, 제13호~제21호)에 연재하다 1967년에 중단되었다.

가 있다면, 차이에 대해 이야기하면 어떨까 합니다만.

'일본어의 굴레(呪縛)'와 자유

김석범 쓴 것과 좀 중복되는 점이 나올 것 같은데요. 대체로 이것은
　　　이회성 씨도, 나도 포함해서, 우리뿐만 아니라 재일조선인 전체가
　　　소위 지금 1세가 점점 적어지고 있죠. 그래서 2세가 상당히 많아.

이회성 78%라고 하네요. 2세가.

김석범 그러면 절대적이네요. 재일조선인의 언어생활의 내용이라고 하
　　　나요, 내면은 무엇인가 하면, 단적으로 나누자면 일본어가 갖고 있는
　　　비중이 상당히 많아요. 그리고 조선어라 해도 지금 민족학교 만들고,
　　　자주학교 만들어서 조선어를 가르치기도 하지만, 아무래도 본국에서
　　　하는 것처럼 조선어를 사용할 수 없거든요, 재일조선인으로서는. 그
　　　것은 나이가 좀 있는 사람 중에는 조선어를 잘하는 사람도 있지만,
　　　여러 가지 방언 등도 많이 섞여 있고, 물론 그것은 그것대로 좋지만.
　　　그리고 조선어 자체도 상당히 불완전하고, 뭔가 잡다한 느낌이 드는
　　　조선어가 있어서, 그런 것을 일률적으로 조선어로 규정해서 비교했
　　　을 경우에, 아마 재일조선인의 의식이라는 건, 대체로 일본어에 의해
　　　형성된 부분이 상당히 많지 않을까. 이것은 젊은 사람도 모두 포함해
　　　서. 그렇다면 예를 들어 조선인이니까 일본어는 외국어라는, 원칙은
　　　그렇거든요, 이치로 말하자면. 하지만 실제 언어 감각에서 말하자면,
　　　거기에 차이가 있어. 오에 씨는 영어와 프랑스어를 아주 잘하셔. 『부
　　　서지기 쉬운 자(壊れものとしての人間)』(1970)에서도 일본어와 영어,
　　　프랑스어와의 상당히 극한 긴장관계라는 걸로, 오히려 일본어로 계
　　　속 채찍질하듯이 쓰셨는데, 나는 그것을 읽으면서 깊은 감명을 받았

는데요. 결국 우리의 경우 일본어를 외국어로 보기 위해서는, 역시 우리의 내부에 객관적 자리가 없으면 안 되는 겁니다. 그런데 일본어밖에 없어요. 일본어밖에. 대부분의 재일조선인에게 일본어밖에 없으니까 일본어를 객관적으로 보는 자리라는 것, 이게 설정되지 않아요. 조선어가 있으면, 조선어를 잘 알고 있으면 조선인이니까 조선어 알고 있는 건 당연한 건데, 어쨌든 조선어를 알고 있다면, 조선어와 일본어를 비교하거나, 오에 씨가 말씀하시는 긴장관계라고 하나요, 그러한 자리가 생기는데 조선어가 없고 일본어만 자리하고 있으니까 일본어를 객관시할 수 없고, 게다가 대체로 언어감각이라는 것이, 일본어는 외국어다, 그런데 사용해 보면 아무래도 외국어 같은 느낌이 들지 않는다는 모순이 있는 거죠, 원칙과 실제의. 예를 들어 조선어를 외우기보다 오히려 영어를 하는 편이 빠르고 외우기 쉬운 거죠, 학생 입장에서는. 조선어를 모르는 학생 대부분은 그런 경향이 있는 것 같아요. 그러한 우리 재일조선인의 언어 생활이, 어떤 말을 사용해서—사람은 말 없이는 살 수 없습니다만, 그 경우에 재일조선인은 도대체 어떤 말을 사용해서 살 것인가 하면, 모두 그렇지는 않습니다만, 거의 일본어가 지배적이라 할 수 있지만요. 그렇다면 결국 일본어로 소설을 쓰는 우리들도 그런 상황에 빠져있는 셈인 거죠. 재일조선인 작가란 재일조선인이라는 상황에서 벗어날 수 없다고 생각해요. 벗어나서도 안 되고요. 빠져나갔다고 해서 자유롭게 될 리도 없고. 역시 그 상황 속에서, 역시 극복 같은 행위가 없으면, 자유 같은 건 없을 테니까. 그러면 이런 자신이 놓여 있는 상황이나 입장인데요. 이것은 도대체 무엇인가. 이러한 가운데 일본어로 쓴다는 것은 자신에게 일본어는 도대체 어떤 의미를 가지는가. 역시 이건 생각하지 않으면 안 돼. 무의식적이더라도, 결국 쓰는 과정에서 모순에 반드시 부딪혀. 이것은 실제 일을 통해 모순이 생긴다고 생각해요. 그러한 경우, 일본어로 쓰는 것을 그만둔 경우는, 이것은 문제가 되지 않습니다만, 그래도 일본어로 써 나간다는 그러한 경우는, 역시 자기와 일본어 사이에서 관계라는 것, 그 관계를 정말 잘 보기 위해서는, 자신 안에 조선어를 가지고 있으면 더할 나위 없지만, 그러나 만약에 조선어가 없어도 재일조선인이라는 주체적인 자각은 있으니까요. 이를테면 조선어는 몰라도, 아무튼 조선인으로서 그러한 자각과 그리고 일본어라는 것과 관계를, 일본어로 쓰는 이상은, 역시 분명히 할 필요가 있지 않을까. 왜냐하면 지금까지 일본어로 쓰는 것에 대해, 가끔 에세이에 쓰거나 이야기한 사람은 있거든요. 예를 들어 김사량도 조금 그런 말을 한 적이 있는데, 또 김달수도 수필 등에서 다루고 있는데요, 그러나 이것도 해방되고 나서 25년이 지났고, 우리로서도, 조선이 아직 통일되지 않았지만 해방된 지 25년이 지났고, 게다가 아직 일본어로 쓰는 작업이라는 것이 계속되고 있고, 그리고 2세, 3세들이 당연히 앞으로는 조선어로 소설을 쓸 수 없어요. 일본에서 앞으로 자라는 아이는. 그러면 아무래도 일본어로 쓰는 그런 무리가 역시 나오게 되는 거지요. 앞으로 젊은 조선 청년에게는. 그러면 여기에서 과연 재일조선인이 일본어로 쓴다는 것은 어떤 것인가. 서로 쓰는 사람끼리, 이것은 조선인들끼리 지금 한번 서로 확인하는 그런 시기가 되었다고 생각해요. 나 자신도 역시 이것을 그냥 지나쳐서 일본어로 쓸 수가 없는 거예요. 그러니까 너는 이런 걸 써서, 일본어로 쓰는 것을 합리화했다고, 우리 내부에서 그런 말을 듣는지 모르겠지만, 그건 그렇고. 나로서는 아무튼, 내 눈앞에 있는 것, 그것은 나만 그런 게 아니라고 생각하거든요. 지금까지 써 온 사람도 슬슬 피할 수 없게 되고, 이회성 씨도 앞으로 계속 쓸테니까, 일본어로 쓴다는 것에 대해 모순이 더 깊어질 겁니다. 만약 이회성 씨가 그 모순이 깊어지지 않는다면 이것은 슬슬 상황이 좋지 않은 쪽으로 가고 있다는 증거가 되는 겁니다만. 그런 의미에서 나도 별로 전문적인 지식이 있는 것은 아닙니다만 어떻게든 한번 이 모순에서 헤어나 보자는 마음에서 생각해 봤어요.

일본어로 왜 쓰는가라는 것도, 이것은 과제적인 문제이고요. 일본어로 쓰든 조선어로 쓰든 그건 이제, 왜 쓰는가라는 것은 일본어, 조선어와 관계없으니까요. 어쨌든 인간의 존재에 관계하는 일이니까요. 그래서 이것은 제이의적(第二義的)인 의미밖에 없다고 생각해요. 왜 일본어로 쓰는가라고 조선인이 굳이 말하는 것은. 그러니까 그런 것은 나중에 또 이야기하기로 하고, 뭐랄까, 아까 말씀드렸지만, 일본어 **틀** 속에서 재일조선인 작가가 과연 자유로울 수 있을까라는 건데요, 우선 그 이전 단계는.

그래서 아까 특수성이라는 것을 오에 씨가 말씀하셨습니다만, 나는 특수성을 주장하는 거예요. 같은 일본어로 쓰지만, 아무튼 재일조선인 작가의 작품이 역시 특수한 거야. 특수라는 것은 로컬리즘 같은 그런 것이 아니라 역시 보편성을 가진 점에서 조선인이 아니었다면 쓸 수 없을 것 같은 작품을 재일조선인은 생산해 내야 한다는, 그런 의미의 특수성인데요. 그러면 일본어이면서, 게다가 재일조선인 작품의 특수성이랄까, 이질성이라도 좋지만, 그런 것을 보증하는 것은 도대체 무엇인가 하는, 그런 문제가 제기되어 왔고, 그 때문에 우선 말의 문제인데, 이런 식의 설정을 해 봤어요. 일본어의 주박(呪縛, 굴레)이라는 말을 사용해 봤어요. 일본어의 주박(주술적인 굴레―옮긴이)이라는 게 있어서 일본어의 굴레를 벗어날 수 있는가라는 설정 방법이에요.

오랫동안 일본어로 쓰는 동안에 이름만 조선인이지, 그리고 소재도 조선적인 것을 다루고 있을 뿐이지, 발상법이나 감각이라는 것이, 이것은 전부 일본적으로 되어가. 그렇다면 이것은 일본어로 쓸 필요는 없는 거지요. 절망밖에 없는 거고, 거기에 소위 조선인으로서의 자유 같은, 그건 조금도 얻을 수 없는 거예요. 자신은 일본적으로 되기 위해 일본어로 쓰는 게 아닌데 말이지요, 쓰고 있는 사이에 점점 일본적으로 되어 가는 것은 아닐까. 그러한, 역시 말이 가지고 있는 하나의 메커니즘이라고 하나요. 그런 면에서 그렇게 기울어질 가능성이 자기 안에 없는가. 그것은 나 같은 경우 그런 일은 없을 거라고 생각하면서도 자칫하면 그런 방향으로 갈지도 모르는 요소가 꽤 있거든요. 그것에 대해서는 어떻게 저항하는가라는 문제가 나에게 제기되는 겁니다. 그 경우 자신 안에 조선어가 있으면 이것은 또 다른 겁니다만. 나는 어느 정도 조선어는 알고 있습니다만, 일반적으로 말하면 조선어가 없는 경우 자신 안에 조선어가 없고 일본어로만 쓰는, 게다가 점점 일본적으로 되어 가는, 그런 소위 위험―이것은 우리가 일본어로 쓰는 경우는 반드시 있어요. 자신이 일본적으로 된다는 위험을 나 자신도 느끼는데, 그것을 어떤 식으로 해서 막을 수 있는가. 예를 들어 일본어에 먹혀도 괜찮은데, 일본어에 먹혀도 일본어를 반대로 자신이 먹어 가는 듯한, 그러한 조작을 할 수 없는 건지.

　　이런 문제에 대한 내 생각은 「언어와 자유―일본어로 쓴다는 것」에 썼기 때문에 여기에서 반복되는 것은 피하겠습니다만, 나는 이 주박(굴레)은 풀 수 있다는 결론을 가지고 말하고 있는 겁니다. 그 경우 한 가지는 다른 언어 사이에서 서로 번역할 수 있는 조건은 무엇인가라는 것이 문제가 되고, 그리고 또 하나는 실천과 관계하는 작가 주체의 자유 문제가 있다고 보고 있습니다.

　문학의 경우, 말은 본질이다, 라는 것처럼 그런 하나의 기능도 있겠지만, 보통의 원리적인 의미에서 말하자면, 이른바 사물(物)과 사물을 대표하는 말은 전혀 달라. 그러니까 말은 여러 민족어가 있을 수 있는 겁니다. 민족어가 있을 수 있는 것이고, 그리고 의상을, 예를 들어 모두 다른 양복이나 셔츠를 입고 있는데, 알몸이 되면 좀 비슷한 점이 있거든요. 그런 것처럼 일본어의 소리나 형태, 조선어의 발음이나 형태, 그러한 의상을 벗겨내면, 이것은 하나의 가정된 이야기지만 어느 정도 공통개념 같은 것이, 특히 오늘날에는, 거기에서 발견할 수 있지 않을까. 그렇다면 조선적인 것이에요. 조선적인 것을 일본어로 표현할 수 있는 조건이 있다는 게 내 생각이랍니다. 그것은 좀 더 설명하지 않으면 이해하기 어려울 것 같습니다만. 그런 번역이 가능하다는 조건을 전제로 한다면, 조선어로 표현하면 더할 나위 없겠지만, 그러나 일본어로도, 이건 할 수 있지 않을까라는 그런 생각이 드는 겁니다.

　그렇게 번역할 수 있는 조건을 전제로 해서, 일본어로도 조선적인 것을 표현할 수 있지 않을까. 그리고 그 경우에, 물론 조선적인 감각이라든지 그런 것이 있다면 이건 더 좋은 거지요, 자신 안에. 그것을 일본어로 번역은 하지 않지만 격한 충돌이 일어나기 때문에, 이것은 번역적인 조작 같은, 그런 것으로 다듬어져서 일본어가 나오는 겁니다만. 만약에 조선적인 것이 없는 경우에도, 이것은 상당히 어려운 겁니다만, 표면 상에서 목표로서 역시 지향적으로 해 나가면, 나중에 좀 말씀드리고 싶은 건데, 할 수 있지 않을까. 이런 언어상의 문제는 간단하게 말하면 상식적인 이야기입니다만, 결국 그 언어를 가지고 관철해 나가는 작가 주체의 문제가 되어 가는 겁니다.

소설 「까마귀의 죽음」과 조선인상(像)

오에 나는 지금 김석범 씨가 상식적이라고 말씀하신 것 중에 근본적인 문제가 모두 제기되고 있다라는 느낌이 들었습니다. 「까마귀의 죽음」은 매우 뛰어난 작품인데 나는 이 「까마귀의 죽음」을 떠올리면서 이야기를 듣고 있었습니다만, 이회성 씨의 소설과도 다르고, 「까마귀의 죽음」의 경우에는 특별한 조건이 있다고 생각합니다. 여기에는 분명 일본어는 못 할 것 같은 인물, 조선 제주도의 민중을 대표할 것 같은 사람이 모두 일본어로 말하는 사람으로 쓰여 있거든요. 일본어로 쓰인 예를 들어 부스럼 영감이라고 하는 아주 특별한 노인이라 할지라도, 거기서 저항하는 사람도, 그 저항하는 인간의 가족도 모두 일본어로 파악하고 있다. 그것을 저 같은 일본인 독자가 읽으면, 이것은 결코 조선인이 이런 식으로 생각하고 있다는 것을 일본어로 번역되어서 지금 읽고 있다는 것이 아니라는 느낌이 듭니다. 예를 들어 『포스터 대령의 복죄(Le colonel Foster plaidera coupable)』(1952) 같은 경우 로제 바이앙[8]이라는 프랑스인이 조선인에 대한 일종의 개념이라는 것을 가지고 있어서, 그것을 모방하는 형태로 프랑스어로 쓰여 있다. 거기서 확실히 프랑스인의 눈에 비친 조선인이란 이렇구나 하는 인상을 가지는데, 거기에 그려져 있는 것이 개념적인 미국인에 지나지 않게, 진정한 조선인이란 이런 사람이 아니지 않나라는 생각이 듭니다. 즉 프랑스인이 조선인을 이해하는 것은 이런 형태이구나라는 것만 잘 알 것 같은 생각이 들어요.

　　그런데 김석범 씨의 소설을 보면 이것은 확실히 조선인이다, 조선의 인물상이라는 느낌이 드는 겁니다. 게다가 조선어로 이런 식

---

8 로제 바이앙(Roger Vailland, 1907~1965): 프랑스 소설가, 극작가.

으로 이야기하는 것을 일본어로 번역해서 김석범 씨가 쓰고 계신다는 느낌은 들지 않아. 즉 이것은 번역이 아니라는 느낌이 들어요. 그리고 그것을 어떤 식으로 생각하는가 하면, 한 사람의 김석범이라는 상당히 지적인 재일조선인이 하나의 인격이 있어서, 그 사람이 재일조선인으로서 여러 가지 왜곡이라는 것을 주체적으로 받아들이면서 조선인이란 무엇인가를 생각할 때 이런 조선인의 모습(朝鮮人像)이 나타날 것 같다는 생각을 했어요. 그리고 게다가 일본어로 쓰고 계시니까, 우리는 한 사람의 일본인으로서 재일조선인의 한 작가가 조선이란 무엇인가, 조선인이란 무엇인가를 생각한다는 것은 이런 형태로 이루어진다, 이런 본질로 이루어진다는 것에서 자기 자신이 자아에게 가능한 한 가까워진다고 말할 수 있다고 생각해요.

그런 점에서 제주도의, 1948년부터 수년간의, 어떤 상황에서 조선인이라는 것을 눈앞에 제시되는 동시에 그것을 생각하는 한 재일조선인 김석범 씨의 주체라는 것이 눈앞에 제시되었다는 느낌을 받습니다.

외국어, 예를 들어 중국어라도, 프랑스어라도 石([shí], 돌)라면 石, pierre(돌)라면 pierre라는, 돌이라는 말은 있지만 실체는 변하지 않아. 그것은 반대로 말하면, 말을 사용하는 사람이라는 것은, 말이 다름에 따라 주체가 변화한다는 것을 의미하고 있다고 생각해요.

그것은, 예를 들어 한 사람의 조선 청년이, 나는 조선인이라고 일본어로 말하는 경우와, 나는 조선인이라고 조선어로 말하는 경우는 나는 전면적으로 다르다고 생각해요. 그 차이를 포함해서 조선인이란 무엇인가라는 것을 일본어로 쓰고 계시는 재일조선인 김석범 씨의 주체와 동시에 제주도의 조선인상(朝鮮人像)이라는 것이 우리 앞에 제시된다. 그것이 정말로 일본어로 소설을 쓰고 계시는 김석범 씨의 작업을, 저희가 보기에 가장 다이나믹하고 힘차다고 나는 받아들인 겁니다.

그래서 아까 일본어로 쓰고 있으면 점점 풍화될지도 모른다고 말씀하셨는데, 나는 김석범 씨의 경우에는 그런 것은 근본적으로, 본질적으로 있을 수 없다고 생각해요. 「까마귀의 죽음」이라면 「까마귀의 죽음」을 읽은 조선에 살고 계시는 조선인, 또는 제주도에 살고 있는 사람이, 이건 조선인이 아니라는 말을 들을 일은 없을 거라고 생각해요. 이건 조선인이라고 제주도분에게도 들을 것이고, 동시에 김석범 씨에게도, 이것은 재일조선인이 쓴 조선인이다, 재일조선인 영혼 속의 조선인이라고 말씀하실 거라고 생각합니다. 그런 이중의 의미를 일본인 독자로서 나 같은 사람은 그렇게 받아들이고 있는 것 같아요. 그것은 번역과도 다른 것이며, 정말 현재 재일조선인의 상황을 바탕으로 한 작가로서 김석범 씨가 획득하신 자유라는 것은, 그런 것을 가리키는 것이 아닐까 하고 나는 생각합니다.

이회성 씨의 경우는, 정말 일본어로 이야기하는 재일조선인을 그리고 계셔. 그런 점에서 김석범 씨가 가지고 계신 딜레마와 또 다른 딜레마가 있다고 생각하는데, 더구나 일본어로 이야기하는 재일조선인을 그리면서, 이건 역시 진정한 조선인이다. 풍화에 저항하기도 하고, 풍화를 끝없이 살아가는 일도 있을 거라는 것과 동시에, 거기에 아주 미묘하게 비추고 있는 일본인의 얼굴이라는 것도 발견할 수 있다고 생각해요. 그 점에서 나는, 이회성 씨를 김석범 씨와 성격이 다른 의미에서 존경하고 있습니다.

이회성 씨가 쓰고 계시는 「까마귀의 죽음」 같은 소설을 통해서 이것은 이회성 씨 자신이 하시는 노력과 또 다른 것이 있다고 생각하시지는 않는지요.

이회성 지금 오에 씨가 제 작품 속에서 나오는 일본어로 이야기하는
조선인에 대해서 말씀하시면서 거기에 있는 조선인이 풍화되지 않
으려는 영혼이라든가, 그런 표현을 하셨는데 나 이외에, 예를 들어
김석범 씨의 작품 『까마귀의 죽음』에 담긴 일련의 작품을 보면, 정
말 오에 씨가 말씀하신 것처럼 이것은 조선어를 그대로 일본어로
바꿔서 옮기는, 그러한 것을 느껴요. 그만큼, 즉 조선인의 말을 일
본어로 바꿔서 옮길 때에 세심한 노력을 기울이고 계신다는 점에서
우선 깊이 느끼게 되는 겁니다. 나의 경우 쓸 때가 되어서 생각하는
데, 예를 들어 아버지가 일본어로 이런 것을 말했다, 저런 말을 했
다는 것을 생각하면서 재생해 가는 거예요. 아버지의 말이란, 이것
도 풍화되고 있는 재일조선인의 한 사람이라고 생각하는데, 조선어
로 해야 할 말을 일본어로 말하고 있는 거예요. 그러니까 정말 조선
어로, 나라면 나에게 욕을 하고 싶은 건데, 그것을 조선어로 말하면
아들에게는 칭찬하고 있는 건지, 꾸짖고 있는 건지 통하지 않는다
는 초조함이 서툰 일본어로 욕을 하게 된다는 겁니다. 나는 그런 아
버지의 뒤얽힌 감정을 어떻게든 말로 옮기고 싶다고 생각하는 거예
요. 하지만 작품 자체로 보면, 역시 나 같은 사람은 김석범 씨와 다
르며, 일본인적인 언어감각이라는 것이 섞인 형태로 나오고 있는
게 아닌가 하는 생각이 듭니다. 「까마귀의 죽음」은 그런 의미에서
말하면, 완전히 기묘한 작품이라고 생각해요. 정말 조선적인 냄새
가 강하고, 일본어를 사용하여 조선인의 세계를 이렇게나 정착할
수 있는가 하는, 그러한 긴장관계가 역시 지속되고 있으며, 그의 작
품을 읽으면 왠지 부럽다는 생각이 들기도 해요.

예를 들어 그런 의미로 말하면, 김사량 작품에도 아주 끌리는데,

그의 작품은 전시(戰時) 중인데, 작품 속에서 조선인의 생생한 말을 일본어로 완벽할 정도로 바꿔서 옮겨 말하고 있어. 상당히 민족적인 분위기를 풍기는 작품이 되어 있어요. 그런 면에서 재일조선인이 일본어를 사용하여 작품을 쓸 때 풍화하지 않는 말을 사용할 수 있는 사람들이 우리 선배에게 있다는 건 고마운 일입니다. 그러한 풍화할 수 없는 말, 게다가 날카롭게 민족적인 것을 일본어 속에 넣으면서, 동시에 일본어에도 어떤 자극을 줄 수 있는 작품, 그러한 작품을 재일조선인 작가가 쓰는 건 필요하다고 생각합니다.

그러니까 한편으로는 일본어가 가지고 있는 아름다움이나 또는 가능성이라는 것을 나 개인이 확인하려는 마음이 있는 동시에, 조선인이 아니면 쓸 수 없는 문체를 지향하고 싶은 마음이 혼연하고 있는 거지요. 그런 면에서 김석범 씨의 작품과 제 작품에도 세대 차이라는 단순한 표현으로는 말할 수 없겠지만, 근본적으로 조선어를 가지고 있는지 없는지라는 차이가, 우선 있지 않을까 합니다. 김석범 씨는 상당히 조선어에, 내가 보면 뛰어나서, 그러한 것에서 출발하고 있고, 우리는 상당히 부족한 상황에서 출발하고 있어서, 그러한 차이가 개괄적인 말로 하자면, 나는 명백한 2세인데 김석범 씨의 경우는 1세라는 점에서……

김석범 (웃음)

이회성 아니, 세대적으로 말하자면 1세이지요. 일본에서 태어나셨지만. 그런 면에서 한 가지 무조건, 뭔가 작품의 농밀하다는 면에서도 차이가 나타나는 것처럼 느껴져서……

오에 이회성 씨 자신의 일에 대한 평가는, 나는 이회성 씨가 지금 말씀하신 평가보다 훨씬 높은 평가를 하고 있습니다만. 어떻습니까. 김석범 씨와 이회성 씨 사이에는, 물론 세대 차이가 있습니다. 예를 들어 나 같은 사람은 오늘 김석범 씨와 만나서 느낀 건데, 내가 상당히 무서운 사람을 만나는구나 하는 느낌이 제일 먼저 들었어요. (웃음) 그리고 나서 어떻게 생각했냐 하면 이회성 씨와 함께 그 무서움 앞에 있게 되어 의지가 되는 듯한 기분이 드는 겁니다. 이회성 씨는 불만족스러우시겠지만.

이회성 아니, 천만에요.

조선적인 감각

오에 제주도 문제라 해도, 예를 들어 「까마귀의 죽음」에서 김석범 씨가 확실히 정면에서 파악하고자 하는 제주도 문제는, 그 파악하는 방법에서 우리 일본인의 안도감을 뿌리째 날려 버리는 것 같은 힘을 가진 작품이라고 생각하는데, 그때 예를 들어 이회성 씨의『가야코를 위하여(伽倻子のために)』(新潮社, 1970)[9]에 나오는 제주도 빨치산과 그 억압 전체는, 김석범 씨와 같은 세대가, 김석범 씨가 자신이 정면에서 그것을 짊어지려고 하는 것과 역시 다르다고 생각합니다. 그것을 하나의, 과거의 역사처럼 사라져 가는 인간이 그것을 이야기하고 있는 형태로『가야코를 위하여』에서 나타나요. 다른 표현 방법을 하는 경우도 있겠지만 현재는 그래. 그보다도 더 먼 곳에서 우리는 일본의 독자로서 있는데, 그 경우 역시 김석범 씨는 이회성 씨에 대해, 네가 조선을 대하는 방법은 역시 2세대라는 비판과 불만이라는 것을 가지고 계시지 않을까. 그리고 그것은 마치 노마 히로시(野間宏) 씨가 나에 대해, 일본인 또는 일본의 전쟁이라는 것을 대

---

9 오구리 고헤이(小栗康平) 감독이 1984년에『가야코를 위하여』를 영화화하여 일본인 최초로 조르주 사둘상을 수상했다.

하는 방법은, 너는 정말 어리숙한 놈이다, 너는 평범하기 그지없다고 생각하시는 것과 같지 않을까. 그리고 또 이회성 씨는, 그러나 자신도 해방 후의 2세로서 일본에서 자라면서 무거운 딜레마, 곤란이라는 것도 받아들여 왔으며, 재일조선인의 주체라는 것을 생각할 때에는 자신에게도 매우 어려운 문제가 있다는 것으로, 그것은 마치 내가 노마 씨에 대해, 나처럼 전후의 인간이 인내하는 것, 혹은 무서워하는 것, 또는 압박당하면서 희망을 품고 있는 대상 또한 있다고, 고개를 숙이면서도 반박하고 싶은 마음이 있는 것과 같은 것이, 이회성 씨에게 있지 않을까 합니다. 그것은 단순한 세대의 문제를 훨씬 넘은, 생산적인 것의 뒤얽힘이라고도 생각하는데요.

김석범 씨는 이회성 씨의 조선인관, 조선의 이미지라는 것에 대해 어떤 면에서 비판을 하시는 건가요?

김석범 비판이라기보다는, 나는 이회성 씨를 높이 평가해요. 좋아하는 작품, 아버지의 죽음에 대해 쓴 「죽은 자가 남긴 것(死者の遺したもの)」(『群像』, 1970년 2월 호)이라는 작품은, 나는 충격이라고 하면 과장일지 모르겠지만, 상당히 무거운 감명을 받으며 읽었습니다. 개인적으로 잘 알고 있어서 만나면 불평하기도 합니다만, 이회성 씨의 경우는, 이번 『가야코를 위하여』를 읽어 보고, 나는 사실 여러 가지 불만이 있는데요. 하지만 보통 일본의 작가라면, 이거였다면 불평을 듣지 않고 당당히 활개를 치며 다닐 수 있는데, 무심코 재일조선인 작가라는 이유로, 『가야코를 위하여』에 대해 여러 요구를 하는 거예요. 조선인 측에서 보면, 그런 의미에서 이회성 씨에게 그런 요구를 하는 것은 가혹하다는 것을 알면서, 우리가 처해 있는 재일조선인의 상황이라는 것이 있으면, 상당히 지나친 요구를 하게 될 가능성이 역시 생기는 겁니다. 그런 의미에서 한마디하자면, 나는 재일조선인

이 쓴 작품을 읽는 경우에 제일 먼저 무엇을 탐지하는가 하면, 그 작품에 조선적인 냄새가 있는지 없는지 그것을 먼저 본답니다. 물론 그것만으로 작품의 평가가 결정되는 건 아니지만, 어쨌든 재일조선인의 일본어 작품, 여기에 어떠한 조선적인 감각과 조선의 체취라든가, 체질이라든가, 그러한 것이 반영되어 있는지 우선 그것을 보고, 그리고 나중에 들어가는 겁니다.

그 경우 이회성 씨는 조선에 가 본 적이 없는 거예요. 일본에서 태어나서 쭉 일본에 있으면서, 특히 그것에는 집중적으로 나타나고 있는 겁니다. 즉 「죽은 자가 남긴 것」 같은 작품에서, 조선 가족을 그리는 방법이라든지, 그러한 경우에 조선인은 잘 아는데, 상당히 조선적인 감각이라는 것이, 날카롭게 나오지 않지만 읽는 이의 가슴에 스며들게 쓰여 있어. 이것은 왜 그렇게 되는 걸까 하고 다시 한번 읽어 보려 하는데요. 그러니까 모든 작품에 조선의 냄새를 발휘하라고는 할 수 없기 때문에, 그것은 테마라든지 또 수법에 의해 여러 가지로 의식적으로 벗어나게 하는 경우도 있기 때문에, 그것은 군이 절대적인 건 아니지만, 역시 조선적인 그러한 것을 앞으로도 잃지 않았으면 해. 그런 의미에서 이번 『가야코를 위하여』는 테마 등, 상당히 어려운 문제를 그토록 대담하게 꺼내서, 아마도 그가 재능을 제일 발휘한 작품이 아닐까라고까지 생각합니다만, 그럼에도 불구하고 내가 보기에는 뭔가 분열이 일어나고 있는 것 같은 기분이 드는 거예요. 내 관점에서 보면.

오에 『가야코를 위하여』에서 분열이 일어난다고 하시는 건, 이회성 씨가 재일조선인으로서의 주체라는 걸 확실히 잘못 파악하기 시작하고 있다는……

김석범 아니, 그런 의미는 아니고요. 그렇게 깊숙이 들어가서 이야기

할 수는 없지만 단적으로 말하면요. 아버지와 가정으로 돌아가서 이야기를 주고받는 장면이 있거든요. 그리고 자신의 형과 아버지가 싸우고, 그것이 두세 쪽 계속 이어지는데, 그런 건 내 입장에서 말하자면 조선적인 냄새가 상당히 나는 겁니다. 그 부분은 읽은 것만으로도 상당히, 이른바 상상력이라고 하나요, 그러한 것이 상당히 환기되거든요. 그리고 거기에 유머도 있고, 안경 가지고 오라든지, 그리고 안약을 좀 달라든가, 그런 것에 감탄하는 거지요. 그런데 얼마 전 이회성 씨에게도 말했습니다만, 그 장면은 「또 다른 길(また ふたたびの道)」[10](『群像』, 1969년 6월 호)에서, 어머니가 자신의 일생을 돌아보며 여러 가지 조선어로 신세타령[11], 그건 어떻게 말하는 건가, 신세타령이라는 건.

이회성 하소연하는 거죠. 푸념 같은…….

김석범 아무튼 자신의 지금까지 일을, 여러 가지 생활의 역사를 거슬러 올라가 말하는 거예요. 나는 그것을 떠올리며 『가야코를 위하여』의 그 부분을 읽었어요. 그런데 이것은 나는 조선적이라는 면으로 좁혀서 말하는데, 그런 하나의 감각적인 것이 가족 문제, 아버지의 문제가 되면 상당히 응축되어 나오는 건데, 그러한 조선적인 것이 가족과 떼어 놓으면 매우 산만해져요. 테마가 그런 것이긴 합니다만. 연애 상대의 아이가 일본의 딸이고, 특별한 조선적인 것을 거기에 담지 않아도 되는지 모르겠지만. 뭔가 전체적으로 보면 상당히 조선적인 그런 냄새라는 것이 무언가 산만하게 되어 있어요.

　　예를 들어 큰아버지 성이 마쓰모토(松本)였나요? 그런 장면을 쓴

---

10 제12회 군조(群像)신인문학상 수상.
11 신세타령은 일본 사람에게 조선의 독특한 문화로 보이는 것 중의 하나이다.

다는 건 아마도 지금까지 그의 실제 삶과 하나의 격투도 있었기 때문에, 그것이 진하게 나오는 것은 아닐까 합니다. 그런 것은 있지만, 뭔가 그런 감각이 예를 들어, 유학생동맹의 조선 조직 같은 것이 많이 등장하는 거예요. 그러한 가운데에서도 그다지 조선적인 냄새가 나지 않는 겁니다. 조선인이 등장하지만. 그런데 아버지에 대한 것이라든지, 그런 것을 쓰면 갑자기 우리에게는 직감적으로 느껴지는 게 있어요. 특히 마지막 결말 부분이 나는 좋다고 생각하는데, 테마로서는 훨씬 일관되면서 어딘가 감각적으로 뒤죽박죽되어 있는 부분이 있잖아요. 그러한 느낌을 나는 받았거든요.

그러니까 예를 들어, 지난번의 「증인 없는 광경(証人のいない光景)」(『文學界』, 1970년 5월 호)이죠. 그것은 의식적으로 그러한 수법이라고 하나요. 거기에 특별히 조선적인 냄새를 담을 필요는 없지만, 나는 그것을 읽었을 때 느낌은 그 전에 「죽은 자가 남긴 것」이 있어서, 그것과 비교해 보면, 물론 테마가 전혀 다르기 때문에 이런 요구가 무리이겠지만, 역시 뭔가 조선적인 냄새가 빠진 것 같은 인상을 받는 겁니다. 그것이 나쁘다고 말하는 것은 아닙니다만. 그런 의미에서 조선적인 냄새를 의식적으로 없애는 것 같은 경우가 필요한 작품도 있고, 그것은 여러 가지 꼬불꼬불한 길이 있는데, 나는 그에 대한, 이것은 나 혼자가 아니지만, 어쨌든 재일조선인 문제를 이회성처럼 일본인 문제와 얽히게 해서 정면으로 부딪쳐서 쓴 것은 처음이라고 생각하는데, 그러한 의미에서 그 실현을 위해서는 역시 가장 큰 무기라는 것은 조선적인 감각이거든요. 이것이 없어져 버리면, 그것은 일본의 독자는 그런 것은 별로 신경 쓰지 않기 때문에 술술 읽어 나갈지 모르겠지만, 정면에서 부딪치는 일은 상당히 어렵지 않을까라는 그런 느낌이 듭니다.

오에 정말 그것은 어려운, 작가로서 공포심을 자아내는 문제인데, 이회성 씨 같은 재일조선인 2세로서, 참으로 소극적인 의미에서 풍화 등은 받아들이지 않는 삶을 사시는 한 명의 삼십대 작가라도, 그 일 중에서, 조선적인 감각이 희박해지는, 혹은 조선적인 냄새라는 것이 적어지지 않을까라고 선배 작가에게 듣는다고 하면, 그것에 대한 방어 방법은 없지 않을까 합니다. 크고 깊은 불안을 이회성 씨는 느낄 거라고 나는 생각하거든요. 그 문제가 윤리적으로 파악되고, 그것을 극복할 수 있게 된다면 이회성 씨의 미래를 위해서도 좋을 것 같은데요.

김석범 제가 그렇게 말은 하지만 이것은 사실 무리한 이야기예요. 그 자신이 그런 「죽은 자가 남긴 것」이라는 작품을 쓰기 때문에 이렇게 되는 거죠. 정말이었다면 쓸 수 없는 것인데 그런 것을 썼으니까요. 그래서 이런 요구가 나오는 거예요. (웃음)

오에 아니, 나는 그런 좋은 작품을 쓰는 힘을 가지고 계신 분이기 때문에 그것은 쓰셔도 어쩔 수 없다고 생각해요. (웃음) 그래서 그런 좋은 작품을 쓰신다 해도 의식적으로는 이해할 수 없겠죠. 스스로, 이건 조선적인 것이라는 건.

이회성 네.

오에 조선적인 감각이 이것이야라는 것은. 이회성 씨는 어떻게 극복해 나가면 좋을까요.

작품화에 대한 갈등

김석범 그건 잘 모르겠지만. 수상작에서도 어머니의 성(姓)이 상당히, 그건 대화인데 상당히 리얼리티가 있어요. 대화라는 건 단조로워지기 쉽거든요. 그 어머니라든지, 그리고 「죽은 자가 남긴 것」도 아버지에 대한 것, 가족에 대해 쓴 겁니다. 그러면 특히 이번 『가야코를 위하여』에서 조선적인 감각이 가장 잘 나오는 데는, 아버지의 가정적인 것을 쓴 그 부분입니다만. 왜 그가 가정적 문제와 마주한 경우에 농밀하게 조선적인 감각이 나오는 것인지. 그것은 경험적으로 말하자면 아버지와의 관계도 있었던 거죠, 어릴 때부터 함께 생활하고 있어서. 하지만 난 그것만은 아니라고 생각합니다. 그런 생활 속에서 아버지에게 받은 조선적인, 그러한 영향만으로 작품이 술술 쓸 수 있는 것이 아니라고 생각해요. 역시 거기에 그냥 소재로서 기대고 있는 게 아니라, 역시 무의식에서인지 아닌지 잘 모르겠지만, 뭔가 심한 갈등이 있다고 생각해요. 게다가 갈등하는 경우에는 조선적인 감각을 갖지 않으면 갈등할 수 없을 것 같은, 그런 세계가 있지 않을까. 이른바 그가 지금까지 다뤄 온 가정이라는 것과는 다른, 소위 보통 일본적인 감각을 지녔다면 그 갈등을 이길 수 없는 거지요. 왜냐하면 아버지를 표현하는 경우에도 이건 정말로 일본어로 이야기하면서도 조선적인 인물인 거예요. 그리고 무의식인지 의식적인지 모르겠지만, 뭔가 갈등이라는 것이 있는 가정 문제를 다루는 경우. 그렇다면 그 갈등이 있으면 그 비밀을 거기서 결국 본인 스스로 밝히고 그러한 것을 가정 안에 가두지 않고 그걸 다른 쪽으로도 부연해 간다는 그런 기분이 드는 겁니다.

오에 하지만 예를 들어 노마 씨가 나에게 그런 식으로 전후 일본인으로서 자네는 어떤가라는 말을 들으면 나는 이런 식으로 반격할 것 같네요. 그것은 확실히 자신이 쓰고 있는 재일조선인의 가정이라는 건, 확실히 김석범 씨가 말씀하신 것처럼 조선의 냄새도 날 것 같아요. 그러나 저는 사실 집 밖을 쓰고 싶은 거예요. 자신의, 재일조선인 학생 동료에 대해 쓰고 싶고, 또는 일본의 한 소녀 가야코라는 사람에 대해 쓰고 싶은 겁니다. 그것을 향해 자신이 재일조선인의 특성이라는 것을 발휘할 수 있을지 없을지는 모르겠지만, 그렇게 나아갈 수밖에 없다고 할 것 같아요.

그러나 이회성 씨는 나처럼 과격하지 않으니까 어떻게 생각하실지, 그 부분을 듣고 싶은데.

이회성 오에 씨가 지금 가려운 곳을 긁어 주신 것 같은 표현을 해 주셔서 몸 둘 바를 모르겠습니다. 어떻게 말해야 할지 모르겠지만, 예를 들어 김석범 씨의 작품을 읽으면 부럽습니다. 솔직히 말하면. 그래서 이런 문장의 세계를 만들어 내고 싶다는 강렬한 느낌이 드는 겁니다. 그래서 그러한 말을 겨냥한 건데, 그런 기분을 내가 가지고 있는 한은 역시 조선인으로서의 근원이라고 하나요. 생활 체험이, 경험이, 내 마음 속에 나름대로 있다고 생각해요. 그러한, 거기에 있는 것 중에서 자신을 퍼내서, 거기에서 어떤 형태로 나오든 일단 집안으로 돌아가지 않으면 안 된다는, 자신의 머릿속의 조작이 있었다고 생각해요. 생각해 보면 나는 어느새 아버지에 대해 쓰고 있는 겁니다. 처음에는 아버지에 대해 아무것도 쓸 생각이 없었는데 자신에 대해서 쓰려고 하면 뭐라도 아버지에 대해 쓸 수밖에 없어. 결국 집안에서 아버지는 권위자인거죠. 재일조선인의 경우 특히 아버지라는 건 절대적인 권위자인 점에서 부권적인 가정이 많은 거예요. 거기에 있는 아버지가 띠고 있는 조선적인 것에 나는 거기로 돌아가려고 하는 겁니다. 그러나 그 속에서 내가 그때까지 알지 못했던 조선적인 장점이라는 것을 발견하는 동시에 아무리 해도 그대로 수용할 수 없는 반항심이 생기기도 해서, 그것을 그런 차원에서 또 아버지가 가지는 조선적인 것 중에는 옛것이 있지 않을까. 그 옛것을 넘어야 자신의 목소리를 낼 수 있지 않을까 하는 자각이 나의 경우 점점 창작상의 문제점이 된 것 같은 기분이 듭니다. 사실 이건 오에 씨가 추천해 줘서 처음 흑인문학 엘리슨[12]이 쓴 『보이지 않는 인간(Invisible Man)』(1952)이라는 책을 읽었는데, 그 중에서 할아버지가 주인공에게 유언을 남기는데요. 그 유언이 뭔가 하면 상당히 비유적인 표현인데, 결국 백인에 대해서 철저하게 종속하는 것으로, 반대로 그들을 박살내라는 식의 유언을 하는 겁니다. 이건 실은 재일조선인의 아버지라든가 할아버지가 일제시대에는 지배되고 해방 후에는 차별 속에서 살면서 우리에게 자주 왜놈새끼 같은, 일본인을 나쁘게 말해 온 것을 생각나게 하는 겁니다. 그래서 나는 정말 이 책을 읽어서 좋았다고 생각했는데, 다만, 결국 엘리슨 할아버지의 유언과 아버지의 원한을 모방하는 형태로는, 재일조선인 2세의 한 사람인 나라면 나는 살 수 없을 겁니다. 요컨대 아버지처럼 왜놈인 일본인에 대해서, 너희들은 정말 오징어처럼 뱃속이 검은 위를 가진 인간이야, 쪽발이라고 하는 형태로, 그 정도 차원에서 일본인을 볼 수 없게 되는 겁니다. 왜냐하면 아버지들은 직접 현해탄을 건너올 때에 땅을 빼앗기거나, 또는 여러 가지 힘든 일을 겪으며 건너와 있어. 그거야말로 원한 하나로 살고 있는데, 우리는 그런 원한의 나라에서 자라고 있고, 동시에 일본에서 자라면서 일본적 풍토 속에 있는 조선인에 대한 나쁜 것과 동시에, 그 안에 있는, 우리가 인간으로서 동시에 배워야 하는 것, 친구 관계라든가 지식이라든가, 그런 것도 동시에 우리는 받아들이며 자란 세대입니다. 그러니까 일본인에 대한 견해라는 건 원한으로만 볼 수 없고 더 이성적 견해, 감정만이 아닌 이성적인 견해로 볼 수밖에 없는 겁니다.

그러한 일로, 뭐랄까, 조금 전의 이야기한 집이라는 문제를 우리

---

12 랠프 월도 엘리슨(Ralph Waldo Ellison, 1914~1994): 미국의 흑인 작가.

는 많이 다루고 싶은 거예요. 그건 재일조선인으로서 자기 발견을 위해, 2세라는 입장에서 말하자면, 집이란 문제를 어쩔 수 없이 누구나 경험하고 있다고 생각해요. 그러니까 예를 들면, 일본인의 사회 속에서 집이라는 문제가 문학이라면 문학의 장에서, 이미 많이 그려지고 있는지는 모르겠지만, 재일조선인에게 집이라는 건 완전히 자아 발견이라는 문제와 긴밀하게 얽혀 있는 문제로 지금 해방된 지 20년이 지난 차원에서 2세 안에서 필연적으로 나오고 있는 건 아닐까 합니다.

그런 것을 먼저 생각하고. 그래서 예를 들어 그럼 자아의 내용이 되는 건 무엇인가 하면, 우리의 경우 일본에서 자라고 있으니까, 예를 들면 민주주의라는 것을 생각하는 거지요. 그래서 우리는 이른바 6·3·3제 교육이라는 것을 받고, 그리고 일본의 학교에서 자라왔는데요, 역시 민주주의라는 걸 그 속 어딘가에서 받아들인다고 생각하는 겁니다. 그러니까 그러한 민주주의를 받아들인 차원에서 가정을 다시 한번 보면, 집안에 있는 옛것에 아무래도 자신이 비판자로서 시선을 갖게 되는 거예요. 그런 면에서 보면 그것이 나의 문체에도 또는 사고에도 반영되고 있는 어떤 형태로 반영되고 있는 게 아닐까 하고 생각할 때가 있습니다.

김석범 지금 이회성 씨의, 창작의 문제의식이라고 하나요, 그러한 것에 의의는 없고, 맘껏 그 방향을 관철해 갔으면 해요. 내가 생각하는 소위, 이건 절대적인 건 아니지만, 조선적인 것이라는 건 굳이 조선적인 생활을 쓰라든지, 내용의 문제보다 뭔가 전체에 나올 것 같은 체취 같은 것입니다. 이건 상당히 어렵지만, 특히 이회성 씨의 경우. 이회성 씨의 경우가 아니라도 일본에 오래 있으면 이것은 점점 풍화되어 어려운 것입니다만, 그건 일본어로 쓰기 때문에 그것을 요구한다고 생각해요. 왜냐하면 예를 들어 중국 문학을 우리가 일본어로 읽어요. 하지만 일본어로 읽어도 중국의 체취가 역시 나는 겁니다. 냄새가 나. 중국적 체취, 체질 같은 것이 번역된 일본어를 통해 전해져. 물론 번역입니다만. 조선 문학의 경우에도 별로 번역은 안 되어 있지만, 역시 번역한 것은 재일조선인이 쓴 것과는 다르게 그러한 조선적인, 이것은 내용은 다른 문제이지만, 그런 것이 역시 있을 거야. 그러니까 일본 문학에서도 일률적으로 일본 문학이라 하지만, 그것은 다양한 내용으로 유럽적인 요소가 있는 문학도 있는 건데, 일단 일본 문학이라든가, 조선 문학이라는 식으로 나누기도 하는데, 그 경우에, 재일조선인 작가의 경우는 일본어로 써도 번역과 같지 않지만, 조선인이니까 조선인 작가로서, 역시 조선적인 체취, 체질이라는 건, 이것은 잃어서는 안 돼. 이것은 표면적인데요. 그러한 것을 역시 확보해 나가지 않으면, 일본어로 쓰는 경우에 무의식적으로 일본어로 쓰고 있으면, 이것은 기울어지는 건 뚜렷해지거든요. 한편으로는 조선어가 탄탄해도, 이건 브레이크가 좀처럼 걸리지 않는데, 조선어 없이 일본어만으로 척척 쓰다 보면 본인은 아무리 자신은 이렇다 생각하면서도 역시 방향은 기울어지고, 재일조선인의 생활 자체가, 조국의 통일이 좀처럼 잘 되지 않아서 일본에 오래 있으면 있을수록 재일조선인의 생활이라는 것이 역시 일본적인 것으로 풍화되는 경향이 있기 때문에, 그 영향에서 재일조선인 작가는 뗄 수 없어요. 그러니까 어떻게 해도 여기에서 일본적인 것, 그러한 것에 풍화하는 제동은 무엇인가, 그것은 테마는 여러 가지 있습니다만, 그러한 것은 역시 일본어로 쓰고 있는 조선인 자신이 서로 연구해 나갈 과제라고 생각합니다.

모순의 극복과 상상력

오에 그건 제일 먼저 김석범 씨가 말씀하신 일본어로 쓰면서 어떤 재일조선인으로서의 자유를 확보할지라는 것이겠고, 또 하나는 김석범 씨의 말을 빌리자면 어떻게 재일조선인의 주체라는 것을 확보할 수 있는가. 일본어의 굴레(呪縛)에서 자유의 주체라는 것을 먼저 확립하고, 일을 해 나가는가, 라는 것이 아닐까 생각하는데, 지금 그것은 또한 상상력의 과제가 아닐까 합니다. 상당히 강한 상상력이, 일본어로 쓴다는 것과 재일조선인이라는, 대립하는 조건이라고 나는 생각해도 좋지 않을까 하는데, 그 대립하는 두 가지를 상당히 다이나믹하게 결부시키는 것이 상상력이 아닐까 합니다. 바꾸어 말하자면 삼각형을 생각하면 되는데, 삼각형의 한 꼭짓점에 조선인이라는 것과 또는 조선적인 것이 있고, 또 다른 곳에 일본어라는 것이 있다. 두 개를 하나로 묶는 것이 아니라 두 개의 대립 관계를 유지하면서, 그리고 독자적인 상호관계를 거기에 쌓아가는, 결부시켜가는, 그런 힘이 재일조선인 작가의 상상력이 아닐까 합니다. 그것은 일본인의 상상력과 다르고, 조선 작가의 상상력과도 달라. 게다가 그것은 일단 하나의 작품이 완성되면 곧 완전히 흩어져 버리기 때문에 한 번 더 다음 단계를 향하기에는 새로운 주체로서의 조선인, 새로운 일본어라는 것을 생각하면서 자신의 상상력이라는 것을 강하게 확립해 나가야 하지 않을까.

그러한 원칙적인 이야기인데, 그 경우에 이회성 씨는 조선적인 것, 조선인으로서의 주체라는 것을 한쪽에서 바라보는 동시에 그것이 재일조선인으로서의 자기 발견이라는 것과 정말 겹치고 있는 건 아닐까 해요. 김석범 씨는 역시 재일조선인으로서의 자신을 명확하게 보고 계시고, 그것을 확실히 하나의 축으로서 가지고 계셔. 그런 재일조선인으로서의 자기 발견이라는 것이 지금 계속되고 있고, 그점이 복잡하고 곤란하다는 거죠. 물론 이런 걸 말하는 것은, 일본인 작가로서 상당히 태평스럽게 말해서, 사실 이회성 씨가 재일조선인으로서 자기 발견을 한다는 말을 들으니, 그때마다 나는 스스로 뭔가 멀어지는 것 같은 기분이 들어서, 김석범 씨가 조선인의 주체성이라는 것을 일본어를 통해 잃지 않고 나아간다고 하셨을 때에는 역시 해방 전부터 현재에 이르는, 일본어를 사용하는 일본인이 해온 것이 전부 툭 하고 어깨에 떨어지는 듯한 기분을 느꼈는데요. 그러니까 결코 태평스럽게 있는 것은 아닙니다만, 말로서는 태평스럽게 말하지만, 지금 김석범 씨가 말씀하신 조선적인 것, 조선적인 체취라는 것을 포함해서 재일조선인의 자기 발견이라고 할까, 재일조선인의 주체성, 일본어 사용에 익숙해져 있지만 역시 조선인인 재일조선인의 주체성이라는 것, 자유라는 건 이회성 씨도 생각하고 계시는 거죠.

이회성 네. 결국 아까 굴레(呪縛)라는 말이 나왔는데요. 일본어의 굴레에서 벗어나 자유롭게 일본어를 사용하는 재일조선인으로서의 특성이 존재할 수 있는가라는, 이것은 재일조선인 작가에게 아주 기본적인 존립의 문제라고 생각해요. 그런 면에서 김석범 씨가 아까 논리적인 형태로, 그러한 일본어의 굴레에서 자유로울 수 있다는 하나의 전망을 가지고 계셨다는 것은, 이것은 나에게 아주 격려가 되는 겁니다. 다만 논리적인 것으로서 그것을 인식하고, 예를 들어 작품을 써 가는, 실제 작품으로 말하자면, 조선적인 냄새란 무엇인가라는 것을 다시 한번 생각하게 되거든요. 특히 2세 입장에서 작품을 쓰려고 하면 그렇게 생각하게 됩니다. 나는 이건 이제 정말로 육감적이라고 하나요, 감정적으로, 어쨌든 조선의 냄새를 갖고 싶다는 충동이 생겨서 거기에 몸을 담갔다가 나오려 하는 건데, 그러면 조선적인 냄새란 뭔지 반대로 내 입장에서 김석범 씨에게 물어보고 싶은 거예요.

나는 내 경험 또는 체험으로 말하자면, 요컨대 그것은 하나의 민족적인 자각, 또는 문화를 잃은 데에서 문학을 하고 싶지 않다는, 저의 이성적인 것밖에 없습니다. 즉 조선인이 가지고 있는 체취, **마늘**이라면 **마늘** 냄새를, 아무튼 종이 위에 내던지며 나아가야 한다는, 그런 강한 인식이 있는 겁니다. 그렇게 하지 않으면 재일조선인의 작품이 될 수 없다는 건, 분명히 끊임없이 자신에게 되새기고 있지만, 그래도 역시 고스란히 받아들일 수 없는 거예요, 내 입장에서. 그러니까 비판적으로 섭취한다는 무의식의 조작을 자신 안에서 하고 있다. 그러니까 조선적인 냄새에 대해서도, 비판적으로 섭취를 하고 있는 겁니다. 예를 들어 우리 체내에, 아버지들 중에는 소위 조선적인 냄새라는 공인된 것 중에 상당히 오래된, 예를 들어 유교적인 것이 그대로 온존되어 있어, 지금도 여전히 따뜻한 면이 있지 않을까. 그런 것을 부정하지 않으면 문학의 새로움이라는 것도, 또한 획득할 수 없지 않을까라는 생각도 들거든요. 그럼 그것은 어떻게 할 수 있는가인데, 나는 잘 모르겠지만. 그러니까 이것은 모순된 표현이지만, 다른 한편으로는 김석범 씨가 가지고 있는 상당히 강렬한 민족적인 냄새의 농밀한 문체에 대해 상당한 향수를 느끼는 동시에, 그것만으로는 우리 세대로서는 난처하다는 인식이 있는 것도 분명해요. 그래서 그것을 어떻게 해야 하는가라고 한다면, 저도 잘 모르는 부분입니다만.

김석범 예를 들어 2세라도 조선에 갔다 온 2세도 있고 그렇지 않은 2세도 있으며, 상당히 다르지만, 이회성 씨의 경우 조국에 전혀 가

본 적도 없는데도 불구하고 그만큼 일을 해내고 계시는 겁니다.

이회성 여섯 살 때 한 번 가 본 적 있어요.

김석범 그런 건 관계없지요. 그런 기억에 남아 있지 않은 것은 관계없어. 그 경우에 세대 차이도 있지만, 예를 들어 자유라는 것이 있고, 그것은 다양한 자유의 한 형식이라는 것은 있을 수 있겠지만, 상식적으로 말하자면 이것은 내가 예전부터 느끼는 감정인데 빼앗긴 상태로는 자유가 없다는 생각이 드는 거예요. 빼앗기면 그것을 되찾는 투쟁이 자유와 결부된다는 것 같은 그러한 마음도 있는데. 그렇다 보니 결국 우리는 많은 것을 빼앗기고 있는 거예요. 옛날에 빼앗긴 채 결국 되찾지 못하고, 조선어 하나만 봐도 그렇습니다만, 결국 빼앗긴 채야. 그렇다면 이것을 어떻게 하는가라는 하나의 문제가 역시 제기되는 거예요. 조선인인 경우에는 역시 빼앗긴 그대로의 형태가 아니라 자신의 주체의 힘으로⋯⋯. 옛날 일제 때문에 이렇게 되었다 한다 해도 그런 건 관계없어요. 역시 결국 칼날은 자신을 향해 오는 거고, 역시 그런 투쟁이 한편에서는 이루어져야 하고, 예를 들면 말 문제라도 총련 쪽에서는 열심히 그 일을 하고 있는 거예요. 그러한 경우에, 그것을 떠나서 생각해 봐도, 일본어로 쓰는 경우는, 이 빼앗긴 것과의 관계는 어떻게 되는 것인가라는 문제가 역시 제기되거든요. 그렇다면 소위 조선적인 것이란 도대체 무엇인가라는 개념 규정을, 뭐가 조선적이고 뭐가 일본적인가, 그것은 여기서 어떻게 말해야 할지 잘 모르겠지만, 민족적이라 해도 좋다고 생각합니다만. 그러나 그것은 어디까지나 형식적인 거예요, 내가 말하는 것은. 이른바 편협한 민족주의를 주장하는 것도 아닙니다. 역시 그러한 민족적 형식을 취하면서 내용으로 보편적인 것에 다가가고, 그것을 관철해 나간다는 겁니다.

왜 소설을 쓰는가

김석범 좀 다른 이야기인데 나는 마음 속 어딘가에 재일조선인의 동화라는 불안한 마음을 항상 가지고 있어요. 우리 세대는 없지만, 지금 60만 명이라 해도 다음 세대 모두 돌아갈 수도 없는 거고, 아마. 그렇다면 마지막까지 버티는 사람도 있겠지만 앞으로 오십 년, 백 년이 지나면, 이제는 예전과 달리 점점 세계는 국제적으로 되어서 동화해도 되지만 일본은 역시 과거의 지배국이에요. 우리는 일본에 있어. 아무튼 역시 지배국, 옛날에 우리를 지배한 민족에게 의식적으로 귀화한다든지 그러한 마음은, 구식일지도 모르겠지만, 이건 결단코 할수 없어요. 이것은 이제 도리의 문제가 아니에요.

그럼에도 나는 대단한 것처럼 조선인이라고 하는데, 정말 자신이 백 퍼센트 조선인인지 아닌지는 몰라요, 그건. 현대 사회라서, 그래서 좋을지 모르겠지만. 아무튼 조선인이라고는 하지만, 나의 이 조선이라는 김석범 안에는, 이것은 조선적인 것이 많은가, 일본적인 것이 많은가예요, 실질적으로. 그것은 피는 조선인인데. 그런 의식 상태라든지, 생활이라든지, 여러 가지가 있습니다. 그런 불안한 마음이 항상 머물고 있는 거죠, 나에게. 그런 경우에 비겁한지 모르겠지만, 오에 씨가 평소에 말씀하시는 상상력입니다. 소설에는 상상력을 사용하는데, 내가 제주도를 쓰는 것은, 역시 비존재라면 비존재라 해도 좋지만, 현실에서 한 걸음 자신을 극복한다는 하나의 조작인 거예요. 비조선적인 쪽으로 자신이 끌려가는 것 같아서 반작용으로 어떻게든 조선적인 것에 달라붙으려고 하는, 이렇게 상당히 강한, 이것은 떼면 뗄수록 이런 마음이 강해지는 겁니다. 점점 풍화하는 면도 있을지도 모르겠지만. 그런 의미에서 결국 제주도 이콜 조선이라는 의미인데, 항상 눈이 저쪽으로 향하고, 그리고 현실에서—무엇이 현실인지, 그것은 또 여러 가지 논란의 여지도 있겠지만, 재일조선인이 그런 문제에 대해서는 별로 언급하지 않으려 하죠. 그런 점은, 이것은 역시 지금까지 일제시대, 나는 조금 조숙한 편이라 어릴 때부터 그런 민족주의적 경향이 있었습니다, 일제시대. 조선 독립을 해야 한다는, 그렇게 축적되어 온 것이 계속 감정적으로 있는 거예요. 하지만 적어도 1945년 이후 분열은 되어 있지만, 일단 해방된 민족인 거예요. 조선은. 이회성 씨의 경우 역시 청춘기를 해방된 민족의 일원으로서 보내고 있어. 정말 일본에서 어려운 게 있어요, 있지만, 역시 조국이라는 것을, 그것은 상당히 관념적이라 해도 역시 조국 상실의 상태가 아닌 거예요. 우리가 어렸을 때는 이것은 완전히 조국 상실이야. 게다가 해방 후 25년이 지나도 아직 조선이 통일되지 않았어. 아무튼 상당히 조급해지는 마음이 생기는 겁니다. 어떤 일이 있어도 조선에 매달릴 수밖에 없어. 멀어지는 위험성을 항상 내 안에―지금 멀어지는 건 아니지만, 뭔가 그런 그림자 같은 것을 느낍니다. 멀어지면 멀어지는 대로, 재일조선인에 대한 것은 다른 사람이 써라, 나는 조선에 대해서 쓴다. 물론 제주도를 쓰는 동기라는 것은 4·3사건이라는 것이 있기는 있지만. 그러나 그러한 의미만은 아니에요. 어떻게든, 아무튼 조선을 붙들고 늘어지는, 그러기 위해서는―결국 일본어로 소설을 쓰는 경우, 조선에 매달린다는 건 어떤 의미인가. 역시 나는 재일이라는 글자가 붙지만, 아무튼 조선인이야. 그러면 조선인으로서 일본어로 쓰는 거야. 그러한 경우는 조선적인 것, 조선인이 가지고 있는 하나의 체질, 체취, 이것은 개념 규정은 어려운 겁니다만. 그러나 그러한 것을 잃어서는, 일본어로 쓰는 경우―조선어로 쓰는 경우는 이건 다른 문제인데, 조선어로 쓰고 있으면 자연스럽게 나오는 면이 있지만, 일본어에는 일본어가 가지고 있는 메커니즘 작용이 있고, 더구나 사회가 일본 사회이고, 얼마든지 브레이크를 느슨하게 하면 풍화하는 경향이 우리 자신은 절대로 없다고는 말할 수 없는 상태라고 생각해요. 그러한 경우에 제동이 되는 것을, 어떻게든 이것은 찾아야 해. 그 경우에 단지 조선적이라는 것은, 아까 이회성 씨도 말씀하셨는데, 아무것도 없는, 아버지가, 유교라면 유교의 그런 옛것의 영향을 받았다든가, 그런 가정을 긍정적으로 쓴다는 의미는 전혀 없는 거고. 그건 나도 어떻게 얘기를 해야 할지 잘 모르겠지만.

아무튼 일본적인 것에 풍화되어 기울어질 가능성은 우리에게 있는 겁니다. 이것은 이회성 씨라도, 없다고 단언할 수는 없다고 생각해요. 나 자신도 있을 테고. 그러면 그것에 대해 제동하는 것은 무엇인가, 제동이 필요한가 필요하지 않은가를 묻게 되는 거죠. 나는 필요하다고 봅니다. 필요하다면, 제동 역할을 하는 것은 도대체 무엇인가. 그것은 소위 일본어로 소설을 쓰고 있는 조선인 자신이 찾아야 할 것이며, 조선인만이 명확하게 알 수 있는 무언가 있지 않을까라는 생각이 들어요.

오에 말씀하신 대로입니다. 저는 「까마귀의 죽음」을 읽고 이렇게 생각했죠. 이 「까마귀의 죽음」의 주인공, 영어 통역을 하는 조선인 청년은 재일조선인이 아닐까 하고. 자세히 이야기하지 않으면 이해하기 좀 어렵겠지만, 나는 「까마귀의 죽음」을 읽으면서, 루쉰의 소설을 읽는 것처럼 흥분해서 읽었습니다. 그리고 루쉰과 어디가 다를까 생각해 보니, 루쉰에게는 절대로 그 남자는 안 나올 거라는 거죠, 이 주인공이. 이 주인공은 뭐랄까, 나는 조선에 있는 사람, 제주도에 있는 사람이 아닐까 하는 느낌이 들었어요. 이것은 실은, 재일조선인으로서 제주도의 문제를 중심에 두면서 조선의 문제를 현재 생각하고 계시는 김석범 씨 자신이라고 해도 좋을 것 같은 인간상(人間像)이라는 생각이 들었어요.

그러니까 김석범 씨가 일본에 풍화된다고 말씀하신 그 풍화된다는 표현도 간단하지 않고, 제동으로서 조선에 매달린다고 하시는 경우도 그 조선이라는, 정말로 단순하지 않고, 그것은 김석범 씨의 말을 빌려 말하자면, 역시 재일조선인으로서 자신의 주체성이라는 것을 제동으로서 잡는다라고 말씀하신 것이 아닐까 해요. 「까마귀의 죽음」이라는 소설이야말로 그런 소설이 아닐까. 눈 내리는 정원에서 처형될 것 같으면서 서로를 나무라는 노인들이 있고, 그리고 그 옆에 침묵하고 있는 딸이 있다. 그러나 처형이 이루어질 때 자신의 아들을, 아주 사랑하는 자신의 아들 이름을 외치고, 동시에 총성이 들려 온다라는 건, 루쉰이 조선에 가 있다면, 이런 식으로 썼을 거라고 생각하는 것처럼, 조선, 제주도라는 것이 단숨에 우리를 납작하게 할 것 같은 힘을 가지고 있어요. 하지만 그 통역은 정말 특별한 존재이며, 어쩌면 재일조선인으로서 자신의 주체성을 바라보며, 그리고 조선을 생각하고 계시는 김석범 씨의 상상력 그 자체가 인간의 얼굴을 쓰고 나타나면 그 주인공이 되지 않을까라는 기분이 나는 들어요.

언어와 작가의 주체성

오에 그래서 김석범 씨가 말씀하신 재일조선인의 주체성, 재일조선인의 제동이라는 문제는, 나는 이회성 씨가 그것을 상당히 똑바로 대응하고 계신다고 생각해요. 내 생각을 말하자면, 정말 그것은, 그야말로 일본인으로서, 왜 너는 일본어로 쓰는가라고 묻는 것 같은 느낌이에요. 일본인이 가지고 있는 일본어의 보편성이라는 느낌은 상당히 거짓된 것이다. 일본어란 정말 뿌리 없는 잡초처럼 되어 있고, 그 뿌리 없는 잡초 같은 일본어를 의심하지 않고, 너의 일본인 냄새란 무언가라는 질문을 받은 경험 없이 일본인 작가는 지금 문학을 하고 있다고 생각해요. 그것이 여러 작가들의 발언에도 나타나겠지만, 그것을 정말 일본어란 어떤 것인가, 일본인의 주체성이란 어떤 것인가를 포함해서 생각할 때에 나는 재일조선인 문학은 매우 중요하다고 새삼 생각하고 있어요.

이회성 씨에게도 조선인으로서의 제동이란 건 있지요.

이회성 조선인으로서의 제동이란, 결국 주체성을 잃지 않으려는 의식이 되어 내 안에 있다고 생각합니다. 어떤 작품을 써도 그것이 문제의식으로서 생기는 것 같습니다. 다만 이것은 세대 차이인지는 잘 모르겠지만, 또는 이것은 조선적인 냄새가 강하지 않은 곳에서 나오는지도 모르겠지만, 우리는 예를 들어 문체에서, 마침 「죽은 자가 남긴 것」에 대해 김석범 씨가 여러 가지 말씀하셨는데, 그런 체취가 나는 작품이에요. 그런 형태의 문체로 어디까지나 자신을 파고 들어간다는 생각은 하지 않아요. 더구나 어려워. 나의 경우는 오히려 다른 모험을 더 하고 싶어요. 그것은 무엇인가 하면, 오에 씨의 문체를 읽으면 일본어라는 것이 상당히 하나의 큰 유동기 안에 있구나 하는 것을 그 문체에서 느끼는 겁니다. 그리고 그런 식으로 말을 자유롭게 하고 있다는 느낌이 상당히 강한 거예요. 그리고 끊임없이 그 속에 말 자체를 생각해 가는 깊이가 있다. 그것은 종래의, 이른바 고전적인 의미에서 일본어와 꽤 다르다는 느낌이 있는 거예요. 나의 경우 그런, 예를 들어 일본어 자체가 오에 씨에 의해, 오에 씨라는 한 명의 뛰어난 문학가에 의해 그러한 큰 모험이 더해지고 있다는 것을 볼 때, 반대로 일본어를 사용하면서 조선인 속에 있는 문제를 더, 한 걸음 더 넓혔을 때, 조선인을 재발견할 수 없는 것일까 하는 생각도 듭니다. 매우 추상적인 표현이지만, 종래의 우리 선배 작가는 김사량, 김달수, 김석범, 김태생 씨라고 생각하는데, 각각 차이는 있어도 조선적인, 토착적인 것을 확보하는 작업을 해 왔고, 그러한 가운데 끊임없이 그것이 휩쓸리기 쉬운 조선인 주체의 확보라는 면에서 조선인 젊은이에게는 제동 역할도 해 왔고, 또 일본인에 대해서도 여러 가지 문학적 교류를 이룰 수 있었다고 생각하는데, 나는 명확하게 말할 수는 없지만, 하나 부정하고 싶은 것이 있어요. 조선적인 냄새라는 녀석을 한번 해체해 볼 필요가 있지 않을까 합니다. 이것은 결코 뿌리 없는 잡초가 되는 것도 아니고, 혹은 민족적 주체를 그 문학적인 상상력에서 빼앗으려는 것도 아니야. 오히려 그 상상력을 보다 큰 것으로 해 나가기 위한 모험을 할 필요가 있지 않을까라는 거죠. 그것은 무언가 하면, 예를 들어 근대 일본이라는 토양·풍토 속에서 재일조선인으로서 살고 있지만, 거기에는 우리가 겸허하게 배울 수 있는 요소가 꽤 있지 않을까. 이것은 일본인만이 아니라 일본인이 세계 여러 나라에서 들여온 문화 속에 진보적인 요소이죠. 그런 것도, 많이 도입해 감으로써 자신들을 더욱 한 걸음 더 높일 수 있는 게 아닐까. 그것을 문학의 장에서 할 시기가 온 것이 아닐까 하는, 막연하지만, 그러한 것이 자신 속에 있는 겁니다. 그러니까 조선적인 것이라고 하는 경우에 냄새라는 것, 그것은 근저에 두면서, 냄새라는 것을 다시 한번 국제적인 것에 혼연시켰다가 돌아올 필요가 있지 않을까. 그렇지 않으면 옛것은 옛것으로서 침전한 채 흘러가지 않을까 하는 불안감이 있는 겁니다.

김석범 저기, 그것에 대해 약간 의견을 대립하는 편이 좋을 것 같은

데, 이회성 씨가 말씀하시는 건 나 잘 알아요. 알고, 그리고 일본어로 쓰는 이상, 역시 일본어가 갖고 있는, 특히 일본어가 현대가 되고 나서 흡수한, 일본 문학이라도 괜찮은데, 흡수한 것이 많고, 그것과 접촉 과정에서 일본어로 쓰는 경우에는 거기에 또 새로운 것을 창조해 가는, 그것은 당연한 일이에요. 그리고 조선적인 것, 또는 체취라고 하나요, 그러한 것을 부정하는 건 아니겠지만, 극복하는 것도 괜찮지요. 그것은, 극복하는 것에는 나는 조금도 반대하지는 않지만, 극복하기 위해서는 역시 근저에 조선적인 것이 없다면 그것은 극복할 수 없는 거죠. 그리고 또 한 가지는 나에게 조선적인 것이 있다고 하는 게 아니에요. 이것은 나 자신의 과제예요, 나에 대한……. 나는 일본어로 조선적인 것을 표현할 수 없다면, 나는 일본어로 쓰는 것을 그만둘 생각이에요. 그런 거였다면, 일본어로 쓴다는 건, 나의 심정적인 것이 허용하지 않아요. 이것은 이회성 씨에게 그렇게 하라고 강요하는 게 아니라, 이건 나 자신 개인의 생각입니다만. 이건 조선적인 것이라는 경우, 이건 말의 문제가 되는데, 우리가 재일조선인이라는 특수한 상황 속에 있고, 그리고 나도 일본인인지 조선인인지 전혀 모를 것 같은, 조선어도 명확하게 알 수 없는 그런 상태에 있기 때문에 그런 거고, 하지만 자신이 조선인이라는 자각과, 그리고 하나의 지향성을 확고히 가진다면, 이건 매우 어려운 거지만, 우리는 자신 안에 확실한, 확고한 조선어를 갖지 않으면 안 돼요. 조선인이지만, 일본어로 쓰고 있으니까 일본인이 자기 나라 말로 쓰고 있는, 민족어로 쓰고 있는 것 같은, 그러한 상황 속에서 쓰고 있는 건데, 그렇다 해도, 조선어와 일본어는 비슷하지만, 여러 가지 다른 점도 있는 거죠. 조선 작가로서 일본어로 쓰든 조선어로 쓰든 조선인이다. 조선인으로서 소설을 쓰는 거야. 그러

한 경우에 원칙적으로 말하자면, 자신 안에 조선어를 갖고 말이에
요, 그리고 조선어적인 것이 한쪽에 있어야 하는 거죠. 그러한 경우
에 일본어라는 것은 조선인으로서의 일본어가 될 수밖에 없는 거예
요. 다만 이른바 일본적인 일본어가 아니라, 이것은 현실에는 어려
운 거죠. 이것은 점점, 앞으로는 더 어려워지는 거지만. 일본어의
기능과 조선어의 기능이 모두 같다면, 그렇게 큰 충돌도 일어나지
않고, 일본어만으로 쓴다고 해서 뭐라 할 것도 없지만, 조선어와 일
본어는 다르고, 또 조선적인 감정이라든지, 그러한 것은 조선어가
일치하는 경우가 있는 거예요, 그러니까 그런 조작이라는 것이 역
시 조선인으로서 일본어로 쓰는 경우에는―조선인이 아니었다면
관계없지만 ― 사실은 우리 내부에서 의식적으로 필요해요, 김사량
은 그걸 한 거예요. 그는 결국 연안에 가고 나서, 마지막에는 북한
으로 돌아가서, 그리고 소위 본래의 조선 문학에 자신을 정착하기
시작하고, 그리고 전사한 겁니다만. 그래서 우리, 일본어로 쓸 필요
는 있지만, 아까 미국의 흑인 문학의 이야기가 나왔는데, 미국에서
흑인 작가가 놓여 있는 위치이죠, 그것과 재일조선인 작가가 처해
있는 위치라는 것은, 이것은 전혀 나는 다르다고 생각하는 겁니다.
미국의 흑인 작가는 미국 사람이거든요. 게다가 그쪽은 영어 국민
인데, 많은 혼성 민족으로 구성되어 있고요. 그래서 흑인 작가는 아
프리카에 돌아갈 수도 없고, 영어로 쓰고 있는 겁니다. 자기네 조상
이 남긴 민족어가 아닌 거죠. 게다가 국적도 미국인이고, 미국인 이
외의 그 무엇도 될 수 없는 상태라고 생각합니다만. 그 경우 재일조
선인이라는 것은, 그것은 귀화해서, 동화되어 가는 그런 위험성은
있을지 모르겠지만, 실제로 국적이 일본이 아닌 조선인입니다. 조
선인이고, 그리고 민족어가, 조선어라는 것이 분명히 바다 저편에

있거든요. 우리가 계속 사용해 온 것이. 그런 경우를 생각하면 재일
조선인이 일본어로 쓴다는 건, 이것은 숙명적인 것이 아닌 거죠. 미
국의 흑인은, 영어로 쓴다는 건 이건 숙명이에요. 그건 아프리카에
라도 돌아가서 아프리카어로 새롭게 쓴다면 다른 거지만, 확실히
이건 어떻게라도 할 수 없는 거예요. 흑인과 백인의 새로운 문화가
미래에 창조될지 모르겠지만, 숙명적이라면, 재일조선인 작가라는
것은, 이건, 물론 이것도 숙명적인 그런 면도 있기는 있어요, 있지
만, 그것에 비하면 이것은 전혀 소위 입장이 다르며, 그리고 돌아갈
나라도 있는 거고, 문학도 엄연히 조선 문학이라는 것이 천오륙백
년 옛날부터 쭉 지금도 여기에 계속되고 있는 것이고, 그러한 의미
에서 일본어로 쓴다. 일본어로 쓰면―물론 일본어로 쓰는 거니까,
그것은 주장되는 거지만, 역시 조선인으로서 일본어로 쓰는 이상
은, 한쪽에 조선이라는 것을 반드시 갖추고 있고, 그리고 역시 조선
어라는 것을 자신이 할 수 있어도 할 수 없어도 거기에는 무언가 위
압으로 느껴도 상관없고, 뭔가 엄연히 의식하지 않으면, 자신이 쓰
는 일본어를 제동할 수 없어. 일본인이라면 상관없지만. 그런 의미
에서 역시 새로운, 아까 이회성 씨가 말씀하신 일본 문화가 가지고
있는, 소위 국제적이고 종합적인, 그런 면도 물론 이것은 섭취해야
하고, 공부를 많이 해야 합니다만, 역시 공부하는 경우에 자신의 토
대가 없는 곳에, 나는 일본어를 통해 일방적으로 넣으면, 어느 정도
자신이 주체적인 의식에서 나는 조선인임에 틀림없다고 말하면서
도, 결국 이른바 기울어지는 경향이 있고, 그런 의미에서 재일조선
인 작가의 경우 나는 소홀히 할 수 없는 거예요.

이회성 그건 그래요.

김석범 그건 정말 어려운 거지요, 정말.

오에 나는 지금 김석범 씨가 말씀하신 생각에 눈을 뜨게 된 것 같습니다. 아까 말한, 가능한 강한 상상력으로 조선과 일본어로 쓴다는 것을 결부시키는 삼각형을 확실하게 만들어낸다는 것이 조선인으로서의 제동이며, 실제로 김석범 씨는 제주도를 무대로 하면서도 재일조선인의 문제로서 그것을 쓰고 계신다고 나는 생각하고, 이회성 씨는 재일조선인이 일본 사회에 깊이 스며들어간 생활을 쓰면서도 주체에 역시, 조선이란 무엇인가, 재일조선인이란 무엇인가라는 테마를 수렴하고 계신다는 것은, 그것은 김석범 씨도 비판을 하면서도 확실히 인정하고 계신다고 생각해요.

김석범 물론 그렇습니다.

오에 그리고 나는 오늘 이야기를 들으면서, 정말 일본인이 일본인이라는 건 결국 내가라는 건데, 자신이 일본어로 쓴다는 것과, 자신의 상상력을 명확히 삼각점에 두면서 생각해야 한다는 것을 반복해서 생각하게 되었습니다. 그렇게 하지 않고서, 지금의 안일한 문학적 국제주의라는 것에 맞추고 있으면, 머지않아 한 번 더, 이상한 일본의 내셔널리즘 같은 움직임이 나타나면, 그때 정말 일본과 일본어로 쓴다는 것과 완전히 야합시켜 버린 무책임한 길로 굴러 떨어지는 건 정해져 있다는 기분이 들기 때문입니다. 다시 아까 이회성 씨의 소설에 대한 일종의 구경꾼 같은 일본의 젊은 작가의 비판으로 돌아가면, 정말 일본어라는 것을 그렇게 무조건 믿어도 되는 건지, 일본어로 쓴다는 건 무엇인가라는 것을 스스로 생각하지 않아도 되는 것인지를 그 작가에게 말하고 싶고, 동시에 그것은 메아리가 되어 저에게 되돌아오는 것 같습니다.

김사량에 대해서

말의 측면에서

[1972]

1

작년(1971)은 김사량의 사후 지금까지 없었던 그에 대한 화제가 가장 많은 해였던 것 같다. 눈에 띄는 것은 안우식[1]의 장편 「김사량·저항의 생애」(『文學』, 1970년 11월 호~1971년 8월 호)가 완결된 것이고, 『문예(文藝)』는 1971년 5월 호에 김사량 특집을 만들었다. 이러한 김사량에 대한 관심은 그것이 조선에 대한 관심이 높아진 것과 겹치는 것인지는 모르겠지만 환영할 만한 일이다.

한마디로 말하면 김사량은 마땅히 조선적인 작가라고 나는 생각한다. '내선일체', '황민화'의 요컨대 일본화의 큰 정치 흐름 속에서 일본어로 쓰면서 게다가 빼앗겨 가는 민족적인 것을 잘 유지하여 마지막까지 정직할 수 있었던 점에서 확실히 조선적인 작가이다. 그런 의미에서

1　안우식(安宇植, 1932~2012): 1960년대부터 조선어문학을 번역하여 일본에 소개했다. 김사량에 대한 자료를 수집하고 연구한 것을 일본 문예지 『文學』에 10회에 걸쳐 연재했다. 이후 1972년에 단행본 『김사량: 그 저항의 생애(金史良: その抵抗の生涯)』로 1972년에 이와나미쇼텐(巖波書店)에서 발행되었다.

현재 조선적인 것 또는 민족적인 것이 점점 풍화되고 있는 재일조선인이 둘러싸여 있는 일본 상황 속에 김사량을 놓고 보는 것 자체가 그대로 재일조선인 작가에 대해서 하나의 빛을 비추는 것이라 해도 과언이 아닐 것이다. 나는 그런 관점에서 김사량과 나도 그 한 사람인 재일조선인 작가의 관계에 대해 생각해 보고 싶다.

「김사량·저항의 생애」는 역작이다. 지금까지 단편적으로만 알려져 있던 김사량의 모습이 자료와 취재 범위의 제약에도 불구하고 전체적으로 드러나게 정리한 노력은 크게 평가되어야 할 것이다. 물론 불만이 없는 것은 아니지만, 그래도 이런 평전이 나오기까지 이렇게 오래 걸려야 했는가 하는 감회가 더 앞선다. 그리고 김사량의 평가가 조선인 평론가에 의해 이루어진 것(일본의 평론가에 의해 이루어졌다 해도 이상하지 않지만) 또한 당연한 일 같다는 생각이 든다. 그것은 『노마만리(駑馬万里)』[2] 등 아직 일본인에게는 꽤 거리가 있는 조선어 문헌을 다루어서가 아니다. 지금 사반세기의 시점에서 김사량을 지탱하고 있었던 저항적인 민족적 주체를 연구하는 작업은, 그것에 접근하는 필자 자신이 재일조선인으로서의 주체적 입장에 스스로를 몰아가는 작업을 동반하는 것으로서 하나의 내적인 요구를 가지는 것이라고 나는 생각하기 때문이다.

나는 지금 이 장편 평전에 대해 느긋하게 감상을 언급할 여유가 없고, 또 그것이 이 짧은 글의 목적이 아니다. 단지 그것과 관련된 안우식의 「민족작가의 위상─김사량 시론─」(『文藝』, 1971년 5월 호)에 대해 약간의 사견을 논하고 싶다. 그것을 토대로 오늘날에 김사량을 다시 생각한다는 것은 어떤 것인가 하는, 이른바 오늘날의 의의라고도 할

---

2 『노마만리: 항일중국기행(駑馬万里: 抗日中國紀行)』은 안우식에 의해 일본어로 번역되어 1972년에 아사히신문사(朝日新聞社)에서 발행되었다.

만한 것에 대하여, 그것을 재일조선인 작가와의 관계에서 주로 말의
측면에서 나 나름대로 생각해 보고자 한다. 물론 오늘날의 의의는 그러
한 것에만 국한된 것은 아니다. 오늘날 조선과 일본이라는 두 민족 간
의 문제를 생각할 때, 그리고 그 전제가 되는 조선을 안다는 의미에서
도 김사량은 나름대로의 적극적인 의미를 잃지 않을 것이다. 또 현 상
황에서 일본제국주의 말기에 김사량이라는 식민지 민족 작가가 걸어온
숨 막히는 저항을 생각해 보는 것도 조선인, 일본인 쌍방의 입장에서
뉘앙스의 차이는 있다 해도 여러모로 의의가 있다. 특히 김사량의 민족
적 주체를 견지하는 자세는 지금도 우리에게 직접 작용하는 힘이 있다
고 할 수가 있다. 그의 그 자세는 안우식의 「김사량·저항의 생애」에서
도 엿볼 수가 있다.

이를테면 그 평전 중에서도 중요하다고 생각되는 것은 필자가 김사
량이 조선에 돌아가서 좌절 과정을 극명하게 더듬어 가고, 게다가 그
결말이 마침내 중국 해방지구로 탈출하는 하나의 필연성을 갖고 극적으
로 높아져 가는 것으로 그려져 있다는 점이다. 예를 들어 현재 구하기
힘든 당시 조선에서 발행된 어용잡지 『국민문학』에 김사량이 쓴 「태백
산맥」(1943)에 대해 남조선의 평론가 임종국의 「김사량론」(임종국, 『친
일문학론』에 수록, 1966) 중 작품 개요를 인용하면서 분석하여 그 저항의
작품 세계에서 내적 필연성을 보여 주고 있다.

따라서 「태백산맥」은 한편으로 신천지 건설에 대해 희망에 부푼 윤천
일, 일동—화전민(하층 민중)을 배치하고, 정반대로 월동—화전민(하층
민중)을 두고, 인민적인 투쟁에 참여 과정을 암시한 것이었다. 이것은 바
꿔 말하면 현실적으로는 일본의 식민지 통치에 허덕이는 조선 민족의 비
참한 상황에서 해방하고, 그것을 쟁취하기 위한 방향, 또 그 이후에 조선
민족의 진로 등, 이른바 김사량의 이상을 겹겹이 오버랩 시킨 것으로 볼

수가 있다.

안우식, 「김사량·저항의 생애 -「태백산맥」에서 좌절로 -」

　물론 「태백산맥」을 읽지 않은 나는 평전에 나오는 작품 일부의 인용을 통해 그 편린을 엿볼 뿐이다. 그래도 "김사량의 장편 역사소설 「태백산맥」의 현시점에서 알 수 있는 개요의 모든 것"이라는 안우식의 글을 더듬어 가면 일단 납득이 간다. 필자는 이 같은 분석을 전제로 해서 김사량의 좌절 과정을 좇아, 그 정신적 재기와 더불어 중국 해방지구에 들어가서도 심각한 자기반성을 반복하는 모습을 보여준 것이었다.

　「민족작가의 위상 - 김사량 시론 -」은 『문예(文藝)』(河出書房新社, 1971년 5월 호)에 연재한 것을 이른바 다이제스트판이라고 할 만한 것으로 민족주의 작가 김사량의 궤적을 좇아가면서 그 사상과 그의 자질인 로맨티시즘과의 관계를 중심으로 해서 '민족작가의 위상'을 생각한 것이다. 그리고 한마디로 말하면 민족 작가 김사량의 위상이 해방 후 북조선의 "새롭게 변혁을 추구하는 사회 상황 아래 잘 견딜 수 있는 것이었는가 하는 점"에 의구심을 갖는다는 내용으로 결론을 짓고 있다.

　그런데 (5월 호) 결론의 이 부분과 관련된 내용이 다시 「김사량·저항의 생애」(『文學』, 1971년 8월 호)에서 언급되고 있는데, 그것이 서로 모순되고 있는 점을 지적해 두고 싶다. 같은 필자에 의해 그 부분은 다음과 같이 쓰여 있다.

　　그가 부르주아에 속했던 사실은 부정할 수도 없다. 그런데 해방 후 38도선 이북의 민주 건설은 '토지개혁'(1946년 3월), '중요산업 국유화'(1946년 9월) 등 가열된 계급투쟁을 동반하면서 이루어진 것이었다. 따라서 이 때문에 김사량과 그 일족은 혹독한 자기 변혁을 하지 않을 수 없었다고 생각한다. 그렇지만 김사량이 이것을 잘 견뎌 훌륭하게 변화를 이룬 사실은 의심할 여지도 없다. 그의 문학적 자질인 로맨티시즘은 혁명적인 성격을 띠고, 이것을 견디어 내기에 뒷받침이 되었음에 틀림없다. 뿐만 아니라 항일지구 생활, 그리고 귀국 후의 여러 일을 거치는 가운데 그가 공산주의자로 변모한 것도 생각 못 하는 것도 아니다.

안우식, 「김사량·저항의 생애 −탈출·귀국−」

「민족작가의 위상 −김사량 시론−」의 그것과 정반대로도 받아들이는 표현방식이지만, 그러한 변화는 부정되어야 하는 것이 아니며, 나는 이쪽에 동의한다. 왜냐하면 김사량이 당시 김구를 주석으로 하는 임시정부가 있었던 중경(重慶)이 아니라 연안지구를 향해서 들어간 것, 그 과정을 담은 르포르타주 『노마만리』, 그리고 귀국 후 작품 활동의 단편에서도 그러한 것은 어느 정도 엿볼 수가 있기 때문이다. 예를 들어 일본에서 문학적 평가가 별로 좋지 않은 조선전쟁 당시의 종군기 「바다가 보인다(海が見える)」(1950)에서도 총알이 빗발치듯 쏟아지는 전장 속에서 미국이라는 강대한 침략자와 정면으로 마주하여 싸우는, 그 전쟁 중에 조국 조선의 해방을 열렬히 바라는 한 작가의 모습을 볼 수가 있다. 그 중에는 필자가 말하는 김사량의 '변화'나 '변모'의 과정도 엿볼 수 있지 않을까 한다. 하지만 그것은 차치하고 내가 지적하고 싶은 것은 김사량에 대한 필자의 바뀐 견해가 나타나지 않은 점이다. 두 편 논문 사이에 3, 4개월이라는 시간이 있기는 하지만, 그래도 동일선상에 있는 테마로 필자의 견해가 현격하게 크고, 더구나 그 모순을 메울 만큼의 설명과 논리성을 찾아볼 수가 없다. 이 현격은 채울 필요가 있고, 그렇지 않으면 앞에서 내가 인용한 필자의 문장은 충분한 근거를 잃어버리게 될 것이다.

그리고 내가 의문을 제기하고 싶은 것은 같은 논문 중에서 필자가 "김사량의 민족적 위상을 가장 잘 나타낸 것으로서, 소설「빛 속으로(光

の中に)」는 주목할 만하다"며, 그것을 시마자키 도손(島崎藤村)³의 『파계(破戒)』와 비교하는 부분이다. 필자는 히라노 겐(平野謙)⁴의 "(『파계』는) 선천적으로 특수한 운명을 짊어진 세가와 우시마쓰(瀨川丑松)라는 부락 출신의 청년을 주인공으로 하고 있다. 초등학교 교원이라는 지적 청년인 주인공은 주위의 사회적 편견에 이른바 이중으로 상처를 받을 수밖에 없었다. 단순히 외부의 압박만이 아니라 그 압박에 굴종하는 자아와 내심의 싸움으로 우시마쓰는 이중으로 상처를 받지 않을 수가 없었던 것이다"라는 문장을 인용하면서, 그것과 "주위의 민족적 편견에 이른바 이중으로 상처를 받을 수밖에 없었던"「빛 속으로」의 주인공 남선생의 유사성을 본다. 거기에서 김사량이 「빛 속으로」를 쓴 직접적인 동기는 『파계』를 통해 얻은 것이라고 추측한다. 요컨대 그것의 창작 동기는 "어디까지나 『파계』에 의해 얻을 수 있었다"고 단정하고, "창작 동기를 거기에서 얻고, 많은 유사점을 가지면서도 『파계』가 시마자키 도손 이외의 누구의 것도 아니듯이, 「빛 속으로」가 김사량의 작품인 것을 잃지 않는 것은 이 때문이다"라고 한다. 그리고 조선인이 『파계』나 『겨울 숙소(冬の宿)』(1936)⁵ 등의 작품을 통해 "그 민족의식에 자각한 사실은 무수히 많다"고 덧붙인다.

어떤 이유로 그랬는지 그 이상은 필자가 자세히 쓰지 않아서 잘 모르겠지만, 그 정도의 자료로 그렇게까지 단정하기에는 조금 앞서는 것 같다는 생각이 든다. 물론 추측을 상상력의 지렛대로 하여 숨겨진 사실을 찾는 것도 창조적인 방법이기는 하지만, 그렇다 해도 앞의 인용문

---

3 시마자키 도손(島崎藤村, 1872~1943): 일본의 시인, 소설가. 대표적인 자연주의 작가. 대표적인 작품은 『파계(破壞)』(1906), 『봄(春)』(1908) 등이 있다.
4 히라노 겐(平野謙, 1907~1978): 일본의 문예평론가.
5 아베 도모지(阿部知二, 1903~1973)의 작품.

범위를 크게 벗어나지 않을 정도의 추측은, 가령 지면 사정이 있었다고 가정해도 근거가 충분하지 않고, 독단적이라고도 할 수가 있다. 게다가 조선인이 『파계』 등의 작품에 의해 민족적으로 눈을 뜬 사실은 "무수히 많다"고 하는데, 그것은 부주의한 말이 아닐까. 나는 그 예를 모르는 사람에 속하지만, 정말 열거할 수 없을 정도의 것인가.

김사량이 「빛 속으로」의 창작 동기를 『파계』로 얻었는지 나는 모른다. 만약 그렇다면 그것은 나름대로 김사량과 도손의 관계를 살펴보는 것도 재미있고 필요하다고 생각한다. 단지 내가 말하고 싶은 것은, 그것이 「빛 속으로」를 제작할 정도로 결정적인 것이었는지를 연구할 필요가 있을 것이다. 필자는 단정적으로 강조하고 있어서 결정적이라고 간주하고 있는지도 모르겠지만, 그렇다면 그 나름의 논지가 앞으로라도 충분히 전개되어야 한다.

본래 넓은 의미에서 창작 과정에 넣어야 할 그 동기는, 하나의 작품을 읽어서라기보다 현실의 삶의 사건이나 경험 등에 의한 경우가 많다. 게다가 그것은 결코 단 하나만으로 직접적으로 주어지는 것이 아니다. 확실히 동기는 외부에서 주어지는 것이지만, 작가는 많은 복합된 동기 중에서 그 일정한 결정적인 동기를 선택한다는 능동적인 태도를 갖고 있을 것이다. 즉 동기는 주어지고, 동시에 그는 그것을 선택하는 것이다. 외부에서 오는 동기는 작가의 내부에서 그 선택의 원리 속에 환원되어야 한다. 물론 사랑하는 사람의 죽음이나, 혹은 자신의 존재를 흔들 수도 있는 작품에 접하기도 해서 그 충격성이 그대로 창작에 직접적인 동기로 이어질 수도 있다. 하지만 그나마 그 충격에 의해 내재적인 이른바 존재적인 동기에, 또는 그것을 인생관이라든지 세계관이라 해도 좋지만, 그러한 것에 이어져 버릴 것이다. 그러니까 동기라는 것은 한층 인생적인 또는 그 작가의 존재적인 측면에서 끊임없이 분출되는 것으로 해석해야 한다.

또는 안우식이 말하는 것처럼 "작품 자체에 입각해서 말하자면, 그 동기는 어디까지나 『파계』에 의해 얻을 수가 있는 것이며, 작품의 감동을 고조시키기 위한 감정이입의 계기는 역시 장혁주의 민족적 변절에 의해 생겼다고 보기 때문이다"에서, 그 동기는 계기라 할 정도의 것일지도 모른다. "작품의 감동을 고조시키기 위한 감정이입의 계기는……" 운운하며, 동기를 어디까지나 외적인 것으로 하고 있기 때문이다. 확실히 김사량은 도손의 『파계』를 읽었을지도 모른다. 그러나 그것이 과연 김사량의 내재적인, 사상적인 동기가 될 정도의 영향을 미쳤을지는, 나는 필자가 제시하는 자료나 추측의 정도로는 그 설득력을 인정할 수는 없다. 필자는 그 유일한 근거로 두 작품 중 "주위의 사회적(또는 민족적) 편견에 이른바 이중으로 상처 받을 수밖에 없었던" 주인공에게 유사점을 찾고 있는데, 그 한쪽 주인공 우시마쓰의 세계는 일본 사회에서는 일반적인 것이 아닌 특수한 존재이다. 그러나 식민지 조선의 경우는 그렇지 않다. 그것은 극히 흔한 모습이며 현실에도, 그리고 작품의 인물로도 등장한다. 어떠한 것도 「빛 속으로」의 남 선생에 한정되는 것은 아니다. 이민족 지배하의 피식민지인이라는 존재 자체가 그 표현이기도 하다. 특히 식민지 지배하에 지식층의 존재라는 것에는, 그 사회적 조건에도, 그리고 그것을 내면화하는 기능을 가지고 있는 부분에도 분열증적인 성격이 있다고 할 수가 있을 것이다.

김사량의 아마 최초의 조선 소설이라고 생각되는 「유치장에서 만난 사나이(留置場であった男)」(『文章』 창작 34인집, 1941년 2월호 특집. 후에 「Q 백작(Q伯爵)」이라는 제목으로 일본어 작품이 된 것의 원작)에 나오는 조선인 지사의 아들인 왕백작이라는 청년의 경우는 어떨까. 그의 성격은 다분히 분열증적이고 자학적이며, 아마 남 선생 이상으로 자기 내부의

분열, 모순에 괴로워하는 인물이라고 생각된다. 작품으로서는 「빛 속으로」와 테마가 전혀 다를 뿐만 아니라, 다소 타협적인 부분도 있어서 감동도 그것에 미치지 않는다. 그러나 거기에는 당시 조선에서 적어도 양심적이 되려고 해서 망가져 가는 지식층 청년의 모습이 「천마(天馬)」(1940)의 현룡과 대립적인 것으로 나타나고 있다. 「민족작가의 위상」의 필자가 굳이 「빛 속으로」의 유사성을 『파계』 중에서 찾는다면, 그만큼 사실성과 그에 따른 문학적인 의의를 보여 주지 않는다면 바로 납득이 가지 않는다.

만약 계기라든지 힌트 같은 의미에서 동기라면, 그것은 만약 『파계』를 읽었다고 하면 주어졌을지도 모른다. 더욱이 그런 것은 창작의 세계에서는 끊임없이 있을 수 있는 일이다. 그러나 그것은 또한 사소한 것에 속할 것이다. 그가 『파계』만이 아니라 다른 작품에서 또 많은 암시를 받지 않았다고도 할 수 없기 때문에. 하지만 그래도 필자가 이러한 것을 대서특필해서 강조하고 있는 것이 나로서는 이해가 가지 않는다.

「김사량·저항의 생애」를 읽고 깨달은 것은, 예를 들어 「태백산맥」 내용의 일부를 엿본 것만으로도, 당시 일제치하에서 김사량이 금기였던 조선의 역사에 꽤 밝았다는 점이다. 또 평전의 필자도 종종 인용하고, 김사량의 민족주의적 사상을 이해하는 데 있어서 중요한 의의를 가지는 「조선문화통신」(1940)을 읽어 보아도 그가 조선 문화에 극히 깊은 관심과 애정을 가지고 있었다는 것을 알 수가 있을 것이다.

나는 김사량 작품에 조선 문학 또는 일본 문학이, 또 다른 문학이 어떻게 영향을 주었는지 확신을 가지고 말할 수 있는 것은 아니다. 그러나 그가 조선의 고전에서 현대문학에 이르기까지 꽤 읽고 소화하고 있었던 것은 사실이며, 그것이 결정적인 영향을 주지 않았어도 어떤 형태에서 그의 창작에 그림자를 비춘 것은 부정할 수가 없다고 생각한다.

예를 들어 내 부족한 지식으로도 초기 작품 「토성랑(土城廊)」(1937)이나 「기자림(箕子林)」(1937)⁶은 분명히 일본적인 것과는 이질적인 면에 그 발생의 뿌리를 가지고 있다고 해야 할 것이다. 거기에 등장하는 최하층민의 타입인 카프(조선프롤레타리아예술가동맹) 등의 진보는 작가만이 아니라 그 외 자연주의 작가들의 작품에도 등장할 것 같은 흔한 극빈의 인물이고, 그 자체가 근대화를 방해한 식민지 조선의 비참한 현실을 반영한 것이기도 하다. 자연주의 작가에 속하는 김동인은 김사량과 같은 평양 출신인데, 예를 들어 그 「감자」(1925)에 그려진 인물이나 풍속적인 세계는 「기자림」 등을 연상시킨다. 그 작품의 무대도 평양 칠성문 밖의 악덕이 만연한 빈민굴로 되어 있는데, 벌레처럼 꿈틀거리는 최하층 인간들의 생활이 같은 땅에 사는 것으로 그려져 있다. 물론 김사량은 자연주의 작가는 아니다. 그는 분명히 주어진 현실을 극복하려는 지향을 이미 초기 작품 활동 중에 가지고 있었다. 그러니까 기계적으로 그러한 작품을 결부시켜서는 안 되지만, 그 소재나 인물상에는 몇 가지 공통되는 점을 볼 수가 있다. 그것은 「감자」만이라고는 할 수가 없다. 대체로 조선 작가의 작품에 나오는 서민상과 김사량의 그것과는 어딘가 같은 기운이 흐르고 있는 것이다.

나는 또 김사량 작품에 나타나는 샤머니즘과 그것에 대한 관심에 문득 김동리의 단편 세계에 그려진 샤머니즘을 떠올린다. 물론 김동리 작품은 현실적인 모순이나 비참함의 해결을 어디까지나 원시 신앙적인 세계로

---

6 원서에는 「토성랑」과 「기자림」 모두 연도가 1937년으로 표기되어 있다. 「토성랑」의 경우 1936년 10월에 『堤防』에 발표한 것을 개작하여 1940년 2월에 『文藝首都』에 발표했다. 당시 김석범이 읽은 작품은 1936년에 발표한 「토성랑」이 아닐까 한다.

찾아서 도망가는 현실도피적인, 남조선의 평론가 김우종의 말을 빌리면 "패배주의적 숙명론에 속"하는 「역사 부재의 문학」(『한국 현대소설사』, 1968)인데, 김사량 문학은 역시 현실 모순에 정면으로 맞서고 있다고 할 수가 있을 것이다. 예를 들어 다음은 공교롭게도 결말이 화재 장면으로 되어 있는데, 나도향의 「벙어리 삼룡이」(1926) 결말에서, 하인 삼룡이 주인집에 방화를 하고 젊은 부인을 안은 채 불에 타 죽는 장면과, 「기자림」의 마지막 부분에서 출옥한 바위가 지주와 그 첩이 된 자신의 아내를 죽이고 자신은 기자림에 방화하고 자해해서 죽는 장면에는, 모두 현실에 반항한다는 점에서 그 자세에는 공통점이 보인다. 그러나 김동리의 「산화」(1931)의 결말, 마을을 전멸시키는 산불 장면에서, 기아로 방황하는 농민들은 그 불행의 원인을 마을의 착취자 윤 참봉이 아닌 하늘이 주는 운명의 탓으로 돌리는 것이며, 거기에는 반항의 자세는 전혀 볼 수가 없다. 어쨌든 김사량 작품 세계의 토속적인 것이나 그것이 자아내는 분위기는 조선 문학의 접촉이나 그 조선의 현실을 지렛대로 해서 만들어진 것이라고 할 수가 있을 것이다. 「빛 속으로」에 이르러 테마를 처음으로 일본과 관련된 설정을 함으로써 작품에 새로운 국면이 열리고, 전작과 달라지지만, 「산의 신들(山の神々)」(1942)이나 「풀이 깊다(草探し)」(1940) 등을 통해 「물오리섬」에도, 또 개요에서 추측할 수 있는 한에서의 「태백산맥」에도, 조선의 토속적인 것을, 또는 샤머니즘적인 것도 담은 초기 작품의 양상이 나타나고 있다.

물론 안우식은 『파계』와 관련된 경우로 「빛 속으로」를 예로 들고 있는 것이지 김사량의 전체가 그렇다고는 하지 않았다. 하지만 그것과 동시에 김사량 작품의 전체상으로서 조선 문학 또는 조선과의(비록 그것이 일본어로 쓴 것이라 해도) 관계에, 왜 평론가로서 해야 할 주의를 하지 않은 것일까. 그리고 왜 설득력이 없는 근거로 『파계』를 강조해야 하는가. 서른여섯 살의 생애에서 약 10년 정도 재일조선인이었던 것에 지나지 않는 김사량 문학에서 조선과 관련되었다는 것에 대한 관심이 적어도 조선인 비평가 안우식에게 누락되었다는 것은 유감이다.

나는 김사량과 오늘날 재일조선인 작가들의 차이는 일단 확실히 해 둘 필요가 있을 것 같다. 그렇게 함으로써 김사량 재일조선인 작가에게 주목하는 효과도 명확하게 할 수가 있을 것이다. 그는 10년 정도 머무르는 동안 학창시절에도 방학이 되면 그날로 짐을 싸서 고향으로 돌아갔을 정도이니까, 그 일상 속의 생활감정 자체도 조선을 통해 크게 밑바탕이 되었던 것이다. 그러니까 당연히 거기에는 일본어로 써도 그 언어 감각은 지금의 조선어와 생활 감정을 잃어 가고 있는 조선인 작가들과 다른 것이며, 그것에 한해서는 그들과 김사량 사이에 비연속적인 단절을 인정해야 한다.

이러한 측면에서의 안우식의 감각은(그것은 어떤 의미에서는 극히 직관적인 지향성인 것이지만), 모처럼 '민족주의 작가' 김사량의 궤적을 좇는 장편 평전 중에도 희박하다. 적어도 김사량에 대한 접근이 조선인 평론가에 의해 이루어지는 이상은 더욱 주체적인 자세에서 빛을 비출 필요가 있지 않을까 한다. 그리고 그것은 단순히 평론가뿐만 아니라, 오늘날 김사량이 거론되고 있는 상황에서 재일조선인 작가들에게도 동일하게 다가가야 할 자세일 것이다.

2

김사량은 서두에서도 잠깐 언급했듯이 그 가혹한 시대에 참으로 마지막까지 조선적인 작가로 관철한 작가이다. 일본어로 하는 허구의 세계임에도 불구하고 거기에 명백한 조선적인 생활감정이나 감각을 침투시키고 작품의 사상을 내면에서 지탱하고 있는 것은 만전을 기해야 할 것이다. 단순히 민족적인 입장에서 저항사상이 강한 것만 아니라, 거기에는 그가 말하는 "조선인의 감각이나 감정"이 뿌리내린 것이었다. 그리고 그것이 그의 사상에 의해 방향이 주어져, 그 사상과 모순되는 것 없이 작품 속에서 하나가 되어 김사량의 존재를 지탱했다고 할 수가 있을 것이다.

김사량이 활약한 해방 전에는 비록 그것이 일제 지배하이며 그를 포함한 재일조선인은 '일본인'이었다고 해도, 하지만 1세들이 대다수를 차지하고 있던 시절이기도 해서, 지금처럼 풍화현상은 경찰 권력에도 불구하고 일어나지 않았다. 그리고 그 중에서 김사량은 자신의 일본어에 목적의식성을 부여해, 요컨대 그것을 '조선을 호소하기' 위한 수단으로 하는 입장에 서면서 일본어로 쓴 것이다. 적어도 당시 김사량에게는 현재 재일조선인 작가와 다른 일본어를 수단으로 삼는 것만의 내적 조건을 갖추고 있었다고 할 수가 있다. 즉 자신이 가지고 있는 조선어보다 한층 광역성이 있는 지배자의 말인 일본어를 선택하여, 그것을 식민지 '조선'을 호소하기 위한 수단으로 간주하는 것이다. 그것은 현재 재일조선인 작가가 스스로 일본어를 선택하여 그것을 상대적인 것으로 보는 장으로서 조선어를 가지지 않고, 일본어가 거의 절대적인 위치를 차지하고 있는 것과는 사정이 다르다고 해야 할 것이다. 그런 의미에서 김사량은 보다 자유로웠고, 지금의 재일조선인 작가는 자유롭지 않다. 재일조선인 작가가 자신의 일본어와 관계하고 있다는 것에 스스로 작가로서의 자유를 묻고, 그리고 그것을 실현해야 하는 근거 중 하나는 거기에 있다고 생각한다.

재일조선인 작가에 의한 일본어 창작은 해방 후 사반세기가 지난 지금 바다 저편에 독립한 조국을 가진다고 해도 그것은 아직도 통일이 되지 않은 2, 3세들이 대다수를 차지하는 재일조선인이 '소수민족'적이 되어 풍화되고 있는 상황 속에서 이루어지고 있다. 일제 강점기 말에는 권력에 의해 일본어 창작이 강요됐지만 지금은 그렇지 않다. 물론 그것은 일본의 조선에 대한 식민지 정책의 결과로 생겨난 것이라 해도 스스로의 의지에 의거한 것이다. 그리고 재일조선인 작가는 조선적인 것을 초월하는 것이 아닌, 일방적인 풍화작용 때문에 점점 그 조선인으로서의 바탕조차 퇴색되어지는 것이며, 그것은 재일조선인이 처한 상황에 상응하는 것이기도 할 것이다.

그것은 또한 조선인의 민족적 주체나, 동화의 위기 등이 논의될 수 있는 상황을 의미하는 것이기도 하고, 당연한 것이지만 재일조선인 작가는 그 범위 밖에 있는 것이 아니다. 그리고 그것은 재일조선인 작가가 일본어로 쓰기 때문에 더욱 말의 문제에 스스로 관심을 가질 수밖에 없는 까닭이기도 할 것이다. 그러한 까닭에 진정으로 조선적인 작가였다고 할 만한 김사량을 오늘날 상황에 제기하는 것은 뜻깊은 일이며, 재일조선인 작가에게 주는 시사도 또한 많이 있다고 생각한다.

나는 일본에서 『문예』(1971.5) 특집호[7]에 발표된 김사량의 미소개 단편 「물오리섬(ムルオリ島)」(1942)에 대한 나름의 감상을 기술하면서 말의 문제에 대해 김사량과 연관시켜서 생각해 보고자 한다.

「물오리섬」은 로맨티시즘이 넘친, 그리고 또 민족색이 풍부한 작품이다. 거기에는 「천마」(『文藝春秋』, 1940년 6월 호)와 「풀이 깊다」 등에서 볼 수 있는 정치적 주장도, 사회, 문명 비평도 당당한 모습을 지운 현실 도피적으로 생각되지 않는 세계가 펼쳐져 있다. 하지만 그럼에도

---

7 1971년 5월 호는 '김사량 특집호'로 발행되었는데 여기에 미소개 단편으로서 안우식의 해설과 함께 「물오리섬」이 게재되었다.

그것이 오히려 당시 흉포한 일본제국주의 치하의 '내선일체', '황민화' 정책 강행 속에서 '조선'을 흠뻑 배게 한 것 같은 신기한, 당시로서는 극히 농후한 '조선'의 본질이 응축되어 있는 작품처럼 나에게는 보였다.

나는 「물오리섬」을 읽으면서 기묘한 기분 속에서 흔들리고 있는 자신을 느꼈다. 어쩐지 그것이 진실인 것 같은, 이른바 예술이라는 것은 그런 기능이 있겠지만, 또는 약간 다른 위화감이 있었다. 「물오리섬」에 등장하는 인물들은 당시 생활에서도 조선어로밖에 말하지 않는 농민들인데, 여기에서는 직접 일본어로 말하고 있다. 김사량이 이 작품을 쓴 곳은 아마도 조선일 것이고, 일상생활에서는 대부분 조선어로밖에 말하지 않는 사람들 사이에 자신을 두면서 썼을 그동안의 과정이 나를 이상한 기분에 들게 한다. 물론 당시는 조선인이 '일본인'이라는 공개적으로는 조선어를 빼앗겨 '국어(일본어)상용'을 강제하여, 지금의 조선어 작가들까지 일본어로 소설을 쓰는 추세에 있었기 때문에 조선에서 일본어 소설을 쓰고 발표했다고 해도 그것은 이상한 일이 아니다. 그러나 실제로 토착민 사이에서, 그것은 농촌만이 아니라 도시에서도 여전히 조선어가 사용되고 있었다. 공공기관이나 큰길에서 일단 뒷골목에 들어가면 일상생활 곳곳의 가정에서는 조선어가 지배하고 있었다.

그 현실에 조선어가 지배하는 풍토 속에 몸을 두고, 게다가 조선인 작가가 거기에서 직접 일본어로 허구의 말을 이끌어내는 작업, 요컨대 쓴다는 행위의 결과로서 성립한 작품이 무엇인가 묘하게 마음을 울리는 것이다. 물론 허구 세계는 말에 의해 구축되면서 일단 그 말을 초월한 것으로서 작용할 수가 있기 때문에 그것을 내세워 부자연스럽다고 할 수가 있는 것이 아니다. 그렇지 않으면 문학 자체의 성립조건이 없어져 버릴 테니까. 그러나 그렇다 해도, 그것과 일본에서 일본어로 둘러싸인 세계에 선 재일조선인 작가가 일본어로 쓰는 것은(주제를 조선으로 했다 해도) 비슷한 것 같지만 역시 다르다. 김사량 자신도 재일조선인 작가로 활약했지만, 그 작가의 피부에 닿는 조선어와 혼연되어 거슬거슬한 조선 풍토의 감촉부터가 다를 것이다. 게다가 그 일본어는 현실과, 현실의 일상적인 말의 장과 끊어져 버렸다. 왜냐하면 일본어는 조선을 지배했지만, 그것은 학교라든지 관청이라든지 집회 같은 공적 생활, 이른바 낮의 세계이며, 그 안쪽의 또는 밤의 세계는 조선어가 지배하고 있었다. 이 현실에 몸을 묻고 있어서 더욱 김사량의 일본어는 그 현실로부터 끊어져 있었다. 자신의 가족이나 이웃사람들, 그리고 사랑하는 마을사람들이 사용하는 조선어 사이에 둘러싸여, 조선인 작가가 일본어로 추상적인 학술논문도 아닌 하나의 허구를 가장 사람 냄새가 나는 세계를 만든다는 것은 어떤 것일까. 그것은 주위와 격리되어 버린 세계가 아닐까. 더구나 존재를 건 그 허구를 만드는 것은 지배자의 말이다. 이러한 것은 일본에서 재일조선인 작가가 조선어로 쓰는 경우와도 다르다. 그것은 생각하기에 따라서는 기묘한, 또는 비정상적인 아플 정도로 고독한 작업이라고도 할 수가 있을 것이다. 그것이 식민지 작가라는 것일지도 모르겠지만.

그런데 그 농밀한 조선어가 숨 쉬는 풍토에서 단절된 일본어로 허구 세계를 쌓아 올리고, 게다가 거기에 다시 '조선'을 사랑하는 고향 풍토의 숨결이 환원되어지는 메커니즘의 교지라고도 할 만한 것이 나를 기묘한 감동으로 유혹한다. 그곳에서는 일상 회화체의 연장선에 있는 것 같은 말로 허구의 세계로 들어가는 것은 처음부터 자명한 것으로서 거절되어 있는 것이며, 그 의미로는 극히 문학적이기까지하다. 극단적으로 말하면, 거기에는 일상적인 말의 자리는 존재하지 않고, 처음부터 그것과 단절된 기호적 세계에서 작업이 작가를 기다리고 있다고 할 수가 있을 것이다. 즉 문학의, 또는 말이 가지고 있는 초월적인 상상력을 위한 매체적인 요인이 저자의 의도 여하에 상관없이 자명한 것으로 작용하고 있다. 그리고 거기에는 잔인한 표현이지만, 상상력의 도량이 허용될 수 있는 하나의 조건이 있다고 할 수가 있다.

이렇게 해서 상상력의 세계가 말에 의거하여 또 그 말을 넘는 것에서 「물오리섬」 세계는 일본어 작품임에도 불구하고, 그것은 '조선'의 세계를 펼쳐서 보여 준다. 그리고 이 경우 「물오리섬」의 로맨티시즘을 수놓는 민족적 색채가 기인하는 것은 무엇 때문일까.

나는 「물오리섬」을 읽은 후 얼마 동안 이 작품이 일본어로 쓴 것임을 깜빡 잊고 있었다. 확실히 일본어 활자가 나란히 있던 것을 나는 지각하고 있었고, 일본어로 쓴 것은 틀림이 없지만, 그 작품 세계가 자아내는 이미지가 조선어로 쓰여 있었나라는 착각에 나를 끌어들이고 있었다. 아니면 말 자체를 잊고 있었을지도 모른다. 요컨대 독자인 나의 상상력이 환기되어, 그 상상력 세계에 몰입한 나는 그 이외의 것, 그 상상력 세계로 다리를 놓은, 또는 사르트르가 말하는 '유동대리물(類同代理物)'[8] 로서의 말—일본어를 잊고 있었던 것이다. 하나의 조선어적인 세계에 내가 몸을 담고 있었다고 할 수가 있다. 물론 이것은 일반 일본어 독자가 공유해야 할 경험이라고 생각하지 않으며 그것은 불가능할 것이다. 하지만 그래도 거기에 일단 테마는 별개로 해도 일본 문학과는 다른 극히 조선 민족적인 정서나 색채, 분위기 같은 것을 독자는 느낄 수가 있었을 것이다. 그러면 왜 독자 전체가 공유할 수 없는 것을 말하는가 하면, 저자 김사량의 상상력 세계에는 그러한 조선어 세계가 개재되었다고 느꼈기 때문이다. 내가 「물오리섬」을 읽고 있을 때, 그 일본어가 나의

8　유동대리물(analogon)은 사르트르가 상상작용을 설명하기 위해 사용한 말이다. 상상이라는 자발적인 의식을 만들어내기 위해서는 목표로 하는 대상의 대리물이 필요한데 이 소재 · 재료가 되는 것을 '유동대리물'이라 한다.

내부에서 조선어 세계와 교차하고, 이미지가 그것을 의지한 일본어라는 말을 벗어나 어느 정도의 자유를 획득하고 있었다. 즉 그 일본어에 의해 이끌린 이미지 세계는 이미 일본어가 아니어도 만들 수 있는 이미지 세계로 이어져, 일본어만의 절대적인 지배에서 벗어날 수 있는 순간의 지속인 것이다. 그것은 초월적인 상상력의 세계로 들어가는 것이다. 상상력은 말의 파이프를 통과시킬 수밖에 없는데, 말은 또한 자신을 넘은 상상력의 버팀목이 되어 오로지 그것에 봉사를 계속하는 것이다.

대동강 하류에 떠 있는 소박한 베기섬 주민에게 어울리는, 과묵하고 들일도 거뜬하게 보통 사람의 두 배 정도 해낸다는 젊고 씩씩한 미륵의 조형(造形). 작가의 분신인 랑(娘)이라는 청년의 어린 시절을 회상하는 장면에 나타나는 조선의 시골, 요컨대 베기섬의 풍속적인 정경. 모두 그 주민들의 생활 감정과 어우러진 아름다운 자연묘사 등. 그리고 대동강의 심한 홍수로 물오리섬의 논밭과 집이 함께 떠내려간 미륵의 아내 순이처럼, 무자비하게 기쁨도 과거의 시간 속으로 떠밀린 이러한 사람들의 세계를 감싼 이 나라, 조선 바닥에 흐르는 슬픔. 그것을 지금은 대동강을 소금이나 바닷물고기를 싣고 오르내리는 범선의 선원이 된 미륵이 과거의 소박한 행복과 아내의 환영을 찾아 물오리섬에 들러 미칠 듯 슬퍼하는 모습에 정착시킴으로써 김사량은 이 소설의 문학적 사상 또는 주제를 감싸는 감성적인 것으로 조선적인 분위기 등을 일본어로 훌륭하게 나타내고 하나의 '조선'을 우리 앞에 보여 준다. 그것은 결코 강한 저항적인 의지를 드러낸 작품이 아니라 오히려 영탄조라고도 할 수가 있다. 하지만 당시의 '국책적'인 작품은 전혀 아니며, 생각하기에 따라서는 잃어버린 조선의 환영을 찾는 슬픔을 느낄 수가 없는 것도 아니다.

고향의 자연에 대한 깊은 애정과 세심한 관찰, 그것은 외국인의 눈이 아니라 어디까지나 그곳의 주인인 조선인의 눈으로 보여지고 있다는 느낌이 전해진다. 그 자연 속에 둘러싸인 소박한 사람들의 생활이나 감정이 김사량의 '황국신민'이 아닌 조선인으로서의 감각을 느끼고, 그의 내부를 통과하는 것에 의해 하나의 그림이 되어 그것이 구체적이며 또한 사람들의 공감을 불러일으키는 보편적인 것을 획득하고 있다. 조선이 잃은 그 시대에서 김사량이 조선의 자연을 보는 눈도, 사람을 보는 눈도, 조선인 김사량의 감성을 통해 보여지고 있다. 예를 들어 이런 묘사가 있다.

> 그리고 나서 며칠 후 소를 데리고 돌아가는 길에 길가의 뽕잎을 따는 척하는 그녀를 만났지만, 그는 아무 말도 하지 않고 맥없이 모른 척하고 지나려고 하자 순이가 뒤에서 자신의 묶은 긴 머리로 탁 하고 소 엉덩이를 치며 이얏 — 하고 외쳤다. 그 순간 소가 놀라서 날뛰는 것을 보고 그녀는 깔깔 웃음을 터트렸다.
>
> 김사량, 「물오리섬」

나는 "자신의 묶은 긴 머리로 탁하고 소 엉덩이를 치며 이얏 — 하고 외쳤다"라는 표현을 좋아하는데, 허구 중에 이것을 정착시키는 감각이라는 것이 역시 조선적인 것이다. 물론 「물오리섬」의 방법이나 그 문학적 사상에 대해서는 다른 의견이 있을지도 모른다. 그것은 그것으로 괜찮다. 다만 나는 이 아름다운 작품이 '조선인의 감각과 감정'을 통해 일본어로 쓴 대표적인 예인 것은 틀림없다고 생각한다.

> 조선 사회와 환경에서 동기나 열정이 고양되어, 그러한 것들에 의해 알게 된 내용을 형상화하는 경우, 그것을 조선어가 아닌 내지어(일본어—인용자)로 쓰려고 할 때에는 작품은 아무래도 일본적 감정이나 감각에 억압받게 된다. 감각이나 감정, 내용은 말과 결합해서 비로소 가슴 속에

떠오른다. 극단적으로 말하자면 우리는 조선인의 감각이나 감정으로 기쁨을 알고 슬픔을 느낄 뿐만 아니라 표현 그 자체와 불가분리적(不可分離的)으로 결합된 조선의 말에 의하지 않으면 가슴에 와 닿지 않는다. 예를 들면 슬픔이라 해도 욕이라 해도, 그것을 내지어(일본어)로 옮기려 한다면 직관적인 느낌이나 감정을 상당히 돌려서 장황하게 번역하지 않으면 안 된다. 그것을 못 하면 단순한 일본적인 감각으로 바꿔서 문장을 짓게 된다. 그래서 장혁주 씨나 나 같은, 그 외 내지어(일본어)로 쓰려고 하는 많은 사람들은 작가가 의식하고 있든 그렇지 않든 관계없이 일본적인 감각이나 감정으로 변함에 짓눌리는 듯한 위험을 느낀다. 나아가서는 자신의 것이면서도 이국적인 것으로 눈이 멀어지기 쉽다. 이러한 것을 나는 실제로 조선어 창작과 내지어(일본어) 창작을 조합하고 시도하면서 통감하는 한 사람이다.

김사량, 「조선문화 통신」, 1940.

라며 위기감을 호소함에도 불구하고 김사량은 "일본적인 감각이나 감정으로 변함에 짓눌리는 듯한 위험"으로 빠지지 않고 스스로 잘 제동을 하여 일본어 세계에 이만큼의 조선색이 풍부한 작품을 만들어 보여 준 것이다.

김사량의 이 말은 그가 자신의 내부에서 항상 조선어와 일본어의 긴장관계를 지속하며, 비록 일본어로 써도 거기에서 '조선인의 감각이나 감정'이 퇴색되지 않도록 하기 위해 심려하고 있었다는 것을 나타내는 것이라 할 수가 있겠다.

그런데 하나의 분위기, 예를 들어 여기에서는 「물오리섬」에서 조선적인 분위기를 말하자면, 그것은 단순히 말에 의해서만 좌우되는 것이 아니라는 것이다. 「물오리섬」보다 일 년 정도 전에 발표된 조선어 단편 「유치장에서 만난 사나이」(1941)는 그 테마나 수법이 전혀 다르기 때문에 그렇지만, 조선어로 썼다고 해서 거기에 조선적인 감각이나 감정이 특별히 강하다고는 할 수가 없다. 말은 단순한 말이 아니라 상상력에 봉사하는 말이며, 조선적인 분위기도 작품 전체로서 그것은 이미지 형성과 크게 관련된 문제일 것이다. 예를 들어 영화에서 배우가 어느 주인공을 우리 앞에서 구현하는 경우, 그것이 명연기라면 배우는 거기에 존재하지 않는다. 주인공이, '역할'이 배우를 대신해 살아 있을 뿐이다. 물론 주인공에게 현실의 배우 자체를 지각하는 순간도 있겠지만, 그것은 영화의 허구 세계가 지속하는 데 지장이 되지는 않는다. 하지만 그 연기가 서투른 경우에는 관객의 상상력을 자극하는 힘을 잃게 되고, 거기에 실제 배우의 소질이 보일 것이다. 요컨대 주인공은 죽는다. 마찬가지로 말에 의한 허구 세계에서도 역시 거기에 말 자체를 잊게 하는, 즉 말을 넘을 수 있는 것의 근거를 명확하게 가지고 있지 않으면 안 된다고 생각한다.

지금 여기에서 김사량의 문장에 대해 자세히 언급할 여유는 없지만, 다만 그가 조선인으로서 언어 감각을 나타내는 한두 개의 예를 들어 보겠다.

김사량은 '江(かわ, 가와)'[9]라는 말을 자주 쓴다. 대부분 그것으로 통하고 있다. 江べり, 江緑, 江上, 銀の江, 江面, 江流, 江岸 등이 있는데, 「물오리섬」에서는 다른 작품에서 나오는 '江(かわ)'라는 위 첨자조차 없다. (장혁주도 '江'을 사용했는데, 그 시대 일본어로 작품 활동을 하는 조선인 작가가 가지고 있는 어감이기도 할 것이다. 그의 경우는 河와 川도 나온다). 물론 김사량의 '江'은 「토성랑」에서도 그렇지만, 대동강의 흐름을 가리키고 있으며 '川'으로는 아무래도 큰 강의 실감이 나지 않을 것이다.

---

9 일본어에서는 川, 河, 江 모두 'かわ(가와)'로 읽으며 한자로 크기(川〈 河〈 江)를 구별하기도 한다.

왜냐하면 조선에서는 小川이라고 해야 할 것을 '시내', 川에 해당하는 것을 '내', 그리고 가장 큰 것을 '강(江)'이라고 부르는데, 일반적으로 'かわ(가와)'를 '강'이라고도 한다. 그러면 김사량의 내부에 일어나는 '江'의 언어 감각은, 'かわ'가 아니라 먼저 '강'인 것이며, 그것을 한자로 내놓고, 때로는 '江(かわ)'로 한다. 江上은 강상이며, 江面은 강면, 江流는 강류이고, 그것이 일본어 문장 속에 체언으로서 사용하게 되면 江上(こうじょう), 江面(こうめん・かわづら), 江流(こうりゅう・かわながれ)가 된다. 나는 이러한 말이 적합한지 아닌지를 묻고 있는 것이 아니다. 김사량 자신도 물론 간혹 '大河' '河岸' '河底' 등과 '河'를 사용하고 있음에도 불구하고, '강(江)'이라는, 소쉬르 식으로 말하자면 그의 내면에 차지하는 청각영상의 무게를, 이미지를 떠오르게 하는 언어적(조선어에서) 요구 같은 것을, 그러한 것으로 본다고 나는 생각한다. 그러니까 이 '강'이라는 '청각영상'이야말로 그에게는 '개념'으로서 '江'과 가장 근접한 것이 될 것이다. 그것을 일본어로 통하기 쉬운 단순한 '河(かわ)'로 해 버릴 수 없는 데에, 그 시대의 일본어 작가의 하나의 조선적인 어감의 뿌리를 느끼는 것이다. '江'을 버리고 모두 '河'로 해 버렸다면 그에게는 불만족스럽게 느껴졌을지도 모른다. 그리고 이것은 그다지 동의할 수가 없지만, '長堤'(긴 제방)이나 '農形'(농사가 되어 가는 형편) 등 본래 조선어가 괄호나 주석도 없이 나오는 것도, 그것이 특히 의식적이라 해도, 한 가지는 그러한 어감이 작용할 것이다.

「풀이 깊다」에 '法堂'[10]이라는 말이 나온다. "법당 앞을 지나면서 보

---

10 여기에서 김석범이 말하는 조선어 '법당'과 일본어의 '法堂(ほうどう, 호도)', 그리고 일본어 '本堂(ほんどう, 혼도)'의 어감에 대한 설명을 이해하기 쉽게 하기 위하여 해당하는 각각의 언어를 그대로 표기했다.

면 목조 불상이 하나 어두컴컴한 가운데 덩그러니 놓여 있는 것만으로 향불은 물론 염불 하나 하지 않는 폐사 같았다", 그 "법당의 툇마루에서" 등이 나오는데, 이 법당이라는 것은 일본어로 本堂(혼도, 본당)이다. 이것은 분명히 일본어 소설로는 김사량의 실수이지만, 왜 이런 일이 일어나는가 하면, '법당'에 대한 그의 어감 때문이라고 생각된다. 고지엔(廣辭苑)[11]을 찾아보면 本堂(혼도)가 "사원에서 본존을 안치하는 당", 法堂(ほうどう(호도)·はっとう(핫토))가 "선사(禪寺)로, 법문의 교양을 강연하는 당. 타종(他宗)의 강당에 해당한다"로 쓰여 있다. 그런데 조선에서는 '本堂'이라는 말이 없으며, '法堂'(법당, beopdang)이 이른바 부처를 안치하는 절의 전당이고, 그것을 또한 '法殿(법전)'이라고도 한다.

이렇게 말하는 나도 처음에는 '法堂'이 일본에서는 절의 강당을 가리키는 말이라는 것을 사전에서 찾아 알게 됐을 때, 사실 놀랐었다. 왜냐하면 한 불목하니에 대해 쓴 나의 『만덕유령기담(萬德幽靈奇譚)』(1971)이라는 소설 속에 불상이 있는 당을 나는 法堂(호도)라고 썼기 때문이다. 원고의 마지막 단계까지 '本堂(혼도)'가 아닌 '法堂(호도)'였다. '法堂'은 확실히 'ほうどう(호도)'이긴 하지만, 나에게는 그 '청각영상'이 '法堂(법당, beopdang)'이었던 것이다. 나는 옛날 조선의 절에 잠시 있었던 적이 있어서 지금도 '법당(法堂)'이라고 하면 바로 그곳에 불상을 안치한 절의 건물을 떠올린다. 내가 法堂(호도)라는 말을 사용하여 조금의 의심도 가지지 않았던 것은 그 때문이었는데, 혹시나 해서 일본어 사전을 찾고 놀란 것은 거기에 나타난 '法堂'의 이미지가 전혀 달랐기 때문이다. 나의 '法堂(호도)'라는 말로 표현한 이미지와 그것을 일본어로 읽는 독자가 떠올리는 이미지는 같은 절의 건물이지만, 서로 다른

---

11 이와나미쇼텐(巖波書店)에서 발행하는 일본어 국어사전.

것이 되어 엇갈릴 수밖에 없다는 것을 안 것이다.

　그래서 나는 난처했다. 나는 그 어감을 살려 '法堂'라는 말을 쓰고 싶다. 나는 일본어로 '本堂'라는 말이 있다는 것을 생각해 내서, 사전에서 찾은 결과 그것이 조선의 절 '법당'이었다. 그러나 '本堂'로는 좀처럼 내가 생각한 이미지로 떠오르지 않는다. 나는 조선의 절에 대한 감정이 정착하지 않는다. 그것은 그림이 아니라 사진처럼 무미건조하다. 그래서 나는 '法堂^{법당}(本堂)'이라는 식으로 다시 써 보았지만, 이것도 뭔가 설명적이며 마지막에 그대로 '本堂'라는 조선어에는 없는 말로 또 다시 바꿔 써 버린 것이었다. 나는 지금도 만족스럽지 않지만, 일본어 소설이니까 어쩔 수가 없다고 생각하고 있다. 또한 익숙해지면 이상하게 나름의 이미지도 생긴다. 그런 의미에서 김사량이 「풀이 깊다」 중에서 아무 주석도 없이 '法堂'을 本堂(혼도)로 사용한 것은 부주의였을지도 모르겠지만 찬성할 수가 없다. 만일 의식적이라 하더라도 本堂라는 말을 사용하는 것이 싫다면, '法堂' 아래[12]에 괄호라도 해서 일본어로 本堂(혼도)라고 하는 정도의 배려가 필요하지 않았을까 한다.

　나는 김사량에게 트집을 잡기 위해 '법당'을 끄집어낸 것은 아니다. 그의 조선어를 기저로 한 언어 감각이라는 것이 이런 부분에 노골적으로 나타나고 있다는 것을 말하고 싶은 것이다. 즉 그가 조선어와 일본어 사이의 긴장관계에 균형을 잡으면서 소설을 쓰지 않았을까 하는 것을, 이 작은 체언의 용례에서 엿볼 수가 있다. 그리고 이러한 두세 단어의 용례만이 아니라, 앞으로도 그 문장 자체에 맞춰서 보는 것은 보다 많은 시사를 주는 것이라 나는 생각한다.

---

12 일본 서적은 대부분 인쇄가 세로로 되어 있다.

3

나는 김사량의 말의 문제가 그대로 오늘날 재일조선인 작가에게 해당한다고는 생각하지 않는다. 그것은 그가 식민지시대에 살았던 작가이기 때문에 그 언어 감각도 지금과는 많이 다를 것이라는 시대적인 제한성의 문제가 아니다. 그런 것도 있을 것이다. 하지만 그것은 지금 여기에서는 묻지 않겠다. 그것보다 오히려 지금 재일조선인 작가들이 조선인으로서는 이미 상당히 일본화되어 있고 변질하고 있는 데에 그 갭이, 즉 해당하지 않는 근거가 있다. 그리고 또한 김사량의 일본어에 대한 자세는 당시 "조선 사회와 환경에서 동기나 열정이 고양되어, 그러한 것들에 의해 알게 된 내용을 형상화하는 경우, 그것을 조선어가 아닌 내지어(일본어 −인용자)로 쓰려고 할 때에는 작품은 아무래도 일본적 감정이나 감각에 억압받게 된다."는 것을 전제로 하고 있는 것이며, 그것도 조선이 아닌 현재 일본 사회에서는 그대로 해당되는 것이 아닐 것이다.

다만 여기에서 재확인할 필요가 있는 것은 김사량과 지금 재일조선인 작가 사이에 일정한 거리가 보여진다고 해도 같은 조선인 작가로서 일본어로 쓰고 있다는 입장이다. 이 원칙적인 관점에 서는 한 그 갭은 본질적인 것이 아니라 어느 정도 채울 수 있는 것이 되며, 양자의 연속성을 보증할 수가 있게 된다. 그것은 또한 재일조선인 작가가 어두운 식민지 시대에 활약한 조선인 작가로서 김사량 선배의 역할을 인정하는 것이며, 동시에 조선 사회를 전제로 하고 있다 해도 그의 언어적 관심도 인정하게 될 것이다. 즉 김사량이 '조선인'이 일본어로 쓰는 경우에 기본적인 자세에 대해 자신의 경험에서 이야기하고 있는 것은(그것은 논리적인 전개를 보여 주고 있지는 않지만) 충분히 생각해 볼 만한 가치가 있다.

물론 그 조선적인 "감각이나 감정"적 요소만으로 문학세계가 성립하는 것은 아니다. 당연하지만 김사량 작품을 성립시키고 있는 근거는 일반 문학이 그러하듯 그 "감각이나 감정"만이 아니며, 그것에 방향을 부여하고 있는 상상력에 지탱되는 사상이다. 피지배민족인 조선인으로서의 주체의식을 중심으로 하는 저항의 사상이 그의 "조선인의 감각이나 감정"을 오욕에 물들어 지배자에게 봉사하지 않고, 그렇게 함으로써 그 조선인으로서의 감각 형성에 한층 의식적인 작용을 이룰 수 있다고 할 수 있을 것이다. 이렇게 하여 김사량은 민족작가로서의 입장을 좌절 속에서도 결국 지켜내어 작품 세계를 단순히 국지성에 머무르지 않는 충격적인 것으로 만들어 내었다.

여기에서 하나의 현실적인 문제에 맞닥뜨리게 되는데, 그것은 지금의 재일조선인 작가는 대부분 그 내부에 조선어를 가지고 있지 않다는 사정과 관련되어 있다. 조선어를 잘한 김사량조차 불안감을 느꼈을 정도이기 때문에 말의 문제는 재일조선인 작가를 불안으로 몰아넣기에 충분한 것이다.

예를 들어 이회성이나 고사명, 김학영 등의 2세 작가들에 의한, 어디까지나 조선인으로서의 주체적인 입장에 자기를 놓고 글을 쓰는 문학적 활동의 자세는 높이 평가되어야 한다. 그러나 그렇다고 해서 매우 잔인하지만 그들이라 해도 언어 문제에 대해 면죄부를 가져서는 안된다. 그것은 같은 조선인 작가로서 짊어져야 할 성질이며 불가피할 뿐만 아니라, 항상 과제로서 다가오는 문제이기 때문이다. 더욱이 '2세'라고 해서 재일조선인이 놓여 있는 상황에서 나온다 해도 자유로울 수도 없는 것이다. 이른바 애초부터 조선을 볼 기회를 놓친 상태에서 '재일'조선인이라는 기묘한 존재로서 사는 것이, 그리고 그로 인해 작가로서 상상력을 촉발해야 할 하나의 큰 근거—조선을 빼앗겨 버린 것이 '2세'에게는 잔인한 일이다. 그러나 이러한 것이 소위 정체성의 문제로 이어질 것이다. 그리고 그 존재의 주체적인 자각이 조선인으로서의 민족적 주체의 자각과 서로 겹치는 것이며, '1세'도 '2세'도 조선인인 것에서 그 인식은 합치점에 도달한다.

말의 문제도 기본적으로는 이러한 관점에서 볼 수가 있어야 한다. 나는 지금까지도 조선인이 그 내부에 절대적인 하나를 차지하고 있는 일본어로 쓸 때 우려에 대한 몇 가지 발언을 해 왔는데, 단적으로 말해 자신의 풍화를 막는 하나의 방법은 항상 일본어와 자신과의 관계를 타자의 눈으로 계속 바라보는 것이라 생각한다. 그리고 그 풍화를 제동하는 것으로서, 일본어를 상대적인 것으로서 객관시하는 장으로서의 조선어를 자신의 내부에 가질 수 없는 대신, 적어도 거기에 중요하게 제기되어야 하는 사상인 것이다. 조선인으로서의 주체적인 존재의식에 의해 생기는 사상으로 지탱된 자신이 일본어와 연관될 때, 거기에 긴장이 생길 수가 있다. 그것은 일본어 사이에 긴장관계를 성립시키는 조선어를 자신 속에 갖는 문제는 일단 차치하고, 적어도 조선인으로서 주체의식이 그 긴장을 지속시킬 수가 있다. 일본어에 대한 외국어로서 언어감각이 거의 없는 것임에도 불구하고, 그것을 외국어로 인식하려는 하나의 주체적인 자세에 의해 자신과 일본어 사이에 긴장관계가 성립하는 것이다.

그리고 그러한 자세를 뒷받침하는 사상에 이끌려 거기에 또 조선인으로서 있어야 할 감각이나 감정의 형성을 마주해야 할 것이다. 그것은 무에서 만들어내는 것과도 비슷하며 어려운 일일지도 모르지만, 역시 과제로 일단은 짊어져야 하는 것이다. 동시에 이것을 포함하여 일본어와 관련된 것 중에서(그것은 과장해서 말하면 일본어에 먹히는가 일본어를 삼킬 것인가 하는 싸움이기도 하지만) 실현되어야 할 과제는 모든 재일조선인 작가 앞에 놓여 있다.

오늘날 상황 속에서 김사량이 재일조선인 작가에게 비추는 몇 줄기의 빛 속에서, 나는 먼저 이러한 의의를 생각한다. 그리고 그것을 재일조선인 작가와 관련되는 김사량의 한 측면으로만 맞춰서 본 것이다. 그러나 재일조선인 작가 내부의 이러한 굴절과정을 거쳐 태어나는 작품이 결과적으로는 독자 앞에 놓임으로써 사회적인 관계를 갖기 때문에, 그것은 반드시 재일조선인 작가에게만 국한되는 문제로 끝나서는 안 된다고 나는 생각한다.

'재일조선인 문학'의 확립은 가능한가

[1972]

　작가와 말 사이에는 상상력에 의해 둘러싸인 긴장과 싸움이 있겠지만, 그래도 '국어'로 쓰는 경우는 우선 행복한 관계라고 할 수 있지 않을까. 일본어 문학 속에서, 재일조선인 작가가 '외국어'인 일본어 사이에 만들어진 관계는 그렇다고는 할 수가 없다. (어느 작가의 내부에서는 일본어가 모국어와 마찬가지이며, 그에 대해 외국어로서의 언어 감각이 거의 없을 수도 있을 것이다. 그것도 포함하여 여기에서는 일본어를 외국어로 인식하려고 하는 주체적인 자세가 당연하게 요구된다.) 일단 의식하면, 말의 메커니즘이 불러오는 윤리적인 면에서도 재일조선인 작가는 일본인 작가처럼 행복한 관계에서 자신을 발견할 수가 없을 것이다.

　내가 지금까지도 일본어와 관련되어 있는 조선인 작가에 대해 생각해 온 것은 나 자신이 이것을 포함하는 문제의 무게를 피해갈 수가 없었기 때문이다. 그것은 재일조선인 작가가 소위 작가로서의 자유를 스스로에게 묻기 전에 먼저 '일본어' 틀 안에서 과연 '조선인' 작가로서의 자유를 획득할 수 있는 것인가를 의미한다. 바꿔 말하자면 재일조선인 작가가 일본어라는 다른 민족어가 가지는 속박에서 자유로울 수 있는가라는 것이다. 즉 일본어 메커니즘 속에 일본인도 조선인도 마찬가지로 하나로 기능화, 환원된다는 것이 아니라, 오히려 일본어로 쓰기 때문에 끝까지 말과 위험한 긴장관계를 지속하면서 조선인 작가로서 주체를 관철하고, 나아가 그 **틀** 속에서 자유를 얻는 방법은 무엇인가를 묻는 것이다. 그리고 일본어 **틀** 안에서 자유를 추구할 수 있다는 것이, 널리 조선인 작가로서 작가의 자유와 관련된다는 것이다. 일본어문학 속의 독립적인 단위로서 '재일조선인 문학'의 확립은 이러한 보장 없이는 불가능한 것이라고 할 수가 있다.

일반적으로 재일조선인 문학은 '독자성'이 인정된 것이 아니다. 그것은 단순히 재일조선인이 쓴 일본 문학이며, 그 속에 재일조선인 문학이 포함되는 것이다.

그런데 문제는 여기에서 생기는데, 재일조선인 문학이 일본어로 쓰이는 한 일본 문학이라는 통념에 대해 크게 반박할 근거는 없다. 왜냐하면 그것은 문학이 말—어딘가의 국어—에 의해 그 존재가 규정되고 있는 이상, 요컨대 말의 '국'적에 따라서 문학도 정해진다는 원칙을 따르면 당연할 것이다. 일본'어' 문학은 모두 일본 문학이 되기 때문이다. 단지 나는 이 '일본어 문학 이콜 일본 문학이다'라는 통념에 의문을 가진다. 왜냐하면 일본어 문학이 지금은 일본인 작가만으로 만들어지고 있는 것이 아니기 때문이다. 양적으로 그것이 작은 부분이라 해도, 그러나 한 개인이 아니라 하나의 사회적 성격을 가지고 나타나고 있는 이상, 일본어 문학의 영역은 확대되었다고 봐야 한다.

예를 들어 나의 경험으로 말하자면 나의 일본어 작품(『만덕유령기담』 같은)이 도무지 일본 문학이라고 느껴지지 않는다는 것이다. 나는 김사량의 「물오리섬」을 읽은 후 한동안 일본어로 쓴 작품임을 깜빡 잊고 있었다는 것을 포함해 감상을 썼는데(「김사량에 대해서—말의 측면에서—」를 참조), 그 작품을 나는 말의 **틀**을 떼어 버리면 일본 문학이라는 생각이 들지 않는다. 적어도 나에 관한 한 그런 위화감 속에 있는 것은 사실이다.

지금까지 재일조선인 문학이 일본 문학인지, 어디 문학인지, 당사자인 재일조선인 작가 자신이 뚜렷한 견해를 갖고 있지 않은 것만이 아니라, 정면에서 논하는 것을 게을리 해 온 경향이 있었다. 그것이 문학이면 어디 문학이라도 괜찮지 않을까 하는 견해도 있지만, 나는 그런 생각에는 동의하지 않는다. 뛰어난 문학은 결과로서 반드시 초월적이어야 하는데, 그것은 구체적으로는 어딘가의 문학이다. 문학에 처음부터 추상적인 초월성은 없다.

서두에서 언급했듯이 재일조선인 작가와 외국어로서의 일본어 사이에 생기는 긴장관계라는 것은 우선 일본어가 가지는 메커니즘, 또는 말이 가지는 '민족성'이라고도 할 만한 것, 즉 소리, 모양(문자), 일본어 특유의 의미 등의 민족적 형식(능기(能記)로서의 기능)이 조선인으로서의 '민족성'을 침식하고 풍화시키지 않을까라는 것이다.

한마디로 해서 그 모순을 내포하면서 재일조선인 작가는 그 일본어를 통해 작품 활동을 해 왔다. 대표적으로 해방 전의 김사량, 초기의 장혁주 등의 활동부터 현재 김달수, 이회성, 고사명, 김학영, 장두식, 정귀문, 김태생, 정승박, 시인 김시종, 강순, 오림준 등을 포함하여 이미 반세기를 넘는(그것은 일본제국의 식민지가 되었기 때문에 정치적 결과로서 나타난 문화현상이다.) 역사가 있지만, 이러한 것은 정도의 차이는 있지만, 역시 일본 문학 안에서 일정한 독자적인 성격을 가지고 있다고 봐야 한다. 요컨대 일본인 작가란 그 창작과정을 포함하여(예를 들어 조선어를 자신 안에 가진 경우, 조선'어'적인 언어 감각으로 대상을 파악하고 그것을 일본어로 실현해 가는 것 등), 다른 내적 경험, 그러한 것들을 감싸는 다른 상황 속에서 그 일이 진행되어 왔다고 생각할 수가 있다. 1세,

2세의 차이, 이데올로기의 차이, 작풍의 차이에도 불구하고 그들의 일은 일본어 문학 안에서 일반적인 특성으로서 독자성을 가지고 있다고 봐야 한다. 요컨대 일본어 문학이면서도 일본 문학이 아닌, 어떤 독립 단위로서 '재일조선인 문학'을 생각할 수가 있다는 것이다. 그것은 재일조선인 문학을 어떻게 보는가 하는 시점의 문제이다.

오다 마코토(小田實)[1]는 이러한 것과 관련해 한 가지 문제 제기를 하고 있다(「서평 김석범『만덕유령기담』」[2], 『人間として』제8호, 1971년 12월). 요약하면 영어문학에서도 캐나다 문학, 미국 문학, 영국 문학 등이 있다. 한 사람의 같은 조선인 작가가 조선어로 쓰는 경우는 선험적으로 아시아 문학의 하나로 간주하고, 일본어로 쓰는 경우는 일본 문학이라는 식으로 간주하는데, 일본어로 쓰여 있으니까 선험적으로 일본 문학이라 하지 말고, 아시아 문학이라는 식으로 생각하면 어떠한가. 재일조선인이 일본 사회 속에서 살고 있고, 하나의 조선어라는 것을 획득하고, 그리고 이야기하고 있는 사회를 가지고 있는 이상, 다른 사회라고 생각하는 편이 좋지 않을까라는 것이다.

나는 이것을 일본인 작가가 한 중요한 발언으로 받아들이고 있는데, 아시아적 시점까지 한 번에 옮기는 것은, 지금으로서는 그것도 주로 조선인 작가 자신이 가지는 불우의 조건 등이 얽혀서 어렵다. 그 조건이라는 것은 조선인 작가 자신의 내부에 모국어인 조선어가 대부분 없어서 오는 일본어의 메커니즘에 의한 침식작용이 강한 것, 그 풍화작용에서 조선인 작가로서 주체를 지탱하는 하나의 요소인 조선적인 것이

---

1 오다 마코토(小田實, 1932~2007): 일본의 작가, 정치운동가.
2 김석범, 오다 마코토, 시바타 쇼(柴田翔), 마쓰기 노부히코(眞繼伸彦)가 좌담 형식으로 진행된 서평이다.

퇴색되기 쉽다. 그러나 그럼에도 불구하고 어떤 시점을 일본 문학이라는 **틀**에서 분리하여 거리를 둔 곳에서 설 필요는 있다고 생각한다. 만약에 아프리카 문학인 경우, 다른 신흥제국 중에도 있을 수 있는 일인데, 아프리카 중의 말만이 아니라, 과거 지배자의 말인 영어나 프랑스어로 쓰였다는 사정이 있을 것이다. 물론 재일조선인 작가는 본국이 아니라 일본에서 살고 있다. 그러나 그 '재일'이라는 조건은 역시 한편으로는 일본인 사회와 다른 상황의 사회를 성립시키고 있는 것이며, 그것도 소수민족으로서가 아니라 어디까지나 '외국인'으로서 생활하려고 하는 것이다.

'재일조선인 문학'의 독자성을 생각하는 경우, 먼저 조선 작가로서 주체 확립의 족쇄가 될지도 모르는 일본어의 메커니즘에서 자신을 해방할 근거는 무엇인가를 찾을 필요가 있다. 나는 에세이 「언어와 자유—일본어로 쓴다는 것은—」에서 각 언어는 그 긴 역사 과정을 거쳐 발달해 온 민족어로서의 특성과, 동시에 국경을 넘어 통하는 보편적인 것을 가지는 것을 전제로 하고, 그리고 원리적으로 말은 '물체(물질)' 그 자체가 아니라는 것을 살펴보았다. 말이 그것을 대표하는 것에서 독립하는 것에서 오는 그 비현실성, 요컨대 '자의성'에 의해 '번역' 가능성이 생기는 것이며, 거기에 일본어의 **틀**, 굴레에서 스스로를 벗어날 수 있는 재일조선인 작가가 스스로에게 자유를 보장할 수가 있는 현실적인 조건이 있을 것이라고 생각해 봤다.

그런데 인간의 사고는 말에 의해 규정되는데, 그 말의 두 가지 기능(능기(能記)와 소기(所記))을 개별적인 형식과 보편적인 내용 면에서 볼수가 있으며, 이 두 가지 작용으로 사고가 형성되는 것으로 보인다(여기에서는 언어 외의 사상 형성의 기능은 묻지 않는다). 개별성이란 예를 들면 일본어의 민족적 형식이라 할 수 있는 소리, 모양, 그 민족 특유의 의미 등이며, 보편적 내용이란 '언어 일반'으로서 공통성, 하나의 공통 개념적인 것으로서 '번역'할 수가 있는 측면인 것이다. 그러나 이것은 대략적인 것이며, 확실히 말에는 번역할 수 있는 측면이 있는 것이며 사람은 그것을 통해서만 말의 보편성에 도달할 수가 없지만, 여기서 말하는 그 보편적 측면이란 반드시 형식으로 소기의 측면에 있다고만 할 수가 없다. 다케우치 요시로(竹內芳郎)[3]가 말했듯이(「언어·그 해체와 창조—현대 언어론 시론 4」, 『展望』, 1971년 11월 호), "양 기능(말의 명시성 —소기와 함의성—능기(인용자))을 포함한 총체로서 언어의 번역 가능성 의 근거가 나타나는 것이 아니라면 언어의 보편성의 문제는 여전히 해 결되지 않을 것이다."

언어학에 문외한 나에게는 단지 말에 번역할 수 있는 요소가 있고, 적어도 그것이 보편적인 길을 가리키고, 재일조선인 작가가 일본어에 의지하면서도 일본어를 초월해서 스스로의 자유를 얻기 위한, 가능성 을 찾기 위한 실마리를 자신의 것으로 할 수가 있다면 충분하다. 그리 고 그 경우 일본어의 메커니즘이 가지는 굴레에서 벗어날 수 있는 전망 이 보이면 된다.

조선인이 일본어로 사고하는 한 그 의식은 그 말로 규정되어 있지만, 이 경우 규정하고 있는 일본어 그 자체의 말로서 가지는 보편성에 의해 같은 일본어의 메커니즘에서 벗어나는 것이 가능할 것이다. 요컨대 자 유로울 수 있는 조건이 자유를 구속하는 일본어 속에 있을 수가 있다는 것이다.

말의 민족적 형식—일정한 민족어로서 말이 사고하는 주체의 존재 의식을 '민족적'으로 결정하는 것인가. 예를 들어 일본어의 민족어로서

---

3   다케우치 요시로(竹內芳郎, 1924~2016): 일본의 철학자.

굴레(呪縛)가 그것을 사용하는 인간을(여기에서는 조선인 작가를) '민족 (일본)적'으로 해 버릴 만큼 결정적인 힘을 가진 것인가. 물론 일본어의 소리와 모양, 그 고유의 뉘앙스, 말이 자아내는 감정이나 감각이라는 것에 의한 일본적 형식의 작용은 일본말로 사고하는 주체에 일정한 힘을 미치고 있을 것이다. 그것과 동시에 우리는 말이 가지는 보편적인, 즉 민족성을 넘어서는 요소가 이미 그 민족적 요소에 대해 초월적이라는 사실을 봐야 한다. 오히려 사고하는 주체의 민족정신이라든지 민족성의 자각까지도, 그 같은 말의 개념적 측면이 보다 많은 작용에 의해서 주체적으로 하나의 사상으로서 형성되어 간다고 생각된다. 인간의 주체적 의식, 사고하는 주체를 규정하는 말의 결정적 요인은 반드시 그 말의 민족적 형식에 있다는 것이 아니다. 조선어를 모르는 2세가 곧 일본어에 의해 조선인으로서 민족적 자각을 스스로 갖게 되는, 언뜻 모순된 과정이 나타나는 것은 이 때문일 것이다.

다케우치 요시로는 다음과 같이 말한다.

> (전략) 설령 어떤 국어가 자국어가 되어 개개인의 정신을 전적으로 규정하고 있든, 이른바 '민족정신'의 굴레(呪縛)가 그렇게 전면적인 것이 아닌 것, 국어와 인종, 민족, 문화 총체와의 관계는 그다지 엄밀하게 일치하지 않는 것―이러한 것은 현대에서는 상식이라고 해도 좋고 (후략)
> 「언어·그 해체와 창조―현대 언어론 시론 4」

그 보다도 오히려 "각 민족이 이렇게도 모어를 달리하는 **말**을 이야기하면서도 국제적으로 어떻게든 대화를 할 수 있으며, 더구나 위대한 문학 작품이라면 어떤 국어로 쓰여 있어도, 번역을 통해서 크게 감동하는 것을 우리에게 가능하게 해 주는 **말**이라는 것의 이 신기한 보편화 작용에야말로 감탄할 만할 것이다"라고 언급하면서 '번역'의 문제를 들고 있다.

이렇게 조선인 작가로서 주체적 의식이 확고하게 형성된다면 일본어 메커니즘의 침식성을 견디고, 이것을 자신의 것으로서 만들어 버릴 수가 있을 것이다. 요컨대 내 방식으로 말하자면, "자신이 '일본어'에 먹혀도 그 쇠로 된 위장을 '불가사리'가 하는 것처럼 물어뜯고 뛰쳐나올" 수가 있는 것이다. 즉 일본어로 쓰는 것임에도 불구하고 그 조선인으로서 작가적 주체의 확립에 의해, 그 작품에 독자성을 부여함에 있어서 언어상의 장애는 없앨 수가 있다. 이러한 말 자체에 내재하는 보편적 작용과 그와 관련된 작가 주체의 긴장관계가 상상력에 의해 크게 만들어지는 경우, 기호적 세계에서 상상력 그 자체가 초월적인 것에 의해, 요컨대 뛰어난 작품에서 상상력의 세계는 이미 픽션으로서 말을 의지하면서 말을 초월한 것이기 때문에, 일본어 틀 속에서 조선인 작가로서 자유의 조건이 거기에서 충족되어서 작품 독자성의 조건 자체를 획득하게 된다.

물론 여기에서 강조되어야 하는 것은 '재일조선인 문학'의 독자성은 그대로 조선인 작가 주체의 확고한 독자성에 의해 규제된다는 것이다. 이름만이 조선인 작가이고 풍화되어 주체가 애매모호한 경우는 '재일조선인 문학'이 될 수가 없다. 요컨대 일본어로 쓰면서 항상 그 메커니즘 침식의 위험과 규제를 받고 있는 이상, 단순히 '조선인'이라는 이름이 붙은 인간이 썼다고 해서 그것이 그대로 독자적인 '재일조선인 문학'이 되지 않는다. 그것은 일본어로 쓰여 있는 한 같은 작가의 작품이 반드시 항상 '재일조선인 문학'이 될 수 있는 보증이 없다는 것과 마찬가지이다. 독자성을 내부에서 구체적으로 뒷받침하는 것으로서 작품의 테마나 소재, 표현과 문체, 작가적 자세 등 다른 문제가 기다리고 있다. 그리고 두말할 나위 없이 모국어와의 관계도 항상 스스로에게 과제로 삼아야 한다. 그것은 우선 일본어에 의한 풍화작용에 대한 제동으로서의 힘도 되니까.

독자성이라는 것은 종파를 의미하는 것이 아니다. 총체로서 일본어 문학 속에서 독자적인 장을 가져야 한다는 것이며, 동시에 시점의 문제이다. 그렇게 함으로써 재일조선인 문학에 대해 거리를 두고 좋든 나쁘든 객관적으로 볼 수가 있을 것이다. '재일조선인 문학'은 그 독자성을 통해서 그 개성을 확실하게 하는 것이야말로 단순한 독자성에 이끌리지 않는 초월적인 것, 세계성을 또 동시에 구현해 가야 한다. 그리고 그 확립이 먼저 이루어진 단계에서 오다 마코토가 말한 것처럼 아시아 문학의 하나로 볼 수 있는 시점을 다시 찾을 수가 있다고 생각한다. 그러나 이것은 단순한 이론적인 문제에 머무르지 않고, 무엇보다 실제 작품에 의한 실현에서 정해지는 것이며, 조선인 작가 자신의 엄청난 노력에 달려 있다고 할 수가 있을 것이다. 그때가 되면 일본어는 재일조선인 작가에게 일종의 국제어로서의 역할을 하게 된다고 생각한다.

'재일조선인 문학'과 이회성

[1972]

일본 문학이라는 것은 먼저 일본어로 쓰여 있다는 하나의 언어적 사실이 전제되어 있다. 말을 기본으로 해서 보는 한 문학의 국적은 일단 그 말의 국적을 따르는 것이 상도일 것이다. 단일민족이 만들어 온 문학으로서, 또 국가 혹은 일본어의 분열 없이 발전해 온 일본 문학의 경우, 당연히 그것은 의심을 하지 않는 자명한 것으로 간주되어 왔다. 그런데 그 자명한 것으로서의 일본 문학 속에 재일조선인의 문학 집단이 하나의 사회적 확산을 갖게 되었다. 요컨대 '외국인'의(비록 그것이 2세이며 그 모국어를 충분히 해석하지 않는다 해도) 일본어문학의 집단이 형성되고 있다는 것이다.

뛰어난 문학은 궁극적으로는 그 지역성을 초월하는 것이기 때문에, 그 문학의 국적을 운운하는 것은 하찮은 일일지도 모른다. 요컨대 어디의 문학이라도 상관없다는 의견도 한편으로는 있다. 그러나 그것이 결과로서 초월이라면 몰라도, 아니 초월하지 않으면 안 되는 것이지만, 그렇다 해도 지금 문학은 구체적으로는 어딘가의 문학인 것이다. 말의 소속에 따라 재일조선인 문학을 일본 문학이라 한다면 그 독자성은 어떻게 되는가 하는 문제가 생기는 것도 그 때문이다.

이러한 것은 지금까지 별로 문제가 되지 않았을 뿐 아니라, 재일조선인 작가 스스로가 문제를 제기하는 것도 극히 제한된 상태로 오늘날에 이르고 있다. 그것은 확실히 일본 문학이었으며, 그래서 그 안에 포용, 소화되어 가는 것이라고 생각해 왔다고 해도 과언이 아니다. 또한 자칫 오랜 역사적인 시간 속에 그렇게 소화되기 쉬운 것이고, 그것이 하나의 역사적인 견해일지도 모른다.

이러한 이유로 일본어로 쓰면서, 그것이 일반적인 의미에서 일본 문학적이지 않다는 이질의 문학적 현상을 맞닥뜨린 경우, 그것을 어떻게 보는가라는 시점이 문제가 된다. 즉 일본 문학 이외의 것으로서 거리를 둔 곳에서 보는 시점이 있는가 하는 것이다.

재일조선인 문학이 번역이 아니라 직접 일본어로 쓴 것이기 때문에 그것은 외국 문학과는 성립의 사정이 다르다. 그러나 그래도 역시 일본 문학과는 이질적인 요소를 가질 수가 있다면 어떠한 시점이 제기되어도 좋지 않을까.

재일조선인 문학은 과거 일제 강점기에는 김사량이나 장혁주 등의 작품 활동을 포함해 당연히 일본 문학 속에 들어갔다. 즉 조선인에게도 일본어는 '국어'이고 조선인은 '일본인'이며, 문학상의 개념 규정의 문제 이전에 이미 정치적 강권 등의 문학 외적인 요인에 의해 당연히 일본 문학이라고 해도 이상하지 않았다. 당시는 그것에 의문을 가지는 것만으로 바로 '반일적'이라는 이유로 투옥되었을 것이다.

그러나 현재 우리는 그런 정치적 틀이나 강권 아래에는 있지 않다. 요컨대 우리는 문학 자체로서 재일조선인 문학이 일본어 문학 안에 있으며 어떤 위치에 있어야 할 것인가를 생각하고 반성할 수 있는 자유로운 조건을 가지고 있다. 그리고 재일조선인 작가 자신도 그 내적 요구에서 '재일조선인 문학'의 확립을 생각하지 않을 수가 없게 되었다.

오다 마코토가 재일조선인 문학의 문제와 관련하여 다음과 같은 중 요한 제안을 하고 있다(이러한 생각은 일본인 작가 측에서 나오는 것은 아마 처음이 아닐까 한다).

재일조선인 문학을 어떻게 보면 좋은가, 일본어로 쓰여 있으니까 일본 문학인 것인가, 우리가 마음대로 일본 문학이라는 식으로 말하고 있지만, 영어로 쓴 캐나다 문학이라는 것도 있어. 물론 그러한 시점이 있을 수가 있지. 미국 문학과 영국 문학이 있어. 미국 문학 안에 흑인 문학도 유대인 문학도 있어. 다양한 입장의 생각이 있겠지만, 어쩐지 재일조선인 문학 자체를 일본어로 쓰여 있으니까 일본 문학이라고 선험적으로 생각하고 읽는 경향이 어딘가에 있어.

(중략)

지금 만약 김석범 씨가 조선어로 쓰는 경우 우리는 선험적으로 이것은 아시아 문학의 하나라고 간주해. 그러나 김석범 씨가 일본어로 쓰면 일본 문학이라는 식으로 우리는 간주하고 있는데, 일본어로 쓰였어도, 아시아 문학이라는 식으로 생각해도 좋지 않을까. 한번 그러한 시점에 우리가 설 필요가 있지 않을까. 선험적으로 일본 문학이라고 하지 말고. 재일조선 인이 일본 사회 안에서 살고 있어도, 하나의 조선어라는 것을 획득하고, 그리고 이야기하는 사회를 가지고 있는 이상, 다른 사회라고 생각하는 것이 좋지 않을까. 그래서 뭔가 만들고 있지 않을까 하고.

「서평 김석범 『만덕유령기담』」, 『人間として』 제8호

여기에서 아시아 문학이라는 시점에서, 재일조선인 문학 자체가 안 고 있는 여러 가지 조건에서 생각하는 것은 간단하지 않지만 거기에 가까운 어떤 시점은 가질 필요가 있을 것이다. 그러기 위해서는 먼저 재일조선인 문학의 독자성을 확립하는 것이다. 그리고 일본인 작가 측 에서 이 같은 발언이 적극적인 의의를 인정해야 하며, 조선인 작가 측 은 수동적으로 해서는 안 된다.(『人間として』[1] 동인 시바타 쇼(柴田翔)[2],

마쓰기 노부히코(眞繼伸彦)³ 등도 같은 생각을 하고 있다.)

일본어 문학 속에서 재일조선인 문학이라는 독자성을 가질 만하다고 내세울 수가 있을지는 그 이론적 뒷받침과 동시에 무엇보다도 조선인 작가 자신의 주체적인 힘에 의한 실제 작품을 통해 실현함으로써 결정된다.

문제는 단지 말이 그것으로 작품 세계를 실현하는 주체로서 무엇인가라는 것이다. 예를 들면 여기에서는 일본어라는 말의 메커니즘이 가지는 힘을 원점으로 삼을지―그것이 말을 실현하는 주체인 작가의 존재의식까지 결정해 버리는 것인지, 아니면 비록 일본어로 사고해서 작품을 실현하는 것이라 해도 그 존재의 주체의식(요컨대 조선인으로서)은 가질 수가 있는지라는 것이다. 나는 말이 메커니즘이 가지는 강력한 그 주체에 침투작용을 인정하면서, 그러나 말은 또한 그 주체적인 의식이나 상상력을 따르는 것이며, 생각하는 주체 그 자체를 결정할 수가 없다고 생각한다. 극단적으로 말하자면 일본어를 사용하고 그것으로 사고하니까 일본인이 되는 것은 아니다. 그것은 또한 조선어를 모르는 상태에서 일본어로 사고하면서, 그래도 조선인으로서의 자각을 가지려는 사람들이 있다는 근거도 될 것이다.

조선(어)적인 감각으로 소재를 찾아 그것을 일본어로 실현해 가는 경우와, 충분히 조선어를 몰라도 일단 조선적인 생활 감각이 있고, 그래서 일정한 대상을 지각해서 감성의 세계로 넓혀가는 경우와 그 과정

---

1 『人間として(인간으로서)』는 1970년 3월부터 1972년 12월까지 지쿠마쇼보(筑摩書房)에서 계간으로 발행된 잡지.

2 시바타 쇼(柴田翔, 1935~): 일본의 소설가, 독일 문학자. 1964년에 『그래도 우리의 나날』로 제51회 아쿠타가와상 수상.

3 마쓰기 노부히코(眞繼伸彦, 1932~2016): 일본의 작가. 1963년에 『상어(鮫)』로 문예상 수상.

이 다르지만, 거기에 조선인으로서의 주체의식이 있는 한 본질적인 차이는 없다. 물론 이것만으로 작품이 실현되는 것은 아니다. 테마와 관련되는 사상 등도 있지만, 이러한 창작과정은 일본인 작가와는 다른 점을 가지고 있을 것이다. 즉 같은 일본어 문학이라 해도 그 주체가 싸여 있는 상황이나 주체적인 입장의 차이에 의해 이질적인 독자성이 만들어질 수가 있다는 것이다.

그리고 '재일조선인 문학'이라는 독자성을 인정하는 경우, 그것은 어떻게 보증될 수가 있는가, 그것이 인정되는 근거는 무엇인가라는 문제가 생긴다. 그것은 조선인이 일본어로 쓴다는 것은 어떠한 것인가라는 기본 문제와 관련된 것이며, 이것에 대해서는 나 나름대로 몇 편의 에세이로 정리한 바가 있는데 여기에서 언급할 여유는 없다. 한마디로 말해서 재일조선인 작가 자신의 독자성이며, 일본어와 관련된 문제, 조선적인 체질감의 문제, 아이덴티티의 문제이다. 그리고 그 독자성의 보증은 단순히 이론적인 방향 짓기만이 아니라, 그것의 구체적인 증명으로서 작품의 실현, 즉 주체적 존재로서 조선인 작가의 책임과 관련된 것이다(졸고 「'재일조선인 문학'의 확립은 가능한가」에 이러한 문제를 제기해 놓았다).

나는 재일조선인 작가의 작품을 읽을 때 해당 문장이나, 그리고 그것에 의해 만들어지는 조선인 작가로서의 체질감이라는 것을 먼저 살펴본다. 물론 그것이 그 작품 전체의 성립을 좌우하는 것은 아니다. 그러나 '재일'이라는 조건 아래에서, 일본어의 세계 속에서, 그 체질감을 갖는다는 것은 그 작가적인 주체성과 매우 긴밀한, 요컨대 그 작품 전체의 성립에 크게 작용하는 것도 가지고 있는 것이다.

그것은 일반적인 말로 바꾸면 하나의 작가적 감성이기도 할 것이다.

해변에 항상 시체가 파묻혀 있었다.

소련병이 상륙했을 때 총에 맞은 어딘가의 아저씨이다.

어디의 누구인지, 아무도 모른다. 벌써 미라처럼 되어 있었다. 마른 뙤약볕이 검게 납작해진 얼굴을 비추고 있었다.

목까지 진흙에 잠겨 있어서 남자인지 여자인지 판단도 할 수 없었다. 단지 그것을 알 수 있는 것은 잔물결이 빠져 나갈 때였다. 아저씨는 지카타비(地下足袋)[4] 발끝을 진흙 위에 조금 내밀고 있었다. 가까스로 다리를 들어 올려 자신을 알리려고 한 것처럼.

하지만 그것만으로는 육친이나 가족에게 알릴 수 없었을 것이다. 이미 소련군이 도착했을 때 죽은 사람들은 모두 화장으로 처리되어 있었다. 그 때문인지 아저씨의 다리는 무거운 듯 지금이라도 진흙 속에 가라앉을 것 같았다. 아저씨는 하늘을 보고 있었다. 하지만 까마귀가 눈을 가지고 가서 파란 하늘을 볼 수 없다.

이것은 「또 다른 길」의 1장 2의 서두 부분이다. 앞으로 사할린이, 이회성이라는 작가에게 또는 원점적인 의미를 갖는 사할린이 시작된다.

그러나 나는 이 작품을 사할린의 조선인을 그리는 일에 그 목적을 둔 것이 아니었다. 오히려 분열된 조국의 통일이라는 조선인에게 절실한 테마를 배경으로 그 빛을 바라고 있는 한 조선인 가정의 모습을 그 내측에서 이해하려고 항상 마음에 두고 있었다.

「또 다른 길」 후기에서

그럼에도 불구하고 이회성은 조국 통일에 대한 희구를 사할린이라는 변방(재일조선인이 유랑한 끝에)의 원점을 빠져 나가지 않으면 자신의 존재감과 연결되지 않는다는 것을 그의 최근 작품 「나의 사할린」(1972)에

---

4 엄지발가락과 나머지 발가락 사이가 두 갈래로 나누어진 작업화.

서 보여줬다. 「나의 사할린」은 무엇보다 한층 더 설득력 있는, 「또 다른 길」의 '해설적' 역할을 할 수가 있는 작품이며, 사할린이라는 원점을 둘러싸는 이회성의 제 1단계를 끝내고 다음의 새로운 테마로 향할 것 같은 인상을 주는 것이다.

아무튼 조금 전 무인 해변에 묻힌 시체의 묘사로 그는 실제로 독자를 동반하면서 사할린 속으로 들어가는데 이것은 단순한 풍경이 아니다. 소박한 필치로 전해지는 황량한 풍경은 그대로 이회성 속에 아로새겨져 지울 수 없는, 지금은 국경 저편의 상상력의 세계에서밖에 왕래할 수가 없는 그의 존재의 핵이 될지도 모르는 변방의 광경이다. 그래서 그것은 단순한 풍경이 아니라 하나의 심상풍경이 되기도 한다.

나는 여기에서 이회성의 신선한 문학적 감성을 처음 보는데, 그것은 또한 다음과 같은 나의 의문에 대답해 주는 하나의 근거가 되기도 한다. 나는 그에 대해 신기하게 생각하는 것이 있는데, 그것은 그가 가지고 있는 조선적인 체질감이다. 그는 2세이며, 감각적으로는 조선을 모른다고 해야 하겠지만, 그러기에는 드문 조선적인 감각을 그 작품의 바탕에 펼치고 있는 작가이다.

이회성은 자신의 체험을 주로 해서 쓰는 작가이다. 그러니까 그 작품에서 그 자신이나 가정에 대한 것 등을 잘 알 수가 있다. 가부장적인 난폭한 아버지 밑에서 자란 작가는 어려서부터 부모나 조부모들이 가진 조선적인 생활 감정이나 관습으로 이어진 가정생활을 지켜봐 왔다. 그것은 비판되어야 하는 것, 극복해야 하는 것을 많이 포함하고 있는데, 동시에 그것은 또한 조선인으로서 일본에 동화하지 않고 살아가는 힘이 되기도 했다. 생활 장소는 일본의 사할린이고, 홋카이도였지만, 그곳은 조선 생활의 연장선이었다. 그것을 이회성 소년은 싫어하면서도, 실생활 속에서 역시 몸에 익혔다고 봐야 한다. 물론 몸에 익힌 체험이라 해도 그것을 재현하는 것은 쉬운 일이 아니다. 그러나 이회성은 조선인 작가로서의 주체적인 노력과 동시에 그 풍부한 문학적 감성을 무기로 하여 묻혀 있었을 그리고 작았을 그 조선적인 감각을 작품 세계를 뒷받침하는 것으로서 훌륭하게 소생시키는 데 성공했다. 그리고 그가 자신의 가정을 그리는 작업 자체 또한 그 자신의 조선적 체질감을 자기의 것으로 하는 과정이었다고도 봐야 한다. 그가 집을 비판적으로 그릴 때, 그는 또 좋은 의미에서 조선적인 것을 자신의 것으로 삼았으며, 그 조선인 가정에 침투할 수 있는 생활 감정이 한편에 있기 때문에 그 비판은 힘을 가지는 것이라고 할 수가 있겠다.

「우리들 청춘의 도상에서」(『群像』, 1969)라는 단편 중에서 도쿄로 가출해 니코욘[5]을 하면서 대학입시 준비를 하고 있는 주인공 남수가 노동 현장에서 열일곱 살 하루지(春治)를 알게 되는 장면이 있다.

그 첫날 하루지를 알게 되었다.
자신보다 어릴 것 같은 하루지를 본 순간 남수는 살짝 놀랐다. 어디선가 본 적이 있다. 어디에서 만났지. 그러나 그러한 순간의 느낌에도 불구하고, 두 사람이 바로 어제까지 전혀 모르는 사이였던 것은 아무리 봐도 의심할 여지가 없는 사실이었다.

이회성, 「우리들 청춘의 도상에서」

그리고 하루지는 술꾼 삼인조로 여자에게 나쁜 짓을 해서 고등학교를 중퇴했다. 어느 날 현장 부근의 민가에서 담근 술로 모두와 술잔치를 벌린 끝에 취해 난동을 부렸다. 어쩔 수 없이 집단생활을 하고 있는

---

5 한때 일용 근로자를 의미하는 속어로 사용했다. 도쿄도가 1949년에 정한 일용 근로자의 정액 일당이 240엔이며, 백 엔 지폐 2장(2개)과 십 엔짜리 지폐가 4장이었던 것에 유래한다. 지금은 거의 사용되지 않는 말이다.

초라한 아파트 한쪽 방으로 소년을 데려갔다. 그리고 남수는 같이 사는 사촌 지로(次郞)와 함께 하루지를 택시에 태워 집까지 데려다 준다.

하루지 집은 S구(區) H초(町)의 조선인 취락(聚落)에 있었다. 취락이라 해도 지붕에 돌을 얹은 허술한 구조의 집이 56동, 논을 따라 흙둑 아래에 늘어서 있다. 차에서 내려 그 광경에 다가갔을 때 남수는 시골집을 떠올렸다. 바로 몇 달 전에 뛰쳐나온 자신의 집과 눈앞의 광경이 하나의 그림처럼 겹쳐졌다. 역시 거기도 돼야지(돼지)를 기르고 있는지 상한 찌꺼기의 쉰 냄새가 탁해진 밤공기 속에 감돌고 있었다. 남수는 그때 아, 이거였구나 하고 마음속으로 중얼거렸다. 처음 하루지를 봤을 때부터 어디선가 만난 것 같은 느낌이 들었다. 그것은 분명히 조선인 취락이 풍기는 냄새 때문이었던 것이다. 돼지를 기르고, 밀주를 만들고, 파리가 떼를 지어 모여 있는 집에서 자란 사람이 느끼는 향수 같은 것이 아니었을까.

이회성, 「우리들 청춘의 도상에서」

첫날에 만난 하루지의 몸에서 실제로 냄새가 피어오른 것도 아니었다. 그러나 남수는 그 눈에 보이지 않고 콧속으로 올라오는 것도 아닌, 완전히 추상적인 냄새로 초대면의 소년을 어디선가 만난 것으로 느낀 것이다.

이러한 후각이라고도 할 만한 것, 혹은 그것을 긴 수염벌레의 더듬이라 해도 좋을, 그런 감각이 적확한 묘사로 정착되어 있으며, 그것은 마치 감각에 기억장치가 설치되어 있는 것처럼 정확하다. 그 중에서도 편견과 차별 속에서 청춘의 좌절과 전진을 그린 장편 『가야코를 위하여』는 그런 뛰어난 감각적인 묘사나 관찰에서 충족되어 있다.

다음은 조선 생활 감정의 한 측면을 적확하게 파악한 문장을 보자.

"아이들만이 가출한다고 정해져 있는 건 아니야. 나도 이때 집을 나갔으니까. 그렇게라도 하지 않으면 나는 지금 아들에게 살해돼서 신문에 대문짝만 하게 실렸을 거야. 설령 너희들에게 살해되지 않았다 해도 마음이 슬퍼서 더 이상 집에 있을 수 없어. 너네들, 좋을 대로 해. 그리고 뒈지고 싶으면 어딘가에서 뒈지면 돼." 아버지는 그렇게 말을 내뱉더니 정말 그 자리에서 일어났다.

"아무도 말리지 마. 나 나갈 거니까."

그렇게 다짐을 하고 아버지는 천천히 현관문 쪽으로 간다. 상준은 멍하니 아버지 뒷모습을 바라보고 있었다.

"어디 가는데. 저녁에 김치 주문받으러 갈 가게가 있단 말야."

그때까지 부엌 마루방에서 얼룩 고양이를 안고, 웅크리고 있던 어머니가 그야말로 얼이 빠진 목소리로 말을 걸었다.

"아니, 말리지 마. 난 이미 이 집과 관계가 없어졌으니까."

아버지는 슬픈 듯이 말하며, 현관에서 신발을 신기 시작했다. 하지만 잠시 꿈지럭 꿈지럭하다가 싱크대에 얼굴을 내밀고, "안경 줘" 하고 어머니에게 언짢은 목소리로 말했다.

"안약도. 눈이 아파서 걸을 수가 없네."

안약을 받자, 아버지는 일부러 여러 번 안약을 넣고, 그러고 나서 각오를 하고 집을 나가 버렸다. 아버지의 모습이 보이지 않자, 일준은 벌러덩하고 다다미 위에 누워 긴 다리를 꼬았다.

"어차피, 근처 배회하다가 돌아오겠지."

그 말대로였다. 30분도 지나지 않아서 아버지는 조금 멋쩍은 듯한 얼굴을 하고 돌아왔다.

아버지는 위세가 꺾인 목소리로 말했다.

"아무리 바보 같은 부모도 살아 있으니까 큰소리치는 거야. 죽은 후에는 아무리 효도하려고 해도 이미 늦으니까. ……언젠가는 아이가 생기고 그 아이가 크면 비로소 알게 되는 거다. "아, 그때, 아버지가 했던 말은 정말이었구나" 하고……."

밤이 깊어지자, 아버지는 라디오 스위치를 켜고, 조선 방송을 아주 크게 틀었다.

이회성, 『가야코를 위하여』

이것은 『가야코를 위하여』의 주인공 상준이 본가에 가 있는 동안 형 일준과 말다툼한 아버지가 나가는 장면인데, 몇 쪽에 달하는 그 묘사가 유머러스하게, 그리고 상상력을 돋우면서 재일조선인 가정의 분위기를 여실히 전하고 있다. 특히 아버지가 아이들에게 훈계하는, 조선에서 말하는 '身勢打鈴'^{신세타령}[6] 이른바 자신의 처지에 대한 이야기는 「또다른 길」에서 압권이라 할 만한데, 재혼한 어머니와 함께 하는 가족회의에서 그녀가 자신의 처지에 대해 이야기하는 대목을 연상시킨다. 그것은 모두 확고한 리얼리티를 가지고 있는 것이다.

이러한 조선적인 생활감각을 이해하는 이회성의 감성은, 문체에 가장 접착력이 있는 작품이라고 생각되는 「죽은 자가 남긴 것」(1970)에 독자의 가슴에 스며들게 차분하게 표현되고 있다. 이것은 혈연관계를 존중하는 가족제도 속에서 조선인 가정에 균열을 가져 오는 조국의 분열 모습이 억제된 비극적인 요소마저 여실히 나타나는 작품이다. 이회성의 작품 곳곳에서 아버지와의 상극, 예전부터 난폭한 조선인의 이미지인 아버지를 극복하는 새로운 조선인에 대한 모색을 볼 수가 있는데, 이 작품에서는 형이 아버지의 분신 같은 남자로서 등장한다. 하지만 이러한 인물을 「죽은 자가 남긴 것」에 나오는 형이라 해도 작가는 모든 것을 부정적인 입장에서 쓰고 있는 것은 아니다. 아버지에 대한 동정과 애정이 그것에 대한 비판과 증오 사이에 배어 나오고, 거기에는 조국의 불행이 투영된 아버지에 대한 작가의 견해가 충분히 사회적 확산을 갖

---

6 신세타령의 한자는 '身世打令'으로 쓰이는데 이회성은 작품에서 '身勢打鈴'으로 표현했다.

춘 눈으로 응시하고 있는 것이다. 「인면암(人面の大巖)」(『新潮』, 1972년 1월 호)의 마지막에 아버지에게(크게는 조선에) 돌아가는 것은 그러한 것을 이야기하는 것이다.

「죽은 자가 남긴 것」에서, 예를 들어 집안에서 싸움이 시작되면, '나'는 재빨리 부엌으로 뛰어 들어가 부엌칼을 잡아채어 밖으로 뛰어나가는 장면이 있다. 아버지가 부엌으로 달려와 "일어나는 상황을 생각하면 나는 언제나 아버지보다 빨리 달려야 했던" 이 부모와 자식의 "단거리 경주" 트레이닝에서 '나'는 이겨서 항상 승리자가 되었던 회고 장면이다. 그런데 장례를 치르는 밤에 식장에서 혼자 꾸벅꾸벅 졸면서 '나'는 비몽사몽 중에 아버지의 목소리를 듣게 된다.

> 잠시 후에 나는 또 혼자가 되었다. 동포가 이야기하는 목소리와 나뭇가지를 울리는 바람 소리를 얼마나 듣고 있었을까. 차츰 의식이 둔해지고 있었고 눈꺼풀이 무겁게 내려갔다. 비몽사몽하는 사이에 분회장과 아직 이야기하는 것 같았다. 그런데 귀에 익숙한 가슴이 두근거리는 목소리였다. …… 우리는 천천히 달렸다. 동식, 우리는 언제나 천천히 달렸다. 네가 이기도록 우리는 천천히 달려 왔다.
>
> 이회성, 「죽은 자가 남긴 것」

이것은 작가 자신의, 그리고 적확한 상상력에 의해 이끌려 나오는 신음 소리와 다름없다.

말할 필요도 없지만, 이회성의 일련의 작품 활동을 그 바닥에서 지탱하고 있는 것은 단순히 감성적인 것만은 아니다. 그는 감성이 주 무기인 작가가 아니다. 그 「진정한 체험에 대하여(眞の體験について)」(『群像』, 1970년 11월 호)라는 에세이에서 볼 수가 있듯이, 그는 감성적인

것을 사회와의 관계에서 벗어나 내면세계를 지탱하기 위해서만 애쓰지 않는다.

> 아무래도 나는 '문학이란 무엇인가'라는 문제를 인간은 어떻게 시대를 살아가는가라는 의식 속에서 생각하는 것 같다. 좋든 나쁘든 나는 자신의 성장 과정 속에서 이렇게 생각하게 되었다. 조선인으로서 아이덴티티를 찾아 살려고 했고, 자신의 무력함과 약점을 느낄 때마다 반대로 문학에서 힘을 얻으려고 했다. 그 문학은 나라는 '자신의 정체'를 시대와 사회 속에서 풀어주는 것이어야만 했던 것이다.
>
> 그것은 여하튼, 오늘날 우리가 살고 있는 시대는 혼돈으로 보이지만, 그 혼란한 상황을 나름대로 응시하는 것은 문학자에게 피할 수가 없는 책임이라는 것이 아닐까. 우리가 손가락에 화상을 입고 싶지 않은 어느 시대에도 연명할 수가 있는 문학자인 것을 바라지 않는 한 시대는 끊임없이 문학에 요구하고, 문학은 그 내실을 추구하고 있다.
>
> 이회성, 「진정한 체험에 대하여」

그는 그 감성으로 내부에 가라앉지 않고 사회적 확산을 추구하고, 시대적인 접점을 자신의 문학에 새겨 넣으려고 한다. 거기에 이회성 문학이 가지는 광범위함과 진취적인 근거가 있을 것이다.

이회성은 앞에서도 언급한 「또 다른 길」 후기에 이어 "그 큰 테마에서 보면, 이 작품은 자연스럽게 재일조선인의 삶과 관련되는데, 조가(趙家) 사람들의 삶, 본연의 자세가 결코 그 전형이라는 것은 아니다. 어디까지나 하나의 경우로서 부각시킨 것이다"라고 한다. 그러나 그가 「나의 사할린」에서 「또 다른 길」을 마무리한 시점에서 그 모든 작품을 뒤돌아보면, 거기에는 "어디까지나 하나의 경우로서 부각"되면서, 하나의 전형적인 것이 만들어지고 있는 것을 인정하지 않으면 안 될 것이다. 요컨대 전형이라는 항상 일정한 상황 속에서 "어디까지나 하나의 경우로서" 나타나는 것을 이회성의 작품은 스스로 나타내고 있다고 할 수가 있다.

이회성은 이렇게 자기 확인을 다지면서 잃어버린 자기를 회복하기 위한 여정으로서, 이른바 내셔널·아이덴티티의 입장에 서 있는 것 같다. 진정한 인터내셔널에 이르기 위해서는 먼저 잃어버린, 혹은 빼앗긴 민족적인 것을 자기 안에 확립해야 한다. 자기상실인 상태의, 또는 무국적인 상태의 인터내셔널은 적어도 우리가 취할 바가 아니다. 그런 의미에서 「푸른 언덕의 숙소(靑丘の宿)」(『群像』, 1971년 3월 호)는 이회성이 조선인으로서 사상적인 행보가 교조적이라고 생각될 정도로 나타나고 있는 작품이다.

이회성의 소박할 정도로 신선한 감각의 그림자에 숨어 있기는 하지만, 나는 그의 일의 결실 중에 한 가지 슬픔을 발견한다. 어딘가 한구석에서 인생을 알아 버린 것 같이 연상시키는 부분이 있는, 이번 아쿠타가와상 수상작인 「다듬이질하는 여인(砧をうつ女)」(『季刊藝術』 18호, 1971년 7월)도 그렇지만, 재일조선인의 슬픔이 이 2세 작가의 마음 속 깊이 내포되어 있다. 그런데도 거기에는 서정성은 있지만 감상성은 없다. 이 감상적인 것을 재능적으로 막고 있는 슬픔의 감정은 귀중할 것이다.

나는 이회성을 측면적으로 살펴봤다. 이것은 이회성의 전체 모습이 아니다. 하지만 그것은 이회성의 세계를 성립시키는 근원에서 이어지는 것을 무시할 수가 없을 것이다. 그것을 가질 수 있는 것이야말로 이회성의 재능이라고 나는 생각한다. 2세인 그가 뛰어난 소질로서 가지고 있는 조선적인 감각이라는 것도, 이른바 조선인으로서의 주체의식에 뒷받침되는 감각이다. 작가적인 감성과 조선인으로서의 주체적 인식의 과정이 어우러져, 조선적인 것을 스스로 생산했다고도 할 수가 있다. 즉 그것은 스스로 주체적인 조선인으로서 살려고 힘쓰는 의지의 창조라고도 할 수가 있다. 일본의 상황 속에서 일본어로 쓰는 조선인 작가가 풍화에 견뎌 나가기 위해서도 일반적인 의미에서 감성으로 싸인 조선적인 감각이라는 것은 필요하다. 그리고 그것을 바탕으로 하는 것이야말로 참된 초월의 세계로 향하는 작업이 다시 이루어질 수가 있을 것이다. 여기서 여담이지만, 자주 인용되는 일제 강점기의 작가 김사량의 문장으로 마무리를 하려고 한다.

> 조선 사회와 환경에서 동기나 열정이 고양되어, 그러한 것들에 의해 알게 된 내용을 형상화하는 경우, 그것을 조선어가 아닌 내지어(일본어—인용자)로 쓰려고 할 때에는 작품은 아무래도 일본적 감정이나 감각에 억압받게 된다. 감각이나 감정, 내용은 말과 결합해서 비로소 가슴 속에 떠오른다. 극단적으로 말하자면 우리는 조선인의 감각이나 감정으로 기쁨을 알고 슬픔을 느낄 뿐만 아니라 표현 그 자체와 불가분리적(不可分離的)으로 결합된 조선의 말에 의하지 않으면 가슴에 와 닿지 않는다. 예를 들면 슬픔이라 해도 욕이라 해도, 그것을 내지어(일본어)로 옮기려 한다면 직관적인 느낌이나 감정을 상당히 돌려서 장황하게 번역하지 않으면 안 된다. 그것을 못 하면 단순한 일본적인 감각으로 바꿔서 문장을 짓게 된다. 그래서 장혁주 씨나 나 같은, 그 외 내지어(일본어)로 쓰려고 하는 많은 사람들은 작가가 의식하고 있든 그렇지 않든 관계없이 일본적인 감각이나 감정으로 변함에 짓눌리는 듯한 위험을 느낀다. 나아가서는 자신의 것이면서도 이국적인 것으로 눈이 멀어지기 쉽다. 이러한 것을 나는 실제로 조선어 창작과 내지어(일본어) 창작을 조합하고 시도하면서 통감하는 한 사람이다.
>
> 김사량, 「조선문화 통신」, 1940

김사량은 이 이상은 언급하지 않았고, 게다가 시사하는 점이 많은 부분이라서 나는 같은 내용을 여기저기에서 자주 인용하는데, 이것은 지금 일본의 현실에 그대로 해당하는 것은 아니다. 다만 진정한 조선적인 작가라고 할 수 있는 재일조선인 작가의 선배가 한 말로 여기에도 인용해 두는 것이다.

마지막으로 이회성에 대해서 나의 부탁을 덧붙여 놓으려 한다.

한마디로 말하면 이회성의 문학은(다른 2세 작가를 포함해서) 당연하지만 2세 문학이다. 거기에서 필연적으로 테마나 내용뿐만 아니라 방법면에서도 저자 스스로 제약성을 갖기 쉽다. 나는 이회성의 문학을 높이 평가하면서, 2세라서든가, 또는 2세에도 불구하고라든가 하는 말을 어딘가에 붙여 보면서 그의 작품에 대한 불만을 피한다. 그리고 2세 작가 자신 안에도, 또 자신은 2세니까라는, 거기에는 새로운 적극적인 면과 동시에 후퇴적인 면을 함께 가지고 있는 전제가 놓이기 쉽다. 물론 2세로서 세계를 나름대로 추구해 나아가야 하지만, 거기에 멈추는 한 많은 사람을(그것을 확대하면 세대에 관계없이 본국에 있는 조선인도 포함한다) 움직이게 하는 힘을 갖지 못한다. 총체로서의 조선인에게는 1세도 2세도 없다. 그것은 조선인으로서의 주체적인 입장에 서는 한 1세도 2세도 이어지는 것이며, 2세의 **틀**은 고정적이지 않게 된다는 것이다.

2세 문학의 특징이라고 말할 수가 있는 것은 2세인 자신이 진정한 조선인으로서 자기발견을 추구하는 길에 작품의 테마가 이어지므로, 필연적으로 자신의 경험을 바탕으로 한 세계가 되는 것이다. 그리고 전반적으로 재일조선인의 생활을 수동적인 시점에서 보기 쉽다. 사소설적인 면이 보여지는 것도 그 때문이다.

문학에서 2세적인 **틀**을 넘기 위해서도, 한편으로는 체험의 세계에서 빠져나와 상상력의 세계에도 들어갈 필요가 있을 것이다. 동시에 이회성의 자질 중 귀중한 하나가 유머적인 것도, 체험의 세계에 머무르는 한 소재적인 범위를 크게 벗어날 수가 없다. 상상적인 세계에 들어감에 따라 유머는 하나의 관념성을 띠기 시작해서 유머 자체로서 의미를 가질 것이다.

이회성도 포함해서 재일조선인 문학의 앞에 놓인 과제의 실현을 위해 우리는 '재일조선인 문학'의 확립을 이론적으로도 실제 작품에서도 다양한 시도(이미 있는 것에 대해서는 그 검토)를 해야 한다. 그것은 일본어 문학 중에서 재일조선인 문학을 일본 문학 이외의 것으로 보는 시점을 가지는 것과 유사하다. 물론 일본어로 쓰여 있는 한 같은 저자의 것이라 해서 그것이 반드시 독자성을 가진 '재일조선인 문학'이 되는 것은 아니다. 그것은 일본어가 가지는 메커니즘과 긴장관계에 있는 조선인으로서 주체 사이의 균형이 깨질 때 일어나기 쉬운 것이다. 요컨대 조선인이 썼다고 해서 그대로 '재일조선인 문학'의 독자성이 있다고 할 수가 없는 것과 같은 이치이다. 그러니까 거기에는 주체적인 의미에서 조선인 작가로서 끊임없이 싸움이 계속되어야 한다. 그 싸움에 가담함으로써 이회성의 문학도 일본어 문학 안에서 한층 그 개성을 뚜렷하게 할 수가 있으며, 그리고 그 싸움 속에서 뛰어난 작가의 작품이 더욱 가다듬어져 보다 크게 될 것이다.

큰 분노를 조용한 행진으로

재일조선인 조국 자유왕래 요청 도보행진에 참여하며

[1964]

일본에 많은 조선인이 살고 있다. 우리들이 자신의 조국에 자유롭게 왕래하기 위해 일본 정부에 대해 요청운동을 하고 있다고 하면, 고개를 갸웃하는 일본인이 많다. 그리고 고개를 갸웃하는 일본인은 현재 이런 운동이 일어나고 있다는 것을 알고 있는 편이며, 그것을 모르는 일본인 도 또한 많다.

재일조선인의 이 운동이 지금 일본 국민 사이에서 큰 지지를 얻고 있는데, 그것은 많은 일본인이 고개를 갸웃하며 이것이 이상하다고 생 각하기 시작하고부터이다.

재일조선인이 일본 해안선에서 외부 쪽으로 다리를 펴서는 안 된다 는 감금상태 속에서 20년 가까이 생활했다는 사실을 대부분의 일본인 은 모른다. 그 나라에서는 외국인인 일본인이 조선에 왕래하는 관계도 있어서(물론 이것도 제한이 있어 직접 코스로 갈 수가 없다.), 그 나라의 주인인 조선인은 당연히 일본에서 자유롭게 왕래하고 있을 것이다— 라고 일반 일본인은 생각하고 있었다. 그것은 그 나름대로 일리가 있는 것이었다. 실제로 재일외국인은 중국이나 소련 소위 공산권 국민도 포함해서 당연히 그 조국에 자유롭게 왕래하고 있었는데 우리 조선인의 경우는 예외였기 때문이다.

그 예외라는 것을 대부분의 사람들은 몰랐다. 역설 같지만 세계에서 단 하나라고 하는 이 예외를 가장 잘 알고 있는 것은 바로 일본 정부일 것이다.

그곳이 자신의 나라이며 그곳에 가족들이 생활하고 있는데 만나고 올 수가 없다.

이런 사실이 밝혀지기 시작하여 많은 일본인은 고개를 갸웃하기 시작했다. 인도(人道) 운운이라는 말이 부끄러운 이 당연한 문제가 왜 재일조선인에 한해 예외가 되었는가?

어떤 경우에도 부당한 예외는 없어야 하지만, 이것이 인도상의 문제에 부딪치게 되면 그것을 요구하는 우리의 마음은 가볍지 않다. 동시에 단순한 요구가 아니라, 인간으로서의 존재가 전제로 이어지는 인도적인 주장이기 때문에 일본 국민의 광범위한 지지를 받는 것이라고 우리는 생각한다. 그리고 그것은 국제적으로도 여론을 끌어당기며, 예를 들어 영국의 버트런드 러셀(Bertrand Russell)[1] 그리고 아놀드 토인비(Arnold Toynbee)[2]도 개인의 이름으로 지지 성명을 내고 있다.

이런 일이 자주 있다. 많은 일본인이 북조선에 다녀오는데, 그들은 일본에 있는 우리에 대해 어떤 당혹스러움을 느끼는 것이다. 그것은 무슨 뜻인가 하면, 가령 『문화 평론가』 4월 호(1964)의 「천리마 조선(千里馬の朝鮮)」에서 작가 시모타 세이지(霜多正次)[3]가 이런 식으로 말한

---

1 버트런드 러셀(Bertrand Arthur William Russell, 3rd Earl Russell, 1872~1970): 영국의 철학자, 논리학자, 수학자이며 사회비평가, 정치활동가이기도 하다.
2 아놀드 토인비(Arnold Joseph Toynbee, 1889~1975): 영국의 역사가, 역사 철학자.
3 시모타 세이지(霜多正次, 1913~2003): 일본의 소설가.

경우 등이다.

> 일본 정부에 의해, 그러한 감금상태에 놓여 있는 그들(재일조선인ー인
> 용자)에 대해서 일본인인 내가 여러분 나라에 다녀오겠습니다라든가, 다
> 녀 왔습니다라는 것은 참으로 불편한 이야기이다.
> 더구나 조선을 방문하게 된다면, 누구보다도 이 일에 관심을 갖고 조선
> 의 실정을 자세히 알고 싶어하는 사람은 다름 아닌 그들 재일조선인이기에,
> 이것은 조선을 방문한 사람에게 제일 머리가 아픈 문제이다.

언급한 대로일 것이고, 그것은 또 하나의 문제의 일면임에 틀림없
다. 또 다른 일면에는 조선인이 서 있는 것이다. 우리는 일본인의 공화
국 방문을 많이 기뻐해서, 이러한 선의의 이야기를 들으면 더욱 견딜
수가 없다. 문장뿐만 아니라 북조선에 다녀온 사람에게서 직접 들은
적이 있다. 상대는 감동해서 우리 조국에 대해 이야기해 준다. 그리고
감동 자체가 동시에 우리에 대한 예의라고 생각하는 경우도 있다. 이쪽
도 응, 응 하고 끄덕이고 감동하며 듣는다. 분명히 기쁜 일임에 틀림없
는 일이지만, 한편으로 묘한 기분이 든다. ─ 우리는 대단한 호인이 된
다. 그렇다고 해서 그들이 실제로 눈으로 본 조국에 대해서는 우리는
모르는 것이다.

요컨대 현실은 많은 설명을 할 것까지도 없이 이러하다. 현실은 우리
의 마음에 가시를 찔러 넣고, 자신의 나라에 우리가 살고 있는 그 나라
의 사람이 다녀오는 것을 지켜봐야 한다. 참으로 견딜 수가 없는 기분
이다.

이것은 보통 일이 아니다. 모든 의미에서 보통 일이 아닌 것이다.

아무튼 재일조선인의 조국 자유왕래를 요구하는 운동은 일본 국민의

광범위한 지지 아래에서 지금 크게 고조되고 있다.

　재일조선인은 작년(1963) 5월에 이 운동을 일으켰다. 그리고 올해 들어와서는 지난 3월 16일부터 4월 21일 약 40일에 걸쳐 오사카와 도쿄 간 610킬로미터의 길을 자유왕래를 요청하며 도보행진을 했다.

　나도 행진에 참여하여 걸었다. 행진은 오사카에서 교토의 야마자키(山崎), 가와사키(川崎)에서 도쿄 히비야(日比谷) 공원까지 출발해서 도착하기까지 4일간 약 60킬로미터로 전 일정의 10분의 일에 불과한 것이다. 그럼에도 나는 발언의 충동을 느낀다.

　행진은 3월 16일 아침에 오사카 오기마치(扇町) 공원에서 대회가 시작되었다.

　3월 중순이지만 몹시 추운 날이다. 하늘은 높고 흐리고 바람이 강했다. 땅이 완전히 말라서 날리는 먼지가 상당했다. 차가운 바람은 계속 불었지만 대회가 시작할 무렵에는 만 명의 군중이 공원을 가득 메웠다.

　재일조선인들이 한자리에 만 명이 모이면, 대체로 모든 계층이 거기에 망라된다. 그것은 당연히 연령에도 나타난다. 학생 만 명을 거느리는 대학이 일본에는 얼마든지 있지만, 외국인인 우리의 경우는 인구 비례로 해도 같은 세대에서 1만의 군중이 한자리에 모일 수는 없다. 그러니까 1만을 넘는 인간이 모인다는 것은 단순히 숫자 상만이 아니라 재일조선인의 생각과 의향을 반영하는 결정적인 기준(barometer)이기도 하다.

　일본인의 군중대회나 데모 등에서는 낯선 풍경이지만, 재일조선인의 경우는 이럴 때에 반드시 노인이나 여자가 많이 참여한다. 오기마치(扇町)대회에서도 예외는 아니었고, 거기에 70을 넘기고 80에 가까운 할머니들을 찾는 것은 힘든 일이 아니었다. 대략 사오십 전후의 어머니들이 많다. 학생들은 집단 참가는 하지 않았지만, 그래도 그 모습이 눈에 띄었다. 공원에서 아는 여자 아이를 만나

"너도 행진에 참가하니?"

"어머니가 아프셔서, 제가 대신 참가하는 거예요."

라고 중학교를 막 나온 그녀는 대답했다.

사람들의 요구를 반영하는 손에 들린 플래카드와 횡단막, 어깨에 두른 어깨띠의 문구는 극히 간단한 것뿐이다. 일본 정부는 재일조선인의 조국 왕래의 자유를 인도주의의 입장에서 인정하라든가, 일본 국민에게 이 운동에 지원을 호소하는 문구 같은 것이다. 절규조가 없는 이 간단하고 분노를 억누른 표현은, 이 요구는 당연한 것이고, 그렇기 때문에 절실한 것이라고 말하고 있는 것처럼 나에게는 여겨졌다.

대회가 끝나자 15명의 요청 대표단을 선두로 하여 2천여 동포들이 도보행진으로 이어졌다. 우리의 마음이 가벼운 것이 아니어서, 막상 공원의 마른 모래먼지를 뒤집어쓰며 걷기 시작하자 코끝이 시리다. 엄숙한 순간이다. 그런 심정이 아니면 첫발을 앞으로 내디딜 수가 없다. 그럼에도 순간 어이없다는 생각이 든다. 그것은 우리의 인권이 짓밟히고 있다는 실감이다. 자신들에게 다시 굴욕을 허락하지 않는 엄격한 분노를 실감한다.

특히 우리의 마음을 격동시킨 것은 출발하기 전에 갑자기 대회 단상에서 마이크를 통해 흘러나온 뉴스였다. 매국적 '한일회담'을 분쇄, 반대하는 남조선 인민들의 투쟁이 마침내 부산, 목포, 서울 등에서 연속적으로 일어나고 있다는 것이다. '분노한 4월의 사자'들이 일어선 것이다. 우연의 일치라 해도 그것은 대단했다. 뉴스가 전해진 순간, 격렬한 박수와 함성으로 공원은 큰 파도처럼 울려 퍼져 흔들렸다.

조국 남반부를 새로운 제국주의의 침략에서 지키기 위해 우리도 대오를 함께 하고 있다는 결의로 2천여 동포는 행진을 진행했다. 일본인도 참가했는데 하타나카 마사하루(畑中政春)[4] 씨의 얼굴도 선두에 보였다.

우리의 머리 위에는 공화국 국기, 오색기, 플래카드 등으로 가득 찼다. 때마침 강풍에 그것은 심하게 펄럭거렸다.

'조국 자유왕래 실현'을 위한 슈프레히코르(Sprechchor, 구호)가 이어지고, '김일성 장군의 노래' 등 조국의 아름다운 노래, 힘찬 노래가 울리고, 지면에 한발 한발, 투쟁의 발자국이 새겨지고 있었다.

사열종대가 번화한 시가지를 2킬로미터의 길이로 움직여서 교통정리로 행진이 중간에 몇 번이나 끊겼다. 그러자 그만큼 행진이 길어져 사람들은 늘어날 것 같았다. 조금 앞질러 육교 위에 서서 다가오는 행진을 정면으로 내려다본다. 후방은 흐릿해서 보이지 않는 일직선의 행진이 거대한 맥박을 치면서 순식간에 육교에 있는 나도 그 발걸음에 삼켜질 듯이 압도된다. 질서정연하게 움직이는 그것은 급류가 아니라 대하의 평온함으로 다가온다.

오후에는 화창했지만, 바람은 차갑고 피부를 찔렀다. 3월인데 바람은 북쪽에서 덮쳐 온다. 그것은 지면을 모두 핥아서 먼지를 공중에 빨아올렸다가 흩뿌렸기 때문에 우리는 완전히 먼지를 뒤집어쓰면서 걸었다.

요도가와(淀川) 위로 나오자 바람이 한 차례 힘껏 우리들의 얼굴을 강타한다. 깃대가 부러질 정도로 찢겨져 날아가려는 깃발을 붙잡고 있다. 요컨대 사람들은 눈과 콧구멍으로 덮쳐오는 먼지와 싸우면서 바람을 향해 행진한 것이다.

바람과 추위는 결코 기분 좋은 것은 아니지만, 행진의 목적이 달콤한 것이 아님을 아는 우리에게는 이것이 자극이 되기도 한다. 여자들은 대개 내용물이 가득 찬 보자기를 가지고 있었는데, 그 도시락이나 주먹밥은 꽃구경과는 관계없음을 그녀들은 알고 있다. 어떤 할머니는 치맛

---

4 하타나카 마사하루(畑中政春, 1907~1973): 국제문제평론가, 평화운동가.

자락을 따라다니는 바람을 붙잡고 외쳤다.

"너는 어디 바람이냐, 너무 따라다니는 거 아니다, 냉큼 가거라. 우리는말야, 지금 구니(國)에 갔다 오기에 바쁘니까."

그녀는 웃었다. 걸으면서 옆 사람들과 함께 웃고 있다. 또한 바람을 향해 노래하는, 아이를 업은 젊은 어머니의 탄력적인 입술에 아로새겨진 미소도 아름답다.

행진을 선도하도록 선전차가 왕래하면서 스피커에서 우리의 입장과 요구를 호소하는데, 그 일본어가 아주 유창하고 긴장감이 있다. 상상하건대, 한 번도 조국을 그 눈으로 본 적이 없는, 그래서 조국을 찾아 마지않는 소녀가 그 목소리의 주인일 것이다. 남녀 청년이 전단지를 안고 뛰기도 하는데, 그들은 신호정지를 기다리고 있는 트럭이나 택시에, 그리고 골목에 들어가 집집마다 전단지를 사람들 손에 건네고 있었다. 그들은 자신들의 요구가 절실하기에 전단지는 뿌리는 것이 아니라 손에 건네는 것이라는 것을 깨닫고 있는 것이다.

옆구리에 '조국 자유왕래 실현·오사카―도쿄 간 도보행진'이라는 흰 천을 붙인 자동차 몇 대가 행진을 따라가듯 달린다. 모두 자가용차인데, 운전수는 행진에서 지친 사람을 찾아내려고 필사적이다.

그쪽에 정신이 빼앗겨 있자, 갑자기 커다란 덩치의 대형버스가 이어 우리 옆에 나타났다. 긴키(近畿) 각 지방, 먼 곳에서 사람들을 옮겨 온 것이다. 고베(神戶)는 물론, 아카시(明石), 스마(須磨), 와카야마(和歌山), 나라(奈良) 등에서 참가한 그들은 모두 버스에서 고개를 내밀고 손을 흔들고 있다. 행진에 호응하여 노래를 부르며, 틈틈이 격려의 말을 던진다. 걷고 있는 사람보다 버스에 타고 있는 사람 얼굴이 어딘지 모르게 눈물겹게 일그러져 있다. 행진을 바깥쪽에서 본다면 거기에 자신의 한결같은 모습을 찾는 것일지도 모른다.

"정말 미안해요, 우리만 버스를 타서 죄송합니다."

"뭘 걱정 안 해도 돼요, 그보다 먼 곳에서 와서 정말 수고가 많네요!"

울지 않아도 될 것 같은데, 버스 안에서 여자나 할머니는 마침내 손수건을 눈에 댄다. 행진에서 버스 쪽으로 달려 손을 뻗어 악수하는 광경이 보인다. 손수건을 얼굴에 댄 채 노파가 몸을 내밀어 악수를 한다. 손등에 가시를 세운 채 정중하게 행해지는 악수도 있지만, 마음의 감동을 함께 나누는 행동을 소박하게 표현한 할머니의 악수는 보고 있으니 아름다웠다.

스이타(吹田)시에는 조선인이 비교적 많이 살고 있는데, 행진이 이 지역에 들어가니 길가는 조선 부인과 초등학생, 중학생으로 메워져 있었다. 길가에 임시로 마련된 테이블 위에 무수한 컵이 있었는데, 사람들은 일제히 행진하는 한 사람 한 사람에게 차를 따라주기 시작했다. 처음에는 어떻게든 되었지만, 모두에게 차를 주기 위해서는 시간도 설비도 부족했다. 근처에 있는 집에서 몇 십 잔이나 조급하게 운반되는 양동이에 차가 출렁이고 있었다. 길가에서 주기에는 이미 늦어 컵과 주전자를 가지고 도로에 뛰쳐나가 릴레이식으로 차를 따른다. 아이가 등에서 비명을 질러도 신경을 쓰지 않는다. 어머니에게는 지금 이 지역을 통과하려고 하는 동포들을 한 사람이라도 놓치고 싶지 않은 것이다. 이 순간 그녀들에게는 그것이 전부였다. 땀이 맺혀 떨어지고 있었다.

나는 어쩐지 미안하다는 생각도 들어 차도 별로 마시고 싶지 않아서, 행진에서 벗어나 길가의 후반부에서 이 장면을 보고 있었다. 곳곳에 늘어선 빈 양동이와, 모양과 색상이 다른 주전자의 모습에 갑자기 가슴이 조여 오는 것 같았다.

지나가던 사람이 인파 사이를 지나, 거기에 행진하는 동포의 모습을 찾아 손을 흔들고 있는 사이에 눈물을 머금는 광경도 있었다. 이렇게 사람들의 마음은 자신이 지금 발을 딛고 있는 것이 이국의 땅이고, 바다 건너 조국이 있다는 것을 다시 생각한다.

슬슬 다리가 아프기 시작했다. 구두를 신은 탓도 있지만, 발바닥이 뜨겁게 찌르는 듯이 아프고 마지막에는 감각이 없어지는 것 같았다. 상식적으로 생각해도 다들 왜 우리가 오사카에서 도쿄까지 걸어야 하는가라고 생각할 것이다. 그리고 실제로 다리가 아프기 시작하자 통렬하게 이것을 생각한다. 행진에 참가하고 나서 나는 나의 뇌리에서 이 생각을 지울 수가 없었다.

왜 이 간단한 문제를 끈질기게 생각해야 하는가라는 사람이 있을지도 모른다. '우리는 왜 걷는 거지? 걸어야 하는 건가?' 그것은 조국에 자유롭게 왕래하는 것을 실현하기 위해서다—그렇다. 실제로 그렇지만, 대답이 간단하고 명쾌하다면 우리의 마음은 복잡하다.

휴머니티라는 말로 표현되는 인간성(人間性)의 주장이 있는데, 현실에는 이것은 인권의 문제이다. 그것은 언제나 인간의 소박한 행복의 문제에서 출발하여 제기되어 왔다. 그 나타나는 형태는 역사적 조건이라든지, 계급적 조건으로 달라질 것이다. 오늘날 재일조선인이 자신의 나라에 왕래하는 것은 인간으로서의 행복에 직접 연결되어 있다. 한마디로 재일조선인의 휴머니티는 일본 정부에 의해 존중은 차치하고, 당연히 유린되고 있는 것이다. 우리가 자부심을 가지고 그 이름을 말할 수 있는 조국—조선민주주의인민공화국의 해외공민인 오늘날 재일조선인이 인간으로서의 존재조차 일본 정부의 비굴하고 거만한 외교정책에 의해 상처를 받고 있다.

오사카에서 도쿄까지 기간은 약 40일, 610킬로미터, 이것이 우리의 거리이다. 그러나 특급으로 6시간 반, 보통으로도 10시간이면 달릴 수 있는 거리이기도 하다.

우리는 피에로가 아니라, 그럴 생각도 없다. 탈것이 없는 시대, 도카이도 고주산쓰기(東海道五十三次)⁵를 터벅터벅 걸은 '야지(彌次), 기타(喜多)' 이야기의 재판(再版)을 조선인인 우리가 연기하고 있는 것도 아니다. 이국의 길을 수천, 수만의 조선인이 그날의 일을 희생하며 걷고 있는 것이다.

과거 일본제국주의에 의해 고향에서의 생활을 빼앗겨, 또는 강제연행으로 온 일본 국내의 길을 지금도 걷고 있다. 도카이도선에 유명한 단나(丹那)터널이 있는데, 그것은 16년에 걸친(1916~1934) 난공사로 유명하며, 난공사의 가장 위험한 장소는 저임금의 '선인(鮮人)' 노동자의 손에 의해 건설되어 철도의 침목처럼 많은 희생을 강요한 것으로도 유명하다.

시미즈(淸水)시에 도카이지(東海寺)라는 시주가 없는 황폐하고 작은 절이 있다. 비바람에 노출되면서 겨우 뼈대만 남은 것 같은 형태의 그 납골당은 인수자가 없는 상태로 오랜 세월과 깊은 먼지 속에 방치된 이백여 조선인 노동자의 유골에서 기이한 냄새를 풍기고 있다. 이것은 하코네(箱根)산의 험한 도로 건설공사 등으로 희생된 것이다. 행진하는 사람들 중에는 이 공사와 관계되어 살아남은 사람도 있다. 아무튼 도카이도로 대표되는 일본의 간선도로, 철도, 그 외의 건설에 재일조선인의 피와 땀이 관여하지 않은 곳은 없을 것이다.

그곳을 우리는 묵묵히 걷고 있다. 그것은 또한 과거 기억의 길을 따라 걷는 것이기도 하다. 그리고 비바람에도, 봄 날씨에 하늘이 맑아도

---

5 에도시대에 정비된 다섯 개의 육상 간선도로 중의 하나로 도카이도에 있는 53개의 역참을 말한다.

주위의 자연 모습에 통렬하게 고향을 생각한다. 그리고 일제 강점기의 어두운 그림자가 아지랑이처럼 타올라 가슴을 찌르는 것이다.

마침 우리 앞을, 어디에서 그 에너지가 나오는지, 피로를 모르는 듯이 걸어가는 할머니에게 말을 걸었다.

"할머니, 건강하시네요, 다리 아프지 않으세요?"

말이 끝나고 나서 이것은 우문이라는 것을 깨달았다. 할머니는 살이 찌고 튼튼해 보였지만, 그래도 젊은 사람과 비할 수가 없을 것이다. 나도 지금 발바닥에 불이 나고 있다. 나는 서서히 얼굴이 빨개지는 것을 느꼈다.

"실례되는 말을 하면 안 되지, 할머니라 해도 아직 어리니까, 하하핫."

할머니와 함께 나란히 걷고 있던 내 친구가 말했다.

"40년도 50년도 걸어 왔는데, 이 정도는 아무것도 아니지요."

담담한 그 목소리의 어조로도 확실히 우문에 현답이었다. 옆모습을 좀 바라보았는데, 친구가 말한 대로 나이대는 오십 세 정도로밖에 보이지 않았다. 하지만 이마에서는 찬바람에 땀이 마르자마자 또 다시 흘러내렸다. 그리고 곁을 떠나지 않는 구호용 자동차에도 타지 않는다.

이 말은 역설이 아니다. 조선의 어머니들은 확실히 이렇게 아픈 다리를 딛고 식민지시대를 거쳐 평생을 걸어 왔다.

어떤 청년은, 스물네 살인 그는 오사카 쓰루하시 마을 공장에서 일하고 있는데, "이렇게 동포들과 함께 행진하고 있다고 확신을, 조국에 갔다 올 수 있다고 굳게 확신합니다"라고 했다. "일본에서 태어나 조국을 모르는 안타까움, 이것을 나는 불행이라고 생각합니다. 이 불행을 없애는 것은 인간의 당연한 권리라고 생각합니다. 그래서 나도 걷는 겁니다."

인간은 누구나 평생을 걷는다. 조선인만이 특별하다라는 것은 아니지만, 거기에 인간의 삶의 역사가 그대로 박혀 있는 경우가 있다.

히코네(彦根) 근처에 현재도 조선인가도(朝鮮人街道)[6]라고 불리는 아주 꾸불꾸불한 길이 있다고 한다. 도쿠가와시대에 이조의 사신이 가끔 마이즈루(舞鶴) 근처에서 상륙해 일본에 오는데, 그때 반드시 이 길을 통해서 그 숙소에 이르기 때문에 그렇게 불렀다고 한다. 그럼 왜 길을 일부러 지그재그로 만들었는가 하면, 옛날 일본의 봉건 영주들이 조선의 사신을 맞아 어떻게든 나라를 크게 보여 주고 싶은 나머지 그렇게 했다는 것이다. 그 진위는 차치하고 이야기로서는 재미있다.

그 조선인가도가 있는 시가(滋賀)현에서 참가한 한 노인은 눈이 나빠 항상 새빨갛게 충혈되어서 항상 슬픈 것처럼 눈물이 흐르고 있었다. 일제 강점기에 비와(琵琶)호반의 매립공사에 참가한 그는 매일 아침 일찍, 그리고 밤늦게 조선인가도라 불리는 이 고독한 길을 걸어 현장을 왕복했다. 그리고 겨울, 바다 같은 호수를 건너와 피부를 찢는 세찬 바람을 맞으며 일하고 있는 중에 그는 불치의 눈병이 걸려 버렸다.

"이 길을 동포들이 이렇게 많이 모여 걸은 적도 없었고, 애당초 그것이 조국을 향해 걷는다는 것은 천지개벽 이래 생각할 수 없는 일이야!"

이런 노인의 새빨간 눈에서는 눈물이 멈추지 않는데, 이때는 정말 울고 있었을지도 모른다.

이런 식으로 사람들은 아픈 다리를 과거의 고통스러운 추억으로 채찍질하면서 걸어갔다. 40일을 걸어 온 요청 대표 단원을 비롯해 많은 사람들의 다리 근육은 몇 번이나 파열되어 새 근육의 조직이 생겨났다.

나는 왜 다리 통증을 쓰는가 하면 아프지 않다는 것은 거짓말이기 때문이다. 다리의 통증은 솔직히 느껴서 좋은 것이며, 우리들은 이 고통을 통해서야말로 보다 가까이 조국을 느끼고, 조국에 가까워지는 자

6　에도시대에 조선통신사가 다닌 일부의 길을 '조센진카이도(朝鮮人街道)'라 한다.

신들을 확신하는 것이다. 여기에 같은 조선인이라면 단체 소속의 구별
은 없다. 민단에 속하는 동포들도 많이 참가했는데, "일본 국민들이
이렇게 응원하고 있는데, 하물며 우리 같은 조선인이 가만히 있을 수는
없어. 총련이 하는 일은 옳아. 총련하고도 손을 잡고 투쟁해야 해"라며
그들은 여러 가지 방해와 압력에 굴복하지 않았다.

나는 나의 경험에서 말한다면 다리가 아플수록 분노가 복받쳐 올라
왔다. 문명이 구가된다는 현대에 전근대에 발을 들여놓은 듯한 착각을
할 수 있는 도보행진을 하는 상황은 왜 일어났을까?

나의 어머니는 몇 년 전에 일본에서 돌아가셨는데, 만약 살아 있다면
어머니도 함께 걸었을 것이다. 늙은 어머니를 걷게 하는 것, 대부분이
불행이라는 무거운 짐에서 그 생애의 역사를 새겨 온 조선의 어머니들
을 걷게 하는 것은 어떠한 것일까? 사람을 조롱하는 것도 정도가 있는
것인데, 이 분노가 상당히 어두운 과거의 사실과 겹쳐진다. 울고 싶을
정도로 분노가 복받쳐 온다.

우리들의 이 조용한 행진은 큰 분노를 간직한 투쟁의 행진이다. 보통
이 아닌 것을 보통의 상태로까지 높여가는, 인권에 대한 부당한 침해와
투쟁하는 행진이다. 세상에 짓밟힌 인권을 자신의 손으로 되찾고, 자
유를 쟁취할 정도로 숭고한 인간의 사업은 없다고 생각한다.

정치적 협상의 재료로서 인권적인 이 문제를 짓밟고 있는 미국 제국
주의에 의해 대표되는 것들에 대한 집요한 분노가 우리의 가슴 속에서
일고 있다.

그래서 이런 일이 ─예외가 현실의 일본 사회에 있다는 것을 알기만
하면, 모든 사람들은 소박하게 반응하고 우리의 요구를 당연한 일로서
지지해 준다.

다카쓰키시(高槻市)(오사카부) 근처에서 ─행진 둘째 날 ─ 있었던 일

이다. 국도의 연선은 인가가 뜸하고 부근에는 비어 있었다. 길가 저편에서 열심히 양손을 흔들고 있는 집단이 있었다. 잘 보면 십여 명의 그녀들은 자유 노무자 '니코욘' 아주머니들로 한 손에 들려져 있는 것은 전단지였다. 그녀들은 코크스 등을 짓누른 울퉁불퉁한 매립지에 서 있었다. 마침 점심시간인지 발밑의 신문지 위에 도시락이 있었다. 그런데 그 손짓이나 표정에 나의 가슴을 울리는 것이 있어서 왠지 모르게 행진의 열을 뛰쳐나왔다. 먼저 감사의 뜻을 전하고 나서 조금 미안한 질문을 했다.

그녀들은 모두 닳고 낡은 작업복 상의를 입고 있었고 남자와 다른 것은 몸빼와 머릿수건뿐이었다. 신문지 위 밀짚모자는 색이 바래고 리본이 없다. 오십 세 전후의 얼굴은 햇빛에 검게 그을었다.

"좀 이상한 질문이지만, 아주머니들은 왜 그렇게 응원하나요?"

앞니가 빠진 아주머니가 머리에서 수건을 빼더니 나를 가만히 들여다보았다. 이상한 질문을 한다고 생각하고 있을지도 모른다. 그러나 그 눈에는 의혹보다도 기쁨의 빛이 있었다.

"그건 뭐랄까, 어려운 건 잘 모르지만, 자기 나라에 갔다 오는 건 당연한 거 아닌가요? 근데, 당신들은 고생하며 걷고 있잖아요, 그걸 보니 나도 모르게 손을 흔들게 되네요. 우리가 살고 있는 다카쓰키시의 회에서도 전부 지지 결의를 하고 있다고요. 도쿄에 있는 정부가 말하는 건 안 들어요……."

그렇구나—나는 말은 하지 않았지만, 우리들의 주장이 그대로 일본인의 입에서 나오자, 이번에는 이쪽이 묘한 공감과 감동을 느낀다. 왜 이 문제에 관심을 갖게 됐는지 물어 보았다. 매일 먼지투성이가 되어 도로 청소를 하고 있는 가난한 그녀들은 재일조선인 문제를 생각할 여유가 없을 것이라고 생각했기 때문이다.

옆의 한 사람이 아까 아주머니 얼굴을 힐끗 보고

"그거야, 우리가 이렇게 보여도 잘 알고 있지요……."

그러나 직접적인 계기는 자신들 '니코욘'의 '동료'로 조선 아주머니가 한 명 있는데, 그녀가 항상 그 이야기를 해 주었다는 것이다. 그 조선 아주머니는 오늘 일하러 나왔냐는 나의 물음에 사람들은 쉰다고 답했다.

그녀들은 조선 아주머니를 칭찬했다. 그리고 행진이 성공할 것이라고 격려해 주었다.

작별을 고하고 국도에 나와 보니 멀리 떨어진 행진 뒤쪽에서 깃발이 나부끼고 있는 모습이 눈에 비치었다. 소박하다고만은 할 수 없는, 무엇인가 묵직한 중량감에 힘입어 나는 행진을 좇아갔다.

나는 그때 '조선 아주머니'를 만나지 않은 것이 행복이라고 생각한다. 아마 초등학교 문도 들어간 적이 없는, 연령도 상상할 수 없는, 오십을 넘긴 동포 여성. 그리고 노동을 통해 맺어진 사람의 인연. 그녀가 쉰 이유가 어떻든 그것은 지금도 나에게 여운으로 남아 속삭이고 있다.

오사카 근처에서 딴전을 부리는 사이에 지면도 없어졌지만, 이 운동에 밀려온 일본 국민의 지지에 대해 조금 언급하고 싶다.

현재 도쿄 도의회를 비롯해 전국에서 약 900에 이르는 지방의회가 재일조선인의 조국 자유왕래에 대한 지지결의를 하고 있다. 그것이 포괄하는 인구는 약 8천만이다.

또한 여러 분야의 학자들, 문화인들이 이를 지원하고 있다. 예를 들어, 4월 21일 도쿄 히비야 공원에서 행진이 도착하는 동시에 열린 '조국 왕래 요청 재일조선인 중앙대회'에서 호세이(法政)대학 총장 다니가와 데쓰조(谷川徹三) 씨가 한 인사말에서도 재차 강조되었는데, 오고치

가즈오(大河內一男) 도쿄대 총장 등 일본 학계 대표의 지지 서명이 천 명을 넘었다. 당일 작가 아베 도모지(阿部知二) 씨도 인사를 했는데, 가메이 가쓰이치로(龜井勝一郎), 나카지마 겐조(中島健藏) 씨 등 많은 문학가가 지지 어필을 하고 있다. 이렇게 일본 전국의 노동조합은 물론 문화 단체, 상공회, 조나이카이(町內會)[7] 등의 지지 결의, 자민당을 포함한 모든 계층의 사람들이 이를 강력하게 지지하고 있다.

우리는 행진이 도쿄에 가까워질수록 점점 높아져가는 지지결의의 구체적인 모습을 보게 되었다. 가나가와현(神奈川縣) 하코네에 행진이 도착한 순간 구로사와 기요시(黑澤淸) 요코하마(橫浜)국립대학장 등 가나가와현의 4대 학장의 공동성명이 신문기자단과 인터뷰 석상에서 발표됐으며, 각 시·정(市·町) 장과 의회의장이 행진 선두에 서서 함께 걷고, 또 환영집회가 현, 시, 정 단위로 무수히 열렸다.

이것은 하나의 예이지만 후지사와(藤澤)시에서는 시의 공보차가 두 대, 이쪽의 선전차보다 이백 미터나 앞장서서 시내를 달리면서

"……후지사와 시민 여러분, 방금 재일조선인 조국 자유왕래 요청단의 행진이 도착했습니다. 시민 여러분 부디 밖으로 나와서 환영해 주세요……."

라고, 우리가 어리둥절할 만한 장면이 전개되었다. 조나이카이, 부인회, 개인명의 환영 입간판이 열을 지어 길가에 늘어서, 그곳을 메운 사람들은 도로로 뛰쳐나와 '격려'라고 써 넣은 어깨띠를 요청단의 어깨에 꽃다발과 함께 걸어 준다. 흩날리며 떨어진 '꽃가루'가 도로에 쌓이고, 전시의 유선방송은 '김일성 장군의 노래'를 내보내고, 행진을 환영하는 인사와 격려를 반복한다. 이것은 도대체 어떻게 된 일일까. 확실

---

7 町(조)는 지방자치 단체의 하나. 町內會는 町 내의 주민 자치조직.

히 감격적이지만, 그만큼 당혹함까지도 느껴진다. 일본 정부는 어떤 마음으로 이것을 보고 있었을까. 이렇게, 이런 분위기 속을 행진은 요코하마, 가와사키를 통과해서 마지막 코스로 들어갔다.

나도 직접 봤는데, 도쿄 도내에서도 통과 예정 시간에 맞추어 길가에 늘어선 조나이카이의 사람과 주부들이 열심히 차를 준비해 주고, 다과를 대접하고 격려를 해 주었다. 나는 오사카 스이타(吹田)의 조선 어머니들에 대해 썼는데, 지금은 입장이 다른 만큼 그것은 여러 가지를 시사해 준다.

여기저기에서 노동조합의 성대한 환영.

그리고 어느 침례교회의 고풍스런 벽에는 '정부는' 이 문제를 "정치적으로 이용되는 일 없이 어디까지나 인도적으로 즉시 해결하라"고 큰 글씨로 쓴 흰 천이 걸려 있었다. 처음에는 깨닫지 못했는데, 교회 쪽문 앞에서 안경을 쓴 목사 같은 사람이 아이와 둘이서 조용히 박수를 보내고 있었다. 그 입가에는 겸손한 미소가 있었다.

벌써 날이 저물고 있었지만, 행진은 오이마치(大井町)역으로 나왔다. 그 근처는 큰 상점가인데 환영하러 나온 부근의 일본인으로 몸을 움직일 수가 없을 정도로 복작거렸다. 지금까지도 그러했지만, '꽃가루'가 흩날리고 머리 위에 오색테이프가 밧줄처럼 뒤얽혔다. 줄을 지어 행진을 바라보는 일본의 어머니들은 눈물을 흘리지 않으려고 애쓰고 있었다. 순식간에 눈물이 흘러 뺨을 적시는 사람도 가만히 서 있을 수가 없어 손을 흔들고 있었다. 그 앞을 행진은 시시각각으로 지나가는데, 얼핏 내 눈에 행진에서 벗어나 길가에서 뻗은 손을 잡고 있는 동포 할머니의 모습이 눈에 들어왔다. 모두 육십을 넘긴 듯했지만, 조금 높은 길가에 선 상대의 할머니는 허리를 굽혀 울기 시작했다. 그리고 움켜쥔 손을 떨며 자꾸 뭔가 말하고 있었다. 무엇을 말하고 있는지 전혀 모르겠지만,

우리 동포 할머니도 몇 번이나 허리를 굽혀 고개를 끄덕이고 있었다. 그녀는 걷지 않으면 안 되었다. 그래서 한 사람이 손을 놓자 그 옆 사람이 잡고 놓지 않는다. 이렇게 조선 할머니는 열에서 꽤 뒤처졌다.

이번에는 열두세 살짜리 소년이 아까 그 할머니에게 붙잡혔다. 그녀는 자신의 눈물은 닦으려 하지 않았다. 그리고 먼 여행에서 돌아온 손자라도 안는 것처럼 손수건으로 소년 이마의 땀을 닦아 주고는 빠른 말투로 무엇인가 이야기했다. 그것은 절박한 표정이었다. 소년에게는 들렸는지 응응하고 끄덕이며 지나갔다. 모든 일이 순간에 일어난 것이다.

일본인이 왜 우는 것일까 하고 생각한 것까지는 괜찮은데, 나도 울고 있었다. 눈물이라는 것은 모르는 것이다. 아까 길가와 행진 사이에서 무엇을 속삭였는지 나는 모른다. 서투른 추측은 가급적하지 않는 것이 좋다고 지금도 생각하고 있다.

그날 밤은 시나가와(品川) 공회당(公會堂)에서 시나가와 도민의 환영집회에 참가하고 다음날 마지막 코스로 옮겼는데, 솔직히 말해서 이러한 일본 국민의 환영은, 당초 오사카를 출발할 때는 나에게는 상상할수가 없었던 일이었다.

이러한 일본 국민의 강한 지원에 힘을 입으며 우리는 4월 21일 히비야(日比谷) 공원에서 만 4천 명이 모여 중앙대회를 가졌다. 그리고 같은 시기 거기에서 조금 떨어진 시바(芝) 어린이공원에서는 만 명에 가까운 도쿄 도민이 모여 환영집회가 열렸다.

오사카를 나와 37일째 610킬로미터를 답파하여, 도내의 시바(芝) 공원에서 다무라초(田村町), 우치사이와이초(內幸町)에 이르는 빌딩가 거리를 흥분의 도가니로 하나가 된 행진과 환영의 2만 군중이 메우면서 대표단이 장소에 도착했을 때 그들은 동포들을 안고 울었다.

그러나 행진이 끝났다고 해서 우리들의 투쟁이 끝난 것이 아님을 우리는 알고 있다. 그것은 또한 우리의 서명 용지에 천만이 참가한 일본 국민도 알고 있을 것이다. 일단 알면 묵과할 수가 없는 성질의 이 '예외'적인 사실이 지금 일본인민들 속에서 급속히 확산되어 가고 있다. 그리고 그것은 큰 지지의 힘이 되어갈 것이다.

이번 행진에 한해서도 일본 정부와 각 지방 경찰이 취한 방해 행위, 슬픈 일이지만 큰 신문의 의식적인 묵살, 그런 일도 있지만, 그러나 진실은 결국에는 덮어 감출 수 있는 것이 아니다.

지금 일본 정부는 이 광범한 여론 속에서 우리의 요구를 물리치는 어떠한 정당한 이유도 완전히 잃어버리고 있다. 지금은 그 이유를 댈 수 없는 완고한 태도에 대해 일본 정부는 심사숙고하길 바란다.

라이플총 사건을 회상하다

[1968]

　라이플총 사건 김희로의 경우는 그것이 단순히 충격적인 사건이었다는 것뿐만 아니라 재일조선인, 그리고 일본인과 관련된 뿌리 깊은 큰 문제가 내재하고 있다고 생각한다. 여기에서 같은 조선인 입장에서 이 사건을 축으로 해서 생각할 수 있는, 생각해야 하는 것을 살펴보고자 한다.

　재일조선인 누구나가 그럴 것 같은데, 그 중 한 사람인 나는 매일 신문에 실린 범죄 기사 주인공에게 일본인 독자와는 다른 반응을 일으키며, 활자 속에 범인, 용의자 이름을 좇는다. 그 이름이 조선인인 경우 갑자기 통증을 느끼게 된다. 그것은 곧 '조선인이었구나 —' 하는 입속 말이 나의 입에서 새어 나온다. 따라서 그렇지 않은 경우는 그 범죄의 성질을 밝히기 전에 후유하고 가슴을 쓸어내리는데, 그것이 완전히 버릇이 되어 버렸다.

　돈을 지불하고 방을 빌리는 사람과 비슷한 이 심정은 재일조선인이 놓인 역사적 환경 아래에서 무의식으로도 몸에 익힌 소극적인 자기방어와 그리고 대부분 타향에 산다는 감상주의의 일부를 내비친 것이라 할 수가 있는데, 그것은 때로는 범죄사건과 함께 떠오르는 조선인상(朝

235

鮮人像)의 공격적 성격이라고 하는 것과는 반대의 수동적 성격을 또한 나타내고 있는 것이다. 그리고 이 수동적과 방어적 성격이 기조를 이루고 또는 잠재적이기 때문에 그것이 범죄와 결부되면 억압된 것에서 갑자기 공격적인 것으로 전환한다.

김희로는 누군가에게 저항하고 반항한 것이겠지만, 그 대상이 어긋났다고밖에 할 수가 없다. 조선인이라는 콤플렉스에서 빠져나오지 못한 그는 평생에 한 번은 공격을 당하는 것만이 아니라 공격하는 자가 되고 싶었을지도 모른다. 그리고 자기파멸적인 고독한 공격의 길을 라이플총의 방아쇠처럼 그 충동이 향하는 대로 질주한 것이다.

김희로의 나이는 마흔한 살이라고 한다. 마흔한 살이라는 나이는 십 대나 이십 대가 아니라는 의미이다.

『교사형(絞死刑)』[1]이라는 영화로 만들어지기도 했는데, 본질적으로 이 사건과 공통성을 가지는 고마쓰가와고교(小松川高校)사건의 일본 출생 소년 이진우는 당시 열여덟 살이고, 부모의 나라 조선을 모르는 그는 사형수 생활 속에서 조국에 대한 사랑을 다른 사람과의 연대를 통해 자신 안에 싹을 틔운 것과는 달리, 김희로는 적어도 조선 출생이라고 한다. 그리고 이진우 정도의 아이를 둔 아버지라고 해도 이상하지 않은 나이인데, 설령 그것이 흉악한 폭력단이든, 사람을 죽인 그는 다다미 위에서 카메라맨에게 포즈를 취해 보이고, 막다른 곳의 아무 상관도 없는 집에 다이너마이트를 가지고 들어간 것이다.

그리고 그것은 또 사랑하는 불행한 노모에 대해 이야기할 때 눈물을

---

1 『교사형(絞死刑)』은 오시마 나기사(大島渚) 감독이 1968년에 만든 영화.
　1958년에 재일조선인 이진우에 의해 고마쓰가와(小松川)고등학교 여학생이 살해된 사건을 기반으로 일본의 사형제도 존폐 문제와 재일조선인 문제 등을 다룬 이색 사회극.

흘리고, 어둡고 비참한 성장 과정과 과거가 오늘의 자신을 망쳤다고 자신에 대해 이야기하는 남자의 모습이다. 경찰에 대한 증오를 구체적인 예로서, 거기에는 민족적 차별에 대한 끔찍한 복수의 집념 같은 것이 느껴지지만, 그러나 그것만으로 그의 행위는 보상되는 것은 아니다. 공격을 되받아치는 것에도 방법의 문제가 요구되어야 한다. 나는 나와 동년배인 이 연령층까지 균열을 미치고 있는 식민지시대의 깊은 상흔이 지금 눈앞에 살아 있는 것을 볼 생각에 오싹하지 않을 수가 없다. 그리고 조선인 사회에서 연대의식의 힘이 그에게까지 닿지 않은 현실에 깊이 생각하지 않을 수가 없다. 상처는 이미 이십 대, 삼십 대 층을 깨뜨리고, 사십 대에 균열을 내기 시작했다.

조선의 많은 어머니들은 불행했는데, 여기에 또 그런 한 사람이 있다. 그리고 그 어머니의 마음에 같은 동포의 피를 나눠 가진 우리들의 그것은 이어지고 있다. 차별에 대한 반항은 공격에 대한 저항을 나는 부정하는 것이 아니라, 그것은 나름대로 같은 평지에 서는 다른 방법의 전제가 되는 것이지만, 그러나 그것이 범죄의 길로 비뚤어진 것은 용인할 수가 없다.

그가 한때 자결을 각오한 것처럼 스스로 개인이 죽는다면이라는 생각이 —그것은 본질적으로는 다른 생명에 대한 경시에도 이어지지만 —그것으로 인하여 오는 역사적인 그리고 사회적인 조건이 있으며, 그것은 또한 굴욕과 슬픔과 그리고 큰 분노의 색에 두껍게 칠해진 것이라 해도, 그렇다고 해서 하나의 파괴적인 행위가 아나키 심정의 대상이 되는 것은 허용할 수가 없다. 심정만의 문제가 아니다. 그것만으로 역사를 앞으로 밀고 나아갈 수가 없다.

그리고 남아있는 문제 중 하나는 이 사건의 영향이, 특히 일본인의 재일조선인에 대한 견해에 미치는 영향이 적지 않다는 것이다. 그것은 이 흉악 범죄로서 부분적인 현상이 재일조선인의 본질적 전체상으로서 그것을 보는 일본인의 시각에 쑥 들어간다는 것이다.

그리고 나는 이러한 것이 지금 니가타(新潟)에서 귀국하는[2] 길이 막히고, 또한 지금 국회에 제출된 '외국인학교제도' 법안에 집약적으로 볼 수가 있듯이 민족교육에 대한 압박으로 이어지는 일련의 재일조선인에게만 국한된 민족적 차별정책 등, 급속하게 되살아난 요즘 상황과 유착하는 정치적 토양이 이미 굳어지고 있다는 현실에 주목하고 싶은 것이다.

이 사건은 재일조선인뿐만 아니라 일본인도 생각하게 하는 큰 문제였다. 그것은 일본인과 재일조선인의 민족적 관계에서 일어난 사건이기 때문이다. 이런 종류의 사건이 벌어질 때마다 지금까지 일본인의 조선인에 대한 생각이 요즘 정치적 상황과 결부되어 더 심해지는 것인지, 아니면 이런 불행한 문제로 인하여 오는 근본에 다가서려는 자세가 한걸음 더 내딛게 되는 것인지, 나는 깊은 발생의 근거를 가지고 있는 이 사건은 일본인뿐만 아니라 우리도 후자의 길을 선택하는 것을, 앞으로의 문제를 해결하는 방향으로서 요구하고 있다고 생각한다.

---

2 재일조선인 북송사업은 1959년 말부터 1984년까지 니가타현(新潟縣) 니가타항을 출발하여 북한으로 9만 3천 명 정도가 귀국했다. 대부분 남한이 고향인 사람이 많아 진정한 '귀국'이 아니라는 견해도 적지 않다.

제주도에 대해서

[1971]

사람은 조상의 토지라는 그것만으로 자신이 태어나고 자란 곳이 아닌 그 땅을 고향이라고 할 수가 있을까. 소년시절 나에게 '고향'은 먼저 그런 스스로의 질문에 의해 그 실체를 열기 시작했다.

조선 최남단의 화산섬—제주도에 일본에서 태어나고 자란 내가 처음 간 것은 열세 살 때이고, 그것은 태평양전쟁이 시작하기 전의 해였다. 조선을 본 적도 없는 내 앞에 그 험난하고 아름다운 한라산과 검푸른 바다가 펼쳐진 웅대한 자연의 모습과 묵직한 인간의 모습을 가지고 나타난 제주도는 나를 압도했다. 그것은 지금까지의 '황국(皇國)'소년이었던 나의 내부세계를 때려 부수어 나를 근본부터 바꿔 버리는 계기가 될 정도의 힘을 가진 것이었다고 할 수가 있다.

반년 정도 머물다 일본으로 돌아온 나는 곧 작은 민족주의자로서 눈을 뜨게 되었다. 그러고 나서 몇 차례 조선에 왕래를 거듭하게 되었다. '제주도'는 나의 '조선인'의 자아 형성의 핵을 이루는 것이었다. 제주도는 바로 그런 의미에서 내 고향이며 조선 그 자체이다. 그리고 제주도는 그때부터 지리적 공간으로서 그 실체를 넘기 시작해 나에게 관념적인 존재가 되어 간다. 나의 '고향'은 이렇게 해서 만들어졌다.

내가 그 고향에 한층 간절하게 된 것은 해방 후 그 섬을 덮친 참극 때문이다. 섬 전체가 학살된 사람의 시체를 쪼는 까마귀 무리가 이리저리 날아다니는 곳으로 되어 버렸기 때문이었다.

해방 후 세계에서 최초로 대학살을 동반한 '제주 4·3사건'이라고 해도 사람들은 잘 모른다. 섬 전체가 살육의 수라장이 되어 버린 1948년 4월 3일에 일어난 사건은 세계에 거의 알려지지 않은 채 끝났기 때문이다.

지도를 보면 시마네현(島根縣) 정도의 면적을 가진 섬이 일본 바로 가까이 위치하고 있는 것을 알 수가 있는데, 지금은 정부가 국내외로 PR하는 '관광지'가 되기도 했다. 그리고 엽총을 어깨에 맨 일본인 관광객이 꿩 사냥으로 우르르 나가게 된 곳이기도 하다. (확실히 그렇지만 나는 고향 그곳에 해방 후 아직도 자유롭게 갈 수가 없다.)

일본의 인근 섬에서 참극이 벌어졌다. 4·3사건은 미국 군정하에 있었던 남조선만으로 이승만을 주석으로 하는 단독 정부를 세우기 위한 단독선거와 테러 통치에 반항한 도민들의 무장봉기이다. 남조선만의 단독선거는 38도선에서 조선을 분단해서 조국의 통일에 쐐기를 박는 것이었기 때문에, 우익의 거두 김구까지 포함하여 남북조선 전체에서 큰 반대운동이 일어났다. 제주도의 봉기는 그 일환으로 투쟁한 것이었다.

철저한 탄압 속에서 섬 중앙에 우뚝 솟은 한라산 지대를 근거로 해서 피투성이의 게릴라투쟁이 계속되었지만, 8년간에 걸친 고독한 섬의 저항은 괴멸로 끝났다. 그리고 일 년 남짓 동안에 섬 대부분의 마을이 불타고, 인구 이십 수만 중 팔만 인간이 죽는, 그야말로 시체 냄새가 섬을 뒤덮는 결과가 되었다. 그것은 고(故) 이즈미 세이이치(泉靖一) 씨의 말을 빌리면 "밀도(密島)의 학살"이며 "해방 후의 학살은 거기에서 시작하고 있었던" 것이다.

1948년이라고 하면 일본의 패전에 의한 조선 독립 직후이다. 더구나

제2차 대전의 전쟁범죄를 심판하기 위한 뉘른베르크재판이 끝나고, 도쿄의 극동국제군사재판이 '평화와 인류에 대한 죄'를 심판하기 위해 여전히 계속되고 있던 무렵인 것을 감안할 때 이 사건의 비참함이 기묘한 상태로 부풀어 오른다. 죄를 판가름하는 측의 자들이 사람들에게 알려지지 않은 '밀도(密島)' 안에서는 인간에 대한 학살의 지휘를 하고 있었던 것이다.

베트남 학살이 전해졌을 때의 놀라움과 분노가 나에게 충격적이었던 것은, 바로 그것이 이십여 년 전 제주도에서 일어난 학살과 같은 형태이며, 그것의 반복이라는 것과 오버랩되기 때문이었다. 학살의 원형은 이미 있었던 것이다.

> '인간을 죽이고 있다는 생각이 없었다. 그들은 말로 표현할 수 없는 적이었다.' 증언대의 그는 '죽이다(kill)'라는 말을 쓰지 않는다. 군 당국도 의식적으로 그 말을 피한다. '그대, 살인하지 말라'라는 모세의 십계명 중 하나가 병사의 마음에 걸리는 것이다. 대신에 'destroy(격멸, 구제(驅除))', 'waste(처분)'라고 한다. 잡초를 퇴치하고, 개, 고양이를 처분할 때 쓰는 말이다.
>
> 아사히신문. 1971년 2월 25일, 뉴욕: 다나카 특파원

선미(미라이) 사건의 캘리 중위는 군사법정에서 사형을 면하고 종신 중노동이 된 직후 닉슨 대통령의 명령으로 석방되었다고 한다. 그는 죄의식을 갖지 않은 채로, 요컨대 적='물건'을 처분한 것이지, '인간'을 죽인 것이 아니다('동양의 인간'은 '인간'이 아니니까)라는 논리를 파괴하지 않은 상태로 석방되었다. 그것은 또한 석방을 허락한 것도 같은 학살 논리의 속에 있다는 자기표현이라고 할 수가 있다.

캘리의 석방을 보도하는 신문을 보면서 나는 제주도에 대해 생각했

다. 해방 후 제주도를 포함하는 남조선에서 저항 속에서 수많은 이름 없는 인간이 죽어 갔다. 죽은 자들은 어둠 속에 묻혀 있다. 죽은 자는 항상 산 자 속에만 살 수가 있고, 죽은 자는 산 자에 의해서만 되살아날 수가 있는 것이라면, 어둠에서 어둠으로 매장되어 있는 것을 묵시하는 것은 용서할 수가 없다.

나는 제주도를 테마로 여러 작품을 써 왔다. 내가 제주도를 쓰는 이유 중에서 가장 무거운 것은, 역시 나 자신이 그 피로 물든 고향인 섬의 눈물도 마른 인간들 중 한 명이라는 데에 있을 것이다. 문학이 인간의 존재, 전체라는 무한한 상황과 관련되는 사이에서 '인간'을 좇는 것이라 하면, 나는 그것을 제주도라는 구상(具象)으로 접해서, 그 상황과 서로 어우르면서 작업을 계속하려 한다. 그리고 그것은 또한 모든 것을 그 안에 은폐하려고 하는 어둠의 힘과 그것을 파헤치려 하는 자와의 싸움에서 한 줄기 빛이 되기를 바라는 것이다.

제주도와 베트남

[1971]

　일본에서는 망명자, 요컨대 정치적 난민에 관한 법률이 없기 때문에 어쩔 수가 없겠지만, 지금까지 정치적 이유로 박해를 피해 온 자도 모두 밀항자, 불법입국자로서 법의 대상이었다. 그런 의미에서 남한에서 온 밀항자는 내가 직접 알고 있는 한에서는 해방 후, 특히 1948, 9년 무렵에 많았다. 그것은 1948년에 일어난 제주 4·3사건과 관계가 있다. 그래서 당시 밀항자는 제주도 출신자가 많았다고 할 수가 있을 것이다. 게다가 그들은 해방 전에 일본에 살았었고 해방 후 조선으로 돌아간 사람들이었다. 일본 상륙에 실패했을 때는 규슈(九州) 오무라(大村)수용소에 수용되었다가 강제 송환되어 목숨을 끊게 되었다.

　밀항자 중에는 여자도 있고 소년도 있었다. 나 자신이 제주도 출신이어서 그들과 접할 기회가 있었는데, 그 중에는 유방이 없는 여자[1]가 있었다. 고문으로 두 유방이 잘렸는데, 그래도 이십 대 후반의 젊은 그녀는 살아남아 일본으로 탈출했다. 아름답고 과묵한 사람으로 오사

1　1981년에 유방이 없는 밀항자를 소재로 「유방이 없는 여자(乳房のない女)」(『文學的立場』 5월 호)를 발표한다.

카에서 일하면서 1959년에 니가타 '귀국'이 실현되었을 때에 북조선으로 돌아갔다.

제주도사건을 직접 체험하지 않은 내 안에 사라지지 않는 분노를 만들고, 제주도를 테마로 해서 몇 작품을 쓰는 동기를 준 것은 그들 밀항자였다고 할 수가 있다.

그런데 제주도사건이라고 해도 사람들은 너무 모른다. 그 조선 남단의 바다에 우뚝 솟은 한라산(1950미터) 기슭에 펼쳐진 아름다운 화산도는 지금은 내 안에서 바로 '베트남'과 이어진다. 그리고 베트남에서의 잔학과 비참함은 세계에 알려지고 있지만, 지금으로부터 이십여 년 전 '세계 최강' 미국 군정하에 있던 남조선, 특히 제주도에서 일어난 해방 후 세계 최초의 대학살이라 불리는 제주 4·3사건은 세계에 거의 알려져 있지 않았다. 그것은 옛날 일이니까라는 이유만이 아니다. 처음부터 세계에 고의로 알리지 않고 어둠에 묻혀 있었기 때문이다.

재작년(1968) 겨울 선미사건이 불거져 나오기 시작했을 때 나는 놀라지 않았다. 그렇게 말하면 어폐가 있을지도 모른다. 그때 내 머리에 떠오른 것은 제주도였지만 사실은 그 학살의 형태가 완전히 동일하다는 것을 발견하고 놀란 것이다. 그것은 충격이었다. 단지 '제주도'가 그 충격의 균형을 내 안에서 잡아 주었다.

베트남 지상에는 수많은 '선미'가 있을 것이다. 그 '선미'를 좇는 시점을 만약 역사의 시간을 거슬러 간다면, 조선 안에서 수많은 '선미'가 나타나고, 그리고 거기에 가장 집약된 형태로서 '제주도'가 겹친다. 나는 '제주도' 안에 오늘의 베트남 학살의 원형을, 그리고 그 근저에 있는 인간을 멸시하는 사상의 원형을 본다.

당시 미국은 1948년 5월 10일을 기점으로 '국련(國際連合)'의 이름 아래에 스스로 군정하에 있는 남조선만으로 이승만을 대통령으로 하는 단독 정부를 만들기 위한 단독선거를 강행하려고 했다. 그것은 조선을 외국의 의사에 의해 38도선에서 영원히 분단되어 버리는 것이며, 그 문화와 살아 있는 인간과 그리고 생활 그 자체를 갈라놓아 파괴해 버리는 것과 다를 바가 없었다.

이렇게 남북조선 전체에서 큰 반대운동이 일어났다. 2월 7일에는 남조선만 이백만여 명이 참가한 2·7총파업, 데모가 일어나 5·10단독선거 반대투쟁은 격해져 갔다.

4월 19일 북조선 평양에서 열린 남북조선 제 정당, 사회단체대표 연석회의에는 남조선에서 이승만과 필적하는 우익 정계의 거두인 민족주의자 김구, 그리고 김규식 등도 참가해서 거기서 단독선거 반대, 남북총선거에 의한 통일정부 수립 등을 결정했다. 그러나 미국의 정책은 강행되었다. 4월 3일의 4·3제주도민 무장봉기는 이러한 전조선인민의 반대투쟁의 일환이며 테러통치에 대한 반항이다.

그러나 미군과 이승만군의 철저한 탄압 속에서 고독한 섬의 저항은 비참하기 짝이 없었고, 한라산의 산악지대를 근거지로 한 게릴라 투쟁도 대부분 이삼년 만에 괴멸에 직면했다. 일 년 남짓 사이에 섬 전체의 대부분은 휘발유를 뿌려 몽땅 타 버리고, 아름다운 자연의 섬은 인구 이십 수만 중 약 8만 명이 피살되어 시체로 덮인 죽음의 섬이 되었다. 이러한 학살은 미군이라기보다는 거의 이승만의 군대와 경찰대 그리고 테러단에 의한 것이지만, 그러나 지휘를 하고 있었던 것은 미국이었다.

학살의 논리는 '우월자' 측에서 만들어지는 것이 통례이다. 그것은 한마디로 말해 상대는 피살될 만한, 요컨대 죽이는 쪽은 그 권리를 가질 수가 있다는 것이다. 그러니까 동양인은 인간이 아니라는 생각이 전제에 있으며, 그 인간이 아닌 곤충 같은 것들은 퇴치되어도 된다. 그리고 자신에게 반대하는 것은 모두 '빨갱이'가 되었으며, '빨갱이'는 마땅히 ‘인간’이 아니었다. 놀랍게도 같은 조선인에 의한 조선인 학살이 그 지배자의 윤리에 의해 이루어지고 있는 것이다. ‘빨갱이’는 ‘인간’이 아닌 유해한 벌레이니까 말살되어야 한다는, ‘우월자’ 측의 윤리를 그대로 동족 사이에 적용하여 ‘빨갱이’가 아닌, 즉 ‘인간’인 이승만과 그 부하는 전근대적인 방법으로 돼지나 개를 죽이듯 학살을 계속한 것이었다.

그리고 20년 후 같은 동양 베트남에서 이것이 재현되었다. 그리고 미국은 지금 ‘병든 미국’이라 불리며, 자신의 도의적인 퇴폐와 내면세계의 파탄을 세계에 증명해 보였다.

> 시간이 없어서 어머니를 만나지 못하고 나갑니다 / 학생들은 우리나라의 민주주의를 위해 피를 흘립니다 / 어머니! 데모에 나가는 저를 책망하지 마십시오. 우리가 나가지 않으면 누가 데모를 하겠습니까? / 저는 아직도 철부지라고 생각합니다. 그러나 나라와 민족을 생각하는 길이 어떠한 것인지는 알고 있습니다 / 저의 모든 학우들은 죽을 각오하고 나간 겁니다 / 저는 목숨을 바쳐 투쟁할 겁니다. 데모하다 죽어도 후회는 없습니다 / 어머니, 저를 사랑하는 마음에 매우 비통하게 생각하실 것 같습니다. 모든 동포의 앞날과 민족의 해방을 위해 기뻐해 주십시오. 제 마음은 이미 거리에 가 있습니다 / 너무 다급해서 손이 생각처럼 움직이지 않습니다. 부디 몸 조심하십시오 (후략)

이것은 1960년, 이승만을 타도하는 남조선 청년 학생들의 4월 혁명에 참가한 서울의 한 여자 중학생(열네 살)이 남긴 유서이다. 4·19봉기에서 그녀를 포함한 많은 청년과 소년들이 데모 대열을 함께하여, 경찰들의 무차별 사격으로 쓰러졌다. 지금, 이를테면 이백여 명 가까운 희생자를 연령별로 보면, 십 대가 79명, 이십 대가 83명, 삼십 대가 11명,

사십 대가 5명, 오십 대와 육십 대가 각 1명, 그 외에는 불분명하고, 중학생과 고등학생이 전체 4분의 1 이상을 차지하고 있었다.

이 나이와 학생의 수는 애처롭기만 한데, 4월 혁명의 성격을 상징적으로 이야기하고 있는 것처럼 나에게는 여겨진다. 1948년 5·10단독선거를 계엄령 상태에서 총검 탄압 아래에서 실시하고, 8월 15일에 만들어진 '대한민국'의 대통령이 되고 나서 12년, 영구정권의 주인으로 보였던 이승만은 마침내 이러한 젊은 생명들을 대가로 무너졌다.

돌이켜 보면 해방 후 '제주도'를 포함해 남조선에서 미 제국주의에 반대하고 조국의 통일과 평화를 추구하는 투쟁에서 많은 청년학생들이 노동자와 농민들과 섞여 쓰러져 갔다. 그 중에는 내 친구도 있다. 나와 동년배인 한 친구는 이십여 년의 일생의 마지막을 혁명을 위해 불타죽었다. 그뿐만이 아니다. 수많은 사람들이 조국을 위해 저항 속에 죽어갔다. 그리고 한편으로는 나처럼 일본에서 오래 살고 있는 자도 있다. 나는 문득 사진이 없는 죽은 친구가 생각났다. 그는 지금도 스무 살의 소년 같은 얼굴을 하고 내 앞에 나타났다. 친구의 젊은 모습밖에 마음속에 떠올릴 수 없는 나는, 자조도 짓지 못하는 마음으로 도대체 너는 지금 살아서 무엇을 하고 있는가 하는 자문 속에 깊이 가라앉는다.

지금 조선은 판문점에서 남북적십자의 접촉을 통해 38도선의 장벽에 구멍이 뚫리려고 하는 순간에 접어들고 있다. 그것은 조선 민족의 마음에 파묻혀 불처럼 타오르고 있는 통일에 대한 강한 원망(願望)에 지탱되고 있다. 나는 이 역사적인 날들을 앞두고 수많은 사람들의 싸움과 희생에 의해 새겨진 해방 후 4반세기의 조국 분단의 역사를 돌아본다. 그리고 다시 너는 살아서 지금 무엇을 하고 있는가 하는 강한 물음을 나 자신에게 묻는다.

남북 조선적십자의 접촉을 회상하다

[1971]

해방 후 26년째, 4분의 1세기가 지난 지 얼마 안 된 해의 여름이다. 이 여름은 우리 조선인에게는 충격적일 정도로 흥분의 계절이 되었다. 조선 국토에 오랫동안 얼어 있었던 두꺼운 얼음이 내부에서 금이 가기 시작하려고 했기 때문이다.

8월 20일, 마침내 남북 조선적십자의 파견원이 판문점에서 접촉했다. 그것은 몇 분의 짧은 시간이었지만, 신문은 남북 조선 대화의 스타트로서, 그것에 대한 성공적인 인상을 전하는 기사를 실었다. TV로 보는 것만으로도 그러했다. 순간 긴장하고 있었지만, 직사각형의 테이블을 사이에 둔 각 두 대표는 웃는 얼굴로 악수를 하며, 부드러운 대화가 오가는 분위기 속에서 소정의 문서교환 임무를 무사히 마친 모습이었다. 그리고 다음 날 21일에 이루어진 남측의 9월 28일 예비회담 개최 제안과 예상되는 북측의 승낙에 의해 교류의 첫걸음은 분명히 전진하려고 하는 것처럼 보인다.

판문점이라고 하면 사람은 휴전회담을 상상한다. 그 본회의에서는 테이블 북측에 북조선 대표, 남측에 유엔군, 즉 미군 대표가 앉아서 서로 대치하고, 한국 측은 미군 장교단의 옆쪽에 옵서버로 발언권이 없는 상태로 앉아 있었다는 것은 알려진 대로일 것이다. 그것을 생각하면 남북 적십자 대표의 대면 광경은 단시간이라 해도 감동적이었다. 조선인끼리 지금 제대로 마주 앉아 통역이 필요 없는 대화의 시작을 무언 중에도 내심 서로 확인한 것처럼 나에게는 느껴지는 것이다.

실제 상황의 냉엄함을 무시하는 것은 아니다. 그럼에도 불구하고 지금 여기에서 조선인 자신의 의사에 의해 조국 분단 26년째의 여름에 38도선 장벽에 구멍을 뚫으려 하고 있는 것은 사실이며, 그것은 역시 충격적인 사건으로 봐야 한다.

도대체 누가 1945년 8월 15일 ―조선인은 그것을 8·15 해방이라고 부르는데 ― 그 시점에서 현재와 같은 형태의 민족과 조국의 분열을 상상했을까. 38도선이 슬픔과 원망과 분노를 담아 노래로도 불러 온 남북 민중에게 넘을 수 없는 '국경선'이 될 것이라고 누가 생각했을까.

나는 문득 이승만을 타도한 1960년 남조선청년 학생들의 4월 혁명에 이어지는 '판문점 대행진'을 떠올렸다. 나에게 있는 한 권의 책에 「4·19 희생자 명단」이라는 항목이 있다. 그것을 보면 4월 19일 이백 명을 넘는 희생자의 대부분이 스무 살까지의 청소년소녀들이며, 공원, 이발사, 운전사, 회사원 그 외 여러 가지 직업을 가진 사람, 대학생과 섞여 중고등학생이 전체 4분의 1을 차지하고 있었다.

성명란 아래에 연령을 나타내는 13, 11, 14, 15, 15…… 등의 숫자가 무수히 줄을 지어 있어 그것이 가슴을 찌른다. 그 중에는 열한 살 소년 두 명을 포함해 초등학생이 몇 명인지 셀 수가 있었는데, 그 외 또 다른 박이라는 열한 살 소년의 직업란에는 '무'라고 적혀 있었다. 구두 닦기인지 껌을 파는 학교에 갈 수 없었던 아이였는지도 모른다. 모두 데모에 참가해서 경관대의 총탄에 쓰러진 것이다.

이러한 애처로운 생명을 동반한 희생으로 쟁취한 4월 혁명의 힘은 이듬해 61년에 들어 남북교류의 일대 국민운동을 일으키기에 이르렀다. 그리고 5월 20일 남북 조선 학생 통일회의 개최 실현을 기약하며, "오라 남으로, 가자 북으로, 만나자 판문점에서!" 슬로건 아래에 남조선 학생 십만의 대행진이 판문점으로 향하게 되어, 재일조선인을 포함한 남북의 민중을 흥분의 도가니에 넣었다. 38도선은 남북 양측에서 큰 소리를 내며 결괴(決壞)하는 듯한 순간에 이르렀다. 군사 쿠데타가 일어난 것은 이때이다.

당시 장면(張勉) 정권에서는 억압하기 어려운 이 남북교류, 통일의 열광적인 행동을 저지하기 위해 미국의 묵인하에 5월 16일에 쿠데타가 실행되고, 6일간 이천 명이 검거, 결국 사형이 속출한다는 이승만 시대에 뒤떨어지지 않는 공포정치가 순식간에 재현된 것이다.

그리고 십여 년, 지금 그 판문점에서 남북 적십자 대표의 첫 접촉이 이루어졌다.

왜 이것이 우리에게 흥분을 가져다주는 것일까. 그것은 그것이 남북 간의 가족과 친구들의 자유 왕래와 편지 교환, 그리고 가족 찾기 등 갈라진 혈육을 다시 이어주는 실마리가 되기 때문만이 아니었다. 이제 거기에 남북 교류의, 비록 그것이 가까운 장래의 일이 아니라 해도 통일의 첫걸음을 예견하려고 하기 때문이야말로 그 예견에 대한 지향이 전율에 가까운 흥분을 가져오는 것이다. 조국의 통일은 단순한 정치 문제가 아니다. 그것은 우리들에게는 인간의 존재와 관련되는 문제이다.

38도선의 결괴는 그렇게 쉽게 되는 것은 아닐 것이다. 그러나 이 기회를 놓쳐서는 안 된다……. 이것이 진정한 조선인이라면 분단된 민족의 일원으로서 그의 마음을 지금 가장 강하게 조이고 있는 원망(願望)일 것이다. 그리고 또한 우리 자신이 이데올로기를 초월한 민족 공통의 최대 공약수를 찾아 함께 그곳에 서야만 그 원망은 가장 큰 힘이 될 수가 있다. 일 년 후가 될지, 이 년 후일지, 혹은 몇 년 후가 될지, 그 결괴의 정도는 우리 자신들의 힘의 정도에 크게 달려 있다. 전 조선인의 여론이 높아지면 높아질수록 결괴는 커지고 흐름은 급류 기세가 되어 달릴 것이다.

그리고 61년 '판문점 대진행'을 교살한 것 같은 탄압이 다시 일어나지 않게 해서 다음이야말로 "오라 남으로, 가자 북으로, 만나자 판문점에서!" 실현을 기약해야 한다. 그것은 비록 권력이 남북 교류의 확대와 통일을 바라지 않는다 해도 민중의 힘으로 그 방향으로 그들을 따르게 해야 한다는 것을 의미한다. 그리고 이것에는 동시에 일본 국민을 포함해 세계 여론의 지지가 큰 힘이 될 것이다. 물론 적십자회담에서 통일까지의 과정은 매우 험난하고 멀다.

거기에는 많은, 예를 들어 미군 철수, 미국을 대신하여 등장한 일본과의 문제 등도 결코 평탄하지 않다. 조선인의 한 사람으로서 일본 국민의 지지를 바라는 동시에, 이때 일본 정부에 바라고 싶은 것은 적어도 앞으로 남북 교류의 기세에 역행하는 것만은 하지 말아 달라는 것이다.

지금 이 역사적인 날들의 시동을 앞에 두고 나를 포함한 재일조선인은 어떻게 할 것인가. 재일조선인 사이에는 조국처럼 현실의 38도선은 없었다. 그럼에도 불구하고 마음의 경계선이 완고하게 생겨 버린 현실이 있다. 과거 일본제국주의하에서 조선인은 모두 같은 피지배의 식민지 민족이었다. 일부를 제외하고 많은 조선인에게는 해방과 독립은 공통된 하나의 체험이었다.

한 번 더 우리 조선인은 민족이 하나였던 8·15 해방 당시의 원점에 서서 자신을 바라봐야 하지 않을까.

민족이 하나였을 때의 기쁨을 지금 우리 자신 속에 되찾고 싶다. 나는 정치가도 아닌 일개의 문학하는 사람에 지나지 않는, 그러나 그럼에도 하물며 조선인의 한 사람이다. 그러니까 이것은 나의 단순한 원망(願望)일지 모르겠지만, 다행히 현실의 군사분계선을 갖지 않는 재일조선인 사이에서는 민족공통의 대전제를 진지하게 모색하고 그것을 지향하는 한 통일을 향한 전진은 가능한 것이라고 생각한다. 그러기 위해서는 본국에서 일어나는 사태의 뒤를 일희일비해서 좇아갈 뿐만 아니라, 해외동포로서 재일조선인이 먼저 자신들 내부의 교류와 통일의 방법을 찾아내는 창조적인 자세가 필요하다고 생각한다. 그리고 그러한 움직임이 오히려 본국에서의 운동에도 일정한 영향을 주어야 할 것이다. 물론 재일조선인은 남북 교류, 조국 통일의 주동적인 힘이 될 수 있는 것은 아니다.

그것은 어디까지나 본국 민중의 전체적인 힘에 달려 있다. 그러나 그것에 도화선 역할은 수행할 수가 있는 것이며, 그 자각을 깊게 함으로써 역사를 전진시키는 힘의 일부를 자신도 지게 된다는 자세를 재일조선인은 가질 수가 있다고 나는 생각한다.

나에게 국가란

[1972]

『인간으로서(人間として)』 제8호(1971년 12월)에 「'조선!'이라는 말 (「チョーセン!」という言葉)」이라는 요시카와 유이치(吉川勇一)[1] 씨의 글이 있다. 작년 11월 30일 미쓰비시(三菱)중공업 주주총회에 군수생산에 반대해서 참회한 주주인들 베헤이렌(ベ平連)[2]이 소카이야(會屋)[3], 우익, 폭력단에게 폭행을 당한 것에 대해 쓴 것인데, 당시 그것은 신문 등에 크게 보도되었다. 그런데 신문에는 나오지 않았지만 요시카와 씨의 글에 따르면, 그때 소카이야가 베헤이렌을 매도하는 데 '조선!'이라는 말을 던졌다고 한다.

　　'닥쳐, 조선 놈''새끼야, 조선에 가!' 이렇게 '조선'이라는 말을, 나는 적어도 세 번 들었다. 귀를 의심할 정도였지만 (중략) 그들은, 우리에게

1　요시카와 유이치(吉川勇一, 1931~2015): 일본의 시민운동가, 번역가.

2　'베트남에 평화를! 시민연합(ベトナムに平和を! 市民連合)'의 준말. 1965년에 작가 오다 마코토(小田実), 쓰루미 슌스케(鶴見俊輔), 가이코 다케시(開高健) 등을 중심으로 결성. 1965년에 광범위한 시민들의 자발적인 참여로 가두 데모, 반전 광고, 지원 모금 등 다양한 반전 운동을 전개했다. 1974년에 해산.

3　일본에서 회사의 주식을 약간 보유한 주주로서의 권리 행사를 남용하여 회사 등으로부터 부당하게 금품을 수수 또는 요구하는 사람과 조직을 가리킨다.

모멸의 말, 우리를 비방하는 말로서 '조선 놈'이라는 말을 뱉었던 것이다.

> (전략) 인간으로서 용서할 수 없는 말을 태연하게 말하는 자들을 고용하여, 군수생산을 위한 총회를 폭력적으로 강행하려는 미쓰비시중공. 조선인민, 중국인민을 비롯해, 수백만의 아시아 여러 인민의 고혈에 의해 살찐 미쓰비시중공이, (후략)

단편적인 인용이지만, 같은 일본인을 향해 '조선 놈'이라고 할 정도니까, '조선'이라는 고유명사는 그들 사이에서 '바보새끼(바카야로)'나 '거지새끼(고지키야로)' 수준의 또는 그 이상의 멸칭으로서 일반성을 가진 것이다. 그리고 그것을 외치는 그들의 상상력이 결락해 버린 어두운 마음은 돼지의 위장처럼 틀림없이 충족되었을 것이다. 게다가 거대한 군수생산 회사와 그러한 말을 뱉는 것이 결부되어 있는 것은 꽤 상징적이기도 할 것이다.

조선에서는 '망국의 백성'을, 또는 '망국놈', '망국노예'라고도 한다. 좀 더 덧붙여서 '망국놈의 슬픔'이라고도 하는데, 거기에는 이미 감상성은 없고, 자신의 과거에 대한 엄격한 자계의 마음이 있다. 그런데 여기에는 '나라'라는 것이 전제가 되어 있을 것이다. '조선!'도 결코 이 '망국'과 무관하지 않다. 내가 그 말에서 '국가'를 연상하는 것은 '망국' 탓인 것이다.

자본주의사회의 국가는 우선 전 사회를 대표하고 있는 것 같은 표정을 하고 있다. 그러나 사실은 군대, 경찰, 기타 일체의 권력기관을 장악하고, 이른바 지배계급의 권익을 옹호하기 위한 억압과 착취의 기구라는 것은 식민지 경험을 가진 민중에게는 바로 알 수가 있다.

우리가 태어났을 때에는 '일본제국'이 국가였다. 일본을 조국으로서 강요하고, 그것이 조선인 등을 착취, 억압하는 무서운 기계, '국가'로서 기능을 했다. 조선인에 대한 학살과 학대, 국토의 약탈이('황국신민으로 해 준다'는 '은혜'가 있었다!) 상기의 미쓰비시 등의 독점자본으로 지탱된 '국가'의 이름으로 이루어진 것이었다. 아직도 일본인의 입에서 나오는 '조선!'은 창피함을 모르는 부산물이다.

세계지도 등의 책을 펼치면 대부분 거기에는 컬러로 인쇄된 세계 백 수십 개의 '국기'가 나란히 있다. 나는 그것을 골고루 보고 있으면 묘한 기분이 든다. 그 퍼즐 같은 형형색색의 도안은 어딘지 모르게 아이들 손이 되는 동화 세계와 같은 분위기를 자아내는 느낌으로 즐겁기도 하다. 요컨대 그 도안의 진지한 냄새가 해학적으로 느껴질 정도로 유치하게 비쳐진다. 인간은 사물을 기호화하는 능력을 가지고 있어서 국가를 추상화하고 작은 깃발이라 해도 그것은 이상한 일이 아니다. 그렇다면 그 경우에 세계에서 '국가'가 깨끗이 증발해 버리면 얼마나 좋을까. 하지만 이 괴물은 지구에 달라붙어 좀처럼 떨어질 것 같지 않다.

그래서 '국기'가—내셔널리즘의 상징이 일단 현실 속에서 움직이기 시작하면 그것은 무수의 훈장을 만들어 내면서 세계를 파괴할지도 모르는 힘도 발휘하기 시작한다. 도대체 세계에 타국민의 무고한 피로 물들지 않은 국기가 얼마나 있을까. 지금은 성조기가 최고인가. 과거에는 '히노마루'가 그러했다. 게다가 그것은 다시 우리에게는 위험한 칼을 휘두를 것 같은 이웃으로 비치게 되었다. 그럼에도 사람은, 예를 들어 그런 위험한 '국가'의 깃발을 위해서도 죽으려 하니 재앙인 것이다. 대개는 '국가적' 이익의 배분에 관여하지 않는 계층의 인간이 '국가적' 이익을 위해 죽는다.

그런데 내셔널리즘이라 해도 침략적인 그것과, 신흥독립국의 민족 해방의 그것과는 동일하지 않다는 것은 말할 것도 없다. 지금 조선민족이 새로운 나라 만들기에 열정을 불태우는 것은 보복주의도 편협한 내셔널리즘을 위해서도 아니다. 무에서 창조하는 것과도 비슷하고, 관념이 아니라 현실에 자신의 국가를 수립해야 하기 때문이다.

　도둑에게 집과 땅을 빼앗겨 내쫓긴 모습으로, 또 도둑을 향해 우리는 '인터내셔널'의 길을 설득하지 않는다. 그런 의미에서 또한 코스모폴리탄(cosmopolitan, 세계주의자)이 아니다. 예를 들어 '조선!'이라는 말도 일본인의 머리에서 씻어낼 수가 있을 것 같은 진정한 국제적인 것을 향한 '국가'를 건설하려고 한다. 우리에게 '국가'란, 우선 만들어야 하는 것, 스스로 만들어 스스로에게 은혜를 가져오고, 그리고 스스로 '국가적'인 것을 지양하는 것이어야 한다. 조선에는 아직 완전한 통일국가가 되지 않았다. 특히 통일국가 실현을 향하는 그 진행형은, 소수민족적인 성격을 띠고 있는 재일조선인의 경우에는, 잃어버린 인간 회복의 조건이기도 하다.

　그럼에도 나는 국가를(추상적으로) 부정하고 싶다. 언제일지는 모르겠지만, 언젠가, 훨씬 미래의 '국가'의 사멸을 생각하면서 현실의 사회주의 조국건설에 관여할 수밖에 없지만, 그것이 나에게 국가이다. 그리고 적어도 국가가 지구상에서 없어질 때까지의, 그 '국가'들의 존재가 허용되는 인간적 조건이란 무엇인가를 모두가 함께 생각해야 할 것 같다.

김지하와 재일조선인 문학자

[1972]

　김지하의 담시(譚詩)「오적(五賊)」이 종합잡지『사상계(思想界)』(1970년 5월호)에 발표되고, 이윽고 그것이 정치문제가 되어 잡지는 폐간, 시인은 투옥된 것이 같은 해 6월이었다.

　그런 그가 최근에 쓴 장시「비어(蜚語)」를 실은『창조』4월 호가 발매 금지, 압수 처분되어 다시 시인의 신변에 위험이 따르고 있다고 일본의 신문이 전한 것은 4월 초이다. 그리고 나서 2주 후에 김지하는 잠복 중인 은신처가 발견되어 중앙정보부로 연행되었다고 한다(『朝日』4월 18일 자 조간). "관헌에 잡히면 이대로 끝나지 않을 것이라고 염려하고 있었"는데 이 사건을 계기로 관계자 사이에서는 "① 어떤 방법으로든 김 씨에게 금후 작가 활동을 할 수 없게 만든다 ② 〈사회정의의 실현〉을 슬로건으로 내거는 김 씨 등 '싸우는 가톨릭교도'와 이에 동조하는 프로테스탄트교도의 혁신분자를 억누른다—등의 조치를 취하는 것이 아닌가⋯⋯"라는 견해가 오고 갔다고 한다. 어떤 방법으로든 작가 활동을 할 수 없게 한다는 것은 얼마나 검고 으스스한 울림을 가진 말인가.

　「비어」는 다행히도 바로『주간 아사히(週刊朝日)』(4월 21일호)에 전부 번역되어 일본에서 발표되었다. 여기서 소개할 여유는 없지만, 그 제1

부 「소리 내력」 중에, "에잇 /재미없는 세상이다! /이 말이 새자마자 섬뜩한 소리가 철컥 /수갑이 안도의 양손에 채워지고 (후략)"[1]라는 대목이 있다.

「오적」 중에서도 풍자되어 있는 것처럼 확실히 "재미없는 세상"이지만, 그래도 사실을 왜곡하여 쓴다든가 아첨한다든가 해서 "지당함"이라고도 하지 않는 한, 집집마다 신문도 잡지도 압수 폐간, 필자가 체포로 몰리고 있는 것이 '한국'이다. 박 정권은 지금 대외적으로 꽤 유연한 자세를 보일 수밖에 없는 국제정세 속에서도 '북의 위협'을 구실로 국내를 인민에 대한 탄압 장치로 다지기에 기를 쓰고 있다.

『아사히』(4월 16일자)는 「외유내강책을 취하는 한국」이라는 제목으로, 그 중에서 해외 홍보활동의 예산을 "지난해 3억 6천만 원을, 올해는 6억 9천만 원으로 약 두 배, 본부 요원을 11명에서 33명으로, 해외 홍보관을 15개국 24명에서 24개국 34명으로 늘려 북조선의 PR을 앞지르려 하고 있다"고 보도했다.

이러한 내역이 어떤 것이며, 그리고 그 중의 일본 관계는 어떻게 되고 있는지 나는 모른다. 그러나 그 '외유책'에는 재일조선인도 들어가 있다고 봐야 한다. 특히 올해 들어서는 홍보활동의 일환으로서, 『한(韓)』 등의 월간 일본어 잡지와 조선어 잡지 등의 창간에 의한 '문화공세'가 갑자기 활기를 띠고 있다.

'문화' 활동은 일본에서 극히 유연한 방법이 취해지고 있는데, 그것이 그대로 정치에 연관되어 있다고 봐도 좋다. 특히 주목해야 할 것은

---

1 김지하의 「소리내력」(『오적』, 동광출판사, 1987) 원문에는 '에잇/개같은 세상!/이 소리가 입 밖에 떨어지기가 무섭게 철커덕/쇠고랑이 安道놈 두 손에 대번에 채워지고 (후략)'로 쓰여 있다.

지금까지 조선총련계(북조선)로 알려져 있던 재일조선인 문학자들을 포함한 문필가에 대한 포섭공작이다. 북조선계로 보이는 문필가들 거의 전부가 조선총련의 조직을 떠난 현재 상황에서, 거기에 더 쐐기를 박기 위해 교묘하게 무너뜨리고 회유하는 방법이 쓰이고 있다. 그리고 먼저 보통은 허가되지 않는 외국인등록증을 '한국적(籍)'으로 바꾸지 않고 '조선적(籍)인 상태로 무조건' 남조선에 출입국시켜 각지를 안내하고 돌아보기도 하는 특별한 대우를 한다. 그것이 가장 조직적으로 움직이고, 재일조선인 문학자들의 대부분이 말려든 것이 작년(1971) 10월 무렵의 일이다. 일본 신문사 등의 후원을 받아, 남북적십자회담 장소인 판문점 등을 방문하는 '조국방문단'의 형태로 남조선으로 향하려고 했는데 좌절되었다. 하지만 그래도 현실에 재일조선인 문학자들 중에 그 자력권은 퍼져 가고 있으며, 가능하면 모든 문필가를 서서히 '한국계'의 영향 아래에 두고 싶은 것이다. 즉 전향을 위한 고도한 권유이다. 이러한 결과로서, 국가비상사태인 '한국'에 왕래한 재일조선인 문학자는, 예를 들어 지금 김지하 등의 문제와 관련해서, 자신을 어느 위치에 놓을 것인가.

재일조선인 문학은 일반적으로 일본 문학의 일부로 간주된다 해도 그 필자들은 '재일'이라는 한정어는 붙지만 조선인 문학자임에는 틀림없다. 같은 조선인 문학자로서 김지하와 우리의 관계는 무엇인가라는 점에서 시선을 피해서는 안 될 것이다.

자주 남북조선을 초월한 민족적 입장이라고 하지만, 그것은 추상적이 아닌 구체적인 무엇인가의 내실이 문제가 된다. 지금 남조선 상황에서는 민족적이라는 것은 그대로 미국이나 일본의 침범, 그 앞잡이 박정권에 대한 저항을 의미한다. 우리는 민족적 입장이라는 경우, 그 무언가 무색투명한 것 같은 애매함에 의지해서는 안 된다. 결코 공산주의

자가 아닌 김지하는 바로 그 민족적 입장에서 매판정부에 그야말로 애국적으로 맞서고 있다. 그리고 "어떤 방법으로든 금후 작가 활동을 할 수 없게" 하려고 한다. 참으로 중세적인 끔찍한 말이다.

생각해 보니 2년 전 1970년 6월에 서울에서 국제펜대회가 있었다. 일본에서는 가와바타 야스나리(川端康成)[2], 히라바야시 다이코(平林たい子)[3] 씨 등이 참석했는데, 마침 그 무렵 처음에 언급했듯이 「오적」 때문에 김지하는 투옥되었다. 국제펜 헌장 중에는 각국 간의 사상교류를 방해하거나, 표현의 자유를 억압하거나, 언론 보도의 자유를 속박하는 것에 반대한다는 것이 강조되고 있었다. 그러나 이 언론탄압의 나라에서 열린 펜대회 참가자들은 옥중의 김지하를 묵살하고, 그 자신이 헌장에 있는 언론, 표현의 자유에는 입을 싹 닦고 이야기하지 않았다. 그 일이 지금 생각나서 입안에 쓴물이 쌓이는 것을 느낀다.

우리는 입을 닦을 수는 없다. 남조선에 왕래하는 재일조선인 문학자들은 먼저 김지하에 대해 그 생명과 작가활동의 보장에 대해 자신의 태도를 분명히 표명할 필요가 있을 것이다. 국가비상사태 중인 남조선에 신변 안전이 보장되어 '무조건'으로 왕래할 수가 있다는 것이 김지하와 비할 필요도 없이 보통 일이 아니기 때문에 그러하다. 그리고 국내 작가의 목소리를 압살하는 '한국' 정보부가 왜 북조선계로 보이는 자에게 온화한 손을 뻗어 왔는지, 그 이유를 잘 알고 있을 재일조선인 문학자들이라 더더욱 그러하다.

2　가와바타 야스나리(川端康成, 1899~1972): 일본의 소설가, 문예평론가. 1968년에 일본인으로 처음 노벨문학상을 수상.
3　히라바야시 다이코(平林たい子, 1905~1972): 일본의 소설가.

멀리서 온 사람

[1971]

7월 말의 어느 날 지인 Y에게서 전화가 왔다. 좀처럼 전화하지 않는 사람이라서 무슨 일인가 하고 수화기를 들었더니, 아름다운 한 여성이 자네를 만나고 싶다는 식의 농담으로 이야기를 시작했다. 허어, 그런 일도 있나, 그 아름다운 여성이 누구인가, 나도 반농담 어조로 응하면서 상대의 말을 기다렸다.

한국 출신의 학자 운운하는 전화 목소리에 나는 아하라고 했는데(특별히 짚이는 것이 있어서가 아니라 그냥 무심히 아하 했을 뿐이었다.), 곧 그녀가 스웨덴에서 왔다고 했을 때 나는 무심코 스웨덴? 하고 반문했다. 그래, 북유럽의 스웨덴이라고 Y는 말한다. 스웨덴은 북유럽밖에 없으니 안 해도 되는 말이다. 먼 곳에서 온 사람이구나, 왜 스웨덴에서? 그러나 대답은 잔혹할 정도로 간단했다. 그녀가 파리에서 프랑스 문학을 공부하고 있는 사이에 스웨덴 출신 학자와 알게 되어 결혼을 했고, 그 남편의 나라에서 왔다는 것이었다.

그렇군, 그래서 스웨덴에서인가…… 프랑스로 유학시켜 두었더니, 결국은 스웨덴 남자에게 채인 셈인가. 나는 순간 마치 친척 오빠라도 된 듯한 느낌이 들었다. 나는 내심 편하지 않은 것은 사실이지만, 더구나 수화기로 폭발할 정도의 큰 일도 아니었다. 나는 곧 먼 이국에서 결혼한 그녀가 그녀 나름대로 타인의 간섭을 받지 않는 불가피한 일이 있었을 것이라고 생각했다. 물론 우리와 마찬가지로 그녀도 그 속에 숨긴 상황, 식민지에서 해방 직후 분단된 채로 아직도 통일을 달성하지 않은 조선의 상황이라는 것이 있다. 그러한 상황 속에서 개인의 자유라는 것은 우리의 경우 아무래도 민족적인 것과 결합해서, 혹은 그 상황 속에서의 자유라는 방식으로 생각하게 되는 것이다. 그렇다 해도 인간은 거기에서 뛰쳐나와 버리는 경우도 있는 것이며, 그것은 그것으로 또 어쩔 수가 없을 것이다.

나를 포함한 재일조선인 작가를 그녀가 만나고 싶은 이유는 그 연구 테마의 문제와 관계가 있었다. 이것은 나중에 본인과 만나고 나서 알았는데, 그녀는 스웨덴의 S대 동양어학부에서 조선어학과 강사를 하고 있으며, 연구논문 테마로 이중언어 사용 문제와 관련되는 것이기도 한데, 재일조선인 작가가 일본어로 작품을 쓰는 경우의 문제, 그리고 일본인 작가와의 차이 등에 초점을 맞춰서 해 보고 싶다는 것이었다. 나에게 연락한 것은 내가 우연히 실제 작품과도 연관되고, 마침 그녀가 문제 제기한 것과 같은 측면에서 언어에 대해 생각하고 있었기 때문이었다. Y는 그런 문제에 대해 쓴 내 에세이를 이미 그녀에게 읽어 보라고 했다고 전화로 말했다. 그리하여 나는 작가 F에게 연락을 하기로 하고, 작가 T에게는 Y가 연락을 하기로 하고 이틀 후에 만나기로 했다.

한여름 햇볕이 쨍쨍 내리쬐는 더운 날이었다. F와 둘이서 땀투성이가 되면서 약속한 시간 4시보다 10분 정도 늦게 신주쿠(新宿) 가부키초(歌舞伎町)에 있는 다방에 도착했다. 이쪽에서 시간과 장소를 정해서 늦으면 안 되는데 늦어 버렸다. F는 낮에 다른 곳에서 합류해서 다른 용무를 마치고 오는 중이었는데, 만나는 김에 다른 볼일도 끝내 버리려는 속셈이 있었던 것이었다. 더구나 조금 전 F와 둘이서 다른 사람을 만났을 때 맥주를 마셔서 손수건 한 장으로는 닦을 수 없을 정도로 땀이 흘렀다.

만나 보니 그녀는 내가 상상한 대로라든가, 그렇지 않다든가라는 극단적인 인상을 주는 사람은 아니었다. 그냥 거기에 그렇게 앉아 있었고, 그래서 어울리는 사람이었다. 내가 만나기 전부터 그녀에 대한 명료한 이미지를 가지려 하지 않은 것도 있지만, 또 너무 눈에 띄지 않을 정도로 그녀가 수수했기 때문이기도 하다.

그녀는 단발머리에 화장기가 전혀 없는 것 같이 보였다. 턱선이 확실한 다소 어두운 의지적인 얼굴은 소위 미인형은 아니지만, 악센트가 있는 가느다란 눈썹 아래에서 차분하게 빛나고 있는 지적인 눈이 인상적이었다. 그녀는 이지적이고 너글너글한 느낌을 주는 외모를 가졌다. 그 여성스러움을 잃지 않는 어조와 태도도 차분했지만, 그것은 마흔 살이라는 연령 때문만이 아니라, 벌써 10년 넘은 외국 생활과 겁 없는 조선 여자의 기질 일면을 그대로 가지고 있는 탓도 있을 것이다.

그녀의 그 머리 모양과 그리고 하얀 옷깃을 가진 감색 원피스 모습이 어딘가 유아적이기도 해서 나에게는 그 미소를 잃지 않은 말투와 함께 나이보다 훨씬 젊은 사람으로 느껴졌다. 일어났을 때 그녀는 늘씬한 키를 뻗고 있었는데, 연한 노랑 슈트케이스를 가진 모습이 차분하여 호감이 갔다.

다방을 나온 우리는 Y를 따라 근처 조선 음식점에 들어갔다. 얼마 전 몸이 안 좋았던 Y가 주선했다. T는 모습을 보이지 않았는데 연락을 못 했다고 했다.

그녀는 시종 조선어로 말했다. 다방에서 시작해서 조선 음식점을 나와 헤어지기까지 몇 시간 함께 있었는데, 그동안 그녀는 나와의 대화에

서 '皮肉(ひにく(히니쿠))'라는 일본어를 한마디했을 뿐이다. 나는 오래 간만에 본 고장의 조선어를 듣는다는 생각에 그녀의 아직 풍화된 흔적이 없는 그 생생한 조선어에 귀를 기울이고 있었다. 그것은 상쾌한 것이었다. 아니, 그렇지 않다. 그 귀에 울리는 상쾌한 느낌은 곧 고통을 포함한 무거운 울림이 되어 내 마음으로 전해진다. 우리처럼 대부분 풍화된 조선어를 사용하여, 그 대상 외에는, 요컨대 일본국 외에는 남조선에도 갈 수가 없는 자에게는 그 상쾌함만으로 마음을 기댈 수가 없는 것이 있다. 그래도 나는 한쪽 귀로 그녀가 말하는 내용을 듣고, 또 다른 귀로는 그녀의 '조선어'만을 들으며 즐기고 있었다.

그렇게 마주앉아 보니 그녀는 먼 스웨덴에서가 아니라 현해탄 건너 편에 있는 본국에서 온 것 같은 어디까지나 조선의 여성이었다. 그녀는 그다지 능숙하지 않은 손놀림으로 담배에 성냥불을 붙이고 개의치 않으며 이야기한다. 깨닫고 보니 우리는 언제나 만나서 이야기하고 있는 것처럼 '잡담'을 하고 있었다. 물론 그런 '본론'을 벗어나 자유롭게 이야기할 수가 있었던 것은 Y와 그녀가 서로 사정을 알고 있었기 때문일 것이다.

그녀는 일본에 온 것은 두 번째인데 한국에는 형제가 있어 일본에 오기 전에 만나고 왔다고 한다. 그리고 부모는 파리 유학시절에 돌아가셨다고 한다. 그녀는 부모가 살아 있다면 아마도 현재의 결혼은 성립하지 않았을 것이라고 강조하듯 두 번 반복해서 말했다. 우리는 고개를 끄덕였다. 그렇겠지, 조선 노인이 그것을 허락할 리가 없기 때문이다. 그렇다면 그것은 그녀가 부모의 명을 따르지 않을 수가 없었다는 의미가 될 것이다.

그녀는 자신은 미국에도 가 봤는데, 재일조선인이 가장 민족적인 자각이라고나 할까 그 주체의식이 강한 것 같다고, 그것은 우리와 만난

단시간의 인상을 담아 말한 것이겠지만 조금 감탄한 것처럼 말했다. 그런가, 음, 그런 것 같다는 얼굴을 하고 웃었지만 비틀어서 말한 것은 아닐 것이다. 그러나 과연 실제로는 어떤가. 민족적인 것이 점점 용해되고 있기 때문이야말로 오히려 강조의 형태로 나타나는 면이 있는 것은 아닌가. 위기감의 반영은 아닐까. 그럼에도 한편으로는 일본이 과거의 지배국이었다는 관계가 있어서 자기 안의 그 그림자에 굴복할 수가 없다는 자세가 생길 수가 있다. 최소한 내 경우에는 그렇다. 민족 운운하는 것은 일종의 위기의식이 전제가 되어 있다고 해도 좋다.

그녀는 자신도 유럽에서 생활하면서, 그것은 당연한 일이지만 모든 것이 조선과 두드러지게 다르기 때문에 한층 더 자신이 조선인임을 확실히 생각하게 되고, 외국에서는 아무래도 주체적으로 생각하지 않을 수가 없게 된다고 했다. 그리고 조선인이라는 것을 자연스럽게 당연한 것으로써 내세우게도 된다고 덧붙였다. 그런데 그녀는 이 일을 매우 쫓듯이 말하고 이야기를 끝냈다. 위기감 같은 것과는(이것은 사실은 싫어하는 말이지만) 관계없이 의외로 편안하게 있는 것이 재미있었다.

나는 그녀에게 당신은 자유인이다, 당신은 어디로 보나 확실한 조선인이지만 국적상으로는 스웨덴이며 조선인은 아니라고 했다.

나의 이 말에 그녀는 분명히 납득하지 않은 것 같았다. 그녀는 조금 슬픈 듯한 목소리로, 그건 "皮肉(ひにく, 비꼼)"예요? 라고 이때 처음으로 "ヒニく(히니쿠)"라는 일본어를 넣어 말했다. 그런 후 자신은 작년에 스웨덴 국적을 가진 것이라고, 요컨대 지금까지는 당신들 못지않은 어엿한 '조선인'이라는 함축의 뜻을 담아 희미하게 웃으며 항변하듯 덧붙였다.

아니, 비꼬는 게 아니다. 나는 당신을 긍정하고 있는데, 당신은 뿌리부터 조선인이다. 당신이 구 지배국의 국민인 일본인과 결혼해서 일본인이 되어 버린다면 그것 또한 어쩔 수가 없는 일이지만, 그 경우였다면 나는 지금처럼 당신에게 솔직할 수가 없을지도 모른다고 나는 웃으며 말했다.

그녀에게는 내 말투가 기묘하게 들렸을지도 모른다. F는 F대로 내가 긍정한다는 말투가 아직 타협적이라고 생각했는지, 아니, 그런 게 아니라고 했다. 애초부터 외국인과 결혼한 것에 화가 난 듯한 어조로.

그렇다, F에게는 F의 느낌이 있고, 그녀에게는 그녀의 인생이 있으며, 말없이 웃고 있던 Y에게는 Y 나름의 이해가 있고, 나에게는 나 나름의 견해가 있는 것이고, 그러면 되는 것이 아닐까. 단지 현실의 삶 속에 그녀가 있어서, 우리는 영락없이 평론가적 시선으로 바라보고 있다. 그러면 되는 것이다. 실제로 그녀는, 예를 들면 재일조선인의 경우에 자주 보여지는 것처럼, 일본에 풍화된 것 같은 형태가 전제로 한 결혼이 아니었다. 일본인인지 조선인인지 모르는 그런 풍화의 경계선을 방황하면서, 즉 전제로 확실한 조선인으로서의 주체를 갖지 못한 채 일본화하는 경우가 많은 것과 비교하면 그녀는 그 입장이 다르다. 그 차이에 나는 그녀를 긍정하려 한다. 반대로 말하자면 긍정하는 마음의 위안을 얻으려 한다. 그녀는 어디까지나 조선인의 본성과 교양을 가지고 있고, 그리고 일개의 주체적인 인격으로서 파리에서 같이 유학을 하는 청년과 결합한 것으로 보면 할 말도 없는 것이다. 인간의 생활은 그런 것일지도 모른다.

우리는 돌아가기로 했다. 밤의 번화가를 걸으면서 나는 그녀에게 아이는? 하고 물었다. 없다고 한다. 왜? 그녀의 대답은 없었다. 이윽고 신주쿠역에 가까운 넓은 사거리에 이르러 F와 나는 거기에서 그녀와 작별을 고했다. 나는 그녀에게 악수를 청했다. 밤거리에서 잡은 그 손은 실내 테이블 위에서 봤을 때보다 훨씬 섬세하고 부드럽고 차갑게

땀이 밴 감촉이 내 손바닥으로 전해졌다. 그녀는 소녀처럼 조선어로 감사합니다라고 했다. F도 악수를 했다. 그녀는 일본에서 열흘 정도 있다가 심리학자인 남편이 기다리는 스웨덴으로 돌아간다. 하네다(羽田)에서 열여덟 시간이라고 한다. 그녀는 그곳에서 스웨덴 국민으로 생활하면서 S대학의 조선어과 강사를 계속할 것이다. 그것이 그녀의 고국에 관계하는 방법이며, 그리고 또한 거기서 "한 알의 밀알"이 되어 가는지도 모르겠다. 그러고 보니 S대학의 조선어과에는 스웨덴에서 거주한 지 20년이 된 조선 출신의 나이 든 선생이 한 명 있어 조선어 강좌를 일본어와 함께 담당하고 있다는 것이었다. 그것은 아직 규모가 작아 거의 그 노선생 혼자 맡고 있는 상황이며 앞으로의 일이 중요하다고 했는데.

나는 F와 둘이서 거리를 걸으며 그녀에 대해서는 더 이상 언급하지 않았지만 묘한 적적함과 비슷한 기분을 느끼고 있었다.

나는 그녀를 긍정한다고 했는데, 그 심정에 거짓은 없는가. 나는 그녀의 삶을 긍정하고 싶다. 그리고 그 삶을 축복하고 싶다. 그럼에도 불구하고 그녀를 먼 곳에, 현실의 조선이 아닌 먼 곳에, 거기가 남편의 나라이며 그녀가 선택한 두 번째 조국이라 해도, 스웨덴으로 날아가 버린다는 생각이 무심코 조금 전까지 말로 표현할 수가 없는 복잡한 기분 속에 나를 천천히 가라앉게 하고 있었다.

물에 빠진 개를 때리는 것

[1972]

자신에 관한 한, 문학을 한다는 것은 결국, 감상과 슬픔을 죽이는 일이라고 나는 생각한다. 그리고 더 과장해서 말하자면 절망을(외풍처럼 항상 가까이에 있는) 죽이는 것이다. 슬플 때에 슬프다고만 해 봤자 거기에는 어떤 '곡(曲)'도 없을 것이다. 웃고 싶을 때 일부러 우는 일은 없으니까, 역시 웃는 것에는 마음의 기술이 필요하다. 곧 그것도 문학의 하나인 셈이다.

내가 루쉰의 「페어플레이는 보류해야 한다」에 나오는 "물에 빠진 개는 때려야 한다"라는 한 문장을 접한 것은 스물예닐곱 살 때이다. 그것은 지금은 절판된 이와나미신쇼(巖波新書)의 『루쉰 평론집』(다케우치 요시미(竹內好) 역편)에 나오는 것이었다. 생각하기에 그 무렵 내 마음에는 스무 살 전후에 걸린 일종의 병—어중간한 허무 인식이 가져온 분별력을 잃은 심정, 즉 허무감의 꼬리가 살아 있어, 아직 그 꿈틀거림을 억누르지 못하고 있었다. 나는 취하면 우는 버릇이 있었다. 걸핏하면 어중간하게 감상이 따라다닌다. 그리고 감상이라는 것은 젖은 개처럼 더러워져 허위성마저 따르기 쉽다.

상기의 한 문장이 내 마음으로 파고든 것은 루쉰의 비감상성이 나의 허위성을 파헤쳤기 때문일 것이다. 즉 물에 빠진 개는 때려서는 안 된다, 말하자면 그것이 페어플레이 정신이라는 린위탕(林語堂)[1]에 대해서, 터무니 없는, 물에 빠진 개는 많이 때려야 한다는 취지로 잘 알려진 문장이다. '인서(仁恕)'는 상대에 따라 행해야 하는 것이며, "다수의 혁명당을 물어 죽인 귀축(개)에 대한 자비"는 "광명과 암흑과의 철저한 전투를 행하지 못하고, 정직한 인간이 악을 용서하는 것을 관용으로 잘못 생각"하는 것은 개인만이 아니라 천하의 개혁을 그르치게 하는 것이다. 개는, 특히 오랑캐 같은 종류는 철저하게 치라는 그 추상(秋霜, 가을의 찬 서리) 같은 정신의 채찍이 나의 휴머니즘 같은 것을 박살내었다. 즉 신사적인 감상적 인도주의(sentimental humanism)는 그만두라는 의미일 것이다.

　루쉰은 유교적 질서로 지탱된 구사회의 권위와 날카롭게 대결했는데, 그 언행록인 「논어」 중에서 "或曰, 以德報怨, 何如. 子曰, 何以報德, 以直報怨, 以德報德(어떤 사람이 말하기를, 원망이 있어도 덕으로 갚으면 어떠한가. 공자가 말하기를, 왜 덕으로 갚는가. 원망은 직(直, 곧음)으로 갚아야 하고, 덕은 덕으로 갚아야 한다.)"(7권, 이와나미분코)이라는 부분이 있다. 루쉰의 이 문장을 접하고 나서 이 두 가지가 내 마음 속에서 그대로 결합되어 버렸다. 그것은 나의 억지일지도 모르겠지만 루쉰도 한 문장으로 말하고 있다. "'당해도 맞서지 않는다'는 관용의 도(恕道)이다. '눈에는 눈을, 이에는 이를'은 곧음의 도(直道)이다. 그런데 중국에 가장 많은 것은 굽음의 도(枉道), 즉 물에 빠진 개를 치지 않으면 반대로 개에게 물린다. 하지만 사실을 말하자면 이것은 정직한 자가 스스로 원해서 손해를 봤다는 이야기이다"(「페어플레이는 시기상조이다」, 『魯迅

選集』第5卷, 巖波書店)라고.

여기에는 적어도 시대와 장소를 넘을 수 있는 하나의 정신 자세, 방법이라는 것도 가리키고 있을 것이다. 격동, 혼란한 현실과의 관계에서 어려움을 바탕으로 한 루쉰의 절망에는, 그렇기 때문에 감상주의가 없다. 따라서 음습하지 않다. 그것은 강철처럼 말라 있다. 그리고 웃음마저 나온다.

루쉰에 따른 나는 지금도 조금 더 따르고 싶다. 나는 어떻게든 이해했다는 듯이 '굽음의 도(枉道)'를 취하고 싶지 않다. 지금도 "페어플레이는 시기상조"이다. 우리 내외의 상황에 대한 나는 여전히 '以直報怨, 以德報德'인 것이다.

오다 마코토를 회상하며

[1972]

 최근 일인데 편집 관계자 두 명과 술을 마시다가 오다 마코토(小田實)
에 대한 이야기에 이르렀다.

 나는 작년 11월 도쿠시마(德島)에서 처음 오다 마코토를 만났을 때의
인상이 문득 생각나서 아무렇지 않게 그는 고독하구나 하고 중얼거렸
다. 그러자 카운터 오른쪽 옆에 나란히 앉아 있던 T가 인간은 누구나
고독한 거라고 말했다. 그것은 흔한 말이라고도 생각됐지만, 취기가
끌어내는 그 말은 힘을 잃지 않았다. 내가 고개를 끄덕이며, 그건 그렇
다고 덧붙였다.

 이 평범한 극히 짧은 대화 속에, 하지만 상당히 현대적인 의미에서
인간이 할 수 없을 것 같은 것이 숨겨져 있는 것처럼 느껴진다. 왜냐하
면 거기에는 '고독'이라는 말의 가치 폭락이라는 인식과 고독을 고독이
라는 솔직한 표현으로는 더 이상 말할 수가 없는 현대인의 시니컬한
마음이 엿보여진다.

 내가 오다 마코토와 만난 것은 상기의 도쿠시마시(市)에서 그가 동인
의 한 사람으로서 참여하는 잡지 『인간으로서(人間として)』의 좌담회가
있을 때였다. 도쿄에서 그가 입원한 도쿠시마에 있는 병원에 관계자

몇 명이 찾아갔다.

　그는 상당히 다부진 외모의 소유자이며 슬리퍼를 신고 주름이 없어져 헐렁한 바지와 한 벌인 상의를 스웨터 위에 걸치고 우리 숙소까지 왔다. 그리고 거기서 동료들과 얼굴을 마주하자마자 이야기하는 것이다. 오사카 사투리로 따지듯 말하는 사람이었다. 확실히 안색이 안 좋고 조금 부은 것 같은 탄력이 없는 피부가 마음에 걸렸지만, 그래도 몸이 피곤하다고 다다미에 몸을 반 정도 눕기도 하면서『인간으로서』를 중심으로 일에 대해 이야기했다. 정력적으로 참 바쁘게, 과장해서 말하자면 아무튼 한시도 가만히 있지 못하는, 이를테면 그 큰 몸을 주체하지 못할 것 같은 느낌이다. 그렇다고 소위 '수다'는 아니다. 무엇인가를 한결같이 말하고 있는 것 같다.

　좌담회가 끝난 날 밤에 우리는 시내의 한 작은 음식점에 갔다. 2층 다다미방에 올라가 저녁 식사를 하며 서로 잔을 나눴다. 우리는 우동스키나베로 간단하게 배를 채우면서 적당히 일본주와 병맥주를 마셨다. 오다 마코토는 내 앞쪽에서 조금 왼쪽 대각선 건너편에 앉아 있었다. 그는 원래 술을 잘 못 마시고, 더구나 입원 중이라 술은 좋을 리가 없었다. 그래도 모두와 장단을 맞춰 두세 잔은 마신 것 같다. 그 중에는 내가 따른 양도 포함되어 있다. 그는 나에게도 권유하면서 자신도 조금은 마시니까 맥주를 따라 달라고 컵을 쥔 긴 팔을 여러 번 내뻗기도 했다. 그는 아무튼 큰 소리로 웃기도 하고 어딘지 모르게 쑥스러워하면서, 그때는 푸르스름한 뺨이 술기운으로 가볍게 물들기 시작하고, 건강하게 이야기하고 있었다.

　잠시 후, 나는 문득 오다 마코토 쪽을 보았다. 무슨 일이 있는 건가. 지금까지 모두와 장단을 맞추고 있었던 그가 고개를 툭 떨구고 목을 구부려, 머리 위의 전등 빛이 가로막힌 얼굴은 지금까지 말하고 있던 얼굴과 전혀 다른 표정이었다. 나는 철렁해서 눈을 돌렸다. 그것은 애처로울 정도로 쓸쓸한 표정이었다. 내가 원하지 않은 것을 본 기분이었다. 고민의 소용돌이가 순간 얼어붙은 것 같은 참으로 견디기 힘든 표정이었다. 어쩌면 몸이 몹시 지쳐 있었을지도 모른다. 무엇인가 심신이 지쳤다고도 하는 듯한, 고개를 떨군 오다 마코토의 순간적인 얼굴이었다.

그 얼굴과, 그리고 그의 '수다', 또는 그 문체 '보통 인간', '단지 인간'을 지향하며 진흙투성이로 땅을 기어가는 벌레가 되는 그의 문체와의 관계는 무엇일까 하고 나는 생각한다. 잠깐, 이 남자야말로 '시시한 이야기'나 웃는 얼굴로 얼버무리면서 '마치 세상의 고뇌를 한몸에 짊어지고 있는' 것처럼 마음이 보이지 않는 어둠에서 괴로워하고 있는 것은 아닐까. 결국 그의 문체 자체가 픽션이고, 그 사람이 어둠에서 여러 번 굴절된 끝에 벗어난 것이라고 생각된다.

인간은 누구나 고독하다고 한 조금 전의 T의 말을 따라 오다 씨, 당신도 고독하지, 라고 말하면 어떨까. "뭐, **고독**? 나는 '시시한 이야기'로 바빠서 그런 거 생각할 **틈**이 없어"라고 말하면서, '희극' 속에 그것을 넣으려고 하는 그는 여러모로 대단한 야심가가 아닐까 하고, 나는 그때의 고개를 떨군 슬픈 얼굴을 떠올리면서 생각한다.

안우식 『김사량－그 저항의 생애－』

[1972]

　　김사량은 해방 전 일본에서 활약한 작가였다. 그는 일본을 떠난 후 곧 일본 통치하의 조국 조선도 탈출해 중국의 해방지구에 들어가고, 해방 후는 북조선에 귀국, 조국 건설에 참가하는 가운데 조선전쟁에 종군해서 전사했다. 그리고 이십여 년이 지난 지금 이 일본에서 다시 김사량이 거론되는 것은 의의가 깊다.

　　먼저 최근 그 일이 주목되기 시작한 재일조선인 작가들을 둘러싸는 일본의 문학 상황과 관련해서 김사량을 살펴보는 것도 재미있을 것이다. 왜냐하면 재일조선인 작가의 선배로서의 김사량이 그들과 깊게 관련되면서 이질적인 작품으로써 나타나는 것은(이윽고 가와데쇼보신샤(河出書房新社)에서 선집 출판을 기획하고 있다.), 우연이라고 하기에는 조금 지나친 문학 현상이기 때문이다. 그리고 주변 여러 국가에서 군국주의 부활이 경고되는 오늘날의 일본 상황 속에 그 행동에 있어서도 끝까지 민족적 저항을 이루고, 혁명을 지향하며 젊은 나이에 죽은 작가를 놓고 보는 것은 아시아 속의 일본을 볼 때 일정한 의의가 있다고 생각된다.

　　이 책은 김사량이 지금 왜 다시 다루어지는지에 대한 의의는 찾아보기 어렵지만, 일종의 전기(傳記)라 할 수가 있다. 그 점을 생각하며 읽으면 저항 작가의 행적을 면밀히 더듬어갈 수가 있고 일본 통치의 어두운 시대를 살았던 김사량이라는 작가의 윤곽을 독자 앞에 흥미롭게 보여 주는 책이다. 요컨대 당시 식민지 조선의 지식인 김사량의 삶을 이 책을 통해 엿볼 수가 있을 것이다.

그런데 적어도 작가의 평전은 정치인 등의 그것과는 다르다. 즉 작가론적인 방법의식을 가질 필요가 있다. 이 책은 그런 의미에서 필자의 주체적인 입장이(재일조선인으로서의 그것을 포함해서) 일관되지 않은 부분이 있고, 그것이 그대로 문학적 시점의 모호성과 연결되어 있어, 모양 좋게 정리되었다는 느낌이 강하다.

예를 들어 후반에 들어가면 계속 김사량의 '로맨티시즘'이라는 말이 강조되고 있다. 그리고 김사량의 문학적 자질의 하나라고 할 만한 '로맨티시즘'이 중국으로 탈출, 귀국 후 민주건설, 그리고 조선전쟁으로 '종군한다는 행위'에 이르기까지 김사량의 모든 존재를 지탱하는 행동원리로서 환원되어 버렸는데 그 부분은 어떠한 것인가. 그것은 김사량의 생애를 통해 그를 '민족주의 작가'로서만 봐도 되는가라는 것과도 관련되는 문제이다.

이회성 『다듬이질하는 여인』

[1972]

『다듬이질하는 여인』(新潮社, 1972)은 표제의 작품(아쿠타가와상 수상) 외에, 「인면암(人面の大巖)」(1972), 「반쪽바리(半チョッパリ)」(『文藝』, 1971년 11월 호)를 담은 작품집이다.

저자는 「다듬이질하는 여인」에서 젊은 나이에 죽은 어머니에 대해, 「인면암」에서는 아버지에 대해, 그리고 「반쪽바리」에서는 대학생인 한 재일조선인 2세의 민족적인 고민과 그 자각의 과정을 분신자살한 '귀화' 청년과 연관을 지어 그린 것인데, 이 작품집에서 성공도로 말하자면, 역시 「다듬이질하는 여인」이라 할 수가 있겠다. 이것은 장술이라는 실명으로 등장하는 저자의 어머니와, 그녀와 관련된 조선인 가정 등을 어린 '나'의 눈을 통해 본 사소설풍의 작품이다.

> 오래 살다 보니 우리는 새삼 놀랄 일이 있었다. '얼마나 젊은 나이인가……' 서른세 살이라는 여자의 일생이 눈앞이 캄캄해질 정도로 짧게 느껴졌다. 여자의 몸에 불이 한창 타오를 나이이다. 사는 보람이 확실해지고 펼칠 시기이다. 우리는 망연자실하며 어머니보다 더 오래 살아 온 자신의 나이를 세었다.
>
> 「다듬이질하는 여인」

저자의 통한의 목소리이다. 이 젊은 어머니는 일본의 북쪽 끝까지 언제나 흘러가지 않으려 하면서 남편과 함께 생활의 터전을 찾아 흘러가지 않을 수가 없었다. 식민지·조선의 여자이다. 거기에 이 작품의 사회적 확대를 가질 수 있는 조건이 있다.

저자는 이 조선의 한 여자에 대해, 요컨대 지금 '오래 살고' 있는 자신보다 젊은 나이에 죽은 어머니에 대해 슬픔을 담아 썼는데 거기에는 감상이 없다. 감상 대신에 서정이, 조선의 생활 감정에 지탱된 서정성이 살아 있다. 그것이 아름답다. 그리고 그 어린 시절 체험 뒤에는, 어머니를 보는 소년 '나'의 뒤에는, 성인이 된 어른으로서 저자의 눈이 가만히, 그것도 미소를 띠며 응시하고 있다.

성공작이라고는 할 수가 없지만, 이회성의 「반쪽바리」에 주목하고 싶다. 「다듬이질하는 여인」은 나름대로의 매력이 있고 완성된 작품이지만, 역시 아늑한 느낌을 피할 수가 없다. 「반쪽바리」는 저자의 작품 속에서 단 하나의 그 체험에서 떨어져 성립된 세계이다.

「반쪽바리」는 후반으로 들어감에 따라 작품 세계도 문장도 리듬이 무너지지만 그 경쾌한 그리고 '의식'된 문체는 체험에서 자유로워진 경우에(모든 작품 세계는 어딘가에서 체험과 관련되고, 같은 의미로 모든 작품은 픽션과 관련된다는 것을 전제로 해서) 나타날 수 있는 문체의 자유로움이며, 문장 그 자체가 소재적인 구속을 별로 받고 있지 않다. 즉 지금 보여지는 그 유머의 힘도 문체 자체가 띠기 시작하는 것이며, 그것은 소재가 가지는 유머와는 조금 다른 것이다.

이 작품에서는 그러한 것을 엿볼 수가 있다. 이것은 나에게는 이회성의 새로운 발전이라고 생각한다.

후기

독자는 이 에세이집 중에서 일본어 문학이라는 귀에 익숙하지 않은 말을 만나, 당혹 또는 저항을 느낄지도 모르겠다. 왜냐하면 '재일조선인 문학'은 일본어 문학이지만, 일본 문학이 아니라는 의미에서 말하고 있는 경우인데, 나로서는 그것을 또한 예측하고 이 말을 사용했기 때문이다. 즉 한 가지는 일본어 문학이라는 개념상의 문제가 있고, 또 하나는 지금까지 자명한 것으로서 일본 문학인 것을 그렇지 않은 데서 오는 심정적인 것이 얽혀, 독자를 자극하는 것은 아닐까 하는 마음이 내 안에 있었다.

그런데 양해를 바라는 것은, 나는 '일본어 문학'이라는 표현을 문학상의 무엇인가 새로운 개념으로서 규정하고 있는 것은 아니다. 단지 일본어로 쓰여 있다는 그 사실성을 가리키며 말하고 있는 것에 지나지 않는다. 그리고 또한 재일조선인 문학이 일본 문학이 아니라는 확고한 결론을 내가 가지고 있다는 것도 아니다. 이른바 지금까지 그것이 일본 문학으로 되어 아무런 의심의 여지가 없는 것으로 간주되고 있다는 것에 대한 나의 물음이다.

일본어로 쓰여 있기 때문에 그것은 일본 문학이라는 일반적인 표현에는 재일조선인 문학 또는 그 밖의 일본인 작가 이외의 문장가에 의한 문학의 발생 이전의 발상이 그대로 따지지 않고 직접적으로 살아 있다고 할 수가 있을 것이다. 그래서 '재일조선인 문학의 독자성'이라는 것을 하나의 새로운 시점에서 생각하고, 그래도 **일본어로 쓰여 있는 한은** 일본 문학이라는 적절한 결론에 이론적으로 더듬어가게 된다면 나는 그것을 따를 것이다.

나는 지금 결론을 가지고 있지 않다. 나는 계속 의아하게 생각하고 있다. 그리고 내가 이른바 성가신 의문을 가지고, 그것을 물음으로서 제기하는 것도 내가 실제로 일본어로 소설을 쓰고 있다는 점에서 오는 것이 많다.

즉 말을 재일조선인 작가와 일본어를 자신 속에 놓고 생각한다면, 나는 어느새 그 필연의 경로처럼 해서 재일조선인 문학의 독자성이라는 생각에 이르지 않을 수가 없었다.

자국어로 쓰는 경우의 작가와 말 사이에서도 거기에는 긴장과 파괴와 구축의 반복이 진행되는데, 재일조선인 작가의 경우는 그 보편적인 관계를 바탕으로 더구나 일본어와의 관계에서 독자적인 대처방법을 가져야 한다. 그런 말(일본어)과 자신과의 관계를 생각하면, 그 관계에 의해 성립하고 있는 재일조선인 문학이지만, 지금까지 당연히 일본 문학으로서 이상하게 여기지 않았던 그 위치나 성격을 다시 생각해 봐야 한다는 것이다. 왜냐하면 단순히 재일조선인 작가가 쓴 것이니까, 그것이(일본 문학으로서) 재일조선인 문학이라는 편의적인 구분이나 호칭이 아니라, 그 문학의 내실 그것이 일본어 문학 안에 있으며, 하나의 독자성을 가진다고 생각한다.

그것은 재일조선인이 계속 풍화된다는 상황을 인식하는 하나의 역설적 반영이라고도 할 수가 있으며, 일본어로 쓰면서 다른 일본어에 의한 문학과 내실의 차이, 독자성의 확립에 모색한다는 이른바 괴로운 작업

과정에 있다.

이러한 문제는 앞으로 심화되어야 하며, 문제 제기가 막 이루어지고 있다고 할 수가 있다. 원래 「말의 주박(ことばの呪縛, 언어의 굴레)」이라는 책 제목 자체가 현재 진행형인 의미를 가지고 있다.

언어의 굴레를 느끼지 않는 작가는 없겠지만 재일조선인 작가는 그것을 이중으로 갖는다. 나는 우선 일본어와의 관계에서 굴레에 갇혀 있다는 생각에서 자신을 완전히 갈라 놓을 수 없는 것이며, 그 모순되는 의식의 지속이, 또 자신을 굴레에서 벗어나는 자유, 굴레에 얽매이면서 동시에 그것을 극복한다는 작업의 지속이기도 하다. 결국 재일조선인 작가가 그 작가로서의 자유를 자신의 것으로 하기 위해서는, 먼저 일본어의 틀 안에서 자유의 유무를 확인해야 한다. 그것은 단순히 말의 메커니즘 논리의 문제로서만이 아니라, 윤리적인 문제로서 파악해야 하는 것이다. 이것이 일본인 작가의 경우와 다른 하나의 전제라 해야 할 것이다.

그리고 그 독자성을 생각하는 것이 재일조선인 문학에 대한 견해, 시점의 문제를 포함한다. 그것은 재일조선인 문학과의 사이에 일정한 거리를 두고, 즉 그것을 떨어진 곳에서 객관시할 수가 있는 하나의 시점이다.

이번에 일본어로 쓴 나의 에세이 대부분을 한 권으로 정리해 보니, 그 중심은 말이 문제가 되어 있었다는 것을 새삼 깨달았다. 그리고 이것은 내 하나의 작은 외침임을 깨달았다. 나는 계속 생각하고 싶다. 이러한 문제는 앞으로 깊이 있게 다루어져야 하는 과제적인 성격의 것이며, 문제는 이제 제기되었고, 나는 독자 여러분의 비판을 기다리고 있다.

또한 좌담회 「일본어로 쓰는 것에 대해서」를 본서에 수록하는 것을 흔쾌히 승낙해 주신 오에 겐자부로, 이회성 씨 두 분에게 답례를 전하고 싶다. 그리고 또한 이 책의 출판은 지쿠마쇼보(筑摩書房)의 가시와바라 시게미쓰(柏原成光) 씨의 후의와 노고에 힘입은 것이며 진심으로 감사의 마음을 여기에 남겨 놓고 싶다.

1972년 6월 10일

김석범

번역 후기

　『언어의 굴레』의 원서 제목은『말의 주박(ことばの呪縛)』이다. '주박'이라는 말은 주술을 걸어 움직이지 못하도록 하는 것, 또는 심리적인 강제에 의해 사람의 자유를 속박한다는 의미이다. 주박이라는 말은 일본에서도 자주 쓰는 말은 아니다. 그럼에도 불구하고 김석범이 '주박'이라는 말을 사용한 것은 그만큼 언어, 말, 일본말에 자유로울 수 없고 그 속박에서 벗어날 수가 없다는 의미에서 사용한 것이다.

　김석범은『말의 주박(ことばの呪縛)』(1972)을 비롯해『입 있는 자는 말하라』(1975),『민족·언어·문학』(1976),『「재일」의 사상』(1981) 등 표제에서도 알 수가 있듯이 재일조선인이 가지고 있는 언어와 민족, 문학에 대해서 끊임없이 갈등하고 고민하고 있는 모습을 떠올릴 수가 있다. 당시의 상황을 생각하면 현재보다 고민의 깊이는 더 깊지 않았을까 한다. 이렇게까지 언어에 매달리고 있는 것은 '재일조선인'이라는 정체성 때문은 분명하다.

　작가 김석범하면 일본에서도 한국에서도 먼저 '4·3'을 떠올리는 사람이 많은데 단편「허몽담」(1969),「밤」(1971),「등록 도둑(トーロク泥棒)」(1972),「이훈장(李訓長)」(1973), 장편『1945년 여름』(1974) 등 재일조선인으로서 겪는 정체성의 혼란을 그린 작품도 적지 않다. 작품의 대부분은

일본에서 일본인이 재일조선인을 바라보는 시선, 조선에서 조선인이 재일조선인을 바라보는 시선, 즉 양국에서 재일조선인을 바라보는 시선으로 인해 그들은 양국으로부터 단절되고 자신이 누군지 끊임없이 되물어야 하는 어설픈 환경에서 살아가고 있는 모습이 작품 속에 짙게 나타나고 있다.

1950년대부터 1960년대까지 일본에서 재일조선인의 문학활동은 활발했다. 그들은 조선을 알리기 위해 조선문학을 일본어로 번역해서 발행하기도 하고, 일본어와 조선어로 그들이 발행했던 신문, 잡지 등을 통해 수많은 작품들이 쏟아지고 있었다. 김석범도 초기에는 일본어로 작품활동을 했었다. 1960년대에는 「꿩 사냥」(1961), 「혼백(魂魄)」(1962), 「어느 한 부두에서」(1964), 연재하다가 중단된 「화산도」(『문학예술』, 1965~1967) 등 한글로 작품 활동을 발표하기도 했다.

그들이 작품활동을 활발하게 할 수가 있었던 것은 총련의 인쇄기술이 발달하면서 일본어, 조선어, 영어 등 여러 나라의 언어로도 인쇄가 가능했기 때문이다. 총련이라는 울타리는 일본에서 유일하게 조선어로 문학활동을 할 수가 있는 곳이었다고 해도 과언이 아닐 것이다. 당시 민단은 총련만큼 문학 단체를 가지고 있지도 않았고 모든 면에서 여유가 없었기 때문에 재일조선인은 총련에 의지하지 않을 수가 없었다. 총련 기관지(신문, 잡지)에 게재된 작품이 모두 뛰어난 작품은 아니지만 이것을 보는 대부분의 조선인에게는 조선어로 발행된 신문이나 잡지를 통해 조선어를 배우고 조선 문화를 접할 수가 있는 매개체이며 조국에 대한 그리움과 자긍심을 충족시켜 주는 데 충분했다.

『언어의 굴레』에도 쓰인 '조국 자유 왕래'를 위한 도보 행진처럼 1950~60년대에는 그들 자신의 권리를 찾기 위해 재일조선인 운동도 활발했었다. 재일조선인 관련 자료를 보다 보면 총련의 이념을 떠나 조국을 사랑하고 자긍심을 갖고 있던 그들의 순수한 모습을 짐작할 수가 있다. 하지만 점차 총련의 이념 변화로 인해 총련에 종사했던 많은 작가들은 총련을 떠나기 시작했다. 김석범도 1960년대 후반 무렵에 총련을 떠났다. 이것은 그들에게 또 한번 허무와 혼란과 좌절을 겪을 수밖에 없는 과정을 의미하기도 하다. 그 중에서 작가로서 제일 큰 혼란은 더 이상 조선어로 작품 활동을 할 수가 없다는 언어에 대한 갈등이지 않았을까 한다. 김석범 자신이 언급한 것처럼 '조선어'를 알기 때문에 다른 작가보다 더 언어에 대한 갈등은 심했을 것이라고 생각한다.

김석범은 김사량이 언급한 "조선인의 감각이나 감정"을 토대로 일본어로 '조선적인 것'을 표현하려 했기 때문에 말에 대한 문제 해결 방안을 끊임없이 모색해 왔던 것 같다. 말에 대해 모색하게 된 계기는 1960년대 후반 조직을 떠나고 나서 언어에 대한 자문자답을 통해 사고가 깊어지고, 무엇을 어떻게 쓸 것인가를 스스로 되묻고 있었다. 즉 재일조선인 작가로서 주체를 확립하고 자신만의 언어론과 방법론을 구축하며 작품활동을 한 것이라 하겠다.

작가 김석범이 일본에서 조선인으로서 일본어로 작품활동하며 오랜 기간 동안 언어에 대해 고민했던 글을 짧은 기간에 이해하며 번역한다는 것은 결코 쉽지 않았다. 김석범의 여러 작품과 평론집을 읽어 보기도 해서 내용이 어렵다는 것은 알고 있었지만 막상 『말의 주박(ことばの呪縛)』을 번역하다 보니 생각했던 것보다 더 어렵다는 것을 깨달았다. 1970년을 전후로 해서 쓰인 글이라 현재 잘 사용하지 않는 일본어, 한국어 같은 일본어(그렇다고 한국어 표현이라고 하기에도 어려운), 그리고 일본인(鶴見俊輔, 泉靖一 등)도 투박하고 거칠다고 할 정도로 일본어로는 잘 표현하지 않는 독특한 표현이 많아 이해하기 어려운 부분이 많았다. 또 김석범의 언어에 대한 갈등, 김사량이나 사르트르, 소쉬르, 노

마 히로시의 작품과 언어학, 심리학, 그리고 철학적인 학문을 기반으로 쓰인 글이라 나의 얕은 지식으로 번역하는 데 상당한 어려움을 겪기도 했다. 그래서 나 자신도 일본어와 조선어 관계 속에 긴장하면서 번역했다. 그리고 지금 아주 조금이지만 '주박'이라는 의미를 이해하기 시작했다. 오랜 기간 일본어와 한국어의 관계, 그리고 '재일조선인'을 이해하며 번역하는 과정에서 번뇌와 함께 최대한 오역이 생기지 않도록 인용된 글을 원래 자료를 확인하며 번역 작업에 임하려 했다. 어렵게 번역된 『언어의 굴레』를 통해 독자가 '재일조선인'의 삶을 이해하고 「까마귀의 죽음」을 비롯해 김석범의 작품 세계를 좀 더 이해하는 데에 조금이나마 도움이 되었으면 하는 바람이다. 그리고 『언어의 굴레』를 통해 말(언어)의 '주박'이 조금은 풀리길 바란다.

이 책을 번역하게 흔쾌히 허락해 주신 김석범 선생님, 그리고 난해한 문장을 이해하기 쉽게 설명해 준 구보타 아야(久保田絢) 씨, 미쓰이시 아유미(光石亞由美, 奈良大學) 씨, 요시다 유코(吉田優子, 전남대학교) 씨, 이소무라 미호코(磯村美保子, 名古屋YWCA) 씨, 보고사 관계자 여러분에게 이 자리를 빌려 다시 한번 고맙다는 말을 전하고 싶다.

2021년 11월 21일
제주에서

285

초출일람

- 한 재일조선인의 독백, 『朝日ジャーナル』 69年 2月 16日~3月 16日號

- 민족의 자립과 인간의 자립, 『展望』 71年 8月號

- 언어와 자유, 『人間として』 3號, 70年 9月刊

- '왜 일본어로 쓰는가'에 대해서, 『文學的立場』 5號, 71年 7月刊

- 일본어로 쓰는 것에 대해서 〈좌담회〉, 『文學』 71年 11月號

- 김사량에 대해서, 『文學』 72年 2月號

- '재일조선인 문학'의 확립은 가능한가, 『週刊讀書人』 72年 2月 14日號

- '재일조선인 문학'과 이회성, 「解說」 『新銳作家叢書 李恢成集』 河出書房新社, 72年 2月刊

- 큰 분노를 조용한 행진으로, 『文化評論』 64年 7月號

- 라이플총사건을 회상하다, 『京都新聞』 68年 2月 26日號

- 제주도에 대해서, 『朝日新聞』 71年 5月 10日號

- 제주도와 베트남, 『學生通信』 71年 11月號

- 남북조선 적십자의 접촉을 회상하다, 『北海タイムス』 71年 8月 30日~9月 1日刊

- 나에게 국가란, 『信濃毎日』 72年 1月 12日刊

- 김지하와 재일조선인 문학자, 『展望』 72年 6月號

- 멀리서 온 사람, 『人間として』 7號, 71年 9月號

- 물에 빠진 개를 때리는 것, 『海』 72年 3月號

- 오다마고토를 회상하며, 『現代日本文學大系 84 月報』 筑摩書房 72年 4月刊

- 안우식 『김사량 -그 저항의 생애-』, 『毎日新聞』 72年 2月 23日刊

- 이회성 『다듬이질하는 여인』, 『東京新聞』 72年 4月 3日刊

저자 김석범

1925년 오사카 출생.

1951년에 펜네임 박통(朴樋)으로 쓴 「1939년 무렵의 일지에서 -「죽음의 산」의 일절에서」를 시작으로 '4·3'과 '재일조선인'을 소재로 작품활동을 하고 있다. 제65회 아쿠타가와상 후보작 「만덕유령기담」을 비롯해 다수의 작품이 여러 문학상 후보작으로 선정되었다. 1976년부터 83년까지 『문학계』에 「해소」로 연재, 1983년에 『화산도』(전 3권)로 개재하여 1부가 단행본으로 간행되고 이듬해에 제11회 오사라기지로상을 수상했다. 이어서 1986년부터 94년까지 『화산도』 2부를 연재하여 96년에 전 7권으로 일단락을 짓는다. 1998년에 『화산도』 전7권으로 마이니치예술상을 수상했다.

한국에서는 2015년에 제주 4·3평화상, 2017년에는 이호철통일로문학상을 수상한 바가 있다.

작품으로는 「까마귀의 죽음」(1957), 장편소설 『화산도』, 평론집으로는 『입 있는 자는 말하라』 (1975), 『민족·언어·문학』(1976), 『「재일」의 사상』(1981) 등이 있다.

역자 오은영

나고야대학대학원 석·박사과정수료 후 박사학위 취득.
재일조선인 문학 및 일본 근현대문학에 관심을 갖고 공부 중.

저서
『재일조선인 문학에 있어서 조선적인 것 -김석범 작품을 중심으로-』(선인, 2015)

공저
『재일조선인 미디어와 전후 문화 담론』(박문사, 2018), 『〈戰後文學〉の現在形』(平凡社, 2020) 외 다수.

논문
「젠더화된 일본 사회의 성차별 -기리노 나쓰오와 히메노 가오루코의 작품을 중심으로-」(『일본문화학보』 제92집, 2022), 「총련 기관지에 나타나는 '치마·저고리'의 표상 -1950년대부터 1960년대를 중심으로-」(『일본문화학보』 제83집, 2019) 외 다수.

재일조선인 문학과 일본어

언어의 굴레

2022년 9월 20일 초판 1쇄 펴냄

지은이 김석범
옮긴이 오은영
펴낸이 김흥국
펴낸곳 보고사

책임편집 이경민
표지디자인 김규범

등록 1990년 12월 13일 제6-0429호
주소 경기도 파주시 회동길 337-15 보고사
전화 031-955-9797
팩스 02-922-6990
메일 kanapub3@naver.com / bogosabooks@naver.com
http://www.bogosabooks.co.kr

ISBN 979-11-6587-344-8　93800
ⓒ 오은영, 2022

정가 18,000원